Даниэла СТИЛ

Благословение

РОМАН

ИЗДАТЕЛЬСТВО
ЭКСМО
ПРЕСС

2000

УДК 820 (73)
ББК 84 (7 США)
С 80

Danielle STEEL
MIXED BLESSINGS

Перевод с английского *Е. Ивановой*

Разработка серийного оформления
художника *Е. Савченко*

Стил Д.

С 80   Благословение: Роман / Пер. с англ. Е. Ивановой. — М.: Изд-во ЭКСМО-Пресс, Изд-во ЭКСМО-МАРКЕТ, 2000. — 432 с.

ISBN 5-04-004445-3

Они все очень разные, эти счастливые и несчастные семейные пары, но их объединяет одно желание — чтобы в доме наконец зазвучал детский смех. Но не всем дана такая радость. По-разному ищут герои выход, вступая в спор с врачами, с природой, с собственным возрастом... Но те, кто истинно верит в жизнь и стремится к счастью, — обретают его!

УДК 820 (73)
ББК 84 (7 США)

ISBN 5-04-004445-3

Всем тем, кого я сама считаю самым большим чудом в моей жизни: Беатрисе, Тревору, Тэдди, Нику, Саманте, Виктории, Ванессе, Максу и Зайре, за то бесконечное блаженство и наслаждение, которое они дарят мне, и еще тому, кто для меня – чудо из чудес... моему единственному возлюбленному, Глазастику, от всего сердца и с любовью.

Д. С.

МИЛОЕ ЧУДО

Надежда,
Давний сон чудесный,
Пронзительная благодать,
И ход часам твоим небесным
Любви положено задать.
Печаль, и боль,
И страх утраты
Пройдут,
И озарится мир.
Дитя! Иди ко мне, куда ты?
Будь рядом, маленький кумир.
Хватает сил
С тоской и гневом
Грозить щемящей пустоте,
Но,
Вновь благословляя небо,
Прижаться к маленькой мечте.
Пусть надо ждать,
Вздохнуть не смея,
Движенья крошечной руки,
Любить и ждать –
Да, я умею,
И пусть страшны и нелегки
Пустые годы, но однажды
Из темноты возникнешь ты –
Любимый.
НАШ, и самый важный,
И воплощение МЕЧТЫ!

Перевод Г. В. Парцвания

Глава 1

Жара стояла невыносимая, на ярко-синем небе не было ни облачка. Из остановившегося лимузина вышла Диана Гуди. Легкая, цвета слоновой кости вуаль затеняла черты ее лица, а облегающее платье из плотного шелка мягко шелестело, пока шофер помогал ей выбраться из машины. Она лучезарно улыбнулась отцу, уже ожидавшему ее у дверей посаденской церкви Всех Святых, и на мгновение закрыла глаза, стараясь вобрать в себя каждую самую мельчайшую подробность, потому что это была самая счастливая минута ее жизни.

— Ты выглядишь великолепно, — тихо сказал отец, любуясь дочерью.

Мама, сестры, их мужья и дети прибыли на торжественную церемонию заранее. Диана была средней из сестер, она глубоко и искренне любила Гейл и Саманту, но все же ей казалось, что судьба уготовила для нее нечто особенное. Во всяком случае, что-то совершенно отличное от того, что, по стандартным меркам, считалось благополучием. Старшую сестру, Гейл, все уговаривали поступить в медицинский колледж, и она почти год потратила на подготовку к экзаменам, когда внезапно влюбилась, вышла замуж, забыв о призвании медика, сразу же завела детей. Сейчас, в двадцать девять лет, у нее были три прелестные дочери. Диане исполнилось двадцать семь, и, хотя сестры были довольно близки, между ними всегда существовало своеобразное соперничество — ведь они были на удивление разными. Гейл никогда не жалела о прошлом, в частности, о несостоявшейся медицинской карьере. Она обрела счастье в браке, вполне удовлетворилась тем, что может сидеть дома с девочками, и полностью посвятила себя семье. Она стала превосходной женой врача — интеллигентной, образованной и живо интересующейся его практикой. Несколькими неделями раньше Гейл призналась Диане, что они собираются завести еще, по крайней мере, одного ребенка. Джеку страстно хотелось иметь сына. Вся жизнь Гейл сосредоточилась на детях, муже и доме. В отличие от ее двух младших сестер карьера не имела для нее никакого значения.

В какой-то мере у Дианы было много общего с младшей сестрой, Сэмми. Саманта не представляла своей жизни без светских развлечений, в первые два года своего замужества старалась совместить дом, работу и выходы в общество. Но когда через тринадцать месяцев после рождения первого ребенка у нее появился второй, она поняла, что не сможет жить прежней жизнью. Она оставила работу в художественной галерее в Лос-Анджелесе и засела дома, чем несказанно обрадовала своего мужа. Но не прошло и месяца, как Сэмми почувствовала себя глубоко несчастной без работы и общества. За те два года, что они женаты, картины Сеймуса приобрели популярность, и он постепенно, но неуклонно становился самым известным среди молодых художников Лос-Анджелеса.

Сэмми пыталась работать дома, но с двумя крошками на руках и без посторонней помощи это оказалось очень тяжело. Она любила детей и Сеймуса, их брак был удачным, а сынишка и дочурка походили на двух маленьких пухленьких ангелочков; каждый, кто их видел, не мог остаться равнодушным. И все-таки бывали моменты, когда Сэмми завидовала Диане, ее работе, тому интересному миру, в котором вращалась сестра.

По мнению же Дианы, жизнь ее сестер складывалась удачно. Как ей казалось, Гейл и Саманта получили то, о чем мечтали. Сэмми чувствовала себя своей в мире современного искусства, Гейл прекрасно ориентировалась в современных достижениях медицины. Но для себя Диана не хотела подобной судьбы. Она получила образование в Стэнфорде, а предпоследний год учебы провела за границей — в Париже, в Сорбонне. Она вернулась в Париж, чтобы поработать там год после получения диплома, нашла уютную маленькую квартирку на улице Гренель, на левом берегу Сены, и какое-то время ей казалось, что она останется здесь надолго.

Но через полтора года, проработав все это время в «Пари-матч», она вдруг затосковала по Америке, по семье и больше всего, неожиданно для себя самой, по сестрам. Гейл как раз нянчила своего третьего ребенка, а Сэмми ждала первенца. Диана вдруг решила, что должна быть с ними.

Однако, вернувшись домой, она почувствовала себя немного не в своей тарелке, и первые несколько месяцев ее неотвязно мучил вопрос: правильно ли она поступила, вернувшись на родину? Не следовало ли ей не поддаваться внезапному порыву и остаться в Париже?

Париж, конечно, грандиозен, но жизнь в Лос-Анджелесе тоже оказалась интересной, тем более что сразу по возвращении ей посчастливилось устроиться старшим редактором в журнале «Современный дом». Журнал был новым и перспективным. Жалованье приличное, люди, окружавшие ее, — доброжелательные, условия работы — прекрасные, в общем, это было удачное место, как будто созданное специально для Дианы. Она подолгу охотилась за необыкновенными объектами для снимков, нанимала фотографов, сама писала статьи и рассказы, для чего ей постоянно приходилось летать по всему миру, чтобы собственными глазами взглянуть на необычные, своеобразные здания, расположенные в столь же необычных и красивых местах. Теперь она постоянно наведывалась в Европу. Одну заметку она писала на юге Франции, другую — в Гштаде[1]. И, конечно, в Нью-Йорке, в Палм-Бич, в Хьюстоне, Далласе, Сан-Франциско и

---

[1] Гштад — город в Швейцарии. (Здесь и далее прим. пер.)

других городах Америки. Эта работа была словно создана для нее, и ей завидовали не только друзья, но и сестры. Для тех, кто не представлял себе всех сложностей такой работы, она казалась просто сказочной, и именно так воспринимала ее Диана.

Она только начала работать в журнале, когда на небольшой вечеринке познакомилась с молодым человеком по имени Энди. Они проговорили шесть часов кряду в маленьком итальянском ресторанчике, и после этого ей с трудом удалось отклонить его приглашение подняться к нему в номер. Диана сдерживалась шесть месяцев, не желая признаваться самой себе в чувствах, которые испытывала к нему. Но она была от него просто без ума, и он знал об этом. Энди тоже души в ней не чаял, в общем, оба попали в волшебные сети любви. Казалось, они идеально подходят друг другу. Высокий и красивый блондин, бывший чемпион Йеля по теннису, Энди был родом из старинной и уважаемой нью-йоркской семьи. Он закончил юридический факультет Лос-Анджелесского университета и сразу после этого получил место в юридическом отделе ведущей радиокомпании города. Он обожал свою работу, и Диана восхищалась его энтузиазмом и честолюбивыми планами. Молодой юрист работал одновременно с несколькими популярными программами, и радиокомпания одобряла ту легкость, с которой он составлял самые трудные контракты.

Диана любила бывать с ним на деловых вечеринках, встречать там знаменитостей, беседовать с другими юристами, известными продюсерами, знаменитыми агентами. Это был, как говорится, «высший свет», но Энди чувствовал себя там как рыба в воде. Он всегда трезво оценивал людей, никогда не поддавался показному блеску того общества, где ему приходилось вращаться. Но ему нравилось то, что он делает, он планировал возглавить частную фирму, специализирующуюся на юридической деятельности в области шоу-бизнеса. Конечно, молодой человек понимал, что для этого у него пока недостаточно опыта, и он успешно набирался его, работая на радио. Энди твердо знал, чего хочет и чего может добиться в жизни. Он тщательно спланировал свою карьеру, да и судьбу тоже, и, когда появилась Диана, он ни дня не сомневался, что это именно та женщина, которая должна стать его женой и матерью его детей.

Они очень веселились, выяснив, что оба хотят иметь четверых детей. Энди был старшим из четырех братьев, двое из которых были близнецы, и Диану позабавила мысль о том, что и у них могут быть двойняшки. Все эти разговоры о будущих детях делали их весьма беззаботными в отношении секса, и Диане порой казалось, что они испытывают судьбу. Но если бы она забеременела, никто из них не имел бы ничего против, они бы просто поженились — и все. Уже через несколько месяцев после знакомства молодые люди открыто говорили о свадьбе и совместных планах на будущее.

Жили они вдвоем, в небольшой чудесной квартире в Беверли-Хиллз. Вкусы у влюбленных были на удивление схожи, и они даже купили у Сеймуса две его картины. Совместные доходы позволяли им приобретать действительно стоящие вещи. Все свободные деньги молодые люди тратили на произведения искусства. Они даже замахнулись на дорогостоящее полотно, но им не хватило денег, поэтому они продолжали приобретать то, что им было по карману, и искренне радовались каждой купленной вещи.

Но больше всего Диану радовало, как сложились отношения Энди с ее родителями, сестрами и их мужьями. Несмотря на то, что Джек и Сеймус были очень разные, они оба, казалось, одинаково нравились Энди, и он с удовольствием встречался с ними, когда мог выкроить время. Он отлично разбирался в мире искусства и мог на равных общаться с Сеймусом, но и с Джеком у них находились общие темы для разговора. По общему мнению, Эндрю Дуглас был общительным, умным, очаровательным и веселым парнем, и Диана благодарила судьбу, которая устроила их встречу.

Отмечая годовщину своего знакомства, они отправились в Европу, и Диана показала ему свои любимые уголки Парижа, а затем влюбленные проехали на автомобиле по долине Луары. Далее их путь лежал в Шотландию, где они навестили Ника — младшего брата Энди. Путешествие было восхитительным, и, вернувшись домой, молодые люди начали строить планы будущей совместной жизни. Они были знакомы уже полтора года и свадьбу решили справить в июне, медовый месяц было решено провести в Европе; на этот раз они собирались побывать на юге Франции, в Италии и Испании. Диана решила взять трехнедельный отпуск в журнале, а Энди договорился о том же самом у себя на радиостанции.

Они стали подыскивать дом где-нибудь в Брентвуде, Вествуде или Санта-Монике и даже были согласны поселиться в довольно отдаленном от Лос-Анджелеса Малибу, если бы им попалось там что-нибудь стоящее. Но в марте вдруг нашли прекрасный дом в Пасифик-Пэлисэйд. В этом доме много лет проживала большая семья, но теперь дети выросли и разъехались, а их родители, пожилая пара, решили продать его, хотя, судя по всему, им не очень хотелось расставаться с обжитым местом. И Энди, и Диана влюбились в особняк с первого взгляда. Дом был большой, весь увитый плющом, а внутренняя обшивка из деревянных панелей делала его на удивление уютным и теплым. Перед крыльцом росли могучие деревья, а сам дом окружал великолепный сад, где могли играть дети. На втором этаже была целая анфилада просторных комнат, среди которых каждый из них облюбовал для себя по просторному помещению под кабинет, а над ними — четыре уютные детские спальни.

Покупку дома оформляли в мае, и Энди переехал туда за три недели до свадьбы. А Диана все свои вещи, приготовленные для свадебного путешествия, решила оставить в маленьком ресторанчике в Беверли-Хиллз, где ее родители устроили прощальный ужин, заказав одну из отдельных кабинок.

Она не хотела проводить ночь перед свадьбой со своим женихом и решила переночевать дома, у родителей. Ее уложили в бывшей детской комнате, и, проснувшись рано утром, Диана долго лежала, разглядывая выцветшие, в розово-голубых цветочках обои, которые так хорошо знала. Было забавно сознавать, что через несколько часов она станет чьей-то женой... Что же это означает? Кем она теперь будет? Изменится ли теперь что-нибудь в их совместной жизни? Станет ли он теперь другим? А может, она станет другой? Ей вдруг показалось, что это нечто большее, чем просто волнение перед свадьбой. Потом она стала думать о сестрах и о том, как они изменились после замужества. Сначала это было незаметно, но потом, с годами, они, казалось, превратились в одно целое со своими семьями. Она еще не стала такой, как они, но постепенно годы сотрут разницу. «К тому же, — подумала она, — через год у меня уже может родиться малыш». Заниматься любовью с Энди всегда было необыкновенно приятно, но еще приятней было сознавать, что в один прекрасный день она забеременеет и у них будет ребенок. Она очень любила Энди, и ей нравилось мечтать об их будущих детях.

Диана продолжала улыбаться, когда поднялась с постели в день своей свадьбы, думая об Энди и об их совместной жизни. Она спустилась вниз, чтобы спокойно выпить чашку кофе, пока никто не проснулся, но мать появилась в кухне вслед за ней, а через полчаса сестры и племянницы тоже вышли из своих комнат, чтобы после завтрака одеться самим и помочь невесте нарядиться в свадебное платье. Оба шурина, которые должны были быть шаферами, ночевали дома. Три девочки Гейл и дочурка Сэмми будут цветочницами, а малышу-племяннику поручено звонить в колокольчик. Ему совсем недавно исполнилось два года, и он так мило выглядел в нарядном шелковом костюмчике, который Диана выбрала для него, что все прослезились от умиления.

Бабушка выпроводила внучат, которые ни минуты не могли усидеть на месте, и послала присмотреть за ними, пока женщины будут одеваться.

— В этом вся мама, — хмыкнула Гейл, слегка приподняв бровь.

Да, мать была именно такой, она всегда старалась все организовать и спланировать до мелочей. Им не раз приходилось, сдерживая раздражение, отвечать на ее вопросы — например, она могла в июне замучить всех, спрашивая, где они собираются провести День Благодарения. Но в организации разных семейных торжеств, и, в частности, этой свадьбы, мать была просто незаменимым человеком. Диана была занята работой, и на решение личных проблем у нее просто не было времени, но мать все взяла в свои руки, и в результате — Диана знала — свадьба получится замечательной. Так и случилось. Сестры прекрасно выглядели в нежно-оранжевых шелковых платьях, с огромными букетами роз, еще более нежных и светлых по оттенку. И девочки были очень хорошенькие в белых платьицах с розовыми лентами и в кружевных перчаточках. Когда они отправились в церковь, в руках у них были полные цветов корзинки.

Диана с нежностью смотрела на родных, стоя рядом с отцом в эти незабываемые минуты, оставшиеся до ее свадьбы.

— Ты действительно прекрасно выглядишь, дорогая, — улыбаясь, повторил отец. Будучи мягким и добрым человеком, он всегда старался поддержать дочь, всегда гордился и радовался ее успехам.

Диана глубоко уважала родителей, никогда не досадовала на них, враждебности, которая возникает иногда между родителями и детьми, в их семье не было места, полное взаимопонимание и любовь царили с тех пор, как она себя помнила. Правда, Гейл пережила-таки период, когда между ней и матерью возникли серьезные разногласия. Гейл была старшей, и она часто говорила о родителях, что это она «перевоспитала их». Но Диана никогда не сомневалась в том, что отец с матерью всегда были людьми умными и рассудительными, и Саманта соглашалась с ней, даже когда ей пришлось изрядно понервничать, не зная, как родители отнесутся к ее браку с художником. Но в конце концов они полюбили ее мужа и прониклись уважением к нему. У Сеймуса, правда, был довольно замкнутый характер, но это не мешало их общению.

А в отношении Эндрю Дугласа у них вообще не было никаких претензий. Они не сомневались, что Диана будет с ним счастлива.

— Волнуешься? — поинтересовался отец, когда она нервно прошлась по гостиной в ожидании минуты, когда подъедет машина. Это ожидание показалось ей вдруг бесконечно долгим, и ужасно захотелось, чтобы все было уже позади и они с Энди были бы уже в гостинице «Бель Эр» или в самолете, подлетающем к Парижу.

— Да, что-то в этом роде. — Диана беспомощно улыбнулась и стала вдруг похожа на маленькую девочку. Ее длинные рыжевато-каштановые волосы были уложены под фатой в тяжелый пучок, и отцу показалось, что она выглядит умудренной опытом женщиной и в то же время совсем юной.

Их отношения с отцом всегда были очень доверительными, Диана никогда не скрывала от него своих чувств и в любой момент могла поделиться с ним своими радостями или опасениями. То, что она чувствовала сейчас, трудно было описать, молодую женщину тревожили вопросы, на которые никто не смог бы дать ответа.

— Я все думаю, может ли теперь что-то измениться... ну, когда мы поженимся... в общем, ты понимаешь... мы ведь жили вместе, а сейчас... — Она вздохнула и опять беспомощно улыбнулась. — Теперь это уже похоже на взрослую жизнь, так ведь?

Она выглядела гораздо моложе своих двадцати семи лет, но иногда чувствовала себя намного старше.

— Да, для тебя начинается взрослая жизнь.

Отец, улыбаясь, нежно коснулся губами ее лба. Это был высокий, интеллигентного вида мужчина с копной седых волос и пронзительно-голубыми глазами. Он любил ее, когда она была еще малышкой, нравилась ему и та женщина, в которую она превратилась, и тот человек, за которого она собиралась выйти замуж. Он не сомневался, что у них все будет отлично. Если судьба будет благосклонна к Диане и Эндрю, они, несомненно, будут счастливы и многого добьются. А пока он от всей души желал, чтобы их свадебное путешествие было удачным.

— Ты готова к этому. Ты прекрасно знаешь, что делаешь, а он очень хороший человек. Все будет хорошо, родная. А мы в любой момент поможем тебе... и Энди. Я надеюсь, вы оба знаете это.

— Да, конечно. — Глаза ее наполнились слезами, и она отвернулась.

Ей вдруг стало очень жаль расставаться с ним и с их домом, хотя они давно уже не жили вместе. Расстаться с отцом для нее было даже тяжелее, чем с матерью: мать всегда была чем-то занята, и сейчас, перед тем как ехать в церковь, она суетилась вокруг дочери, постоянно поправляла Диане фату и следила, чтобы никто из ребятишек не наступил ей на платье. Стоя в гостиной с отцом, Диана не ощущала больше беспокойства, и только море чувств, главными из которых были любовь и надежда, бушевало в ее душе.

— Ну что, юная леди, пора. — Голос у отца был хрипловатый, полный нежности. — Мне кажется, нам надо поспешить.

Он улыбнулся и предложил дочери руку. Они с водителем помогли ей устроиться на сиденье, иначе бы она запуталась в своем длинном платье и фате, тем более что руки у нее были заняты огромным букетом белых роз. Их запах немедленно заполнил салон, у нее закружилась голова — не то от их аромата, не то от счастья. Она увидела детей, которые бежали к ним, показывали на нее пальцами и кричали:

«Смотрите!.. Смотрите!.. Невеста!»

Было приятно сознавать, что невеста — это она, и чувствовать себя центром внимания. Диана, не зная, как успокоиться, беспрестанно поправляла фату, одергивала корсаж и в сотый раз расправляла бесчисленные кружевные оборки своего, может быть, немного старомодного, в викторианском стиле платья.

После свадебной церемонии предстоял торжественный ужин в Оукмонтском загородном клубе, на который было приглашено человек триста. Пригласили многих: ее бывших одноклассников, друзей ее родителей, дальних родственников, коллег по работе и знакомых, среди которых должен был быть близкий друг Эндрю Уильям Беннингтон. Не забыли они пригласить и нескольких знаменитостей, с которыми Эндрю заключал контракты. Ну и, конечно, его родителей и трех братьев. Ник из Шотландии переехал в Лондон к новому месту работы; а Грег и Алекс, близнецы, учились в Гарварде в школе бизнеса. Все братья откликнулись на приглашение. Двойняшки были на шесть лет младше Энди, ему было тридцать два, и брат всю жизнь был для них кумиром. Диана сразу же пришлась им по душе, ей они тоже понравились, и невеста, заглядывая вперед, прикидывала, что было бы неплохо пригласить их в гости на каникулах, а может, даже взять с собой в Калифорнию. Но в отличие от Энди остальные Дугласы предпочитали восточные штаты, и Грег с Алексом мечтали получить работу в Нью-Йорке или Бостоне, а может, даже в Лондоне, как Ник.

— Мы, конечно, не можем производить такое неотразимое впечатление на знаменитостей, как наш брат, — добродушно поддразнивал Ник Энди накануне свадебного обеда. Но было ясно, что они действительно гордятся своим старшим братом, восхищаются его успехами и выбором невесты.

Из церкви донеслась торжественная органная музыка. Диана взяла отца под руку и почувствовала, как дрожь волнения пробежала по ее телу. Она заглянула ему в глаза, такие же голубые и пронзительные, как у нее самой. Когда они стали подниматься по лестнице, Диана сжала руку отца и прошептала:

— Вот мы и пришли, папочка!

— Все будет хорошо, вот увидишь, все будет прекрасно. — Он говорил это, когда ей предстояло первый раз выйти на сцену в школьном спектакле, и тогда, когда она упала с велосипеда и сломала руку в девять лет; и он повез ее в больницу и по дороге рассказывал глупые истории, заставляя ее смеяться, а потом, когда накладывали гипс, крепко прижимал к себе. — Я уверен, что ты будешь прекрасной женой, — произнес он, стоя перед дверью, ожидая знака одного из шаферов.

— Я люблю тебя, папочка, — взволнованно шепнула она.

— Я тоже люблю тебя, Диана. — Отец наклонился и поцеловал ее через фату.

Запах роз кружил головы, и они оба понимали, что

будут помнить это мгновение до конца жизни. Им подали знак, отец успел шепнуть: «Да хранит тебя Бог», — и сестры начали медленно спускаться по проходу вслед за тремя подругами Дианы, одетыми в розовые платья и такие же шелковые шляпки. Музыка замолкла всего на минуту, а потом начала нарастать, постепенно набирая силу, она становилась все громче, громче по мере того, как красавица невеста приближалась к своему жениху, нежная и хрупкая в белом кружевном платье. Под прозрачной, как легкое облачко, фатой зрители могли разглядеть блестящие каштановые волосы, матовую кожу лица, нервную полуулыбку на приоткрывшихся губах и сияющие голубые глаза... Она подняла их и увидела его: высокий, красивый, светловолосый, он стоял и ждал ее. Ждал, чтобы навсегда соединить свою жизнь с ее судьбой.

Увидев приближающуюся Диану, Эндрю почувствовал, как от восторга увлажнились глаза. По ковру, устилающему проход, скользила прекрасная принцесса в белом. Она медленно приближалась и наконец остановилась прямо перед ним, сжимая в дрожащих пальцах свадебный букет.

Он нежно взял ее за руку, в то время как священник торжественно обратился к собравшимся, напоминая им, что они пришли сюда для того, чтобы как близкие друзья и родственники засвидетельствовать клятву верности молодых идти вместе до конца, в горе или радости, в здравии или недуге, в богатстве или бедности, пока смерть не разлучит их. Он обратился к Эндрю и Диане, напомнив, что дорога их жизни не всегда может быть гладкой, а судьба благосклонной к ним, но они обязаны во всем и всегда помогать друг другу и делать друг для друга все, что в силах, во имя своей любви и той клятвы, которую они произнесут перед лицом Господа.

Голоса их звучали уверенно, когда они клялись друг другу в верности, Диана наконец-то успокоилась, и руки у нее перестали дрожать. Она больше ничего не боялась, Энди был с ней, и она принадлежала ему по закону. И она была счастлива как никогда в жизни. Диана просияла, когда священник объявил их мужем и женой.

Энди надел ей на палец тонкое обручальное кольцо, сверкнувшее в луче солнца, а когда он наклонился, чтобы поцеловать ее, его глаза лучились таким счастьем, что мать не выдержала и расплакалась. Отец же прикладывал к глазам белоснежный платок с той минуты, когда подвел дочь к человеку, которого она полюбила. Он понимал, что теперь она уже не только их дочь... теперь она принадлежит и этому мужчине.

Новобрачные двинулись по проходу радостные и гордые, их лица светились от счастья, когда они садились в машину, чтобы ехать в клуб на торжественный обед.

И конечно, вечер получился замечательный. Танцы продолжались до шести вечера. Диане казалось, что все, кого она знала, и даже те, кого она не знала, были приглашены. К концу вечера она перетанцевала со всеми, а ее сестры просто падали от усталости, станцевав лимбо[1] с Энди и его братьями. Двоим близнецам и Сэмми приходилось танцевать втроем, так как Дугласов было четверо, а сестер только трое, но видно было, что Сэмми это ужасно нравится. Она была всего на год младше двойняшек, и к концу вечера они стали неразлучными друзьями. Диана с удовольствием увидела, как много сослуживцев Энди пришли их поздравить, явился даже президент радиокомпании с женой; они, правда, быстро ушли, но сам факт их появления взволновал и обрадовал ее. Пришел и главный редактор ее журнала «Современный дом», он несколько раз станцевал с Дианой и ее матерью.

---

[1] Л и м б о — вест-индийский танец с элементами акробатики.

На смену прекрасному дню пришел великолепный вечер, именно так и должна была начаться та жизнь, о которой она столько мечтала. Все складывалось очень удачно. Энди в нужный момент вошел в ее жизнь, и они были счастливы два с половиной года. Теперь, казалось, настал самый подходящий момент для свадьбы. Они были уверены в себе, друг в друге и очень хорошо знали, чего хотят. А хотели они быть вместе, навсегда связать свои судьбы и построить семью. У них было так много общего, они могли так много дать друг другу.

Диане вдруг показалось, что такой счастливый вечер никогда больше не повторится в жизни. Она стояла и с нежностью смотрела на Энди перед тем, как пойти переодеть свадебное платье. Ей очень не хотелось снимать его, не хотелось думать, что она больше никогда его не наденет, не хотелось, чтобы настоящее становилось прошлым. Она стояла и смотрела на своего новоиспеченного мужа и мечтала бы продлить это мгновение до бесконечности.

— Ты выглядишь просто бесподобно, — прошептал он ей на ухо.

Энди не сдержался и пригласил ее еще на один — последний танец, хотя им уже было пора покинуть праздник.

— Я хочу, чтобы сегодняшний день никогда не кончился. — Она закрыла глаза и подумала, как бы это было здорово.

— Он и не кончится, — сказал Энди, еще сильнее прижимаясь к ней. — Я не дам ему кончиться. Всегда должно быть так, как сейчас, Диана... Мы должны запомнить этот день и если вдруг поссоримся...

— Что за намеки? — Она слегка отстранилась и улыбнулась, глядя ему в глаза. — Ты что, собираешься устроить мне тяжелую жизнь?

— Да, очень. — Энди усмехнулся, опять привлекая ее

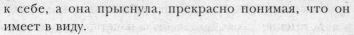

к себе, а она прыснула, прекрасно понимая, что он имеет в виду.

— Как тебе не стыдно! — смеясь, проговорила Диана.

— Мне стыдно? А кто бросил меня одного и пошел ночевать к родителям? Можно подумать, что ты скромная девственница...

— Только на одну ночь! Ну Энди!

— Нет, это была не одна ночь... это была целая вечность, и ты, и я прекрасно это почувствовали. — Он прижал ее еще сильнее, коснувшись щекой прозрачной фаты, а она нежно погладила его шею кончиками пальцев.

— Да... но все равно это была одна ночь...

— Тебе теперь придется несколько недель возмещать мне эту потерю, поняла? А начнем мы... — он взглянул на часы, — начнем где-то через полчаса. — Музыка смолкла, и Энди нежно посмотрел на нее. — Ты готова?

Диана кивнула в ответ, ей не хотелось уходить, но было пора, шесть пробило уже давно, и оба они устали.

Подружки невесты поднялись с ней наверх, чтобы помочь сменить платье, и она сделала это медленно и с большой неохотой, испытывая странное чувство утраты. Мать аккуратно повесила платье и фату на специальную вешалку и ждала, когда дочь переоденется; она улыбалась, видя ее волнение. Миссис Гуди обожала своих девочек. Они доставили ей много радости в жизни, и теперь было приятно сознавать, что все они хорошо устроены и счастливы со своими мужьями.

Диана надела стального цвета костюм от Шанель, отделанный синим кантом и огромными перламутровыми пуговицами, который они с матерью выбрали накануне. Сумочка под цвет костюма и маленькая изящная шляпка прекрасно дополняли наряд. С букетом белых роз она выглядела просто шикарно, улыбаясь приближающемуся мужу.

Его глаза сияли от восхищения, и через минуту, попросив гостей продолжать веселье, они, осыпаемые рисом и лепестками роз, бежали к машине, на ходу прощаясь с родными и близкими. Молодожены пообещали звонить из Европы, и Диана поблагодарила родителей за прекрасную свадьбу.

И вот они уже мчались в лимузине, чтобы провести первую брачную ночь в огромной, окруженной великолепным ухоженным парком гостинице «Бель Эр», очень подходящей для начала романтического путешествия.

Когда машина тронулась, Энди обнял ее, и оба они с облегчением вздохнули.

— Ох, ну и денек! — Он откинулся на сиденье и посмотрел на нее с участием. — Слушай, ты была шикарной невестой! — Теперь это звучало немного странно, ведь все было позади.

— Ты тоже был великолепен. — Диана улыбнулась. — И вообще вечер получился отличный.

— Вы с мамой проделали грандиозную работу. Многие из моих коллег утверждают, что не видели подобного даже в кино.

Действительно, свадьбу можно было назвать счастливой, красивой, сердца всех присутствующих были наполнены любовью к молодым, и никто бы не сказал, что она была «показной».

— Твои сестрички разгулялись не на шутку. Когда вы собираетесь втроем, с вами, наверное, не справиться. — Он дразнил ее, и она решила подыграть, притворившись, что рассердилась:

— Это с нами-то не справиться! С нами! Это вы, братья Дугласы, вели себя не лучшим образом!

— Не говори глупостей. — Энди уставился в окно как ни в чем не бывало, но молодая жена не собиралась на этом прекратить разговор.

— Я говорю глупости? А как называется то, что вы

все четверо отплясывали модные танцы, да еще с кем? С моей мамой!

— Я такого что-то не припомню. — Он не мог больше притворяться серьезным, оба не выдержали и рассмеялись.

— Ага, ты напился!

— Как ты догадалась? — Энди притянул ее к себе, и их губы слились в поцелуе, таком долгом, что, когда он выпустил ее, они оба тяжело дышали. — Боже... я мечтал об этом целый день! Слушай, я не смогу дождаться, когда мы окажемся в номере, и я сейчас начну срывать с тебя одежду.

— Мой новый костюм? — Диана притворилась испуганной, и он улыбнулся.

— Да, и эту симпатичную шляпку тоже. Между прочим, она тебе очень идет.

— Спасибо.

Они сидели, взявшись за руки, на заднем сиденье, весело болтали, и оба чувствовали что-то новое, вошедшее в их отношения. Смешно сказать, но они вздрагивали, как будто прикасались друг к другу в первый раз, и им казалось, что их любовь стала ярче, полнее, многограннее.

В отеле служащий провел их по дорожке в основное здание, и молодые понимающе улыбнулись друг другу, заметив небольшое объявление об ужине в парке отеля в честь бракосочетания молодых людей по фамилии Мейсон и Винвуд.

— Да, сегодня день торжеств, — шепнул Энди, и она улыбнулась в ответ. Они умиленно смотрели на сад, на плавающих в пруду лебедей, а номер, куда их провели, приятно поразил их. Огромная гостиная, обстановка которой была сдержанной и солидной, и чудесная спальня, отделанная шелковыми французскими обоями в мелкий цветочек на розовом фоне, перемешанными с розовым шелком. Лучшего места для первой брачной ночи нельзя было пожелать, да еще в гостиной был камин, и Энди сказал, что, если ночью будет прохладно, его можно будет зажечь.

— Какая красота! — воскликнула Диана, когда за коридорным мягко закрылась дверь.

— А ты еще прекрасней. — Он снял с нее шляпку и кинул на стол. Осторожно распустив ей волосы, Энди погрузил в них руки и погладил ее шею и плечи: — Ты самая красивая женщина в мире... и ты теперь моя... навсегда... навсегда...

Он говорил как ребенок, рассказывающий сказку, но это была сказка их жизни. И прожили новобрачные долго и счастливо...

— Ты тоже теперь мой, — попыталась возразить Диана, но это было ни к чему, так как он не возражал против того, чтобы принадлежать ей.

Пока они целовались, великолепный новый костюм расстегнулся как будто сам собой, жакет оказался на полу, а Диана — на кушетке, и через минуту одежда Энди очутилась рядом. Вещи так и оставались лежать разбросанными по полу, пока Диана и Энди отдавались друг другу в первый раз как муж и жена. Их телами руководили страсть и желание; они забывались в экстазе и стонали от наслаждения, а потом, когда все закончилось, еще долго лежали, не выпуская друг друга из объятий.

Между тем солнце склонилось к горизонту, и комнату освещали только длинные розово-оранжевые лучи, а они все лежали, гадая о том, какой будет их совместная жизнь.

— Я в жизни не был так счастлив, как сегодня, — мягко проговорил он.

— Я хочу, чтобы ты теперь всегда был счастлив, — прошептала Диана, — я постараюсь все сделать для этого.

— Я надеюсь, что мы оба будем счастливы, — добавил Энди и, легко перебросив через нее длинные ноги, встал и подошел к окну.

Белые и черные лебеди неторопливо скользили по гладкой поверхности озера, окруженного зелеными лужайками. Какие-то люди в вечерних туалетах собирались на площадке, расположенной прямо перед их окнами, и тишину нарушали голоса и смех.

— Это, должно быть, та свадьба — Мейсон и Винвуд, — предположила Диана. Она вдруг подумала, что, может быть, сейчас они зачали ребенка. Любопытно, как скоро после свадьбы Диана забеременеет? Обе ее сестры зачали своих первенцев во время медового месяца, и молодую женщину охватило приятное предчувствие, что с ней произойдет то же самое.

Она поднялась, подошла к мужу и, выглянув в окно, увидела молодую женщину в коротком свадебном платье, которая быстро спускалась по дорожке, придерживая одной рукой короткую фату, а в другой сжимая небольшой букет; ее сопровождала девушка в красном платье, скорее всего подружка невесты.

Невеста была, очевидно, одних лет с Дианой, довольно привлекательная, чувственная крашеная блондинка, платье шло ей, но выглядело не очень дорогим. Ее взволнованный вид тронул молодоженов до глубины души. Это было им так знакомо, что они от всего сердца пожелали невесте, спешившей на собственную свадьбу, найти свое счастье.

— Барби, скорее. Нас уже все ждут.

Джуди поторопила свою подругу, когда та споткнулась на своих высоченных каблуках.

— Подожди... сейчас, да не волнуйся ты так, детка. —

Джуди подала ей руку, помогая удержать равновесие, и вскоре они очутились среди гостей.

Барбара глубоко вздохнула, пытаясь справиться с волнением, а Джуди тем временем подавала знаки шаферу, спрашивая его одними губами: «Пора?» Тот качнул головой и показал пять пальцев, значит, у них было в запасе немного времени. Джуди и Барбара подружились совсем недавно. Обе были актрисами и год назад приехали в Лос-Анджелес из Лас-Вегаса, где работали танцовщицами. Чтобы сэкономить на квартире, они решили поселиться вместе.

Джуди по приезде в Лос-Анджелес успела сняться в двух небольших ролях, поработать манекенщицей и даже чуть было не занялась коммерцией. Барби посчастливилось получить партию в хоре, когда по городу шла повторная постановка «Оклахомы», потом она пыталась устроиться в какой-нибудь дешевой оперетке, но безуспешно. Тогда она пошла работать официанткой. Ей удалось найти место в приличном кафе под названием «Хард Рок», она нашла его еще год назад, когда только приехала в Лос-Анджелес, теперь там работала и Джуди. И именно там они обе познакомились с Чарли.

Причем Джуди познакомилась с ним первая, но они быстро сообразили, что не подходят друг другу. Им даже не о чем было поговорить. Тогда Чарли переключил свое внимание на Барби, с которой мог болтать часами. Он завтракал в кафе почти каждый день, пока не решился пригласить Барби на свидание. Было бы проще уговорить Джуди, она бы пошла на это не задумываясь, так как была менее разборчива, но Чарли нравилась именно Барби.

Они встретились всего четыре раза, но молодой человек понял, что по-настоящему влюбился, однако он был слишком робок и боялся, что у него никогда не хватит смелости признаться в этом. Он стал избегать встреч, но вскоре понял, что не сможет жить без Барби. Тогда он позвонил Джуди и договорился о встрече. Ему хотелось посоветоваться с ней и выведать, что Барби думает о нем.

— Дурачок, она от тебя просто без ума.

Джуди была поражена, что мужчина в двадцать девять лет может быть таким неискушенным. Ей никогда не приходилось встречать такого человека, да и Барби наверняка тоже. Не сказать, чтобы он был красив, — скорее по-мальчишески привлекателен.

— Откуда ты знаешь, что я ей нравлюсь? Она что-нибудь тебе говорила? — допытывался он у Джуди. Но та только смеялась над ним.

— Да потому что я знаю ее лучше, чем ты. — Джуди знала, что он, со своей простотой и серьезным отношением к жизни, нравится ее подруге. Она знала также, что Чарли неплохо обеспечен, потому что когда-то он водил ее в дорогие рестораны. Он работал консультантом в одной крупной текстильной компании, прилично зарабатывал и мог позволить себе пригласить девушку в хороший ресторан, и вообще для одинокого парня он вел довольно обеспеченную жизнь. Дорогие вещи имели для него определенное значение; выросший в нищем районе Нью-Джерси, Чарли высоко ценил тот уровень, которого достиг. Для этого ему пришлось основательно потрудиться, и он заслужил свое нынешнее положение. — Она считает, что ты шикарный парень, — добавила Джуди, а про себя подумала, что ей стоило самой в свое время подцепить его на крючок, но, внимательно присмотревшись к Чарли, она все-таки отмела эту мысль. «Нет, все-таки он не в моем вкусе», — окончательно решила она.

Джуди была довольно бесшабашна и обожала всякого рода авантюры, а Чарли был для нее слишком серьезен. Он был хорошим парнем, но в ее вкусе были мужчины побойчее. Она мечтала, конечно, встретить человека, за которого могла бы выйти замуж, но понимала, что такой тип, как Чарли, наскучил бы ей очень скоро. Барбара — совсем другое дело. Джуди знала, что она выросла в маленьком провинциальном городке, заканчивая школу, победила на конкурсе красоты «Мисс Солт-Лейк-Сити», а потом у нее произошла какая-то ссора с родителями, и она, можно сказать, сбежала от них в Лас-Вегас. Барби хотела добраться и до Нью-Йорка, но это было слишком далеко от Солт-Лейк-Сити, где она выросла. Вегас все-таки был поближе. Многие мужчины проявляли к ней интерес, но, несмотря на все те трудности и лишения, которые выпали на ее долю, Барби смогла сохранить в себе какую-то детскую чистоту и неиспорченность, за что Чарли и полюбил ее. Он ей тоже нравился. Своей наивностью он напоминал ей тех мальчишек, которые пытались ухаживать за ней в школе, и разительно отличался от тех мужчин, которые попадались ей в Лас-Вегасе и Лос-Анджелесе. Тем подавай все: начиная с денег и заканчивая сексом. Чарли же ничего не требовал, он только хотел быть с ней рядом и баловать ее; конечно, такое отношение не могло не нравиться. Тем более что он не был уродом, хотя его и нельзя было назвать красавцем. Рыжеволосый, с голубыми глазами, с худощавым телом, буквально каждый дюйм которого был покрыт веснушками. В его облике было что-то юношеское. Многие женщины видят в этом своеобразную прелесть и привлекательность, и Барбара не стала исключением. Иногда ей казалось, что замужество решило бы все ее проблемы.

— А почему ты сам не скажешь ей, что думаешь? — поддразнила его тогда Джуди, и вдруг, через три недели после этого разговора, они объявили о своей помолвке.

А еще шесть месяцев спустя Барбара стояла у живой

изгороди в парке отеля «Бель Эр», ожидая сигнала к началу своей свадьбы.

— Как ты, о'кей? — Джуди внимательно взглянула на нее. Барби стояла, нервно переминаясь с ноги на ногу, как испуганная лошадка перед стартом.

— Мне кажется, меня сейчас вырвет.

— Только посмей! Ты испортишь свадебное платье. И не верти головой... Я два часа потратила на то, чтобы уложить фату... Я убью тебя!

— Ну ладно, ладно... Господи, Джуди, я уже слишком стара для подобных вещей.

Барби исполнилось тридцать, и она была на год старше Чарли, но иногда ей казалось, что она старше его на целую вечность. Но когда она накладывала на лицо легкую косметику и подбирала волосы в хвостик — казалась совсем юной. Она познала в жизни гораздо больше, чем довелось пережить Чарли, и чувствовала себя слишком искушенной. Только Чарли смог разглядеть всю красоту, скрытую под этой слегка потускневшей оболочкой. Только он смог извлечь на свет ту часть ее души, которая, казалось, уже давно умерла. Он приглашал ее к себе на квартиру, предварительно приготовив что-нибудь вкусненькое; они могли бродить целыми днями по городу; он был единственным, кто говорил о том, что хочет познакомиться с ее семьей, но она только качала головой в ответ и никогда не отвечала на вопросы о родных. Она вообще не любила говорить о своих, только повторяла, что никогда не вернется в Солт-Лейк-Сити, и действительно никогда не собиралась этого делать.

Однажды Джуди наблюдала, как Барбара прямо-таки пришла в ярость, когда в квартиру, где они жили, заявились два мормонских миссионера и попытались внушить, что она должна вернуться в лоно церкви и родной город. Она захлопнула дверь перед их носом и кричала, чтобы они больше никогда не приходили сюда. В общем, она решила вычеркнуть из своей памяти все, что было связано с Солт-Лейк-Сити. Чарли знал только, что у нее было восемь братьев и сестер и около двадцати племянников и племянниц, и он прекрасно понимал — то, что случилось, было не просто семейной размолвкой, а чем-то гораздо более серьезным, но Барби наотрез отказывалась обсуждать эту тему.

Чарли же не старался скрыть свое прошлое, хотя ему самому было известно немногое. Он знал о себе, что родился на маленькой железнодорожной станции, как было записано в его документах, и воспитывался в нескольких сиротских приютах штата Нью-Джерси. Потом он сменил еще несколько детских домов, и дважды его хотели усыновить, но он был довольно нервным ребенком, подверженным приступам аллергии, кожа Чарли зудилась от сыпи, а к пяти годам развилась жесточайшая астма. К счастью, с возрастом болезни прошли, и даже астму удавалось держать под контролем, но к тому времени, когда это произошло, он уже вышел из того возраста, когда его кто-нибудь мог усыновить.

Когда ему исполнилось восемнадцать, он ушел из детского дома, добрался на автобусе до Лос-Анджелеса и обосновался там. Он сумел закончить вечерний колледж, и теперь его мечтой было поступить в школу бизнеса, что позволило бы найти работу получше и содержать семью, о которой он мечтал. Встретив Барби, он решил, что его сон становится явью. Он хотел жениться на ней, купить хороший дом, в котором бы появились дети, похожие на нее. Чарли сказал ей однажды об этом, но она, улыбаясь, возразила:

— Будет гораздо лучше, если наши дети будут похожи на тебя!

Барби была очень симпатичной, и фигура у нее была замечательная, но она никогда не задумывалась о себе и о своей внешности, пока не встретила Чарли. Он был так добр, так предусмотрителен, так не похож на тех мужчин, которых она знала раньше, и все же иногда ей хотелось, чтобы он не так сходил по ней с ума. Направляясь в Лос-Анджелес, она думала, что ей удастся познакомиться с каким-нибудь актером, может быть, даже знаменитым. А вместо этого влюбилась в Чарли. И сейчас ей иногда казалось, что если бы она с ним не познакомилась, то до сих пор еще мечтала бы о принце. Барби брала Чарли с собой, когда отправлялась покупать новую одежду, и старалась знакомить его с последней модой; она таскала его на джазовые концерты, но в конце концов вынуждена была согласиться с ним, что все это глупо. У него был свой собственный стиль, в одежде он предпочитал спокойные тона; его волосы, если он начинал их отращивать, смешно торчали во все стороны, поэтому он стриг их коротко; кожа Чарли никогда не покрывалась загаром, а только краснела и шелушилась от солнца, как у большинства рыжеволосых людей.

— Что ты во мне нашла, я ведь далеко не красавец, — заявил он как-то серьезным тоном, после того как они закончили обедать.

Это были его фирменные блюда: трубочки из теста с мясом и сыром, osso bucco и крупно нарезанный зеленый салат. Он научился готовить все это в одном из приютов, и, когда рассказал ей об этом, ее сердце наполнилось нежностью. Вообще иногда Барби казалось, что она действительно любит его, но иногда на этот счет у нее возникали сомнения. Так все-таки нужен ли ей Чарли? Действительно ли она его любит? Или он просто выгодная и удобная партия? Да, она понимала, что за ним она будет как за каменной стеной, но с кочевой, полной приключений жизнью ей придется расстаться.

Никогда еще цель ее жизни не стояла перед ней так

ясно и не была столь близка. Раньше, принимая решение, результат его она всегда видела так туманно, цена была невероятно высока, а риск потерять все — слишком велик... Так было всегда, но не в случае с Чарли. Он готов был дать ей то, о чем она мечтала долгие годы... Спокойствие, уверенность в завтрашнем дне, домашний очаг и заботу о ней. И никаких проблем, не надо будет с ужасом думать о том, что опять нечем заплатить за квартиру, бояться, что дела пойдут хуже и ей придется опять устраиваться на работу в какое-нибудь дешевое шоу. Единственное, что ее по-прежнему прельщало, это карьера актрисы, но, чтобы ступить на этот путь, ей был нужен шанс. И она не была уверена, что получит его, выйдя замуж за Чарли. Сможет ли она работать? Он говорил, что не будет возражать против работы и карьеры. И в то же время твердил о детях, а уж это никогда не входило в ее планы: ни раньше, ни теперь, ни в будущем, ни с ним и ни с кем и, может, вообще никогда. Конечно, она не говорила ему об этом. А что, если ей подвернется шанс? Что, если она получит роль в каком-нибудь сериале или даже главную роль в кино? Зачем тогда эта спокойная жизнь? С другой стороны, если этот шанс так и не подвернется?.. Да, тогда ей хотя бы не придется обхаживать клиентов в этом опостылевшем кабаке. А может, ее жизнь не так уж плоха?

Иногда Барби было грустно думать о том, что ее надо менять, но в то же время она понимала, что пора позаботиться о себе. Уроки, которые дала ей жизнь в мормонской семье, были совершенно неприемлемы, и она предпочла бы никогда больше не сталкиваться ни с чем подобным.

Чарли же надежен и обаятелен, так убедителен в своих доводах, что в конце концов она не выдержала, поддалась на его уговоры и убедила себя, что действительно любит его. Но теперь, в эту решительную минуту, все сомнения захлестнули ее с новой силой. А что, если она совершает ошибку? Что, если уже через пару лет, а может, и того меньше, они поймут, что не любят друг друга?

— Что же я буду делать, если пойму, что не люблю его? — прошептала она на ухо Джуди.

— Тебе не кажется, что сейчас уже поздно думать об этом? — ответила Джуди, одергивая свое красное гипюровое платье.

У Джуди были длиннющие ноги и немыслимых размеров грудь. Она увеличила ее с помощью операции, которую сделал ей один знакомый врач в Лас-Вегасе. Он потрудился на славу: все, кого она знала, говорили, что она выглядит потрясающе. Все, кроме Барби, которая считала, что это глупо — покупать себе сиськи, но у нее-то самой грудь была большая и упругая и, главное, своя, хотя: «Черт возьми, чем она издалека отличается от моей?» — частенько думала Джуди.

Фигуру Барби можно было назвать идеальной: ее высокий бюст контрастировал с такой тонкой талией, что, когда Чарли обхватывал ее ладонями, его пальцы почти смыкались. Она была невысокой, а ноги — длинными и стройными. Ее сексапильность была настолько очевидной, что, надень она на себя хоть рубище, взгляды мужчин все равно были бы обращены на нее. И теперь, одетая в короткое, облегающее атласное белое платье, она выглядела очень сексуально и в то же время на удивление невинно.

— Слушай, тебе не кажется, что платье слишком узкое? — Барби опять нервно взглянула на Джуди. Ей казалось, что они ждут уже целую вечность. И чего они не расписались в городской ратуше? Это все Чарли, он заявил, что свадьба должна быть «настоящей».

Свадебная церемония для него значила очень много, и она вынуждена была примириться с этим ради него.

Ей бы гораздо больше радости доставил уик-энд где-нибудь в Рено. Но Чарли все распланировал и пригласил всех своих друзей. У них было шестьдесят гостей, а отель считался чуть ли не самым дорогим в Лос-Анджелесе, ну разве что «Беверли-Хиллз» был дороже. Барби говорила ему об этом, да где там, он и слышать ничего не хотел; им пришлось заказать самую простую церемонию и самое дешевое меню, но Чарли заявил, что свадьба должна состояться здесь, пусть даже после этого им придется долго экономить на всем. «Ты заслуживаешь этого», — убеждал он Барби.

— Слушай, оставь в покое платье, оно в полном порядке. — Джуди оглядела подругу и призналась себе, что та действительно здорово выглядит. Чертовски взволнованна, но очень мила! — Все будет в порядке, детка! Ради бога, расслабься!

Она уже сама начала немного волноваться, думая, уж не случилось ли чего, когда наконец появился шафер, и тут же заиграла музыка. Из музыкантов Чарли пригласил басиста, виолончелиста и электроорганиста.

Они заиграли «Вот идет невеста», и Джуди устремила взгляд на небольшую беседку, специально выстроенную для таких случаев. Чарли где-то разыскал священника, который не слишком интересовался мормонским прошлым Барби.

Наконец Марк, шафер, подошел к ней и, отечески улыбаясь, подал руку. Этот толстяк, вдвое старше Чарли, был его наставником по работе в течение последнего времени, и молодой человек считал его чуть ли не отцом. Несмотря на свою тучность, он выглядел моложаво, только сеточка морщин начиналась в уголках глаз и, пересекая виски, скрывалась под тщательно расчесанными седыми волосами.

Вид у него был торжественный и серьезный. Он

подал руку невесте, и они двинулись по направлению к беседке.

— Удачи тебе, Барбара... Вот увидишь, все будет хорошо. — Он похлопал ее по руке, и она изо всех сил старалась не думать в этот момент о своем отце.

— Спасибо, Марк.

Марк не только согласился быть шафером и вести невесту к алтарю. Он еще обеспечил шампанское, так как его шурин был знаком с одним оптовиком из Напской долины. Марк от всей души хотел, чтобы они были счастливы. Сам он давно развелся и имел двух взрослых дочерей: одна была замужем, а другая еще училась в колледже.

Они под руку с Марком начали спускаться по проходу, и Барбара старалась не думать о том, что ждет ее впереди, о том, что принесет ей эта свадьба и что за жизнь последует за ней.

И вдруг перед ней появился... Чарли... Со счастливой улыбкой на лице, нарядный и взволнованный, он выглядел совсем молодо. В белом смокинге он был похож на мальчишку, который, собираясь на школьный вечер, позаимствовал костюм в гардеробе отца. И его вовсе не надо было бояться, и не было ничего страшного в том, чтобы соединить свою жизнь с его.

Марк сжал ей руку и слегка подтолкнул к жениху, и Барби вдруг поняла, что все ее страхи — просто глупость, если она выйдет за Чарли, жизнь ее будет спокойной и счастливой. Она вдруг осознала, что никакой ошибки не делает, становясь его женой.

— Я люблю тебя. — Чарли посмотрел на нее с нежностью, а она стояла как зачарованная, не в силах отвести взгляд, и волна любви и благодарности захлестнула ее. Он делал ей подарок, о котором она не смела и мечтать, подарок, который ей никто никогда не предлагал. Этим подарком будет совершенно новая и спокойная жизнь. Он подарит ей эту жизнь и ничего не потребует взамен, и их счастье будет длиться вечно.

Ей вдруг стало мучительно стыдно за свои страхи и сомнения, за то, что она так долго колебалась, принимая решение, которое оказалось самым правильным в ее жизни. Чарли, и только он, был теперь ее мужчиной, ее другом, ее мужем, и какая же она была глупая, мечтая о чем-то большем. Ей уже тридцать, и наверняка тот принц, которого она ждала все эти годы, нашел себе принцессу где-нибудь на другой планете. Чарли Винвуд — вот ее принц, и ей нужен только он.

— Чарли, я люблю тебя.

Он надел ей на палец обручальное кольцо, а когда наклонился, чтобы поцеловать, у него в глазах стояли слезы. И Барби обняла его и изо всех сил прижала к себе, как будто пытаясь избавить от одиночества и печали, которых он столько хлебнул в жизни.

— А я, я люблю тебя так... так... — Он умолк, не находя слов.

— Чарли, я обещаю тебе, что буду хорошей женой... Я, правда, буду стараться...

— Я знаю, моя дорогая, ты будешь просто замечательной женой. — Он улыбнулся и налил ей бокал шампанского.

А потом они танцевали на небольшой танцплощадке посреди лужайки, время от времени подходя к буфету, чтобы подкрепиться.

Вечер получился что надо, веселились все, а особенно жених с невестой, шампанское «От Марка», как они его назвали, было замечательным, и это послужило великолепным поводом к тому, чтобы им всем напиться, причем молодожены не были исключением. Марк тоже казался довольным, он почти все время танцевал с Джуди. Все были крайне возбуждены, и маленький оркестрик беспрерывно играл быстрые мелодии наподобие «Когда святые маршируют» и «Хава Нагила».

В конце концов оркестр заиграл медленную мелодию, чтобы все хоть немного успокоились, так как вечер уже приближался к концу. Когда зазвучала «Лунная река», Марк пригласил невесту, в то время как Джуди пошла танцевать с женихом.

— Ты прекрасно выглядишь, Барби. — Они с Марком медленно вальсировали по площадке. Вечер был чудесный, теплый, все небо усыпано звездами. — Вы оба заслуживаете счастья, я просто уверен, что вы созданы друг для друга. — Говоря это, он сделался вдруг очень серьезным и добавил: — Очень надеюсь, что у вас будет много прелестных ребятишек.

— Как вы можете так уверенно говорить? — рассмеялась Барби, у которой голова кружилась от счастья и выпитого шампанского.

— Девочка, поверь, я уже много повидал и кое-что понимаю в этой жизни. Кроме того, я знаю, что Чарли хочет иметь детей.

Она тоже это знала, но уже сообщила Чарли, что хочет повременить с этим несколько лет. Он не принял ее слов всерьез, они не стали обсуждать эту тему, а решили, что поговорят об этом позже. Чарли не мог и предположить, что вопрос о детях был единственным, беспокоящим ее в данный момент. Как только Марк заговорил об этом, настроение у Барби тут же упало.

— Можно разбить вашу пару?

Чарли оттеснил Марка, и тот подхватил Джуди. Это был последний танец, и жених захотел танцевать его со своей невестой. Они медленно заскользили под плавную музыку, оба были слегка пьяны, и Барби казалось, что все происходит будто во сне. Гости были также изрядно навеселе.

— Тебе понравился вечер? — спросил Чарли, уткнувшись лицом в ее шею и чувствуя прикосновение ее груди. Всегда, когда он приближался к ней, его бросало в дрожь, и ей это нравилось. Она же никогда не говорила ему «нет», что бы он ни делал; она была хорошим другом и чертовски сексуальной партнершей. И новоявленный муж чувствовал себя самым счастливым человеком в мире.

— Все было просто замечательно, — сказала Барби, блаженно улыбаясь.

— Ты знаешь, это была лучшая свадьба в моей жизни. — Они были почти одного роста, и, когда вот так смотрели, улыбаясь, друг другу в глаза, им казалось, что весь мир принадлежит им двоим.

— Ну знаешь, это не ответ. — Она притворилась обиженной, и Чарли притянул ее к себе еще ближе.

— Барби, дорогая... я так счастлив... и надеюсь, что и ты тоже... Ты понимаешь, сегодня исполнилась мечта всей моей жизни. — У него было приятное чувство, что он заложил основу того, о чем всегда мечтал, но никогда не имел: любви, тепла, домашнего очага, семьи.

— Я знаю, милый. — Руки ее безвольно опустились, когда он коснулся ее губ. Единственное, чего хотела она, — оказаться с ним на берегу океана в Вайкики. Утром они уезжали на Гавайи, а свадебную ночь собирались провести у Чарли. Хорошо бы, конечно, было провести ее здесь, в одном из роскошных номеров отеля, но на это у них не хватало денег. Впрочем, Барби это уже не волновало, она и так знала, что никогда в жизни не забудет этот вечер.

* * *

В эту ночь в Санта-Барбаре небо тоже было безоблачным и звездным. Собравшиеся на торжественную церемонию гости наблюдали, как Пилар Грэхем и Брэдфорд Колеман скрепляют свой союз долгим поцелуем. Наконец они оторвались друг от друга и сияющими, счастливыми глазами обвели собравшихся. Марина Голетти, судья, возглавлявшая церемонию, объявила их мужем и женой, и тогда все весело зааплодировали и начали подходить к молодоженам, поздравляя и желая им счастья.

— Почему вы не сделали этого давным-давно? — допытывался один из друзей Брэда.

— Мы тщательно готовились к семейной жизни, — парировала Пилар.

Невеста была одета в шелковое платье, плотно облегавшее ее высокую, стройную фигуру. Каждый день она плавала и проделывала целый комплекс специальных упражнений, и Брэдфорд не уставал повторять, что тело у нее, как у молодой девушки. Она была действительно красивой женщиной, и ее гордостью были прямые, необычайно густые волосы, спадающие на плечи.

— Тринадцать лет, не слишком ли большой срок для подготовки? — поинтересовался кто-то из гостей.

Одна из ее коллег по суду, Алиса Джексон, улыбнулась:

— Мы так рады, что вы с Брэдом наконец решились пожениться.

— Да, — вмешался другой ее сослуживец, Брюс Хеммингс, — я-то знаю, что вам обоим ни к чему разговоры теперь, когда Брэд стал судьей.

— Ты совершенно прав, дружище, — раздался глубокий голос Брэда, а его рука легла ей на плечо, — я не желаю, чтобы кто-нибудь обвинил Пилар в том, что она спит с судьей, чтобы завоевать его снисхождение во время слушания дел.

— Можно подумать, мне это очень надо! — поддразнила она, откидываясь назад и прижимаясь к нему хорошо знакомым им обоим движением.

Глядя на них, никто не мог бы сказать, что эти двое когда-то, в течение трех лет, были заклятыми врагами. Пилар окончила юридический факультет, приехала в Санта-Барбару и получила место защитника в городском суде, где Брэд был обвинителем. Слушание любого дела в зале суда превращалось для них в настоящее сражение. Ее просто бесили его идеи и убеждения, его взгляды и высказывания, вся его манера вести процесс безжалостно и настойчиво, до тех пор, пока он или выиграет его, или вконец не измучает присяжных.

Не один раз они, неудовлетворенные ходом разбирательства, продолжали отстаивать друг перед другом свою точку зрения после закрытия заседаний. Их постоянно призывали к порядку в зале суда, и Пилар однажды чудом избежала ночи в тюрьме по требованию присяжных за то, что назвала Брэда негодяем в присутствии судьи. Но ее гневный выпад так позабавил Брэда, что он решил пойти на примирение с ней и даже больше того, пригласить ее пообедать, как только закончится заседание. Что он и сделал, когда они вышли из здания суда.

— Вы что, ненормальный? Разве вы не знаете, какого я о вас мнения? — Пилар все еще пылала гневом, вспоминая о том, как он ловко провел это дело об изнасиловании, добившись максимально строгого наказания для ее подзащитного. — Вы просто проголодались, поэтому приглашаете меня составить вам компанию, чтобы насладиться своим триумфом подольше.

— Ваш подзащитный виновен, и вы это прекрасно знаете.

Она знала это и переживала по этому поводу. Но Пилар прекрасно понимала, что кто-то должен был защищать этого подонка, это не зависело от его или ее желания, в конце концов, это была ее работа, она должна делать её, и плевать ей, нравится это Брэду Колеману или нет.

— Я не собираюсь обсуждать с вами виновность или невиновность моих клиентов, мистер Колеман. Это было бы ошибкой. Вы за этим приглашаете меня на обед? Вы думаете, что я проболтаюсь о чем-нибудь, что вы потом сможете использовать против меня? — Пилар была ужасно зла на него и не понимала, почему все считают его привлекательным. Однако он был первым красавцем у себя в прокуратуре. Ему было под пятьдесят, и его седина была белоснежной. Все женщины, работающие в суде, с которыми она общалась, постоянно болтали о том, как он красив и сексуален. Но Пилар Грэхем никогда не обсуждала этот вопрос, поскольку этот человек интересовал её только с деловой стороны.

— Я бы никогда до этого не опустился, — спокойно ответил ей Брэд Колеман, — и мне кажется, вам это прекрасно известно. А вот чего я действительно хочу, это чтобы вы работали у нас, а не в адвокатуре. Мне иногда очень хочется, чтобы мы с вами были на одной стороне. Вы знаете, мы с вами смогли бы разнести в пух и прах любую оппозицию.

Её тогда позабавили его слова, но обедать с ним она не пошла. Пилар слышала, что Брэд Колеман вдовец, что у него есть дети и что он хорош во всех отношениях. Но она видела в нем только своего оппонента и долгое время не представляла его в другом качестве.

Спустя некоторое время они должны были представлять противодействующие стороны в шумном деле, которое попало во все газеты. Это было жестокое убийство, репортеры, к сожалению, пронюхали о нем очень скоро, и процесс получился невероятно грязным и отвратительным. Подсудимая — молодая девушка — обвинялась в убийстве любовника своей матери. Она утверждала, что тот пытался изнасиловать ее, но следствием это установлено не было, и мать дала показания против нее.

Процесс был долгим, тяжелым, позиции судей непреклонными. Вдруг во время одного из заседаний Брэдфорд Колеман поднялся со своего места и направился прямо к Пилар. Подойдя, он спокойно заявил, что благодаря кое-каким новым данным он пришел к выводу, что ее клиентка невиновна. Он попросил у судьи перерыв, после которого встал на защиту девушки и с таким мастерством и легкостью доказал ее невиновность, что, Пилар всегда это повторяла, ее освободили только благодаря ему. Вот тогда-то они и пообедали вместе в первый раз, хотя были знакомы уже три года. Этим двоим ничто в жизни не давалось легко и просто.

Его детям в то время было тринадцать и десять. Старшая, Нэнси, и десятилетний Тэдди невзлюбили Пилар с первого взгляда. Их мать умерла около пяти лет назад, и с тех пор они владели отцом полностью и безраздельно. Дети и мысли не допускали, что отец может увлечься другой женщиной, поэтому, понимая, что у отца с Пилар завязываются дружеские отношения, всячески старались помешать этому. Видно было, что Брэд огорчен этим до глубины души, и ей было искренне жаль его. Она понимала, что ему нужен кто-то, помимо работы и детей, пусть это будет даже не она, а другая женщина. И чем больше она его узнавала, тем большим уважением к нему проникалась. На нее производили впечатление его ум, талант, доброта, а также удивительная открытость, искренность и неизменное чувство юмора. Он был, оказывается, еще лучше, чем про него говорили.

А поняв это, Пилар вдруг обнаружила, что влюблена в него по уши, да и он тоже был от нее без ума, и перед ними возникла проблема, как быть с детьми.

— Но, помимо детей, существует еще одна проблема,

Брэд... Как насчет работы? Я теперь не смогу выступать на процессах против тебя... ты же понимаешь, это как-то неприлично... и не очень хорошо для нас обоих...

В конце концов он согласился с ней после очередного процесса, на котором им пришлось схлестнуться не на шутку. Пилар ушла из суда, стала практиковать частным образом, и это ей понравилось. Он тоже практиковал время от времени, жизнь была насыщенной, и наконец даже дети привыкли к их отношениям. А потом постепенно его дочь и сын даже полюбили ее. Для них это была долгая война, и длилась она целых три года, но в конце концов они выиграли ее, и, когда Нэнси исполнилось шестнадцать, а Тэдди — тринадцать, Пилар Грэхем сошлась с Брэдфордом Колеманом.

Они переехали в Монтечито, купив там дом. Дети выросли: Нэнси уехала учиться в колледж, а Тэдди — в школу-интернат. Друзья поговаривали о том, что пора бы им пожениться. Но сами они считали, что вполне могут обойтись без этого. У них были его дети, и Пилар никогда не хотела иметь своих собственных. А что касается документа, где было бы записано, что они муж и жена, то ей лично он был ни к чему, потому что другого мужа в ее сердце не было.

Так они прожили в свое удовольствие тринадцать лет, и вот, когда Брэду исполнился шестьдесят один год, а ей — сорок два, его назначили главным судьей верховного суда Санта-Барбары. И они поняли, что для него может обернуться скандалом то, что он живет с женщиной, не будучи с ней зарегистрирован. Тем более что пресса уже потихоньку взялась за них.

Они как раз прочитали одну из таких заметок за завтраком, и Пилар спросила с несчастным видом:

— Как ты думаешь, может, мне лучше переехать?

Он откинулся на спинку стула, держа в руке «Таймс» и умиленно глядя на нее. Брэд смотрел на нее так уже в течение тринадцати лет, и в свои сорок два она была так же мила, как в двадцать шесть, когда в первый раз вошла в зал суда в качестве его оппонента.

— Тебе не кажется, что это будет слишком?

— Да, но я не хочу, чтобы у тебя были проблемы. — Она выглядела совсем удрученной, наливая по второй чашке кофе.

— Неужели вы не видите более пристойного выхода из создавшейся ситуации, советник? Я, например, вижу.

— Какой? — Пилар напряглась. Она не могла понять, что он имеет в виду.

— Я очень рад, что вы не являетесь моим адвокатом, мисс Грэхем. Вам никогда не приходило в голову, что мы можем просто пожениться? Но, конечно, если это решение для вас неприемлемо, то мы можем оставить все как есть. В конце концов, судьи тоже люди, и они имеют право жить с кем хотят. И я не думаю, что газетчики смогут раздуть из этого факта скандал, который испортил бы мою карьеру.

— Я думаю, что это все равно может повредить тебе. — Его репутация была настолько безупречной, что было бы просто глупо испортить ее таким пустяком.

— Так как насчет женитьбы?

Пилар долго молча смотрела в окно на море:

— Я даже не знаю... Я никогда всерьез об этом не думала... во всяком случае, не в ближайшее время... А ты?

— Нет, потому что ты никогда не хотела этого, но это не значит, что этого не хотел я.

Он всегда хотел жениться на ней, но Пилар настаивала на том, что им следует оставаться свободными, чтобы чувствовать себя двумя самостоятельными личностями, идущими по жизни бок о бок, а не единым целым, когда двое, как она любила выражаться, «заглатывают» или «пожирают» друг друга. В начале их совместной жизни еще все можно было свалить на детей, но только не теперь. Нэнси вышла замуж год назад, между прочим, ей было уже двадцать шесть, да и Тэдди в свои двадцать три года — взрослый мужчина! — работал в Чикаго.

— Ну что страшного в том, что мы поженимся? — Он слегка улыбался, наблюдая, как нерешительность отражается на ее лице.

— Это в наши-то годы? — Она выглядела настолько изумленной, как будто он предложил что-нибудь совершенно немыслимое, например совершить прыжок с парашютом.

— А что, сейчас на это дело существуют возрастные ограничения? Я почему-то не в курсе. — Он явно ее поддразнивал, и Пилар улыбнулась.

— Хорошо, хорошо, — она тяжело вздохнула, — но... но я правда не знаю... просто я немного боюсь. Нам было так хорошо все эти годы, а теперь надо что-то менять... А вдруг эта перемена все испортит?

— Вот ты всегда так говоришь. Но почему что-то должно измениться? Ты можешь измениться? Или я?

— Я не знаю. — Она серьезно посмотрела на него. — Ты станешь другим?

— Но почему я должен измениться, Пилар? Я тебя люблю и никогда не был против того, чтобы жениться на тебе. А может, это как раз то, что нам обоим просто необходимо?

— Но зачем? Если только ради твоей карьеры... Но почему кому-то должно быть до этого дело?

— Ты совершенно права, до этого не должно быть дела никому, кроме нас двоих. И я хочу, чтобы ты стала моей женой. — Брэд вдруг наклонился вперед, взял ее за руку и поцеловал. — Я люблю вас, Пилар Грэхем. Я буду любить вас всегда, до конца жизни. И я хочу, чтобы вы стали моей женой, независимо от того, получу я судейское кресло или нет. Ну, что ты на это скажешь?

— Я скажу, что ты сумасшедший. — Пилар улыбнулась и поцеловала его. — Ты, наверное, переутомился на работе. Между прочим, я совсем не такая, как все. Так вот, слушай: когда мне было двадцать пять, я страшно гордилась тем, что у меня седые волосы; я никогда не мечтала иметь детей, тогда как другие только и думают о том, как бы завести дочурок и сыновей; я люблю отдаваться работе, а не торчать целыми днями дома, и нисколько не возражаю против того, чтобы жить с мужчиной, не будучи за ним замужем.

— Как так? Тебе должно быть стыдно жить во грехе. Разве у тебя нет совести?

— О какой совести ты говоришь? Может, о той, которую я как-то оставила в баре, потому что мне было больше нечем расплатиться?

— О, я всегда знал, что у тебя в прошлом есть какие-то грехи. — Вдруг он изменил тон и сказал совершенно серьезно: — Хорошо, оставим пока эту тему, надо все хорошо обдумать.

Этот разговор происходил накануне Рождества. Потом, в течение шести месяцев, они обсуждали эту тему со всех сторон, вертели ее так и эдак, спорили до хрипоты, пока наконец Брэд не поклялся в том, что никогда не женится на ней, даже если она будет умолять его об этом. И он был совершенно ошеломлен, когда как-то в мае вечером Пилар вдруг заявила:

— Ты знаешь, я все обдумала. — Она возилась с кофеваркой и даже не повернулась к нему.

— Обдумала что? — Брэд совершенно не представлял, что она имеет в виду.

— Ну... о нас. — Она замолчала на некоторое время, а он вдруг заволновался. Пилар была очень независимым человеком, и он знал, что она может принять какое-нибудь скоропалительное решение, а потом внушить себе, что оно очень важное и правильное, и ничем ее тогда не переубедишь. — Я думаю, что мы должны пожениться. — Она выглядела вполне серьезной и протянула ему кофе, но он уставился на нее в изумлении и даже забыл взять чашку.

— Что? После всех тех возражений, которые ты навыдумывала, начиная с Рождества... Что, черт возьми, заставило тебя изменить свое решение?

— Да ничего. Я просто подумала, что, наверное, ты прав, и все-таки уже пора...

Она на самом деле очень много над этим думала, но сейчас не смогла бы объяснить ни ему, ни себе, что был какой-то толчок, что-то не зависящее от нее, и в то же время сознание того, что, если они поженятся, она навсегда станет его частью... его плотью... до конца жизни...

— Но почему?

— Я не знаю. — Пилар выглядела такой растерянной, что он не выдержал и усмехнулся.

— Ты сошла с ума. Окончательно и бесповоротно. И я еще больше люблю тебя. — Он обошел вокруг стола, обнял ее и поцеловал. — Я просто без ума от тебя, и мне абсолютно все равно, выйдешь ты за меня замуж или нет. Ты не хочешь обдумать свое решение еще какое-то время?

— Не стоит давать мне много времени на обдумывание, — усмехнулась она, — а то ведь мне ничего не стоит изменить решение. Знаешь, давай сделаем это как можно быстрей.

— Клянусь, я сделаю все, что в моих силах! — Брэд был в восторге.

Свадьба была назначена на июнь, они позвонили детям, и те, совершенно потрясенные, пообещали в любом случае приехать, бросив все дела: казалось, они были рады даже больше, чем жених и невеста. Пригласили около десяти пар, несколько холостых друзей, коллег, среди них Марину Голетти — лучшую подругу Пилар, которая должна была возглавить церемонию, и, конечно, мать Пилар. Брэд похоронил своих родителей четыре года назад. Мать Пилар жила и работала в Нью-Йорке, но на свадьбу обещала вырваться, «если, конечно, она состоится», — заметила она скептически, что еще больше раззадорило ее дочь.

Как Брэд и обещал, он все взял в свои руки, только приглашения рассылал его секретарь. Все, что осталось невесте, — покупка свадебного платья. Они отправились на его поиски втроем: она, ее будущая падчерица и Марина Голетти. Пилар была так смущена всей этой затеей, что пришлось чуть ли не силой заставлять ее мерить платья. Но в конце концов она сама выбрала красивое шелковое, мелко плиссированное платье от Мэри Макфадден. Надев его, она стала похожа на греческую богиню. В день свадьбы она зачесала волосы наверх, оставив только несколько завитков у лица, а прическу украсила небольшим венком из живых цветов. Когда она вышла к гостям, то выглядела просто потрясающе.

— Смотри, оказывается, это не так уж плохо, — шепнул ей Брэд, когда они тихо стояли в сторонке, наблюдая, как веселятся их гости. Между ними уже давно существовало взаимопонимание, которое успело возникнуть за эти тринадцать прожитых вместе лет. Возникло из споров, отчаяния, слез, одиночества и ненависти. Это было взаимопонимание, рожденное любовью, которая соединила их, чтобы они могли вместе идти по жизни, преодолевая все трудности и помогая друг другу. — Скажи, ты решилась на эту свадьбу ради меня или ради них? — мягко спросил он.

— Пусть это глупо, но я сделала это ради себя самой, — быстро проговорила она. Пилар не собиралась говорить это, но слова вырвались сами собой. Поэтому она поспешно добавила: — Мне вдруг очень захотелось выйти за тебя.

— Это просто замечательно — то, что ты сейчас сказала. — Он приблизился к ней вплотную и заключил в объятия. — Я тоже очень хотел жениться на тебе все это время, Пилар. Но я не хотел на тебя давить.

— Да, ты всегда был тактичен, и я тебе очень за это благодарна. Я теперь поняла, мне просто нужно было время. — Она игриво улыбнулась, и Брэд рассмеялся. Да, хорошо, что она никогда не думала, родить ей ребенка или нет, а то ведь этого тоже можно прождать тринадцать лет, а потом это будет уже проблематично.

— Будем считать, что мы выбрали самое подходящее время. И я люблю тебя. — Произнеся это, он вдруг вопросительно посмотрел на нее: — Между прочим, кто ты теперь? Миссис Колеман? Или мисс Грэхем?

— Я вообще-то не думала об этом. Но мне кажется, что в мои годы мне будет не так-то просто сменить фамилию. Когда пробудешь сорок два года мисс Грэхем, потом стать кем-то другим, да еще за один день... — она заметила разочарование в его глазах, — но, с другой стороны... может, за следующие тринадцать лет я смогу привыкнуть к другой фамилии?.. Знаешь, что я тебе отвечу?

— Колеман? — Он был поражен и тронут до глубины души. Действительно, сегодня был просто необыкновенный день.

— Миссис Колеман, — проговорила она, — Пилар Колеман. — Она трогательно улыбнулась, став совсем юной. Брэд не удержался и снова поцеловал ее. Его рука нежно обвилась вокруг ее талии, и они медленно двинулись к гостям, туда, где праздник был в разгаре.

— Мои поздравления, Пилар. — Мать улыбалась ей поверх бокала с шампанским.

В свои шестьдесят семь Элизабет Грэхем была все еще привлекательной женщиной. Она была врачом-невропатологом и имела обширную практику в Нью-Йорке вот уже сорок лет. Пилар была ее единственным ребенком. Ее муж — судья нью-йоркского апелляционного суда — погиб в авиакатастрофе. Он был тогда на вершине своей карьеры, а Пилар училась на юридическом факультете.

— Сегодня ты удивила нас всех, — сдержанно проговорила мать и поджала губы.

Пилар улыбнулась ей в ответ. Она прекрасно знала ее манеру все время поддразнивать дочь и научилась с годами не обращать внимания на эти реплики и тон, которым они обычно произносились.

— Вся наша жизнь полна неожиданностей и сюрпризов, — парировала дочь и посмотрела на Брэда и стоящую позади него Марину.

Они были знакомы буквально с первых дней, как только Пилар появилась в Санта-Барбаре. Женщины очень сблизились, Марина в какой-то мере заменяла ей мать, и для Пилар очень много значило то, что именно она возглавила свадебную церемонию. Марина работала с Брэдом в суде, но дружили они с Пилар уже целую вечность. Они вместе работали еще в адвокатской конторе, пока Марина не сделалась судьей, а отношения их были гораздо более тесными, чем отношения Пилар с матерью.

С матерью они никогда не были близки, да и вообще своих родителей Пилар почти совсем не знала и виделась с ними редко. Они были заняты своей карьерой и, когда дочери исполнилось семь, отправили ее в интернат. На каникулы ее привозили домой и устраивали, как она рассказывала об этом Брэду, «допросы с пристрастием». Они спрашивали, чему их там учат, как продвигается ее французский и не будет ли она любезна объяснить появление низкой оценки по математике. Они были совершенно чужими ей людьми, хотя отец иногда во время отпуска предпринимал слабые попытки сблизиться с дочерью. Но как бы ни был отец занят своей карьерой, это была ерунда по сравнению с тем, как относилась к работе Элизабет Грэхем. Когда Пилар была еще ребенком, мать дала ей понять раз и навсегда, что то, что она делает для своих пациентов, не идет по важности ни в какое сравнение с тем, что она может сделать для своей единственной дочери.

Много лет назад, когда они только познакомились, Пилар сказала Брэду:

— Я понятия не имею, зачем моим родителям вообще нужны были дети. Я часто гадала, была ли я ошибкой их молодости или неудавшимся экспериментом. Но, по-моему, они сами никогда не знали этого. Отцу, правда, стало немного легче, когда я пошла по его стопам. Я думаю, он тогда впервые в жизни решил, что все-таки я что-то собой представляю, а до этого они никогда не интересовались моими школьными успехами. Ну а мать, естественно, была просто в бешенстве, что я не интересуюсь медициной, хотя она никогда и не пыталась привить мне интерес к ней.

Фактически Пилар всю свою жизнь провела в различных школах. Она как-то в шутку сказала одному из своих коллег, что прошла те же «университеты», что и некоторые из ее подзащитных, которые всю свою сознательную жизнь провели в тюрьмах. И вполне естественно, что отношение к ней ее родителей, их холодность и безразличие внушили Пилар мысль о том, что замужество — дело совершенно бессмысленное, ну а о детях вообще говорить не приходится. Такого детства, как у нее, она бы не пожелала и врагу, а не то что своему ребенку. Поэтому, увидев, как Брэд относится к своим детям, как он с ними откровенен, приветлив, всегда готов выслушать, понять, помочь, поделиться с ними своими проблемами, она была просто поражена. Таких отношений у Пилар не было ни с одним существом в мире. А Брэд мало-помалу помог ей научиться открывать душу, делиться своими чувствами с теми, кто ее окружает. Постепенно она стала откровенной не только с ним, но и с его детьми. Но над тем, чтобы завести собственного ребенка, Пилар не задумывалась никогда. И сейчас, встретившись с матерью на свадьбе, она с горечью подумала о том, что родители лишили ее многого.

— Ты сегодня прекрасно выглядишь. — Мать сказала это таким тоном, будто разговаривала с малознакомым человеком. Она никогда в разговоре ни голосом, ни интонацией не выдавала своих чувств. — Досадно, что вы с Брэдом слишком стары для того, чтобы иметь детей.

Пилар уставилась на нее в изумлении, не веря своим ушам.

— Я не могу поверить, что это говоришь ты... — Она произнесла это так тихо, что ее не услышал даже стоящий рядом Брэд. — Какое ты имеешь право вмешиваться в нашу жизнь, да еще с такими неуместными замечаниями? — Ее глаза так гневно сверкнули, что Марина издали заметила это.

— Ты знаешь не хуже меня, что с медицинской точки зрения ты уже в том возрасте, когда заводить детей не слишком благоразумно. — Мать была совершенно бесстрастной и спокойной, тогда как Пилар еле сдерживалась, чтобы не взорваться от бешенства.

— Женщины в моем возрасте прекрасно рожают, и не так уж редко, — Пилар досадовала, что завелась по этому поводу. Ведь она никогда не думала заводить детей. Но, с другой стороны, какое право имеет ее мать говорить о том, чего она не хочет или, что еще хуже, не может. После того, что она сделала, а вернее, не сделала для дочери за все эти годы, Пилар считала, что эта женщина не имеет ни малейших оснований вмешиваться в ее жизнь, навязывать ей свое мнение и доказывать правоту своих доводов и суждений.

— Может, и рожают, Пилар, но это не приводит ни к чему хорошему. Я сталкиваюсь с такими поздними детьми чуть ли не каждый день. Это несчастные, обделенные жизнью существа, совершенно неполноценные как физически, так и умственно. Поверь, тебе это совершенно ни к чему.

— Да, ты права, мне это ни к чему. — Она посмотрела матери прямо в глаза. — Мне это ни к чему, потому что я никогда не хотела иметь детей, никогда... И только лишь благодаря тебе и отцу! — С этими словами Пилар повернулась и затерялась в толпе гостей. Ее била дрожь, она хотела поскорей найти Брэда, единственного человека, который мог успокоить ее.

— С тобой все в порядке? — Это была Марина, ее седые, мелко завитые волосы придавали прическе немного старомодный вид. Вот кто был для Пилар настоящей матерью, другом, на которого всегда можно положиться. Чуткая и мудрая, она всегда могла дать совет, основываясь на собственном жизненном опыте. Старшая из одиннадцати детей, она после смерти матери подняла их на ноги, но сама так и не вышла замуж, и своих детей у нее не было. «Я вся отдалась работе», — оправдывалась она и всегда сочувствовала Пилар по поводу ее отношений с родителями. В последние годы обида на мать прошла, и она не вспоминала о ней, за исключением тех редких случаев, когда они виделись. «Доктор», как называла ее Пилар, появлялась в Калифорнии раз в два-три года, и в промежутках между встречами дочь нисколько не скучала по ней и лишь слегка удивлялась, что их отношения с годами не становятся ближе.

— Похоже, Доктор задала тебе перцу. — Марина ласково смотрела на нее. Пилар улыбнулась. Когда Марина рядом, хочется думать о человечестве только хорошее. Она была из тех редких людей с открытой душой, которых все любят.

— Она просто хотела удостовериться в том, что мы с Брэдом благоразумны и понимаем, что в нашем возрасте не стоит заводить детей. — Пилар сказала это с улыбкой, но в ее голосе чувствовалась горечь. Ей было обидно не за детей, которых у нее не будет, ей было обидно за то, что мать опять не проявила ни капли заботы и участия к ее судьбе.

— Кто это сказал? — Марина выглядела рассерженной. — Моя мать родила последнего ребенка, когда ей было пятьдесят два.

— Что ж, мне теперь есть к чему стремиться. — Пилар усмехнулась. — Пообещай мне, что этого не будет, а не то я застрелюсь прямо сейчас.

— Это в день своей свадьбы? Не будь такой жестокой! — И вдруг, посерьезнев, Марина ошеломила Пилар совершенно неожиданным вопросом: — А вы оба хотите иметь детей? — Она знала пары, которые были гораздо старше их и имели маленьких детей, а близость их отношений давала, как она считала, ей право на подобный вопрос. Она была настолько ошеломлена тем, что Пилар после стольких лет решительного отказа от брака решила выйти замуж, что теперь ставила под сомнение и все другие ее жизненные принципы.

Пилар искренне рассмеялась:

— Дорогая, насчет этого можешь не беспокоиться. Если бы я имела список желаний, то дети в нем были бы даже не на последнем месте, их бы там не было вообще. Этого я никогда не планировала. — Ей нравилась близость с Брэдом, но о детях она не задумывалась никогда.

— Чего это ты никогда не планировала? — Брэд подошел неслышно и со счастливым видом обнял невесту.

— Я никогда не планировала бросить юриспруденцию. — Его неожиданное появление и нежные объятия тотчас успокоили Пилар, заставив забыть раздражение, вызванное словами матери.

— А кто может в этом усомниться? — Брэд очень удивился. Пилар была превосходным адвокатом и всегда гордилась своей карьерой. Он даже представить себе не мог, что ей придет в голову заняться чем-нибудь другим.

— Я так думаю, Пилар скоро присоединится к нам и займет одно из судейских кресел. — Марина сказала это многозначительным тоном, в душе надеясь, что так оно и будет. Потом она отошла, оставив их вдвоем. Они смотрели друг другу в глаза и не видели никого вокруг. Их близость никто не мог нарушить.

— Я люблю тебя, миссис Колеман. И я бы очень хотел выразить словами всю силу своего чувства.

— Ты можешь делать это всю жизнь... Я тебя... я тоже люблю тебя, Брэд, — прошептала она.

— Да, эти слова стоят тринадцати лет ожидания, впрочем, я смог бы ждать еще хоть полвека.

— Вот тогда бы ты точно заставил мою маму понервничать. — Пилар рассмеялась, закинув голову.

— О, неужели твоя мама считает, что я слишком стар для тебя? — В конце концов, он ведь был всего на несколько лет моложе ее матери.

— Нет... Видишь ли, она считает, что это я стара для тебя. Она думает, что мы сошли с ума и собираемся рожать полоумных детей, чтобы пополнить ее клиентуру.

— Очень мило с ее стороны. Это все, что она тебе сказала? — Видно было, что он слегка раздражен, но Брэд был не из тех людей, которые позволяют кому-нибудь испортить себе настроение, да еще в день, которого он так долго ждал.

— Да, но это, по ее мнению, очень важно. Во всяком случае, как врач, она посчитала своим долгом предупредить меня.

— Интересно, что она скажет, когда мы пригласим ее на нашу серебряную свадьбу? — сказав это, Брэд нежно поцеловал ее в губы.

Они танцевали весь вечер, а в полночь, когда веселье было в полном разгаре, незаметно покинули торжество и отправились в заказанный специально на эту ночь номер в «Билтморе».

— Ты счастлива? — спросил Брэд, когда они сели в заказанный лимузин.

— Абсолютно. — Она зевнула, устраиваясь поудобней. Вытянув ноги в белых свадебных туфлях на откидное сиденье, Пилар положила голову ему на плечо. Вдруг она выпрямилась и, нахмурившись, взглянула на него: — О Боже... Я забыла попрощаться с матерью, а она же завтра рано утром уезжает. — Мать собиралась в Лос-Анджелес, на медицинский консилиум, так что свадьба Пилар пришлась как нельзя кстати.

— Ничего страшного не случится, поверь мне. В конце концов, это же день твоей свадьбы. Она могла бы сама подойти и пожелать тебе счастья. — Брэд нежно поцеловал ее. Пилар в ответ пожала плечами. Да, действительно, теперь уже все равно. Это была долгая война, но теперь она закончилась, во всяком случае для Пилар. — Я пожелаю тебе счастья вместо нее. — Брэд снова склонился к ней, они поцеловались, и Пилар вдруг поняла, что отныне она будет жить своей личной жизнью и главным в ее жизни будет муж. Он теперь единственное, что у нее есть, и даже больше. И она вдруг неожиданно для себя пожалела, что не вышла за него раньше.

Прошлого для нее больше не существовало, с этой минуты она перестала думать о родителях и о том, как они ее обделили своей любовью. Все, что ее теперь интересовало, — это Брэд и жизнь, которую она отныне разделит с ним. Так, сидя в машине, мчавшей их в «Билтмор», Пилар думала об их будущем.

Глава 2

Спустя неделю после Дня Благодарения Диана с головой ушла в работу, делая подборку для апрельского выпуска журнала. У нее были заготовки для большой статьи с фотографиями сразу о двух домах: один нахо-

дился в Ньюпорт-Бич, а другой — в Ла-Джоле. Еще она
съездила в Сан-Диего, надеясь подыскать там что-нибудь
интересное, и, таким образом, к вечеру чувствовала
себя совершенно разбитой. Местные жители были не-
сговорчивы; женщине, хозяйке дома, не нравилось ничего, что бы они ни делали, а редактор, которую Диана
назначила отвечать за материал, отнимала уйму времени, постоянно жалуясь и плача ей в жилетку.

— Спокойнее, не заводись, — говорила ей Диана, но
у нее самой нервы были на пределе, к тому же голова
раскалывалась начиная с полудня, — она думает, что расстроила тебя, но она ошибается. Просто к ней надо под-
лизаться, как к маленькому ребенку. Она же хочет попасть на страницы журнала, вот мы ей и поможем.

Но вскоре после этого фотограф не выдержал и пригрозил, что вообще уйдет, так что к концу дня настроение было испорчено у всех, а особенно у Дианы.

Вернувшись в гостиницу «Валенсия», Диана зашла в
номер и, не включая света, повалилась на кровать. Она
до того устала, что не могла ни двинуться, ни раскрыть
рта. О том, чтобы поесть, не могло быть и речи. Она
даже не в силах позвонить Энди. Но это надо было сделать в любом случае, поэтому она решила сначала принять ванну и заказать порцию супа прямо в номер. По-
дождав, пока ванна наполнится, Диана разделась и с на-
слаждением опустилась в теплую воду. И тут же увидела
предательский кровавый след. Она каждый месяц надеялась, что он не появится, и каждый месяц он неизменно появлялся, несмотря на ее молитвы, несмотря на то,
что они с Энди пользовались всеми ее благоприятными
днями для зачатия ребенка. Несмотря ни на что. Опять.
Она не беременна. Вот уже шесть месяцев. И если Энди
пока не видел в этом повода для беспокойства, то на нее
это действовало просто удручающе.

Она закрыла глаза, и по щекам покатились слезы. Ну

почему для нее это так трудно? Почему именно у нее ничего не получается? Ведь у сестер все было так просто!

Диана позвонила Энди. Он только что вернулся домой с какого-то собрания у себя на радио.

— Эй, малыш, как у тебя сегодня дела? — Его голос показался ей усталым, и Диана решила ничего ему не говорить до своего возвращения, но он безошибочно угадал, что с ней что-то не в порядке. — Что случилось?

— Да нет... просто тяжелый день. — Она старалась говорить так, как всегда, но сердце бешено колотилось в груди. Каждый раз, когда это случалось, ей казалось, что в ней что-то умирает, и она впадала в самую настоящую панику.

— Что-то не похоже, чтобы это был просто тяжелый день. У тебя неприятности с твоей командой или с хозяевами дома?

— Нет, нет! С этим все в порядке. Хозяйка, правда, упряма как осел, а фотограф дважды за этот день собирался уволиться, но это вполне нормально для нашей работы. — Она грустно улыбнулась.

— А что же тогда ненормально? Чего ты недоговариваешь?

— Да нет, ничего... Я... ну, в общем, у меня женские дела... и какая-то депрессия... — Когда она это сказала, слезы вновь потекли по ее щекам, но Энди, казалось, сразу успокоился.

— Ничего страшного, малышка. Подумаешь, попробуем еще. Черт возьми, прошло только шесть месяцев. Некоторым требуется для этого год или два. Давай успокойся, не переживай из-за этого и занимайся работой. Я люблю тебя, глупышка. — Он был тронут тем, как она переживала каждый месяц, но прекрасно понимал, что тревожиться пока не о чем. Они ведь оба постоянно в напряжении из-за работы, а это, как известно, не в их пользу. — Почему бы нам не съездить куда-нибудь на пару дней в следующем месяце? Ты высчитаешь свои дни и скажешь мне, хорошо?

— Я люблю тебя, Эндрю Дуглас. — Диана улыбнулась сквозь слезы. Все-таки замечательно, что он так серьезно относится к ее стремлению завести ребенка. — Хотела бы я так же спокойно чувствовать себя по этому поводу, как и ты. Но мне все-таки кажется, что стоит обратиться к специалисту или хотя бы поговорить на эту тему с Джеком.

— Не говори глупостей. — Первый раз за время их разговора в голосе Энди послышались нотки раздражения. Он не собирался обсуждать свою интимную жизнь со свояком, — с нами все в порядке, и с тобой, и со мной... ты слышишь, все в порядке.

— Как ты можешь знать наверняка?

— Знаю, и все. Прошу тебя, поверь мне!

— Хорошо, хорошо... Прости меня... просто я так расстраиваюсь каждый раз... целый месяц я прислушиваюсь к своим ощущениям, ловлю себя на том, что ищу признаки... и каждый раз мне кажется, что я в самом деле беременна... а потом... в один день все кончается... — Ей было тяжело объяснить то разочарование, которое она испытывала каждый раз, ту боль, опустошение, чувство тоски... Они жили вместе уже три года, шесть месяцев были женаты, и теперь она хотела от него ребенка. Даже пустующий третий этаж в их доме, казалось, был для нее упреком. Они покупали этот дом в расчете на большую семью. Неужели не суждено иметь детей?

— Забудь об этом на время, дорогая. Рано или поздно это обязательно произойдет. Лучше скажи, когда ты возвращаешься?

— Завтра вечером, надеюсь. Если, конечно, вся эта братия не сведет меня с ума.

Диана вздохнула. Мысль о том, что ей опять придется возиться завтра со всеми этими людьми, все больше угнетала ее. Еще сегодня она работала несмотря на все трудности, но после пережитого разочарования... Каждый месяц она испытывала это чувство — чувство потери и одиночества. И она не могла поделиться своим горем ни с кем, даже с Энди. Другим бы оно показалось просто смешным, но для нее это было настоящей мукой: целый месяц ждать и надеяться, а потом испытывать ужасное разочарование и, преодолевая его, снова утешать себя мыслью, что, может быть, в следующий раз все будет по-другому.

— Я буду ждать твоего возвращения, любимая. Постарайся лечь сегодня пораньше и хорошо выспаться. Ты увидишь, завтра тебе будет намного легче. — Ну почему он так легко к этому относится? А может, просто не показывает вида? Старается ее подбодрить? Но ей было бы легче, если б он разделял ее тревогу. А может, все-таки лучше, что он так спокоен? — Я люблю тебя, Ди.

— Я тоже, любимый. И очень скучаю.

— Я тоже страшно соскучился. Ну, до завтра, до вечера.

Когда Диана повесила трубку, горничная внесла суп, но она к нему даже не притронулась. Она погасила свет и долго лежала в темноте, думая о ребенке, которого она так хотела иметь, и о предательском кровавом пятне, которое означало, что этот месяц опять прошел даром. И все-таки, засыпая, Диана позволила себе подумать о том, что через месяц это разочарование не повторится.

* * *

Пилар Грэхем — на работе она не позволяла называть себя иначе — сидела у себя в кабинете и внимательно изучала очередное дело, делая пометки на полях. Загорелся «глазок» селектора, и голос секретарши произнес:

— Пришли мистер и миссис Робинсон.

— Спасибо. Пусть войдут.

Пилар поднялась из-за стола, когда секретарша открыла дверь и впустила пару, выглядевшую озабоченной. Женщине было около сорока, ухоженные темные волосы спадали ей на плечи; мужчина, высокий и сухопарый, был одет в хороший, но не слишком дорогой костюм и выглядел немного старше своей спутницы. Их направил к ней ее знакомый адвокат, и Пилар провела все утро, подробно изучая дело этой пары.

— Здравствуйте, я — Пилар Грэхем.

После обмена рукопожатиями она предложила им сесть и осведомилась, что они предпочитают, чай или кофе. Было заметно, что супруги нервничают, им не терпелось приступить к делу.

— Я все утро изучала ваш случай, — Пилар сказала это спокойным тоном, который вполне соответствовал ее внешности: серьезная, интеллигентная, выдержанная, словом, человек, на которого можно положиться. Они были наслышаны о ее репутации — репутации непревзойденного мастера своего дела. И это была главная причина, по которой они обратились именно к ней.

— Как вы считаете, можно что-нибудь сделать? — Эмили Робинсон с тоской взглянула на адвоката, и Пилар заметила невероятную боль, промелькнувшую в ее глазах. Она еще не знала, сможет ли чем-то помочь этой женщине.

— Я надеюсь, что смогу помочь вам, хотя не уверена в этом до конца. Я внимательно ознакомилась с вашим делом и пришла к выводу, что мне придется посоветоваться с коллегами, в частном порядке, разумеется. Боюсь, в своей практике я впервые сталкиваюсь с такой ситуацией. Некоторые наши законы уже давно устарели, к тому же в различных штатах они сильно отличаются друг от друга. А ваш случай не из легких, как вы сами понимаете, и я пока затрудняюсь делать окончательные выводы.

Ллойд Робинсон договорился с семнадцатилетней девицей, живущей в маленьком горном поселке в пригороде Риверсайда, что она родит ребенка, которого они с супругой усыновят, поскольку не могут иметь собственных детей. У Мишель уже было двое незаконнорожденных детей, она была согласна родить и третьего. Ллойд узнал о ней через школу, в которой раньше работал. Местный врач сделал ей искусственное оплодотворение. Робинсон заплатил Мишель пять тысяч долларов, чтобы она смогла переехать от родителей в Риверсайд и поступить там в колледж. Во всяком случае, это была плата, которую она назначила сама, так как из-за отсутствия денег ей пришлось бы всю жизнь просидеть в горах, чего она не хотела.

Робинсоны только теперь поняли, какую ошибку они совершили. Девица была слишком молода и непостоянна, и, когда об этом узнали ее родители, они подняли на ноги местные власти. Ллойду было предъявлено множество обвинений, которые он, к счастью, смог опровергнуть. Но суд оставил открытым вопрос о несовершеннолетнем возрасте матери ребенка. Они даже пытались выяснить, не было ли здесь изнасилования, но Ллойд сумел доказать, что сексуальных контактов не было вообще.

Пока продолжался процесс, девица отказалась отдавать ребенка. К тому времени, как он родился, она вышла замуж за местного парня, который был полностью на ее стороне. А когда Пилар встретилась с отчаявшейся парой, эта девушка, Мишель, была снова беременна, теперь уже от своего мужа. Между тем ребенку Ллойда Робинсона исполнился год, а суд не разрешал супругам даже видеть его. Ллойду сказали, что как донор он не имеет на малыша никаких прав. Суд также признал, что он оказывал нежелательное воздействие на несовершеннолетнюю, и заставил его подписать бумаги, запрещающие принимать какие-либо действия по отношению к ребенку и его матери. Супруги были просто в отчаянии из-за всего этого. Они вели себя так, как будто это был действительно их ребенок, которого у них украли. Они продолжали называть малышку Жан Мари. Это имя супруги выбрали в память о двух матерях — его и ее, хотя Мишель, конечно, звала дочку как-то иначе. Чем больше Пилар смотрела на эту пару, тем яснее ей становилось, что их мечта об этом ребенке скорее всего так и останется мечтой.

— А не легче ли для вас усыновить другого ребенка вполне законным путем?

— Может быть, вы и правы, — грустно сказала Эмили, — но вы понимаете, мы хотим, чтобы это был *его* ребенок. Дело в том, что я, к сожалению, не могу иметь детей, мисс Грэхем. — Это было сказано так, будто женщина сознавалась в совершении ужасного преступления, и Пилар стало ее жаль. Да, случай был действительно сложный и необычный, но самое необычное во всем этом, как казалось Пилар, было фанатичное желание этой пары во что бы то ни стало иметь ребенка. — Мы уже опоздали с законным усыновлением, — продолжала женщина, — мне — сорок один, а Ллойду — почти пятьдесят. Мы многие годы стремились к этому, но сначала нам не позволял доход, а потом Ллойд получил травму и несколько лет не мог работать. Теперь наконец-то дела пошли на лад. Но нам все равно пришлось продать машину и целый год работать каждому на двух работах, чтобы заплатить Мишель за ребенка. А остальное мы истратили на адвокатов. И в результате остались ни с чем.

Она говорила сущую правду, но Пилар интересовало не это. Ее все больше поражала ситуация, в которой оказались эти люди. Она изучила характеристику социального работника на чету Робинсонов, и, по мнению окружающих, это была самая обыкновенная супружеская пара. Сложность для них заключалась лишь в том, что они не могли иметь детей, но страстно хотели ребенка. И в отчаянии готовы были пойти на все. Да, отчаяние может заставить человека наделать много глупостей. Эти двое, по мнению Пилар, уже наделали их достаточно.

— Будете ли вы добиваться права на посещение ребенка? — спросила она, пытаясь оставить им хоть какую-то надежду.

Эмили тяжело вздохнула:

— Конечно, если нам не удастся добиться ничего другого. Послушайте, но ведь это же так несправедливо! Мишель родила двоих детей, когда сама была еще почти ребенком, теперь она вот-вот родит еще одного от этого парня, за которым она замужем. Ну зачем ей еще малышка Ллойда? — Голос Эмили звучал жалобно, и они все трое знали, что за этой жалобой стоит отчаяние.

— Но это и ее ребенок тоже. — Пилар постаралась сказать это как можно мягче.

— Скажите, как, по-вашему, право на посещение ребенка — это все, чего мы можем добиться? — Это были первые слова, произнесенные супругом, и Пилар помедлила, прежде чем ответить:

— Вполне возможно. Но, принимая во внимание сегодняшнюю позицию суда, это, несомненно, будет большим шагом вперед. А потом, со временем, если, например, Мишель станет недостаточно хорошо относиться к дочери или у нее возникнут проблемы с мужем, тогда, может быть, вам удастся отвоевать девочку. Но, как вы сами понимаете, ничего конкретного я вам обещать не могу, кроме того, что это может длиться годы и годы. — Пилар никогда не обманывала своих клиентов.

— Предыдущий адвокат сказал, что, может быть, она вернет нам Жан Мари через шесть месяцев, — робко произнесла Эмили, и Пилар не стала поправлять ее, объясняя, что о возвращении ребенка речи вообще быть не могло, так как прежде всего он никогда им и не принадлежал.

— Я не думаю, что он был честен с вами, миссис Робинсон. — Скорей всего, они были того же мнения, иначе не сменили бы адвоката. Супруги молча покачали головами и в отчаянии посмотрели друг на друга. Тоска и одиночество, появившиеся в их глазах, никого не смогли бы оставить равнодушными.

У Пилар с Брэдом было несколько знакомых пар, воспитывающих приемных детей. Чтобы усыновить ребенка, многие из них ездили в Гондурас, Корею и даже в Румынию. Но таких необдуманных поступков никто из их знакомых никогда не совершал и не выглядел так нелепо, как эти двое. Да, у Робинсонов был шанс, но они упустили его, и им это было совершенно ясно.

Пилар еще немного побеседовала с ними, сказав, что обязательно будет заниматься их делом, если они этого захотят. Она обещала разыскать аналогичные случаи в практике других штатов и дать им знать. Но супруги попросили ее пока ничего не предпринимать и обещали позвонить, если им понадобится ее помощь.

Но когда они ушли, Пилар уже знала, что они больше не позвонят. Им нужен был кто-то, кто пообещал бы прыгнуть выше головы, она же им не подходила, потому что не сделала этого. После их ухода Пилар сидела несколько минут и размышляла над их поведением. Они так беспокоились, так заботились о ребенке, которого не знали. Они ни разу даже краем глаза не видели малышку, и все-таки она была для них Жан Мари, они о ней думали, переживали из-за нее и любили ее. И хотя инцидент был исчерпан, Пилар сожалела, что не может помочь этим людям. Дело весьма заинтересовало ее, и она в задумчивости смотрела в окно, когда ее коллега,

Алиса Джексон, заглянула в дверь офиса и воскликнула, загадочно улыбаясь:

— Пилар... У тебя все в порядке? Я не видела тебя такой озабоченной с тех пор, как ты ушла из городского суда. Тогда тебе приходилось ломать голову над защитой очередного преступника. Интересно, кто убийца на этот раз?

— Никто. — Пилар улыбнулась, вспоминая то время, когда работала адвокатом в городском суде.

Другой ее коллега, Брюс Хеммингс, тоже работал с ними. Они с Алисой были женаты уже многие годы и воспитывали двоих детей. Пилар и Алиса всегда были в дружеских отношениях, хотя Пилар никогда бы не доверила ей того, что она с легкостью доверяла Марине. Но работать с Алисой было легко, и за десять лет совместной службы они не имели друг к другу ни малейших претензий.

— Нет, это не кровавое убийство. — Пилар натянуто улыбнулась, отошла от окна и опустилась в кресло. — Просто странная житейская история.

Она вкратце изложила суть дела, и Алиса сочувственно покачала головой.

— Да, уже давно пора принять новый закон, касающийся этих проблем. Сейчас самое большее, чего ты можешь добиться, это права посещения. Помнишь, в прошлом году Тед Мерфи вел похожее дело? Тогда женщина, носившая ребенка, отказалась отдать его в самый последний момент. Это дело рассматривал государственный верховный суд. Отца тогда обязали к материальной помощи, но ребенка оставили матери, и все, чего он добился, было право посещения.

— Да, я помню это дело, но эти люди показались мне такими... — Пилар не закончила мысль, пожалев, что вообще произнесла это вслух, но ей действительно казалось, что эта пара заслуживает сочувствия.

— Я помню только один случай, о котором когда-то читала, когда судья был на стороне приемных родителей. Тогда женщине ввели в матку уже оплодотворенную яйцеклетку. Я не помню, где это было, но если хочешь, могу найти описание процесса, — сказала Алиса серьезно. — Тогда судья заявил, что суррогатная мать не имеет никаких родственных связей с плодом, потому что и сперма, и яйцеклетка были взяты у посторонних людей, уже оплодотворенные. И ребенка отдали супругам-донорам. Но в твоем случае обстоятельства, конечно, совсем другие, да и вообще надо быть совершенным идиотом, чтобы связаться с несовершеннолетней девчонкой.

— Да, конечно. Но иногда люди делают ужасные глупости, лишь бы заиметь детей.

— Она будет мне рассказывать! — Алиса села на стул и усмехнулась: — Я два года пила гормональные таблетки, которые, казалось, меня доконают. Я себя чувствовала ужасно, мне казалось, что я прохожу курс химиотерапии, а не принимаю препараты, чтобы зачать ребенка. — Она даже передернула плечами, вспоминая все свои давние ощущения. — Но зато у меня двое прекрасных детей, и я считаю, что овчинка выделки стоит. — Да, что верно, то верно. А вот Робинсоны не получили девочку, которую они называют Жан Мари, которую никогда не видели и, скорее всего, никогда не увидят.

— Зачем люди идут на такие жертвы, Али? Иногда, особенно если ты не в силах помочь, это просто удивительно. Да, я знаю, твои мальчики — просто замечательные, но... но если бы у тебя не было детей, неужели это было бы так уж страшно?

— Конечно. — Ответ прозвучал очень тихо. — Это было бы ужасно и для меня... и для Брюса. Мы же с самого начала решили создать семью. — Она перекинула ногу через ручку кресла и посмотрела прямо в глаза подруги. — Большинство людей совсем не такие храбрые, как ты, Пилар. — Она сказала это искренне. Ее всегда восхищало отношение этой женщины к жизни, ее прямота и твердость характера.

— Я совсем не храбрая... Что ты такое говоришь?

— Нет, ты очень смелая и решительная, — возразила Алиса. — Вот ты знаешь, что не хочешь иметь детей, и строишь свою жизнь так, как запланировала. А ведь многие сомневаются, считают, что не иметь детей — это неправильно, а в результате, когда все-таки рожают ребенка, начинают его тайно ненавидеть. Ты даже представить себе не можешь, сколько я встречала таких детей! Многие родители сначала заводят детей, а потом понимают, что они им вовсе не нужны. И в результате ребенок обделен любовью, никто им не интересуется.

— Мои родители были из их числа. Я полагаю, что именно из-за них-то меня не привлекает материнство. Я бы никогда не пожелала своему ребенку испытать все то, что сама пережила в детстве. Я все время чувствовала себя никому не нужной, обузой, отвлекающей от дел занятых людей! Конечно, для родителей гораздо важнее было решать свои «взрослые» проблемы, чем поговорить с девчонкой, а уж о том, чтобы ее полюбить, не могло быть и речи!

Эта горькая правда не была открытием для Алисы. Не то чтобы слова подруги ее поразили, но прозвучали довольно неожиданно. И ей стало вдруг обидно за Пилар, потому что та умышленно лишила себя того, что, по мнению Алисы, было смыслом жизни для женщины.

— Боже мой, Пилар! Ты никогда не будешь плохой матерью. Может быть, сейчас, когда вы с Брэдом наконец поженились, ты передумаешь?

— О чем ты говоришь... Это в мои-то годы? — Пилар выглядела искренне удивленной. Почему, черт возьми, всех так интересует, собираются ли они с Брэдом заводить ребенка?

— Между прочим, ты тоже можешь принимать гормональные препараты. Сейчас появились новые, просто чудодейственные средства. — Алиса так увлеклась, что вскочила со стула и теперь стояла у стола, глядя на подругу сверху вниз. — А с твоим-то везением ты наверняка забеременеешь с первого раза. И нечего нести этот бред насчет возраста. Тебе же только сорок два! Меня не проведешь, старушка Колеман!

— Ну спасибо тебе. Только я, пожалуй, не стану навязывать себе эту головную боль. Бедняга Брэд... он был бы поражен, услышав наш разговор... Впрочем, я поражена не меньше. — Она с улыбкой посмотрела на Алису, а потом ее взгляд упал на часы. Сегодня Пилар договорилась позавтракать со своей падчерицей, и если не поторопится, то может опоздать.

— Хочешь, я пока займусь женщинами, вынашивающими детей на заказ? — Алиса была просто незаменима, когда надо было где-нибудь покопаться. — Ты знаешь, я свободна сегодня после обеда и завтра с утра.

— Спасибо, но я не думаю, что на это стоит тратить время. Мне кажется, они вряд ли перезвонят. Эти двое даже не попытаются отвоевать право на посещение. Я думаю, они из тех, кому подай все или ничего. Может быть, я ошибаюсь, но, по-моему, они попытаются найти кого-нибудь подешевле нас, но чтобы им гарантировал это «все». Но все равно дело ограничится разрешением на посещения, да и то если им повезет.

— Ну хорошо. Но если они вдруг объявятся, дай мне знать.

— Конечно... и, знаешь, спасибо за помощь.

Женщины обменялись улыбками, и Алиса пошла через зал по направлению к своему офису. Она была не так загружена работой, как Пилар, у нее было значительно меньше клиентов. Процессы, которыми она занималась, не относились к разряду громких или нашумевших. Ей нравились необычные, интересные дела, которые попадали под действие законов, редко встречающихся на практике. Если бы она была врачом, из нее получился бы отличный исследователь. Сейчас она работала не полную неделю, потому что два дня сидела с детьми. У каждого из адвокатов был свой «конек», и большую часть работы обычно выполнял Брюс. Он брал на себя процессы, на которых противоположными сторонами выступали различные организации, в то время как Пилар предпочитала работу с отдельными клиентами. Они представляли собой отличную команду и могли с успехом решать любого рода дела. Если же возникала необходимость, они могли нанять кого-нибудь со стороны. Именно так Пилар представляла себе адвокатскую практику. Она ощущала себя компетентной и независимой, могла выбирать только те дела, которые были ей по душе, и имела прекрасных деловых партнеров. Нравились ей также и коллеги Брэда по суду. Вообще круг их знакомых был чрезвычайно интересен. Хотя она как-то пожаловалась мужу, что их знакомые — сплошные судьи и адвокаты, на самом деле ей это нравилось.

Пилар не могла представить себе жизнь без своей любимой юриспруденции. Пока она ехала в центр, на свидание к Нэнси, она удивлялась тому, как ее падчерица может вести такой инертный образ жизни. Нэнси не работала с тех пор, как вышла замуж, хотя прошло уже больше года, и Пилар полагала, что молодой женщине пора чем-нибудь заняться. Но Брэд считал, что его дети должны жить самостоятельно, и она старалась не вмешиваться в их дела, чтобы ни в коем случае не сделать что-либо такое, с чем он не был бы согласен. Это было нелегко, ведь она имела собственное мнение о том, что в жизни важно, а что нет. И на первом месте для нее всегда была работа, чего никак нельзя было сказать о Нэнси.

В «Парадиз» она опоздала. Нэнси уже ждала ее за столиком, нетерпеливо поглядывая по сторонам. Она была одета в темные туфли и темное трикотажное платье, поверх которого было накинуто красное пальто. Ее длинные светлые волосы были зачесаны назад и завязаны мягкой бархатной лентой. Выглядела она, как всегда, очень мило.

— Привет, дорогая. Ты отлично выглядишь!

Пилар опустилась на стул, просмотрела меню и сделала заказ. Потом она обратила все внимание на Нэнси. Казалось, та чем-то обеспокоена, но так как падчерица ничего не говорила, Пилар не стала задавать вопросы, а решила дождаться конца ленча.

И все же она была совершенно потрясена той новостью, которую Нэнси выложила ей во время десерта. Десерт, кстати, состоял из огромного куска шоколадного торта со взбитыми сливками и шоколадным кремом. Пилар удивилась, когда падчерица заказывала его, а когда принесли тарелку, у нее прямо-таки глаза на лоб полезли. Конечно, Нэнси — здоровая молодая женщина с прекрасным аппетитом, но мачеха заметила, что она явно поправилась.

— Должна сообщить тебе кое-что... — пробормотала Нэнси, принимаясь за десерт. Она поливала кремом огромные куски торта и отправляла их в рот. Пилар удивленно наблюдала за падчерицей.

— Я тоже должна тебе кое-что сообщить, — перебила она, — если ты будешь поглощать каждый день столько сладкого, то к Рождеству будешь весить фунтов триста, не меньше. — Пилар была удивлена, но не могла без улыбки смотреть на Нэнси, хоть та и была уже замужней женщиной, для нее все-таки оставалась ребенком, и то, как она уплетала один за другим куски торта со взбитыми сливками, ничуть не делало ее взрослей.

— Мне придется растолстеть в любом случае, — лукаво улыбнулась та мачехе, медленно отхлебывающей кофе.

— Вот как? А, понимаю, ты же сидишь целый день перед телевизором и ешь конфеты. Послушай, Нэнси, хоть твой отец и говорит, что это не мое дело, я все же должна сказать тебе... Мне кажется, что тебе следует чем-нибудь заняться... ну, найти себе работу... Займись благотворительностью, в конце концов, или по дому что-нибудь делай... в общем, я не знаю чем, но чем-то тебе заняться нужно...

— Я уже занимаюсь тем, что жду ребенка. — Нэнси сказала это с улыбкой, а вид у нее был такой, как будто она поделилась с мачехой невероятным секретом. Пилар уставилась на нее в изумлении.

— Ты... что? — Пилар даже мысль такая не приходила в голову. Ведь Нэнси всего двадцать шесть, как раз столько, сколько было Пилар, когда она познакомилась с Брэдом. Это было шестнадцать лет назад, боже, почти полжизни! — Ты беременна? — Почему это кажется ей таким невероятным? Она удивилась сама себе. Но все равно, это просто абсурд.

— Ребенок родится в июне. Мы с мужем сначала решили убедиться, что все в порядке, прежде чем сказать тебе. У меня срок уже три месяца.

— О! — Пилар откинулась на спинку стула. — У меня нет слов! — Ее так мало занимал вопрос о детях, во всяком случае, до сегодняшнего утра, что она просто не знала, что сказать. — Ты счастлива, дорогая? — А может, Нэнси напугана? Взволнована? Что в таких случаях чувствует женщина? Она никогда не могла себе этого представить и никогда не хотела. Единственное, чего она хотела, это *никогда* не испытывать таких чувств.

— Я страшно счастлива, и Томми просто в восторге.

Ее мужу было двадцать восемь, и он работал в Ай-би-эм. Он серьезно относился к своей работе и скорее всего отцом будет замечательным, Пилар в этом не сомневалась. И все-таки для них с Брэдом они всегда были детьми. Даже Тэдди, младший брат Нэнси, казался более взрослым, чем эти двое.

— Это правда здорово! Сначала я чувствовала себя неважно, но теперь все в порядке, — сказала она, подбирая с тарелки остатки шоколадного крема, а мачеха все смотрела на нее как зачарованная.

— А еще одного малыша ты хочешь? — Пилар спросила это в шутку, но падчерица серьезно кивнула:

— Конечно.

— Нэнси, неужели это правда! Ты будешь весить двести фунтов, когда придет пора рожать.

— Зато у меня будет малыш. — Молодая женщина застенчиво улыбнулась, и Пилар, забирая счет, не выдержала и рассмеялась. Потом она наклонилась и поцеловала падчерицу.

— Удачи тебе, дорогая. Я очень рада за вас обоих. Отец будет потрясен, это же его первый внук!

— Да, я знаю. Я думаю, мы навестим вас в конце недели, чтобы сообщить ему эту новость. А ты до тех пор не говори ему ничего, ладно?

— Конечно, не скажу. Еще бы! Испортить такой сюрприз! — Пилар была приятно удивлена тем, что эта девочка, та самая, которая когда-то относилась к ней как к врагу, теперь делится с ней своим секретом, причем делает это до того, как сказать обо всем отцу. В этом была какая-то закономерность и вместе с тем ирония. Во всяком случае, теперь можно с уверенностью сказать, что их отношения полностью наладились.

Они распрощались перед рестораном, и Пилар вернулась в офис.

«Ну вот, — усмехалась она про себя, — все озабочены

тем, собираемся ли мы с Брэдом завести ребенка, а мы между тем собираемся завести внука». Но работа вскоре вытеснила из головы Пилар и Нэнси, и ее новость.

День выдался тяжелый, работы было много, и, когда Брэд заехал за ней, чтобы отвезти ее пообедать, она почувствовала невероятное облегчение. Пилар очень устала, и мысль о том, что надо готовить обед, отнюдь не придавала ей бодрости. Они удобно расположились в маленьком ресторанчике «У Луи», и Брэд, делая заказ, был, казалось, в отличном настроении.

— Что это с тобой сегодня? — Она улыбнулась, глядя на мужа, уселась поудобнее и начала есть. Для нее это был не совсем обычный день. Правда, он был, как всегда, заполнен напряженной работой. И в то же время несколько эпизодов, произошедших в течение дня, заставили ее задуматься и пережить чувства, которых она раньше никогда не испытывала. Пилар все еще не могла переварить новость Нэнси.

— Я сегодня наконец-то закончил дело, которое совершенно вымотало меня. Мне прямо танцевать хочется от облегчения. — Он рассматривал в суде дело, которое тянулось уже два месяца и было ужасно утомительным, а порой откровенно скучным.

— Ну и как?

— Жюри присяжных оправдало обвиняемого, и я полностью согласен с ними.

— О, тогда сегодня для него очень счастливый день. — Пилар вспомнила, как сама когда-то защищала подсудимых и как те бывали довольны, если суд оправдывал их.

— Не только для него, поверь мне. — Брэд блаженно улыбался, и видно было, что он действительно расслабился. — Я приду домой и буду отдыхать, а не возиться с бумагами, готовясь к завтрашнему заседанию. А как у тебя? Похоже, тоже выдался тяжелый день?

— Да. Тяжелый и интересный. Я сегодня столкнулась

с делом, когда женщина вынашивает ребенка по заказу бездетной пары. Отец ребенка по глупости связался с несовершеннолетней девицей, заплатил ей деньги, чтобы она родила ему ребенка, а она в конце концов отказалась отдать малышку. Власти даже попытались привлечь его к суду, все из-за ее возраста, правда, его оправдали, но ребенка даже увидеть не разрешают. Странная пара. В их привязанности к ребенку чувствуется какое-то отчаянное безрассудство. Ведь они ее даже ни разу не видели, а так любят. И ты знаешь, на меня почему-то это подействовало угнетающе... Я весь день только о них и думала. Жаль, что им нельзя помочь! Конечно, если им повезет, они смогут добиться разрешения посещать ребенка, но это все. Если, конечно, мать не будет с ним дурно обращаться. Ты знаешь... как тебе объяснить... Даже представить трудно, что они сейчас чувствуют... Они так много сделали ради этой малышки. Все свои сбережения отдали, сначала ее матери, а потом, что осталось, — адвокатам... И вот, пожалуйста, результат... Черт, ну почему он связался с несовершеннолетней!

— Боюсь, если бы она даже была совершеннолетней, у него все равно были бы проблемы. Ты же знаешь, чем чаще всего оборачиваются такие случаи? Я могу привести тебе дюжину подобных примеров. Никому подобным способом заиметь ребенка не удавалось.

— Кому-то, может быть, и удавалось.

— Но зачем? Почему ребенка нельзя просто усыновить? — Брэд любил беседовать с ней, спорить, предлагать идеи и обсуждать случаи ее клиентов... Они в этих спорах никогда не заходили слишком далеко. Но подобные дискуссии всегда напоминали ему те времена, когда они были оппонентами в суде: он — обвинителем, а она — защитником. Иногда он искренне скучал по тем временам.

— Некоторые не имеют возможности усыновить ребенка. Ну, например, если они слишком бедны или слишком стары. И вообще найти подходящего малыша не так-то просто. Между прочим, для тех двоих было особенно важно, что это *его* ребенок. Его жена призналась, что не может иметь детей, таким тоном, как будто совершила тягчайшее преступление. — Брэд смотрел на жену с удивлением. Он никогда не видел, чтобы она так сильно переживала. Казалось, от ее слов так и веяло печалью и безысходностью.

— Как ты думаешь, они еще появятся?

— Нет, не думаю, — покачала головой Пилар. — Видишь ли, я им сказала всю правду, ну, то, что я думаю об их деле, и им это скорей всего не понравилось. Я сказала, что дело может затянуться на неопределенный срок, а результат может оказаться не тот, какого они ждут, и что я почти ничем не могу им помочь. Я не хотела подавать им ложную надежду, ведь это было бы жестоко, правда?

— Жаль, что это не мой ребенок, а то я бы им его подарил. — Они закончили есть первое, и он рассмеялся, но Пилар не приняла шутки. И ему всегда в ней нравилось именно это — она никогда никого не обманывала.

— Я должна была сказать им правду, — пыталась объяснить она то, что было очевидно. — Они прямо-таки жаждут отвоевать эту малышку. Мне вряд ли удастся понять их чувства.

Ей много чего было трудно понять. Например, чувство явного и полного удовлетворения, которое испытывает Нэнси, ожидающая ребенка. Пилар видела это, но понятия не имела, что та ощущает. Наблюдая за падчерицей сегодня, она почувствовала себя прохожим, заглянувшим в чужое ярко освещенное окно. Ей понравилось то, что она там увидела, но попасть туда она не могла, да и не хотела. Точно так же ей были совершенно чужды чувства радости и восторга по поводу рождения ребенка.

— Ну хорошо, а сама-то ты чем так опечалена? — Он внимательно наблюдал за ней, протянул руку и накрыл ладонью ее кисть. Она улыбнулась:

— Я не знаю... может, я стала старой и меня потянуло на философию... а иногда мне кажется, что я сильно изменилась, и это меня слегка пугает.

— Скорей всего ты еще находишься под впечатлением того, что мы поженились. — Брэд попытался превратить все в шутку. — Вот я так точно изменился. Чувствую себя помолодевшим лет на пятьдесят. — Но, взглянув на нее, он стал серьезным. — Что заставило тебя решить, будто ты изменилась?

— Не знаю. — Пилар не могла рассказать ему про Нэнси, поэтому решила схитрить. — Я сегодня завтракала с одной приятельницей. Она сказала мне, что беременна, и так волновалась из-за этого, что странно было смотреть.

— Первый ребенок?

Она кивнула.

— Как же не волноваться? — продолжал Брэд. — А вообще-то дети есть дети, и будь у тебя их хоть десять, всегда будет казаться, что еще один не помешает. И, наверное, женщина, обнаружив, что она беременна, хоть в первый раз, хоть в десятый, все равно будет волноваться. А с кем ты завтракала? Я ее знаю?

— Да одна из наших девушек из офиса. Может быть, сыграло роль то, что я поговорила с ней сразу после ухода тех людей, ну, которым так не повезло с ребенком... Они так волновались и переживали... Но почему, черт возьми, они так уверены, что им нужен ребенок? Почему они уверены, что, когда вырастет, он будет их любить и уважать? Боже мой, Брэд, ведь принятие такого решения — это ответственность на всю жизнь! Как же они не боятся?

— Я полагаю, что здесь нечего бояться. И вообще что-то ты много вопросов задаешь на эту тему. Может, это и к лучшему, что мы обошлись без подобных проблем. — За все годы их знакомства Пилар никогда не поднимала вопроса о детях. Он тоже этого не делал, но у него-то дети были. Если уж на то пошло, они имели все: друг друга, работу, общие интересы, общих друзей, его детей, в конце концов. Они ездили в Лос-Анджелес, Нью-Йорк, путешествовали по Европе, как только выпадала такая возможность. Конечно, родись у них ребенок, проблем бы прибавилось, и, хотя они не были неразрешимыми, что-то, несомненно, поменялось бы в их жизни. Но дело в том, что Пилар никогда даже не заикалась на эту тему.

— Откуда ты знаешь, что это к лучшему? — Она посмотрела ему прямо в глаза.

— Боже мой, Пилар, но ты же никогда ничего мне не говорила! — Брэд был поражен, заметив в ее глазах тоску и неудовлетворенность, которых раньше никогда не видел. Это длилось всего мгновение, она тут же взяла себя в руки, и он решил, что ему показалось.

— Я просто хочу сказать, что ничего не понимаю. Не понимаю, что они чувствуют и почему... И почему я этого никогда не чувствовала?

— Может, придет день, и ты тоже это почувствуешь. — Он сказал это серьезно, но на этот раз она приняла его слова за шутку.

— Да, когда мне исполнится пятьдесят. Знаешь, мне кажется, что сейчас уже поздно об этом думать. — Пилар вспомнила, как мать предостерегала ее в день свадьбы.

— Нет. Я думаю, если ты действительно этого захочешь, то никогда не поздно. Вот я — это совершенно другое дело... В общем, если ты вдруг захочешь подарить мне ребенка, подари сначала инвалидную коляску и слуховой аппарат.

— Не волнуйся, любимый, мы обойдемся без всего этого. «И без малыша тоже», — подумала Пилар. Вовсе она не хотела ребенка, просто на нее так повлияли события сегодняшнего дня. И впервые в жизни Пилар вдруг почувствовала неудовлетворение и какую-то пустоту. Но она тут же заставила себя вспомнить о том, что она имела в жизни, и убедила себя в том, что подобные мысли — просто безумие.

Глава 3

Рождество в семье Гуди всегда было самым главным семейным праздником. Гейл с Джеком и тремя дочерьми приезжали каждый год к родителям Гейл, потому что родители Джека уже давно умерли. Сэмми с Сеймусом и с детьми тоже почти каждое Рождество проводили в Пасадене по той простой причине, что семья Сеймуса жила в Ирландии, и отправляться на рождественские праздники на зеленый остров было слишком сложно. Но Сеймус никогда не жалел об этом и всегда был счастлив провести несколько дней с тещей, тестем, свояченицами и племянниками.

Это Рождество Диана с Энди, конечно, проводили в Пасадене. Когда накануне Рождества сестры накрывали на стол, Гейл подтолкнула Диану локтем и посмотрела на нее тем самым взглядом, который Диана ненавидела с самого детства. Гейл смотрела на нее так, когда знала, что сестра получила плохую оценку или у нее сгорело печенье, которое было предназначено для собрания скаутов. Это был взгляд, который говорил: «Вот видишь, ничего у тебя не получилось... ты не смогла справиться даже с такой ерундой, так как же можно с тобой вообще иметь дело?» Это был немой диалог, который понимали только они двое. Диана сделала вид, что ничего не заметила, и продолжала аккуратно раскладывать салфетки.

— Ну? — Гейл посмотрела на сестру в упор, продолжая расставлять тарелки. — Что молчишь? — Она не могла поверить, что Диана настолько глупа, что не понимает вопроса. Конечно, все она прекрасно поняла, и Гейл продолжала сверлить ее взглядом. Но тут она заметила, что Сэмми с беспокойством на них поглядывает — ей совсем не хотелось, чтобы сестры разругались перед самым Рождеством. Тогда Гейл решила спросить напрямик:

— Ты еще не беременна?

Да, это опять была плохая оценка. Это была задачка, с которой Диана не могла справиться до сих пор, и рука у нее слегка дрогнула, когда она взяла последнюю кружевную салфетку, чтобы положить ее на пустую тарелку. Они расставляли на столе приборы, которые мама доставала только на Рождество. В центре стоял огромный букет красных тюльпанов, и это придавало праздничному столу еще более торжественный вид.

— Нет, я еще не беременна. Рождение ребенка пока не входит в наши планы. «Тебе необязательно знать о том, что я составила график, и мы вот уже полгода занимаемся любовью в самое подходящее для зачатия ребенка время», — мысленно добавила она. Но уж кому-кому, а сестре-то она этого ни за что не скажет! — Мы оба страшно заняты.

— Чем, интересно? Карьерой? — Гейл сказала это таким тоном, будто Диана занималась на работе чем-то позорным. Ну конечно, ведь, по мнению Гейл, *настоящая* женщина должна сидеть дома и воспитывать детей. — Ты разве не хочешь заселить пустые комнаты в том огромном доме, который вы купили? Поверь мне, дорогая, тебе следует сейчас заниматься именно этим. И запомни: время работает не на тебя.

«Так ли? — подумала Диана. — А на кого же?» Конечно, сестры нарожали детишек и теперь пристают к ней. Но именно этого она и боялась. Она даже предлагала Энди поехать на Рождество к его родителям. Но ему, к сожалению, не удалось взять недельный отпуск на работе, а из Лос-Анджелеса они просто не могли не приехать в Пасадену. Ее родители страшно бы обиделись, они никогда не простили бы им этого.

— Подумаешь, большое дело! — вмешалась Сэмми. Она всегда пыталась предотвратить их ссоры, и чаще всего ей это удавалось. — У вас впереди еще полно времени. Вы оба совсем молодые. Вот увидишь, в этом году ты обязательно забеременеешь.

— Кто забеременеет? О нет, хватит! — воскликнул Сеймус, который, направляясь в кухню, как раз проходил через гостиную. — Да на вас, девчонок, стоит только глянуть, как вы тут же начинаете кричать: «Беременна!» — Он закатил глаза и передернулся, а они рассмеялись, глядя, как он исчез в дверях кухни, но тут же снова высунул оттуда голову. — А что, недавняя невеста беременна?

Ну вот, надо было ему об этом спрашивать! Диана отрицательно качнула головой. В этот момент она проклинала себя за то, что приехала домой. Эти вопросы были ей как нож в сердце, и впервые в жизни ей показалось, что она ненавидит их всех, а особенно сестер.

— Нет, Сеймус.

— Ну что ж... попробуйте еще... и еще... и еще... Представляешь, как вам будет хорошо? Счастливчик Энди!

Он снова исчез за дверями кухни под громкий смех Сэмми и Гейл, но Диане не было смешно. Она молча вышла и отправилась на кухню, чтобы помочь матери.

Она сама вернулась к этой теме позже, после обеда, когда они с Джеком оказались наедине в кабинете отца. Остальные играли в гостиной в шарады, а Диана уединилась с отцом, но тот побыл с ней недолго и вскоре ушел спать. А она все сидела у камина в кабинете отца, раскачиваясь в его любимом кресле, когда вошел Джек и сел напротив.

— С тобой все в порядке? — Он не спеша набил трубку и раскурил ее. Во время обеда Джек все время наблюдал за ней, и ему показалось, что вид у нее не очень радостный.

— Да, конечно, со мной все в порядке. — Диана обеспокоенно взглянула на него и вдруг, неожиданно для себя, решилась: — Джек, только не говори ничего, пожалуйста, Гейл... Ты знаешь, я хочу спросить... я давно уже хотела поговорить с тобой... Ну, в общем, как ты думаешь, сколько времени нужно женщине, чтобы забеременеть?

Он не выдержал и улыбнулся:

— Две недели... пять секунд... два года... для всех поразному, Диана. Вы женаты всего полгода, ведете напряженную жизнь, полную забот и стрессов. Я думаю, вам еще год не стоит об этом волноваться. Существует расхожее мнение, что если женщина не предохраняется два года и не беременеет, то это действительно проблема. Другие полагают, что беспокоиться стоит уже через год. Да, в моей практике были пары, которым в совершенно идеальных условиях требовался год —ты слышишь? Год! — чтобы зачать ребенка. Если бы вы были старше, тогда беспокойство после шести месяцев замужества было бы оправданно. А в вашем возрасте я бы и не думал волноваться по этому поводу, по крайней мере, еще год или два.

Она, казалось, сразу же успокоилась и едва успела поблагодарить его, как в комнату вошел Энди. Они долго еще сидели втроем и разговаривали обо всем на свете: о мировой экономике, о бесконечных проблемах Ближнего Востока, о работе, о планах на предстоящий год. И в первый раз за многие месяцы Диана чувствовала себя легко и счастливо. «Может, я наконец обрела

надежду», — подумала она, когда они уходили. И все благодаря матери и Джеку. На прощание она крепко обняла зятя, и он, сообразив, что она благодарит его, улыбнулся в ответ.

— Береги себя, — сказал он, садясь в машину.

Остальные остались ночевать, чтобы внуки могли на следующий день провести Рождество с дедом и бабушкой. Но Дианы все это не касалось. Единственное, чего она отчаянно хотела, это оказаться дома вместе с Энди.

— С тобой все в порядке, любимая? — спросил он, пока они мчались по пустынным в этот час улицам.

— Мне так хорошо, — ответила она с улыбкой. И вдруг поняла, что за все эти месяцы впервые сказала правду и ей действительно хорошо.

Она уютно устроилась на сиденье, прижавшись к мужу, и больше до самого дома никто из них не проронил ни слова. Это был длинный и хороший день.

Добравшись до дома, они сразу же пошли в спальню и долго лежали обнявшись, делясь друг с другом тем, что загадали на этот год. И Диана была совершенно спокойна и счастлива, и, когда они отдавались друг другу в эту ночь, она в первый раз со дня свадьбы не думала о том, что им надо зачать ребенка. Дни были неблагоприятные, но это не имело значения: они занимались любовью, потому что им хотелось этого, не думая о дне и часе, о той цели, которую они преследовали, и о том, достигнут они ее на этот раз или нет.

* * *

— О боже, как я тебя люблю... — Голос у Чарли дрогнул от переполнявшей его нежности. Рождественская елка переливалась множеством огоньков, и Барби опять оказалась на кушетке в объятиях мужа.

— Что это с тобой? — полунасмешливо-полуудивленно спросила она. — На тебя что, так действует светящаяся елка? — Они уже третий раз за ночь занимались любовью, и Чарли не выпускал ее из объятий буквально ни на минуту. Он не давал ей одеться, и она, голая, ходила по комнате, пока его возбуждение не достигало предела и он снова не увлекал ее в постель.

— Я просто без ума от тебя. — Они лежали рядом, расслабившись, и он пробормотал это, уткнувшись лицом ей в волосы.

Он сделал ей рождественский подарок, который, на его взгляд, ей должен был понравиться. Это было золотое ожерелье с аметистом, а аметист был ее камнем. Барби подарила ему свитер и галстук, бутылку французского шампанского и специальную маленькую подушечку, которую он мог подкладывать под спину в машине, когда ездил в город на работу и обратно. Чарли очень понравились подарки, и Барби была в еще большем восторге от его подарков. Он купил ей, кроме ожерелья, черную кожаную юбку и открытый черный свитер, в котором она выглядела необыкновенно сексуально.

— Как насчет того, чтобы выпить твоего шампанского? — Барби приподнялась на локте и, разомлевшая от усталости и удовольствия, смотрела на него.

— Гм-м, — он потянулся и снова уложил ее рядом, — пожалуй, я поберегу его.

— Для чего? — Она слегка расстроилась. Барби обожала шампанское, поэтому и купила бутылку.

— Я оставлю его для другого, более важного события.

— Какого же? Судя по твоему сегодняшнему поведению, Рождество — очень важное событие.

Чарли рассмеялся и потряс головой:

— Нет, я имею в виду действительно важное событие. Например, если ты получишь премию академии, или роль в картине Стивена Спилберга, или главную роль в каком-нибудь сериале, или, может, на десятилетие нашей свадьбы... или... — Он вдруг приподнялся и торжественно произнес: — Или когда у нас родится ребенок.

Она уселась на кровати, и в голосе ее послышалось раздражение:

— Да, просто замечательно. Но все эти события никогда не произойдут! И мне кажется, что ты свое шампанское никогда не откроешь!

— Уверен, что открою.

— Да? И когда же? Я надеюсь, ты не собираешься ждать рождения ребенка. — Его слова насчет ребенка прямо-таки взбесили ее. Она и слышать об этом не хотела.

— Но почему, Бэб? — Он так хотел, чтобы у них был малыш, тогда ведь они станут настоящей семьей. Ну почему Барби этого не хочет понять?

— Потому что я не хочу! Поверь мне, я выросла в окружении горластых сопляков и до сих пор вспоминаю это с отвращением! Ты никогда не видел ни одного ребенка, поэтому не знаешь, что это такое! — Теперь она гораздо чаще говорила о том, что не хочет иметь детей, чем до свадьбы.

— Ну почему же не видел? Видел. Я сам был одним из них. — Он хотел поддразнить ее, но она не отозвалась. Ей вообще не нравилась эта тема.

— Между прочим, может, у нас и не будет никогда детей. — Барби сказала это, пытаясь увести его от этой темы, может быть, слегка напугать, чтобы он в будущем не заводил подобные разговоры.

— Как не будет? — Чарли был явно шокирован. Она раньше никогда не говорила ничего подобного, во всяком случае, так резко. — У тебя что, что-то не в порядке? Почему ты мне ничего не говорила?

— Я не знаю, в порядке или не в порядке, но с тобой я почти не предохраняюсь, потому что у тебя вечно все так неожиданно... так что я не успеваю ничего предпринять... Мы, между прочим, живем вместе уже полтора года, и я до сих пор не забеременела.

Чарли чуть не спросил ее, получалось ли у нее это с кем-нибудь другим, но, решив, что не хочет этого знать, оставил вопрос при себе.

— Но это ничего не значит. Мы просто делаем это не тогда, когда нужно. Ты же знаешь, чтобы ты забеременела, нужно специально высчитать благоприятный момент.

Много он знает! Сколько раз она залетала! Три раза в Солт-Лейк-Сити и два — в Вегасе. Как бы она ни предохранялась, ей не везло. Пока что обходилось только с Чарли. И она, кстати, уже не раз с удивлением думала об этом. Может быть, в этом виноваты они оба, а может — только Чарли, и, зная себя, она склонялась к последнему, но это-то уж ее нисколько не волновало. Скорее, даже радовало. Но, взглянув на него, она поняла, что не стоит говорить ему об этом. Во всяком случае, не в рождественскую ночь.

— Слушай, а от тебя кто-нибудь залетал? — спросила Барби, разлив вино и протягивая ему бокал. Он смотрел на ее обнаженное тело, и она заметила, что он опять возбужден. Нормальная здоровая реакция.

— Мне никто никогда об этом не говорил, — сказал он, задумчиво отхлебывая вино и неотрывно глядя на нее.

— Ну, вообще-то это ничего не значит, — пожала она плечами, уже пожалев о том, что затронула эту тему. Не стоило портить ему Рождество. — Девчонки, знаешь ли, не всегда говорят об этом своим парням.

— Правда?

Он налил себе еще бокал вина, а потом еще один и после третьего попытался повалить ее, но ничего уже не смог сделать, потому что был слишком пьян. Барбара помогла ему перебраться в спальню и уложила на кровать, а сама устроилась рядом. Он крепко обнял ее, почувствовав, как ее пышная грудь прижимается к его груди, и пробормотал:

— Я люблю тебя. — Она была так сексуальна, так красива, так желанна... В общем, Барби была классная девчонка, и он ее очень любил.

— Я тоже тебя люблю. — Она гладила его по волосам, как ребенка, и он вскоре заснул у нее в объятиях. Барби гадала, почему же он так хочет ребенка. Конечно, она прекрасно понимала, что такое приют, но, что такое семья, она тоже знала. И снова становиться членом такой семьи или даже просто забивать себе голову мыслями о ребенке она не имела никакого желания.

— Приятных снов, — прошептала она, целуя его, но Чарли уже крепко спал, успокоенный ее ласковыми руками, и видел во сне рождественское утро.

Глава 4

Как-то в мае Пилар пригласила Нэнси к себе на ленч. Брэд ушел играть в гольф, а муж Нэнси уехал из города на несколько дней. В общем, для женщин это была прекрасная возможность встретиться и поболтать всласть.

Пилар готовила ленч, пока падчерица сидела на террасе, нежась на солнце. Через несколько недель она должна была родить и, по мнению мачехи, чудовищно располнела. Не отворачивая лица от солнца, Нэнси приоткрыла один глаз и увидела мачеху, входящую с подносом. Для своих объемов она довольно легко соскочила с кресла и бросилась помогать ей. На ней были широкие белые шорты и просторная розовая рубашка, всего неделю назад эта будущая мамаша все еще играла с мужем в теннис.

— Пилар, дай я помогу. — Она забрала у мачехи поднос и поставила его на стеклянный столик. Пилар приготовила аппетитный зеленый салат с макаронами. — О! Вот это да! Выглядит замечательно!

В последние восемь месяцев аппетит у нее был просто невероятный, но ее полнота вовсе не казалась чрезмерной, наоборот, выглядела очень мило. И в самом деле, Пилар сама недавно сказала Брэду, что его дочь благодаря своей беременности очень похорошела. Черты лица у нее сделались мягче, а в глазах появилось выражение глубокого спокойствия и умиротворенности. Она была окружена какой-то особой аурой, которая очень заинтересовала Пилар. Она и раньше замечала нечто подобное, наблюдая за другими женщинами, но сама никогда не испытывала ничего похожего. Один вид Нэнси вызывал в ней любопытство. И вместе с тем почему-то страх. Но больше всего Пилар была огорчена своими собственными чувствами. Ей казалось, что и она изменилась. А все, что касалось падчерицы, прямо-таки зачаровывало ее. Казалось, та стала мягче, нежнее, женственнее, как говорил ее муж. Каким-то удивительным образом она вдруг повзрослела за эти восемь месяцев, и в ней не осталось ничего от избалованного ребенка.

Женщины уселись за стол, и Пилар продолжала с улыбкой наблюдать за падчерицей. Казалось, та засунула под свою розовую рубашку огромный надувной мяч. И ей приходилось тянуться, чтобы взять что-нибудь со стола.

— Расскажи мне, что ты чувствуешь? — попросила Пилар. Все это было так необычно. Многие из ее подруг были в свое время беременны, но ни с одной она не была настолько близка, чтобы обсуждать с ними их положение. Она больше общалась с теми женщинами, которые предпочли делать себе карьеру, а не рожать детей. — Ты чувствуешь что-нибудь странное?

Они ели салат, и Пилар так пристально вглядывалась в глаза падчерицы, как будто хотела увидеть там разгадку тайны мира.

— Даже не знаю, — улыбнулась Нэнси, — иногда мне кажется, я чувствую себя немного необычно. Но к этому привыкаешь. И я просто забываю об этом. А иногда мне кажется, что я всегда такой была. Уже несколько недель я не могу сама завязывать себе шнурки. И Томми приходится делать это. Но самое странное знаешь что? Самое странное — это сознавать, что там, у меня в животе, находится маленький человечек, который в один прекрасный день появится на свет и будет похож на кого-то из нас. Он или она будет зависеть от нас, и не только первое время, нашему ребенку придется полагаться на нас всю свою жизнь. В общем, я понятия не имею, как можно объяснить все эти чувства.

— Вот и я не имею понятия, — грустно сказала Пилар. Хотя что-то она должна была знать, ведь уже четырнадцать лет она испытывает нечто подобное по отношению к Нэнси и Тэдди. Но все-таки это было совсем не то. Они не были ее детьми, и, если бы они с Брэдом развелись, она могла бы вообще не видеться с ними, хотя ей трудно было представить подобное. Но она могла бы так поступить, потому что это были не ее дети. А вот у Нэнси будет свой ребенок, и он будет принадлежать ей всегда. Он будет частью ее и частью Тома, но все же это будет самостоятельный человек. И до конца жизни они будут нести за него ответственность. Одна только эта мысль всегда приводила Пилар в ужас, а теперь она вдруг нашла ее невероятно трогательной.

— Мне кажется, это просто замечательно! Это же будет совершенно новая жизнь! Ты откроешь для себя целый мир, общаясь с человеком, который будет частью самой тебя и будет иметь множество твоих черт, а может, не будет иметь ни одной. Это же просто потрясающе, правда?

Ее интерес был совершенно искренний, хотя Пилар вынуждена была признаться, что ей лично такая ответственность все еще внушала ужас и она сама ни за что не захотела бы родить. Сами роды пугали ее, и, глядя на огромный живот падчерицы, она нисколько не завидовала ей, зная, через что ей придется пройти. Пилар один раз видела фильм о родах, и ее не оставляла радостная мысль о том, что ей никогда не придется пережить ничего подобного.

— Странно, — проговорила Нэнси, откидываясь на спинку кресла и задумчиво глядя на океан, — но я почти совсем не думаю о том, какие у нас будут отношения, или о том, будет ли он похож на нас с Томом... Я думаю только, какой наш малыш будет миленький и маленький и такой беспомощный... А Томми тоже ужасно волнуется. — Нэнси всегда была такой: это было самое большое событие в ее жизни, ей бы следовало волноваться перед родами, но все, о чем она может думать, — это малыш.

Вдруг она посмотрела на Пилар и задала вопрос, который не решалась задать все эти четырнадцать лет:

— А вы с отцом... ну, я имею в виду... почему у вас нет детей? — Нэнси еще не закончила фразу, а уже пожалела, что спросила об этом. Вдруг у Пилар какие-то проблемы со здоровьем?

Но та лишь улыбнулась в ответ и пожала плечами:

— Я никогда этого не хотела. Ты знаешь, у меня было странное, если не сказать тяжелое, детство, и я не хотела, чтобы подобное повторилось с кем-то еще. И потом, у нас были вы с Тэдди. Но я, если честно, никогда не хотела иметь своих детей даже в молодости. Я думаю, что, когда зрело мое сознание, этот пункт — насчет детей — вообще не был в него заложен. Я наблюдала за женщинами, которые выходили замуж сразу после школы: они сразу обзаводились двумя-тремя детьми и вели образ жизни, который со временем начинали ненавидеть. Мне всегда казалось, что они попались в ловушку. Они никогда ничего не знали и не видели, кроме кастрюль, подгузников и детских болезней. И для меня это был отличный пример, я всегда знала, что мне выбрать, и, поверь, я бы никогда не выбрала детей. А когда я попала на юридический факультет, тут у меня даже выбора не осталось. У меня была работа, карьера, потом я встретила твоего отца и... В общем, я никогда не оглядывалась назад. А те, кто двадцать лет назад нарожал детей... ну, они сидят дома, а дети уже давно выросли и разъехались. И вот эти женщины удивляются: как же так прошла жизнь? А я... Я очень рада, что моя жизнь сложилась иначе, ведь я бы ее ненавидела, каждую минуту ненавидела бы себя и человека, который был бы рядом со мной...

— Но ведь совсем не обязательно, чтобы все было бы именно так. — Нэнси сказала это очень мягко. Она не только стала нежнее за эти восемь месяцев, но как будто вдруг повзрослела и поумнела. Ее внутренний мир, казалось, рос вместе с животом. — Ты знаешь, у меня есть подруги, которые успевают и то, и другое. Я хочу сказать, у них и с карьерой все в порядке, и малыши есть. Нет, правда, это и врачи, и адвокаты, и психологи, и писатели... И знаешь, им совсем не надо было ничего выбирать.

— Ваше поколение в этом отношении более удачливое. Нам было труднее. В большинстве случаев перед нами стоял выбор: или ты работаешь, пробиваешься к вершине и обеспечиваешь себе карьеру, или... ничего не делаешь, скатываешься вниз и... рожаешь детей. Как видишь, для нас все было гораздо проще. Теперь, кажется, женщины научились все совмещать, но все равно в большинстве случаев это зависит от благосостояния мужа, от того, согласится ли он на это, ну и от желания, конечно. Ведь, если хочешь иметь и семью, и карьеру, придется отказаться от очень многих удовольствий в жизни. Может, это и к лучшему, что передо мной никогда не стоял этот выбор. Я думаю, твой отец был бы рад ребенку, он ведь вас с Тэдди очень любит. Но поверь мне, я просто не нуждалась в этом. Меня никогда не одолевало чувство неудовлетворенности, которое гложет многих женщин, пока они не родят ребенка. Я слышала разговоры на эту тему и поняла, что это как болезнь. Слава богу, меня она миновала. — Но теперь, произнеся эти слова, Пилар почувствовала смутную боль. Так иногда бывает, когда совершенно здоровый зуб вдруг начинает слегка ныть.

— Но ты правда не жалеешь об этом, Пилар? Тебе никогда не казалось, что когда-то давно ты сделала не тот выбор? А вдруг ты когда-нибудь задумаешься, оглянешься назад и пожалеешь, что у тебя нет своих детей? А ведь тебе еще не поздно, ты сама знаешь. Я знаю двух женщин, они родили недавно, и обе — старше тебя.

— Да, и кто же они? Ну, впрочем, одна — библейская Сара, а кто же вторая?

Пилар рассмеялась, но Нэнси настаивала, что она еще совсем не старая и вполне может родить. Что-то подсказывало ей, что Пилар может переменить решение, принятое ею когда-то. Да, призналась себе Пилар, в последнее время она несколько раз задумывалась о детях, особенно после того, как Нэнси забеременела; но полагала, что причина этого в ее возрасте: просто ее биологические часы подсказывали, время неумолимо проходит, и у нее осталась последняя возможность. Но она вовсе не собиралась ею воспользоваться, как бы трогательны ни были ее мысли и чувства и как бы ни умилял ее вид живота падчерицы. Вовсе она не хочет иметь ребенка, просто к старости сделалась немного сентиментальна. Все это внушала себе Пилар, убирая со стола.

— Нет, я не думаю, что буду жалеть когда-нибудь... Конечно, хорошо иметь ребенка, иметь кого-нибудь, с кем можно поговорить, и кто бы тебя любил, и кого бы ты любила... Когда через тридцать лет я буду сидеть на балконе в своем любимом кресле-качалке, мне, конечно, будет очень приятно, если кто-то близкий придет навестить меня... но я думаю, что это будешь ты. И этого вполне достаточно. Я ни о чем не сожалею в жизни. Я всегда делала, что хотела, когда хотела и как хотела. А это, согласись, совсем не мало значит. Чего еще можно пожелать? — Или все-таки есть что-то еще?.. Откуда, черт возьми, эти неясные сомнения? Она всю жизнь была так уверена в себе, всегда знала, что все делает правильно. Ошибиться она не могла... Или могла?

— Да ладно, я просто не представляю тебя сидящей в кресле, хоть через тридцать лет, хоть через пятьдесят! Я даже отца не могу представить себе таким. Вы никогда не постареете. Слушай, может, тебе все-таки стоит еще раз хорошенько подумать об этом? — Сама она подумала, что ее малыш будет таким замечательным, что каждый, кто его увидит, не сможет этого не признать.

— Нет, я уже стара, чтобы об этом думать, — твердо сказала Пилар, пытаясь убедить скорее себя, — мне уже сорок три. Мне больше подходит быть бабушкой, тем более что и внук-то вот-вот появится. — Но, произнося эти слова, она почувствовала какую-то странную грусть, и это ее очень удивило. Как будто она вдруг перешагнула середину своей жизни. Была молодой — стала старой. Никогда не рожала детей и вдруг стала бабушкой. У нее было такое чувство, как будто она пропустила удивительный праздник.

— Не понимаю, почему ты вбила себе в голову, что слишком стара. Для женщины сорок три — это вовсе не возраст. В эти годы многие женщины рожают, — стояла на своем Нэнси.

— Ты права, многие рожают, но многим это и не удается. И мне кажется, что скорей всего я отношусь ко второй половине. Во всяком случае, она мне ближе. — С этими словами Пилар вошла в дом, чтобы приготовить себе кофе. Они поболтали еще немного, и вскоре после полудня Нэнси ушла. У нее были кое-какие дела, а вечером ее ждал обед в компании друзей. Казалось, падчерица наслаждается своей беременностью, и, пока они беседовали, Пилар не спускала с нее глаз. Нэнси держала голову слегка склоненной к животу, как будто все время обращалась к нему, и пару раз мачеха заметила, как дернулась ее розовая рубашка — это ребенок дергался и пинался; а Нэнси каждый раз смеялась и говорила, что малыш очень подвижный.

Оставшись одна, Пилар стала бесцельно слоняться по дому. Она вымыла посуду, потом села за стол и долго смотрела в окно. Она принесла с работы несколько папок с делами, которые собиралась просмотреть за выходные, но в голову ничего не лезло, и она поймала себя на мысли, что из головы не выходит утренний разговор с падчерицей. Этот вопрос, который задала Нэнси: «Ты уверена, что однажды не пожалеешь?.. Ты уверена, что, когда станешь старой, тебе не захочется, чтобы рядом был кто-то родной?..» А что будет, если Брэдфорда вдруг не станет? Не дай бог, конечно, но вдруг такое случится? И что же тогда у нее останется? Воспоминания и дети от другой женщины? «Да, может, это и нелепо, но своих-то детей у тебя нет. Вот если бы они были, на них можно было бы опереться. А если бы их вдруг не стало, то у нее бы остались воспоминания о них...» Так зачем же все-таки рожают детей? И почему она никогда не хотела этого? Она и сейчас не хочет, просто этот вопрос начинал преследовать ее как навязчивая идея. Но почему именно сейчас? После стольких лет... Что это? Она что, завидует Нэнси или жалеет о прошедшей молодости? Или это просто навязчивая идея, первые признаки наступления климакса? А может, это начало конца или, наоборот, начало чего-то нового? Или это все вздор? Ни на один из этих вопросов она не находила ответа.

Наконец, не в силах больше совладать со своими мыслями, Пилар отложила папки с делами и позвонила Марине. Она не была уверена, что поступает правильно, когда набирала номер, но сдержаться не могла, чувствуя, что должна с кем-то поговорить. После беседы с Нэнси она прямо-таки не находила себе места.

— Алло? — Автоответчик говорил строгим голосом, которым Марина пользовалась в суде, и Пилар улыбнулась.

— Это всего лишь я. Ты где? Ты что, не собираешься отвечать? — С минуту она ждала и уже огорченно подумала, что ее подруги нет дома, но наконец облегченно вздохнула, услышав в трубке ее голос:

— Извини, что заставила ждать. Я была в саду, подрезала розы.

— Как ты отнесешься к прогулке по берегу моря?

Марина колебалась всего мгновение. Она обожала возиться у себя в саду, но, зная Пилар, не сомневалась, что у той серьезные проблемы, иначе она не стала бы приглашать ее на прогулку.

— Что-то случилось?

— Да нет, не совсем. Не знаю. Просто я разобрала кое-какой хлам у себя в голове, и старые мысли оказались на новых местах... — Она хотела объяснить все получше, но не находила слов для выражения того, что чувствовала.

— А уж для меня там, несомненно, нашлось удобное местечко. — Марина, улыбаясь, уже снимала садовые перчатки. — Заехать за тобой?

— Это было бы просто замечательно. — Пилар облегченно вздохнула. Марина... Она всегда оказывается рядом в нужную минуту, всегда готова помочь, посоветовать, пожалеть... Ее братья и сестры до сих пор звонят ей посреди ночи со своими проблемами. И это понятно. Она такая умная и проницательная, да к тому же любвеобильная. Она была для Пилар тем, чем никогда не были для нее отец или мать. Ей можно было и просто излить душу, и попросить совета. Обычно Пилар все доверяла Брэду, но время от времени ей приходилось сталкиваться с проблемами, которые могла понять только женщина. Правда, на этот раз она была почти уверена, что подруга скажет ей, что она сошла с ума.

Меньше чем через полчаса они уже медленно ехали в сторону океана, и Марина время от времени поглядывала на Пилар. Она сразу заметила, что ее обычно невозмутимая подруга выглядит обеспокоенной.

— Ну, выкладывай, что у тебя на уме. — Она остановила машину, и они вышли на берег. — Что мы будем обсуждать? Работу? Отдых? Или... недостаток отдыха? — Пилар улыбнулась и покачала головой. — Ты что, поссорилась с Брэдом?

— Нет, ничего подобного, — поспешила заверить ее Пилар. С мужем у нее все было как нельзя лучше. Она все больше склонялась к мысли, что они правильно поступили, поженившись, даже жалела, что они не сделали этого раньше. — На этот раз... — она глубоко вздохнула, и подруги медленно зашагали по песчаному берегу, — как это ни смешно... это все Нэнси.

— Опять? После стольких лет? — Марина, казалось, очень удивилась. — Я-то думала, что она совершенно успокоилась еще десять лет назад. Мне горько это слышать.

— О, нет, совсем не то, что ты подумала. — Пилар рассмеялась и опять покачала головой. — С ней все в порядке. Через несколько недель она родит, ни о чем, кроме малыша, не думает.

— Еще бы, попробуй думать о чем-нибудь другом, если у тебя живот такой, будто ты проглотила пятидесятифунтовый арбуз... Когда взвалишь на себя такой груз, единственным важным вопросом для тебя станет проблема, как от него избавиться. Во всяком случае, это мне так кажется, ты же знаешь, я ненавижу поднимать что-нибудь весом более килограмма.

— О, замолчи, ради бога! — взмолилась Пилар, давясь от смеха. — Давно я так не смеялась, Мина. — Уже многие годы так называли ее племянники и племянницы, и Пилар тоже иногда звала ее так. — Самое смешное — я даже не знаю, что хочу тебе сказать... я не знаю, как объяснить то, что я чувствую... я даже не знаю, чувствую ли я что-нибудь, или мне это только кажется... — Она совсем запуталась и замолчала.

— Боже, похоже, это что-то серьезное. — Марина пыталась успокоить подругу шутливым тоном, но, вглядываясь в лицо и глаза Пилар, она видела, что та действительно чем-то обеспокоена или расстроена. Но Марина не спешила. Она знала, что ее подруга в конце концов все ей расскажет. А пока пусть соберется с мыслями и обдумает, с чего начать.

Пилар смотрела на нее с какой-то странной застенчивостью, казалось, она пытается словами выразить обуревавшие ее чувства.

— Я даже не знаю, с чего начать... Когда пять месяцев назад Нэнси сказала мне, что беременна... а может, позже... в общем, я не знаю, когда... я начала думать, что совершила ошибку... причем, очень может быть, довольно серьезную... — Ее лицо выражало такую муку, что Марина поразилась:

— Ты что, имеешь в виду свое замужество?

— О нет! Конечно, нет. — Пилар уже в который раз отрицательно замотала головой. — Я имею в виду... свое решение никогда не иметь детей... А что, если оно неправильное? Вдруг мне придется пожалеть об этом в один прекрасный день? Что, если это действительно мои родители во всем виноваты, и если бы у меня были дети, то я относилась бы к ним совсем иначе? Может, те, кто мне говорит об этом, правы и я действительно была бы хорошей матерью? — Страдание исказило лицо Пилар, и Марина молча указала ей на дюну, где они могли укрыться от ветра. Когда они уселись на песок с подветренной стороны, Марина обняла подругу за плечи.

— Я уверена, что ты была бы просто замечательной матерью, если бы захотела. Но знать, что ты будешь в чем-то хорошей, вовсе не означает, что тебе непременно надо это сделать, если тебе этого не хочется. Я уверена, что из тебя получился бы, например, отличный пожарник, но это же не значит, что ты должна менять профессию... Позволь тебе заметить, что большинство женщин имеют детей, но это еще не значит, что у всех женщин должны быть дети. И если ты решила, что дети тебе не нужны, никто не будет считать тебя плохой, или странной, или глупой. Кто-то хочет иметь их, а кто-то не хочет. И это вполне нормально. Всегда надо делать то, что тебе больше подходит.

— А ты сама никогда не задумывалась, правильно ли ты сделала свой выбор? Ты никогда не жалела, что у тебя нет детей? — Пилар задала этот вопрос, поскольку знала, что то, с чем она столкнулась, наверняка когда-то коснулось и ее подруги.

— Жалела, не сомневайся, — честно призналась Марина, — несколько раз. Почти всегда, когда кто-нибудь из моих сестер или братьев, а потом и племянников или племянниц давал мне в руки очередного малыша, у меня сжималось сердце, и я думала... черт возьми! — да, я хотела, чтоб это был мой ребенок!.. Но, к счастью, это желание улетучивалось уже минут через десять. Послушай, я двадцать лет утирала носы, меняла пеленки, мыла горшки, стирала ползунки по четыре-пять раз в день, отправляла их в школу, водила гулять в парк, укачивала по ночам, учила застилать кроватки...

Боже, я только в двадцать пять смогла поступить в колледж и только в тридцать пошла на юридический факультет! Но... теперь, когда они выросли, я их всех люблю, может, за исключением одного или двух... но... их я тоже люблю. Они все доставляли мне радость, каждый по-своему, конечно... И что-то, конечно, было приятно и незабываемо... И все-таки... Я не хочу, чтобы это все повторилось! Как мне тогда не хватало времени для себя, для учебы, для работы, для друзей, для любовников, в конце концов. Конечно, если бы попался стоящий парень, я могла бы выйти замуж, да пару раз они и попадались... но у меня почему-то именно в тот момент были какие-то причины, по которым я не хотела себя связывать... Я, впрочем, думаю, что дело совсем не в этих причинах, просто... понимаешь, мне нравилось быть независимой женщиной. Я любила свою работу, я любила всех этих детей... Но сейчас я правда рада, что не завела своих... Конечно, хорошо иметь сына или дочь, которые позаботятся о тебе, случись что на старости лет, но, что до меня... у меня же есть ты, да еще десять братьев и сестер и все их дети. — Она еще никогда не разговаривала с Пилар так откровенно, и та была благодарна ей за прямоту.

— И все же вдруг в один прекрасный день окажется, что это все не то? Ведь друзья и родственники не смогут заменить собственного ребенка. Или смогут?

— Ну, если такое вдруг случится, значит, моя жизнь — это сплошная ошибка, — сказала Марина. — Но пока я не жалуюсь.

В свои шестьдесят пять она была сильной и подвижной женщиной. Она обожала свою работу в суде, и Пилар не знала человека, у которого было бы столько друзей. Как только у нее выдавалась возможность, она тут же мчалась проведать кого-нибудь: племянника или племянницу, сестру или друга. Она жила полноценной, беспокойной, но счастливой жизнью. Пилар казалось, что она тоже живет такой жизнью... До недавнего времени казалось.

— Ну а ты... — Марина повернулась к ней и удивилась: подруга казалась смущенной и далеко не счастливой. — Эй, что это на тебя нашло? К чему все эти вопросы насчет детей? Ты что, беременна? Хочешь узнать, что я думаю об абортах?

— Нет, — Пилар сокрушенно покачала головой, — мне до сих пор казалось, что я спрашиваю тебя о том, как рожать детей. Но я не беременна. — Она даже не была уверена, хочет ли, чтобы это случилось. Просто впервые в жизни она вдруг засомневалась в правильности принятого когда-то решения.

— Слушай, а это было бы здорово! Но ты действительно этого хочешь? А что по этому поводу думает Брэд?

— Не знаю. Но скорее всего он скажет, что я сошла с ума, и будет прав. Слушай, я ведь всегда была уверена, что не хочу иметь детей! И все из-за того, что боялась стать похожей на собственную мать.

— Пойми, ты никогда не будешь на нее похожа. Надеюсь, ты и сама это знаешь. Вы — два совершенно разных человека.

— И слава богу!

Марина никогда не могла понять отношений между подругой и ее родителями, хотя Пилар часто пыталась все ей объяснить. Единственное, с чем она была согласна, что ее матери и отцу не следовало заводить ребенка, если смысл своей жизни они видят в карьере.

— Но это единственное, что тебя останавливает? Ты боишься быть похожей на нее, да?

— Да нет... не только это... Просто я всегда считала,

что мне это не нужно... Но ведь я также считала, что мне не нужно выходить замуж, а теперь жалею, что не сделала этого раньше.

— Ну уж такие сожаления — просто глупость. Тебе сейчас хорошо? Вот и наслаждайся жизнью. И нечего оглядываться назад, да еще и переживать.

— Да я и не оглядываюсь... Я просто не знаю, что на меня нашло... Мне кажется, я как-то изменилась, что ли.

— А вот это как раз совсем неплохо. Было бы гораздо хуже, если бы ты всю жизнь оставалась одинаково стойкой и непоколебимой. Может, для тебя это действительно очень важно? Может быть, тебе просто необходимо познать материнство?

— О господи! А что, если мне это не понравится? Что, если я просто завидую Нэнси? Может, это просто минутная слабость? И вдруг моя мать права, и ребенок родится с тремя головами, потому что я слишком стара? — У нее было слишком много вопросов, на которые даже Марина не смогла бы ответить.

— А есть ли жизнь на Марсе? Ты же не можешь знать всего, Пилар. Единственное, что ты можешь, — поступать так, как велит тебе разум и подсказывает сердце. Вот сейчас ты считаешь, что тебе нужно родить. Ты, конечно, имеешь право еще раз хорошенько все обдумать. Но нельзя же, черт возьми, все время мучиться вопросом о том, что из этого получится! Господи! Да если бы каждый так долго решал эту проблему, что стало бы с человечеством?

— А как насчет тебя? Ты же не страдаешь от того, что у тебя нет детей, может, и мне лучше обойтись без них?

— Ты сама прекрасно понимаешь, что это глупо — брать с меня пример. Мы же два совершенно разных человека, и наши жизни нельзя сравнивать. Я шестьдесят лет провозилась с детьми! А ты? Ты знала только детей

Брэда, да и то они уже были почти взрослые, когда вы познакомились. Да, между прочим, ты вот замужем, а я никогда не была и не переживаю по этому поводу. Я выбрала свободу и теперь наслаждаюсь работой, друзьями... Это мой стиль жизни, и мне он подходит. А ты встретила Брэда, вы поженились, ты счастлива, вам хорошо вместе... И, может, тебе действительно надо родить ребенка, чтобы потом не жалеть всю жизнь?

Пилар надолго замолчала, задумчиво разглядывая песок. Слова подруги успокоили ее, но ответы на свои вопросы она так и не получила. Наконец она подняла голову и снова посмотрела на Марину:

— Мина, скажи... а что бы ты сделала на моем месте?

— Во-первых, я бы успокоилась и посмотрела на вещи проще. Потом я бы поехала домой и поговорила обо всем с Брэдом, но не стала бы на него слишком сильно давить. Поверь, он тоже не сможет ответить на все твои вопросы. Этого никто не сможет сделать, даже ты сама. В какой-то мере человеку в жизни приходится несколько раз вставать перед выбором. Ты всеми силами стараешься оградить себя от этого, но рано или поздно тебе все-таки придется выпрыгнуть из тонущей лодки. И я надеюсь, что ты не прозеваешь нужный момент.

— Замечательные слова, ваша честь.

— Спасибо. — Марина усмехнулась и, посмотрев Пилар прямо в глаза, добавила: — А если честно, я на твоем месте ни о чем бы не думала, а взяла бы и родила ребенка. И к чертям эти глупости насчет возраста... Я думаю, что ты этого действительно хочешь, но просто боишься признаться.

— Может быть, ты и права. — Но Пилар даже представить себе не могла, как к этому отнесется Брэд. Она попыталась представить себе его реакцию, когда она заявит, что хочет иметь ребенка...

По дороге домой они почти не разговаривали.

Пилар любила общаться с Мариной. Она знала, что для этого ей не надо прилагать много усилий, и всегда очень ценила то, что говорила подруга. Вот и сейчас ей нужно было время, чтобы переварить все сказанное.

— Не переживай, старушка. Очень скоро поймешь, чего ты действительно хочешь. Просто прислушайся к себе, и твое сердце само все подскажет. И, поверь, в этом случае твой выбор будет правильным.

— Спасибо тебе. — На прощание они крепко обнялись, и Пилар помахала ей вслед. «Просто удивительно, как Марина меня понимает», — улыбалась она, медленно приближаясь к дому.

Брэд уже вернулся. Когда она вошла, он складывал свои клубные принадлежности и выглядел отдохнувшим и загоревшим. И, как всегда, увидев жену, радостно улыбнулся.

— Где это ты была? Ведь сегодня, кажется, должна была прийти Нэнси? — Он обнял Пилар, поцеловал, и они поднялись на террасу.

— Да, она приходила на ленч. А потом мы с Мариной гуляли по пляжу.

— О! — Он знал жену очень хорошо. — У тебя что, неприятности?

— Что ты имеешь в виду? — Брэд усадил ее к себе на колени, и она впервые за этот день почувствовала себя по-настоящему счастливой.

— Ну, ты же никогда не прогуливаешься по пляжу просто так. Ты делаешь это, только когда тебе нужно обдумать и принять какое-нибудь важное решение. Последний раз, например, ты бродила по пляжу, решая вопрос о приеме нового сотрудника. До этого, мне помнится, ты исходила его вдоль и поперек, обдумывая, как тебе выкрутиться из одного неприятного дела, в которое тебя наглым образом впутали... А еще до этого, ты помнишь?.. Ты совершила длительную прогулку, и после этого мы поженились. — Она рассмеялась, он всегда и во всем был прав. — Ну а чем же вызвана сегодняшняя прогулка? Неужели Нэнси обидела тебя? — Брэд был удивлен, ведь за все эти годы женщины, как ему казалось, давно подружились. — Или что-то произошло на работе?

Пилар недавно выиграла важный процесс в Лос-Анджелесе, и он был горд за жену, но в то же время хорошо знал, как ее выматывает работа, где каждый день приходилось принимать решения. Он всегда был рад помочь ей, но иногда перед ней вставали проблемы, которые даже он не мог разрешить, и тогда все зависело только от нее.

— Нет-нет, с работой все отлично. А Нэнси была просто восхитительна!

Восхитительна и, сама того не сознавая, безжалостна. Она коснулась той части ее души, о которой сама Пилар вряд ли даже подозревала. Ей приходилось об этом задумываться один или два раза за этот год, но она неизменно приходила к мысли, что все это пустяки, на которые не стоит обращать внимания. Но сейчас она уже не была так уверена в этом и решительно не знала, что сказать Брэду. Марина, наверное, все-таки права, она должна поговорить с ним.

— Я не знаю... Это все скорее так — женские глупости. Я просто хотела кое в чем разобраться, ну и мы с Мариной отправились на пляж, и она, как всегда, помогла мне все понять.

— Ну и что она тебе посоветовала? — Голос у него был мягкий, он очень хотел ей помочь. Пилар все-таки его жена, и, как бы он ни уважал ее друзей, ему хотелось на правах мужа быть первым в курсе ее дел.

— Я себя так глупо чувствую, — сказала она рассеянно.

Он взглянул на нее и очень удивился, заметив слезы у нее на глазах. Пилар была сильной женщиной, она редко теряла над собой контроль, и теперь, увидев, что она плачет, он понял, что случилось действительно что-то серьезное.

— Ну-ну, разве можно плакать, да еще субботним вечером. Может, лучше пойдем прогуляемся по пляжу? — Он был вполне серьезен.

— Может, и пойдем. — Она улыбнулась и смахнула слезы, а он покрепче обнял ее.

— Что же так расстроило тебя, любимая? Я хочу, чтобы ты поделилась этим со мной. — Он знал, что дело серьезное, раз тут не обошлось без Марины.

— Ты не поверишь, мне кажется, это все так глупо.

— Ничего, я выслушиваю массу глупостей каждый день, и ничего страшного, если ты добавишь мне еще одну... Давай-давай, говори, я все пойму.

Она устроилась поудобнее, их ноги переплелись, и, оказавшись лицом к лицу с мужем, пристально глядя ему в глаза, Пилар тихо заговорила:

— Я не знаю, как это объяснить... Может быть, Нэнси задела в моей душе струну, о которой я и не подозревала... Что-то подобное, правда, приходило мне в голову пару раз за этот год... Но раньше я никогда так не задумывалась и не представляла, что это мне вообще нужно... Но вот сегодня Нэнси спросила: а что, если я когда-нибудь пожалею о том, что у меня нет детей?

Произнеся эти слова, она опять не сдержала слез. Муж уставился на нее в немом изумлении. Вот так сюрприз! Он не верил собственным ушам.

— Я всегда была уверена в том, что не хочу и никогда не захочу иметь детей. А сейчас я в сомнениях. Я поймала себя на мысли, что думаю об этом. А вдруг она права, и я действительно когда-нибудь пожалею? Что, если в старости для меня это обернется большим горем? Что, если... — она заставила себя сказать это, — что, если с тобой что-то случится?.. А у меня даже ребенка от тебя не останется?

Слезы текли у нее из глаз, а он, все еще не в силах ничего сказать, только кивал головой. Брэд был просто ошарашен. Он был готов ко всему, кроме этого. От кого, от кого, но от Пилар он никогда и не надеялся услышать о детях.

— Ты что, серьезно? Ты расстроилась именно из-за этого? — Он все никак не мог поверить.

— Мне так теперь кажется. И это так ужасно! А вдруг я пойму, что ребенок мне просто необходим? Что же мне тогда делать?

— Вызывать пожарную команду и успокаивать меня! Нет, ты это, правда, серьезно? Ты сейчас думаешь о том, чтобы родить ребенка? — Это после стольких-то лет. Он сам как-то не думал о совместных с Пилар детях, а его первая жена этот вопрос решила самостоятельно, поставив его перед свершившимся фактом.

— Значит, ты тоже считаешь, что я слишком стара для этого? — Вид у нее был удрученный, и он, не выдержав, рассмеялся.

— Да нет, ты-то нестарая... Это я старый. Слушай, мне уже шестьдесят два, и я через несколько недель стану дедом. Вот уж кто будет выглядеть действительно глупо. — Его забавляла эта мысль.

— Нет, Брэд, совсем нет! Большинство мужчин в наше время имеют вторую семью. И многие из них гораздо старше тебя.

— О, я становлюсь старше с каждой минутой, — пошутил он. Потом, взглянув на нее, заметил, что Пилар вовсе не шутит и для нее это вполне серьезно. — Пилар, ты долго над этим думала?

— Не знаю, не уверена, — честно сказала она, — я думаю, впервые эта мысль промелькнула в моей голове, когда мы только поженились, но я тогда не обратила на нее внимания... Но потом... эта пара, ну, которая не могла отвоевать ребенка... Я все думала о них... Какие они странные, и почему они так фанатично преданы этому ребенку, хотя даже не видели его никогда... Но, черт возьми, в глубине души я их понимала! Не знаю, может, с возрастом я становлюсь сентиментальной. Но когда Нэнси сообщила, что ждет ребенка, я была просто поражена. Я всегда считала ее маленькой девочкой, и вдруг... Ты заметил, как она довольна? Как будто познала смысл жизни. И вот я подумала: а что, если я-то как раз ничего не поняла? Может, все-таки недостаточно быть прекрасным адвокатом, хорошим человеком, любящей женой и доброй мачехой? Может, все-таки надо в этой жизни стать еще и матерью?

— Дорогая моя... — Брэд глубоко вздохнул. Она была сильно взволнована, и он понимал ее состояние. Пилар была кое в чем права. Но ведь они действительно не в том возрасте, когда можно думать о детях. — Как бы я хотел, чтобы ты подумала об этом раньше.

Она посмотрела ему прямо в глаза и спросила очень серьезно, постаравшись вложить в свой вопрос всю душу:

— Хорошо, но, если я приду к выводу, что не смогу жить без своего ребенка, ты захочешь иметь его? — Ей стоило невероятных усилий задать этот вопрос, но она должна была знать. Должна была знать, на ее ли он стороне и есть ли у нее выбор. Если он скажет «нет», ей придется смириться. Она любила его больше всех на свете, и все-таки сейчас она думала об одном, пока еще не существующем человеке — их общем ребенке.

— Я не знаю, — сказал он, — я просто никогда об этом не думал. Мне нужно время. — Пилар улыбнулась, благодарная за то, что он не сказал «нет». Это серьезный шаг, и, конечно, его необходимо хорошенько обдумать. Они должны осознать всю ответственность, взвесить все «за» и «против», чтобы быть готовыми к переменам, которые их ожидают. Но Пилар была почти уверена, что ребенок стоит того.

— Тебе придется думать быстрее, — усмехнулась она, а он, обнимая ее, вдруг загрустил.

— Почему это?

— Я становлюсь старше с каждой минутой.

— Ах ты... злодейка! — Брэд отыскал ее губы и прильнул к ним долгим и нежным поцелуем. Они целовались, сидя на балконе в лучах заходящего солнца, и их объятия становились все жарче. — Я так и знал, что произойдет что-нибудь невероятное, если мы поженимся, — бормотал он, а она тихонько смеялась в ответ, — если бы я знал это тринадцать лет назад, я бы еще тогда заставил тебя выйти за меня замуж... и сейчас у нас была бы уже дюжина детей...

— Подожди. — Пилар слегка отстранилась и задумчиво посмотрела на него. — Давай посчитаем... Если мы начнем прямо сейчас... так, мне сорок три... Слушай, а мы еще успеем нарожать человек шесть-семь...

— Нисколько в этом не сомневаюсь... Но дай мне дожить хотя бы до первого... Эй, подожди-ка! Я же еще не дал согласия, мне же надо подумать!..

Она старалась казаться спокойной, когда встала и взяла его за руку.

— Ты знаешь, Брэд, у меня есть идея... Пока ты будешь думать... тебе же надо чем-то заняться... Ну-ка пойдем... — Он рассмеялся, когда понял, что она ведет его в спальню. Он был для нее легкой добычей, как, впрочем, и она для него. У нее на сердце стало гораздо спокойней, когда он поцеловал ее и устремился в спальню.

Глава 5

Пока врач снимал перчатки, Диана одевалась за ширмой. Раз в год она ходила к гинекологу на профилактический осмотр.

— По-моему, у вас все отлично. — Он лучезарно улыбнулся.

Врач был совсем молодой. Шурин порекомендовал его Диане два года назад, так как считал неудобным самому осматривать свояченицу, а Артур Джонс, по мнению Джека, был прекрасным специалистом.

— Но, может, у вас есть жалобы? Вас что-то беспокоит? Непонятные боли? Несвоевременные кровотечения? — Он всегда так спрашивал в конце осмотра, и Диана отрицательно покачала головой. Вид у нее был удрученный. Неделю назад у нее закончилась менструация, и это означало, что на этот раз она опять не была беременна.

— Меня беспокоит только то, что мы с мужем уже одиннадцать месяцев стараемся зачать ребенка, и все впустую.

— Может быть, вы *слишком* стараетесь? — Он в точности повторил слова ее сестер. Да и вообще все, кто знал об этом, постоянно повторяли глупости типа: «Постарайся не думать об этом», «Вы слишком усердствуете», «Сумей забыться и расслабиться», «Не беспокойся», — но они не понимали всей полноты той печали, того отчаяния, которое она испытывала каждый раз, обнаруживая, что опять ничего не достигла. Ей было двадцать восемь, она была замужем почти год, мужа она обожала, своей работой наслаждалась, и единственное, что она теперь хотела, — это ребенок.

— Но год — это еще не срок, — сдержанно возразил врач.

— Мне это кажется сроком. И немалым. — Она виновато улыбнулась.

— А как насчет вашего мужа? Его это тоже беспокоит? — Может, в прошлом ее мужа было что-то, о чем мужчины почти никогда не рассказывают женам, а последствия, например, венерического заболевания могут иметь значение.

— Ну, он советует не волноваться, говорит, что рано или поздно это произойдет.

— Может, он и прав. — Джонс улыбнулся. — А где он работает? — Он хотел выяснить, не имеет ли ее муж дело с какими-нибудь химикатами или токсинами, влияющими на потенцию.

— Он юридический советник крупной радиокомпании. — Она заметила, что название радиокомпании произвело на молодого человека впечатление.

— А вы работаете в журнале, так? — Она кивнула. — А между тем и ваша работа, и работа вашего мужа — очень беспокойные. И еще я могу добавить, что одиннадцать месяцев — совсем небольшой срок. Большинство пар оказываются в состоянии зачать ребенка только через год после свадьбы, а некоторым и года мало. Может, попробуете устроить себе небольшие каникулы в один из благоприятных для вас дней?

— Да, мы подумали об этом, — улыбнулась Диана, — буквально на днях мы собираемся на неделю в Европу. Может быть, у нас что-нибудь получится во время путешествия? — сказала она с надеждой. Тревога, промелькнувшая в ее глазах, заставила доктора внимательней отнестись к ее словам.

— Вот что я вам скажу. Если вы не забеременеете во время путешествия, я предлагаю вам провести небольшое обследование. Я могу сам сделать несколько анализов и, если вы захотите, направить вас к любому специалисту. Есть врач, к которому я всегда советую обращаться. Он берет разумную плату и делает все очень точно и тщательно. Его зовут Александр Джонстон, ваш шурин наверняка его знает. Он немного старше нас и отличный специалист. К тому же не в его правилах навязывать клиентам лишние обследования.

— Мне, наверное, так и придется поступить. — В голосе Дианы послышалась надежда, в случае необходимости она теперь знает, к кому обратиться.

Ободренная внимательным отношением врача, Диана вернулась на работу. В тот же вечер она сказала об этом Энди. Диана упомянула имя врача и сказала, что спросит еще мнение Джека, но Энди только заворчал в ответ. Он закрутился на работе, у него был тяжелый день, и его раздражало то, что она заставляет его заниматься любовью в определенные дни и часы, а потом закатывает истерики, когда убеждается, что не беременна. Они оба молодые и здоровые, оба — из многодетных нормальных семей, и у них нет никаких причин для тревоги. У них будет куча детей! А если все время переживать, жаловаться всем и каждому и плакать по этому поводу, то от этого легче не станет!

— Ради всего святого, Ди, дай мне отдохнуть! И ни к чему нам эти чертовы специалисты, нам нужно хорошенько отдохнуть и расслабиться. Я тебя умоляю, прекрати панику!

— О!.. Прости меня... — Слезы потекли из глаз Дианы, и она быстро отвернулась от мужа. Ну почему он не хочет понять ее беспокойство? А вдруг она права, и у них действительно что-то не в порядке? — Я только подумала... я подумала, что, может быть, врач сумеет помочь... — Она разрыдалась и выбежала из комнаты. Энди отправился вслед за нею.

— Ну-ну, успокойся, малышка... Прости меня. Я просто очень устал и раздражен... Эти чертовы неприятности тянутся уже несколько недель... Ну будет, будет у нас ребенок, не волнуйся. — Но эта ее настойчивость иногда ужасно его раздражала. Она так решительно настроена, что можно подумать, ребенок — это единственная цель в ее жизни, или она просто мечтает посоревноваться со своими сестрами.

— Врач сказал, что, может быть, если мы оба возьмем отпуск... — Диана смотрела на него умоляющими глазами, она вовсе не хотела раздражать его. Он притянул ее к себе:

— Доктор прав. Нам необходимо отдохнуть. Обоим. А теперь, любимая, пообещай мне, что ты перестанешь об этом думать хоть на время, хорошо? Между прочим, держу пари, что врач тебе сказал, что в том, что ты еще не забеременела, нет ничего страшного и противоестественного.

Она робко улыбнулась и кивнула:

— Да, он так сказал.

— Ну вот видишь, все у нас в порядке, — сказал он, целуя ее.

Ночью, лежа в постели, Диана немного успокоилась. Она подумала, что, может быть, все вокруг правы, а она ведет себя просто глупо, так переживая.

Она потянулась к Энди, чтобы поцеловать его перед сном, но муж уже давно спал, сладко посапывая. Диана долго вглядывалась в его лицо, а потом откинулась на свою подушку. Все-таки странно, что отсутствие ребенка делает ее иногда такой одинокой. Ей казалось, что никто на свете не может понять, как остра ее боль и как велика для нее необходимость иметь малыша. Никто. Даже Энди.

* * *

Поездка в Европу получилась великолепной. Они побывали в Париже и на юге Франции, а потом слетали в Лондон навестить брата Энди. И если Диана забеременела, то это могло произойти только в «Отель де Пари» в Монте-Карло. Погода была отличная, отель — изумительным, и Энди заявил, что лучшего места для зачатия ребенка и вообразить невозможно.

Встреча с Ником в Лондоне тоже была удивительно приятной, и остальная часть поездки была легкой, радостной и именно такой, в какой они нуждались уже почти год. Диана с Брэдом даже представить себе не могли, в каком напряжении жили, пока не уехали из Лос-Анджелеса и не почувствовали, как это здорово — наслаждаться обществом друг друга в новой обстановке, ощущая себя свободными и расслабленными. Они ходили по ресторанам и музеям, посещали церкви, валялись на пляже и даже провели уик-энд в Шотландии, в красивом местечке за рыбной ловлей с Ником и его девушкой.

Вернувшись в июне в Лос-Анджелес, они оба почувствовали себя совершенно другими людьми.

Энди — загорелый, посвежевший и полный сил — отправился на работу, а Диана осталась дома, позвонив в свой журнал и взяв отгул: ей надо было распаковать вещи, опомниться от поездки и сходить в парикмахерскую. Все равно это была пятница, и Диана решила, что раз журнал обходился без нее так долго, то с ним ничего не случится до понедельника. Она не рвалась немедленно вернуться к своим публикациям и даже попыталась отговорить Энди идти в этот день на работу. Но он знал, что накопилось много дел, ему следует появиться на радио, и неохотно пошел туда. Оба они с нетерпением ждали уик-энда.

В субботу с утра Энди поехал на теннисный корт и сыграл партию с Биллом Беннингтоном, с которым они вместе учились на юридическом факультете. Именно Энди в свое время устроил приятеля на радио. Энди любил поболтать со своим старым приятелем, и речь у них зашла о путешествии в Европу.

— Как Ник? — спросил Билл, когда они, закончив игру, устроились у стойки бара.

— Отлично. Встречается с хорошей девушкой. Мы провели с ними уик-энд в Шотландии. Рыбачили. — У Билла тоже был младший брат, ровесник братьев-близнецов

Энди. Вообще у них было много общего. — Ты знаешь, она нам очень понравилась — англичанка, очень хорошенькая и веселая, и Диана была уверена, что ее деверь имеет по отношению к ней серьезные намерения, но он почему-то не хотел признаться в этом своему старшему брату.

— Я тоже встречаюсь с хорошей девушкой, — признался Билли, слегка смутившись.

— Что ты хочешь этим сказать, Беннингтон? — с удивлением взглянул на него Энди. — Это серьезно или всего лишь очередной флирт? — Билл постоянно встречался с хорошенькими девушками. Он был симпатичным парнем и не пропускал ни одной фотомодели или начинающей кинозвезды. Естественно, его романы были весьма непродолжительными.

— Я еще ничего не решил. Но она чертовски привлекательная. Я хотел бы, чтобы вы познакомились.

— А где она работает? Или ты сочтешь этот вопрос нескромным? — Энди усмехнулся, заметив, как зарделось лицо друга.

— Ты не поверишь! Она консультант в конкурирующей с нами радиокомпании. Только что закончила юридический факультет.

— Ну и ну! — Энди не смог удержаться, чтобы не поддразнить друга, но он был действительно рад за него. Билл Беннингтон был его близким приятелем и симпатичным парнем. — Но вообще-то это звучит обнадеживающе.

— Если б знать заранее! — Беннингтон загадочно улыбнулся, и они зашагали к автомобильной стоянке. Друзья встречались почти каждую субботу, если у них не было других планов, и еще старались провести вместе один-два вечера на неделе, если не очень уставали на работе. Перед своей поездкой Энди, по мнению Билла, пребывал в постоянном напряжении. И сейчас, наблюдая за приятелем, Билл с удовольствием отметил, что тот выглядит отдохнувшим и бодрым. — Между прочим, как поживает мой любимый редактор журнала? Все так же влачит свое бремя?

— Влачила, до нашей поездки. Между прочим, она вчера брала отгул, а это хороший знак. Это значит, что она хорошо отдохнула и, главное, изменила свой взгляд на некоторые вещи. До поездки нервы у нее были совершенно расшатаны, я боюсь, что она слишком много сил отдает работе.

— То же самое могу сказать о тебе. Порой ты внушал мне тревогу. Не знаю, то ли что-то не клеилось у тебя на работе, то ли беспокоило что-то другое, но, когда ты уезжал, выглядел неважно.

— Даже не знаю... — Энди не был уверен, что ему стоит рассказывать другу о волнующих Диану проблемах. — Наверно, я действительно просто устал. Да и жена была ужасно взвинченна, и ее состояние отчасти передалось и мне...

— Я надеюсь, ничего серьезного?

— Да нет... не думаю, чтобы это было серьезно... Просто... Диана хочет поскорее родить малыша... ну мы и стараемся изо всех сил... и я считаю, что мы даже слишком усердствуем, поэтому ничего не выходит... А жена по этому поводу страшно расстраивается.

— Ну, ребята, вы же женаты не больше года! Когда вы поженились? — Билл был искренне удивлен, что они уже думают о ребенке.

— Сегодня ровно год, — Энди счастливо улыбнулся, — не верится, правда?

— Господи, вот это да! Но все равно, вам еще совсем рано заводить ребенка. Ты же тогда перестанешь играть со мной в теннис, а будешь мчаться домой с работы, чтобы помогать жене менять пеленки!

— Ну, этого еще не случилось... Может, я смогу уговорить ее подождать еще год...

— Почему ты до сих пор этого не сделал? Может, через пару лет мы бы могли на пару стать отцами.

— Да, это мысль. — Энди с улыбкой посмотрел на друга, они как раз подошли и остановились возле серебристого «Порше» Билла. — А вообще это все трудно себе вообразить. Я помню, как отец таскал близнецов — по одному на каждом плече. Мне кажется, я к этому еще не готов. А вот Диана — вполне. Ей не терпится стать матерью.

— Все равно не стоит с этим спешить, дружище, — посоветовал Билл. — Дети — это уже на всю жизнь.

— Я передам Диане твои слова.

Он помахал вслед машине друга, думая о том, как долго продлится его роман с новой девушкой, и тоже сел в машину.

Когда он приехал домой, Диана возилась в саду в самом наилучшем настроении. Она с улыбкой взглянула на приближающегося мужа. Энди был таким красивым и стройным в своем теннисном костюме. Он остановился, чтобы поцеловать ее.

— С годовщиной вас, миссис Дуглас! — Из кармана шорт он вытащил маленькую, обтянутую бархатом коробочку и протянул жене.

— Ты меня балуешь, — сказала она, опускаясь на колени и с нетерпением раскрывая подарок. Внутри оказалось изящное золотое колечко с сапфиром. Оно было очень милым, и Энди знал, что оно ей понравится и она будет носить его не снимая. Диана действительно посмотрела на него восхищенными глазами и поцеловала. — О! Какая прелесть!

— Я рад, что тебе понравилось. — Он был доволен. — Вообще-то в первую годовщину положено дарить что-нибудь более ценное — из пластмассы, или бумаги, или глины... Но я решил, что ты не будешь возражать, если я забегу на несколько лет вперед...

— На первый раз прощается. Но на будущий год я желаю получить в подарок настоящую драгоценность, например из алюминия или меди. — Она улыбалась, загар очень шел ей.

— Малышка, клянусь, ты этого заслуживаешь! — Энди поднял ее с колен.

Они вошли в дом, и Диана достала свой подарок. Она купила ему великолепный кожаный несессер. Он давно мечтал о таком и, когда снял упаковку, пришел в настоящий восторг. Они были очень внимательны друг к другу во время поездки, да и вообще весь этот год. Энди обожал покупать для нее какие-нибудь безделушки, просто так, безо всякой причины, или приходить домой с букетом цветов. Она тоже делала ему небольшие подарки и приятные сюрпризы. Оба хорошо зарабатывали, и баловать друг друга им доставляло большое удовольствие.

Кроме того, Энди заказал на вечер столик в «Л'Оранжери». Ресторан был очень дорогой, но он хотел, чтобы ужин напомнил им поездку в Европу, где они постоянно ужинали в самых фешенебельных ресторанах и посещали изысканные, дорогие места.

Диана надела новое шелковое платье — белое, с очень глубоким вырезом. Она купила его в Лондоне специально для этого дня.

— Я почему-то подумала, что для такого дня белое платье подойдет как нельзя лучше. — Диана поддразнивала его, и он решил подыграть:

— Я надеюсь, это не заставляет тебя думать, что ты еще девственница?

— Вряд ли... — рассмеялась она в ответ.

Супруги выехали пораньше, так как Диана пообещала младшей сестре, что они перед обедом заедут в Адамсон-Дэваннес Гэлери, где должно было состояться открытие очередной выставки ее мужа. Они были красивыми и загоревшими. Когда садились в машину, Энди наклонился и поцеловал жену.

— Ты так хороша! — восторженно воскликнул он, и Диана усмехнулась.

— Ты тоже. — Она вся прямо светилась счастьем после этой поездки в Европу. «Может, она действительно забеременела?» — удивился про себя Энди.

Она надела кольцо — его подарок, и по дороге к галерее он в шутку сказал, что они должны совершить еще одну поездку, чтобы он тоже смог обновить свой подарок. Это был день отдыха, они занимались любовью все послеполуденное время, после чего начали одеваться на вечер. Этот день обещал быть счастливым. Энди рассказал ей о новом увлечении своего друга Билла.

— Консультант, говоришь? — Диана слегка удивилась, но потом, вспомнив все увлечения их друга, улыбнулась: — Я думаю, что это его очередной мимолетный роман.

— Да, а вот я так не считаю, — Энди покачал головой, вспоминая слова Билли, — мне кажется, он не на шутку ею увлекся.

— Ага, он всегда не на шутку увлекается одной, пока не появится следующая. Да он меняет свои увлечения так же быстро, как мой трехлетний племянник.

— Но-но, Диана, ты уж слишком!.. Билли хороший парень! — Но Энди понимал, что в словах жены есть доля правды. А она, зная, что убедила его, рассмеялась.

— Да кто говорит, что он плохой? Просто его ничто и никто не интересует больше пяти минут.

— Может, на этот раз все будет иначе. — Энди припарковал машину на стоянке, прямо напротив галереи. Он помог Диане выбраться из машины, и они пошли по дорожке ко входу. В дверях они увидели Сеймуса: он вел жаркий спор с каким-то человеком восточного происхождения, одетым во все черное.

— Боже мой!.. Вы только посмотрите на них! Ну прямо живая кинозвезда, только что вернувшаяся из Европы! — Он явно имел в виду свояченицу. Собеседник Сеймуса оказался знаменитым японским художником, которому они были тут же представлены. — Мы обсуждали потенциальное влияние искусства на умирающую, пребывающую в упадке культуру и пришли к не очень утешительным выводам. — Вид у него был задумчивый, но в уголках лукавых глаз затаилась ирония. Он был великолепный игрок и манипулировал людьми, словами, картинами, идеями — всем, что приходило ему в голову или попадало в руки. — Ты уже видела Сэмми? — Одной рукой он подталкивал Энди в сторону бара, а другой указывал Диане на группу женщин, среди которых та заметила сестру. Они стояли перед огромным, на всю стену, полотном, причем Сэмми, находившаяся в центре, была так увлечена беседой с подругами, что, казалось, не обращала никакого внимания на своих малышей. Они между тем путались под ногами, шумели и смеялись.

— Привет, — сказала Диана, медленно приближаясь к ней.

— Привет, отлично выглядишь! — В голосе сестры слышалось восхищение, она всегда считала Диану самой симпатичной из них троих, самой способной и... удачливой. Сколько Сэмми знала сестру, она всегда была такой. Хотя Диана ни за что бы с ней не согласилась, услышав об этом. Она бы не задумываясь обменяла все на двоих ребятишек Сэмми. — Ты просто красавица. Как съездили?

— Отлично! Мы великолепно провели время.

Саманта познакомила Диану с друзьями, и компания начала потихоньку распадаться — все пошли в разные стороны искать своих спутников. И тут Саманта заговорщически посмотрела на сестру и спросила, понизив голос:

— Ну, что... поездка помогла?.. Ты забеременела? — Голос ее звучал заботливо и обеспокоенно, но Диана ненавидела ее в этот момент.

— Это все, о чем ты можешь спросить? У тебя нет другой темы для обсуждения? Когда я вижу Гейл, она каждый раз спрашивает у меня то же самое. Господи, неужели вы обе не можете думать ни о чем другом? — Самое страшное было то, что она сама вот уже год не могла думать ни о чем другом. Такое впечатление, что, пока ты не забеременеешь и не родишь, тебя прямо за члена семьи не считают. Но она-то, черт возьми, делала и делает все, что в ее силах! И не ее вина, что у нее пока ничего не получилось.

— Извини, ради бога!.. Я же просто интересуюсь... Мы с тобой не виделись довольно долго, вот я и подумала...

— Да, я понимаю... — сказала Диана удрученно. Конечно, они все переживают за нее, но все равно ее каждый раз это просто бесит. Их вопросы — как постоянное обвинение. «Может, вы плохо стараетесь? Может, у вас что-то не в порядке? Может, вам обратиться к специалисту?» Диану тоже беспокоило все это, но ответов у нее не было ни для себя, ни для сестер, ни для родителей.

— Я так понимаю, это означает «нет». — Саманта старалась сказать это как можно мягче, но Диана смерила ее пронзительным взглядом.

— Это означает, оставь меня в покое, Саманта! Хорошо, я скажу: я еще не знаю. Тебя это удовлетворит? Хочешь, чтобы я позвонила тебе, как только у меня начнется менструация? Или лучше послать факс? Или, может, повесить большое объявление, а мама соберет всех своих друзей и устроит консилиум на тему: «Что же нам делать с бедной Дианой?» — Она чуть не плача выкрикивала слова, и Сэмми стало жаль сестру.

— Не переживай так, Ди. Мы просто хотим знать, что с тобой происходит, вот и все. Мы же любим тебя.

— Спасибо. Со мной *ничего* не происходит. Этого вам достаточно? — Ее утешала мысль о том, что она сама еще точно ничего не знает.

Когда Сеймус и Энди присоединились к ним, Диана еще не успела успокоиться после стычки с сестрой. У Сеймуса на плечах сидел сынишка.

— Твои новые картины впечатляют, — бодро говорил Энди, но он уже заметил напряженное лицо жены, и они очень скоро покинули выставку.

По дороге в ресторан Энди не проронил ни слова, Диана внешне казалась спокойной, но он понял, что вопросы сестры, как всегда, глубоко встревожили жену.

— Что-нибудь случилось? — Энди наконец не выдержал. Настроение у жены было мрачное, почти как до поездки в Европу. — Чем тебя расстроила сестра?

— Как обычно, — фыркнула Диана, — захотела узнать, беременна я или нет.

— Посоветуй ей лучше заниматься своими делами. — Он постарался сказать это как можно мягче и нагнулся, чтобы поцеловать ее. Диана выдавила из себя улыбку. Какой Энди замечательный! Чуткий, заботливый, добрый.

— Ты же знаешь, я просто ненавижу, когда они начинают спрашивать! Как будто их это волнует больше всего.

— Они же любят тебя и хотят как лучше. Кстати, у нас, может быть, все в порядке. По-моему, в Монте-Карло мы не упустили эту возможность, ты не находишь?

Она засмеялась, вспомнив их бурные ласки в шикарном номере отеля, и поцеловала его в шею.

— Ты неподражаем. С годовщиной тебя, мистер Дуглас. — Ей не верилось, что прошел уже год со дня свадьбы. Диана была просто счастлива сознавать себя миссис Дуглас, и прошедший год был для них обоих наполнен до краев. Единственное, что его омрачало, это беспокойство по поводу ненаступающей беременности. Но их жизнь все равно была полной — работа, друзья, их семьи. Мысль о ребенке как бы тонула во всем этом. Но все-таки она была важной для них, и особенно для Дианы.

— Ты, конечно, считаешь меня слегка ненормальной... из-за того, что я так хочу малыша? — тихо спросила она Энди, когда они подъехали к «Л'Оранжери».

— Нет, что ты. Я просто не хочу, чтобы это стало для тебя навязчивой идеей. От этого легче не станет.

— Тебе легко говорить... Мне иногда кажется, что вся моя жизнь — сплошные месячные...

— Не допускай этого. Старайся думать об этом как можно меньше. — Он улыбнулся, передавая привратнику ключи от машины. — Я тебе все время об этом говорю. — Он поцеловал жену и не отпускал ее некоторое время. — Не забывай, пожалуйста, что пока существуют два человека... Это ты... И я... А все остальное будет, когда придет время.

— Мне бы твою уверенность, — обиженно взглянула она на него. Он был таким выдержанным и спокойным.

— Спорим, если ты перестанешь об этом все время думать, то забеременеешь так же легко, как... твои сестры — Он ободряюще улыбнулся, Диана улыбнулась в ответ и взяла его под руку.

— Клянусь тебе, я постараюсь.

Когда они вошли в ресторан, несколько голов повернулись в их сторону, провожая восхищенными взглядами красивую молодую пару. Официант посадил их за столик в дальнем конце зала и, пока они просматривали меню и непринужденно болтали, принес вино. Диана уже успокоилась после неприятного разговора с сестрой, и оба они были в прекрасном настроении.

На первое они заказали икру, залитую взбитыми яйцами с луком, потом им принесли салат из омаров и шампанское. Покончив с десертом, Диана, оставив мужа в одиночестве, направилась в дамскую комнату, чтобы поправить косметику. Она действительно отлично выглядела в английском платье, которое подчеркивало ее загар. Накрасив губы, перед тем как вернуться к столу, она зашла в туалетную кабинку, и тут она заметила кровавое пятно на трусиках, свидетельствующее, что их любовная ночь в Монте-Карло не принесла долгожданного результата. У нее перехватило дыхание, и кафельные стены поплыли перед глазами. Она попыталась успокоиться и взять себя в руки, но, подходя к раковине, уже чувствовала печаль и опустошение.

Диана решила ничего не говорить Энди, но, когда она возвращалась к нему, он заметил перемену, произошедшую в ней, и понял все по ее удрученному виду. Он уже выучил ее менструальные циклы и еще несколько недель назад знал, что именно этот уик-энд должен показать результат их поездки в Европу. И теперь ему было достаточно только взглянуть на нее, чтобы понять, что успеха они не достигли.

— Что, неприятный сюрприз? — осторожно спросил Энди, пока она садилась. Он уже хорошо ее изучил и был тронут тем, что она не хотела показать вида, но была слишком подавлена и не смогла скрыть своих чувств. Его это тоже начало угнетать, и мало-помалу он начинал чувствовать себя виноватым.

— Да, неприятный сюрприз, — проговорила Диана, отворачиваясь. Теперь она обнаружила, что вся затея с поездкой оказалась напрасной. На какое-то мгновение ей показалось, что вся ее жизнь — тоже.

— Дорогая, но это еще ничего не значит. Мы же можем попробовать еще раз.

«Да, конечно, и еще... и еще... и еще... и все впустую! Зачем? Зачем стараться, если все без толку?»

— Я хочу обратиться к специалисту, — сказала она мрачно, когда официант принес кофе.

Вечер был испорчен, во всяком случае, для Дианы. Ребенок был для нее самой главной целью в жизни. Ничто не может заменить его: ни работа, ни друзья, ни даже муж... Как бы она себя ни уговаривала, что ребенок — это еще не все, но она все больше убеждалась, что это именно так.

— Давай поговорим об этом позже, — спокойно сказал Энди, — к чему нам спешить? Нельзя поддаваться отчаянию. Прошел всего год. Некоторые считают, что обращаться к специалистам следует не раньше чем через два года. — Он пытался успокоить ее, но она была страшно взвинчена и чуть не плакала.

— Я не хочу так долго ждать. — Диана судорожно сглотнула. Она чувствовала неприятную боль и, зная, от чего она, ненавидела ее еще больше.

— Хорошо. Тогда через пару месяцев. Нам совсем не обязательно с этим спешить. Ты же должна навести справки об этом враче, прежде чем показываться ему.

— Я уже все узнала. Джек сказал, что он один из лучших специалистов в стране.

— Отлично. Значит, ты опять обсуждала с Джеком наши проблемы? И что ты ему сообщила? Что я никчемный муж? Или что у меня скорее всего осложнения после свинки, перенесенной в детстве? Или что я импотент? — Он разозлился, узнав, что она действовала за его спиной, наверняка преподнося все так, будто он виноват во всем. Хороший подарок она припасла для их праздничного вечера.

— Я всего лишь сказала, что беспокоюсь, и мой гинеколог назвал мне это имя. Он не задавал никаких вопросов. Не переживай. — Теперь Диана старалась сгладить положение, но муж разозлился не на шутку. И, может быть впервые, он почувствовал, что их семейная жизнь далеко не безоблачна.

— Почему я должен успокоиться, черт возьми? Каждый месяц ты ведешь себя так, будто собираешься умирать, смотришь на меня такими глазами, будто это я во всем виноват, что не трахаю тебя как следует! Я тебе честно скажу: я не знаю, почему у нас ничего не выходит. Может быть, из-за меня, может — нет, может, это только из-за того, что ты сама свихнулась из-за этого и меня постоянно заставляешь об этом думать. И если ты считаешь, что специалист может помочь, пожалуйста, черт возьми, делай что хочешь, обращайся к кому хочешь, и, если ты думаешь, что от меня что-то зависит, я тоже пойду с тобой!

— Что ты имеешь в виду — «если от меня что-то зависит»? — Она была потрясена, и они оба понимали, что вечер испорчен окончательно. — Не хочешь же ты сказать, что это только мои проблемы? Ведь мы оба должны об этом думать!

— Да, конечно, спасибо, что напомнила. Но знаешь, мне кажется, что я здесь ни при чем. Просто ты специально каждый раз впадаешь в истерику и уже только одним этим все портишь! И знаешь что? Если твои сестрицы забеременели прямо у алтаря, это еще не значит, что мы, черт возьми, должны были сделать то же самое! Ну что плохого в том, что мы не стали с этим спешить и прожили год спокойно, как нормальные люди?

Из ресторана Диана вышла вся в слезах, и по дороге домой они не сказали друг другу ни слова. Дома она заперлась в ванной и долго сидела там, оплакивая малыша, которого опять не предвиделось, и праздник, который был совершенно испорчен. А что, если муж прав? Не делает ли она из этого уж слишком большую проблему? Может, она просто хочет показать, что она не хуже, чем Гейл и Сэмми? Но зачем? Может, ей этого никогда и не доказать, как бы она ни старалась?

Энди ждал ее в постели, когда она наконец вышла из ванной, одетая в новую розовую ночную рубашку, которую он купил ей в Париже.

— Прости меня, — сказал он, когда она приблизилась к кровати, — я ужасно расстроился, но все равно, я не должен был тебе всего этого говорить. — Он обнял жену и притянул ее к себе. Глядя ей в лицо, Энди догадался, что она плакала. — Не обращай внимания, малыш. Ничего страшного, если у нас вообще не будет детей. Ты мой самый любимый ребенок. И самый главный. — Она хотела сказать ему то же самое, но что-то мешало ей. Она очень любила его, но сейчас поняла, что, пока у них не появится малыш, она не будет считать свой брак счастливым. — Ди, я люблю тебя. — Он устроил ее рядом с собой и нежно обнял.

— Я тоже люблю тебя... У меня такое чувство, что я сегодня тебя сильно разочаровала.

— Что за глупости! — Он улыбнулся, глядя на нее. — Никаких разочарований. И знаешь, чем все закончится? Ты родишь двойню, и твои сестры просто умрут от зависти.

— Я люблю тебя. — Диана уже почти успокоилась и даже улыбалась, сожалея об испорченном вечере.

— С праздником тебя, любимая.

— С праздником, — прошептала она в ответ. Энди выключил свет и долго еще не спал, держа ее в объятиях и думая об их будущем и еще о том, что станет с его женой, если действительно выяснится, что у них никогда не будет детей.

* * *

Брэдфорд и Пилар отмечали годовщину свадьбы дома. Они собирались поехать на уик-энд в Эль-Энканто, но перед самым отъездом им позвонил Томми и сказал, что у Нэнси начались схватки. Они связались с ней, и

Пилар пообещала, что они будут сидеть дома и ждать новостей. Но после того, как она повесила трубку, Брэд огорченно заметил:

— Зачем ты ей это пообещала? Нам придется ждать несколько часов! Да и вообще ребенок может не родиться до завтрашнего утра!

— Успокойся, дорогой. Мы можем поехать завтра вечером. Это же наш первый внук, мы должны быть под рукой, если вдруг что-то понадобится.

— Мне кажется, что, когда женщина рожает первого ребенка, меньше всего она нуждается в помощи своего отца.

— Я все-таки думаю, что мы должны быть на месте. Вдруг что-то будет не так?

— Хорошо, хорошо... мы останемся дома. — Он принялся с обреченным видом развязывать галстук. Ему все же было очень приятно, что она так заботится о его детях, и они оценили это и отвечают ей привязанностью.

Пилар отправилась на кухню готовить ужин. Через некоторое время они сидели на залитой лунным светом террасе и ели спагетти, запивая их вином.

— А может, это даже лучше, чем Эль-Энканто. — Он блаженно улыбался. — Во всяком случае, романтичнее, это точно. Слушай, а я когда-нибудь раньше говорил, как сильно я люблю тебя? — Лунный свет скрадывал черты его лица, и он казался молодым и красивым. Жена тоже казалась красавицей, когда лунные блики играли на ее шелковом платье, таком же голубом, как цвет ее глаз.

— Вот уже часа два, как ты не говорил этого. Я уже начала беспокоиться.

После того, как Пилар унесла тарелки, они стояли на террасе, и Брэд рассказывал, как он нервничал, когда родилась Нэнси. Ему тогда было тридцать пять, для первого ребенка он был далеко не молод, но чувствовал себя как мальчишка, шагая по приемной больницы и ожидая, кто у него родится. Но зато когда родился Тэдди, он чувствовал себя более спокойно, да еще был так горд тем, что родился мальчик, что угощал сигарами всех встречных. Он признался жене, что недавно купил коробку сигар и тоже собирается всех угощать, когда Нэнси родит.

Пилар тоже думала о Нэнси и, зная, как они с Томми волнуются, мысленно молилась, чтобы все прошло хорошо. Когда в десять тридцать зазвонил телефон, они, все еще сидя на террасе, удивленно переглянулись. Пилар поспешила снять трубку и услышала взволнованный голос Томми, а потом — радостный и возбужденный — Нэнси. У них родился мальчик, здоровый и крепкий, весом почти девять фунтов.

— И всего за три с половиной часа! — Голос Томми звучал так гордо, как будто Нэнси совершила невиданный подвиг.

— И на кого он похож? Надеюсь, на меня? — пошутила Пилар, и они все рассмеялись.

— Вы не поверите, — голос у Нэнси звенел от восторга, — но он — вылитый папочка!

— Ну, слава богу! — Брэд только что взял вторую трубку в спальне. — Но, черт возьми, тогда он должен быть красавцем!

— Он и есть красавец, — с гордостью сказал Томми.

Брэд спросил, как прошли роды, и молодые заверили, что отлично. Нэнси не пришлось делать никакой анестезии, она родила очень легко, а Томми ни на минуту не отходил от нее. Когда они повесили трубки, Брэд вышел из спальни на террасу, где его уже ждала жена. Он гордо улыбался. Только что у него появился внук.

— Да, времена изменились, — пробормотал он, когда они усаживались в кресла, — если бы мне предложили присутствовать при рождении моих детей, я, наверное, упал бы в обморок.

— Я бы тоже, — Пилар улыбнулась. — Это зрелище

прельщает далеко не всех. Но они оба ужасно счастливы, правда ведь? Прямо как дети, такие возбужденные, гордые и счастливые. — Она вдруг почувствовала, как на глаза навернулись слезы. Она-то такого чувства никогда не испытывала и, может, никогда не испытает. Но, взглянув на мужа, она заставила себя улыбнуться. — Забавно. Но ты совсем не похож на деда.

— Ну и отлично. Хочешь сигару?

— Нет, я воздержусь, спасибо. — Она сидела, уставившись в темноту на океан, и очень хорошо знала, чего бы ей сейчас хотелось.

— О чем это ты там задумалась? — Брэд взглянул жене в глаза, и то, что он там увидел, задело его за живое. Там было такое отчаяние и одиночество, каких он раньше никогда не замечал, потому что они были скрыты так глубоко, что даже с ним она никогда не осмеливалась показать их.

— Да так, ни о чем, — солгала она.

— Неправда. Ты думаешь о чем-то очень серьезном и важном. Я тебя никогда такой не видел, Пилар... Скажи мне, о чем ты думаешь... — Она выглядела вот так же в тот вечер, когда решила выйти за него замуж, а до этого он всего один или два раза замечал у нее на лице нечто похожее. Он придвинулся к ней ближе и взял ее руки в свои. — Пилар... скажи мне... — Он пытался взглянуть ей в лицо, но тут она сама повернулась к нему, и он заметил блеснувшие на глазах слезы. Две серебряные дорожки пролегли по ее щекам, а в глазах застыл страх. Брэду захотелось взять ее на руки и качать, как ребенка, чтобы защитить от этой отчаянной грусти, так внезапно захлестнувшей ее.

— Я просто думала... О господи, это так глупо... Они же молодые, и они оба так хотели этого... А я все думаю, какая я все-таки была глупая... — Ее голос был еле слышен в темноте. — А еще я... я бы так хотела от тебя ребенка... — Она замолчала, а он долго ничего ей не отвечал, только продолжал держать ее руки.

— Ты действительно этого хочешь? — наконец тихо спросил он. Если бы она захотела этого раньше, когда это было возможно для них обоих! Но сейчас... Почему мысль о ребенке только теперь волнует ее?

— Да, я действительно этого хочу, — твердо сказала Пилар, и он вспомнил, как она согласилась выйти за него замуж после тринадцати лет уговоров, когда он уже даже не надеялся на это. А теперь, после того, как она всю жизнь прожила с уверенностью в том, что ей не нужны дети, теперь на залитой лунным светом террасе их дома... она заявляет, что хочет родить от него ребенка.

Он обнял ее и притянул к себе. Ему было больно от сознания того, что где-то в глубине ее души притаилось это ужасное одиночество.

— Мне очень жаль, что у тебя нет того, что ты так хочешь... Да еще такого необходимого... — Голос его звучал печально. — Но, мне кажется, Пилар, я уже слишком стар, чтобы сейчас снова заводить детей... Пойми, я могу умереть раньше, чем они подрастут. — Он сказал это серьезно, и жена грустно улыбнулась. Она все понимала и ни в коем случае не хотела настаивать.

— Ты не можешь умереть, пока не подрасту я, а на это потребуется гораздо больше времени. — Она смахнула слезы.

— Скорее всего ты права. — Он тихонько рассмеялся и нежным движением коснулся ее мокрых щек. — Ну и что же нам теперь делать с ребенком? — Он вопросительно посмотрел на нее.

— С каким ребенком? С малышом Нэнси?

— Да нет же, с твоим. С моим... с нашим ребенком, которого, как я понимаю, ты очень хочешь иметь.

— А мы что, собираемся что-то делать? — Пилар уставилась на него в изумлении. Ведь она даже говорить ему не хотела о своих чувствах, чтобы он не думал, что она его вынуждает к этому. Она поведала ему об этом только под влиянием происшедшего.

— Скажи, ты действительно этого сильно хочешь? — спросил он серьезно. Она кивнула в ответ, и ее глаза сияли любовью и благодарностью. — Ну что ж, давай попробуем. Ничего не могу тебе пообещать, учитывая мой возраст. Насколько я знаю, я уже мало на что могу быть пригоден, по крайней мере в том, что касается детей. Но попробовать действительно можно... Это, должно быть, будет забавно... — Он неожиданно озорно улыбнулся, и Пилар бросилась к нему на шею. Он совершенно ошеломил ее своим ответом, но, сказать по правде, она сама еще больше ошеломила и себя, и его. Если кто-нибудь когда-нибудь сказал бы ей, что она захочет родить ребенка, она бы умерла со смеху. Но сейчас она понимала, как долго заблуждалась.

— Но ты уверен? — Она нежно посмотрела на мужа. — Ты не обязан соглашаться.

— Да, я уверен... Ты же знаешь, я еще тогда, много лет назад, хотел, чтобы у нас были дети... Но тебе же всегда нравилось заставлять меня ждать, правда ведь?

— Спасибо за твое терпение, — тихо прошептала Пилар, надеясь, что они спохватились не слишком поздно. Возможно это или нет — известно одному Господу... Но они попробуют, а там — будь что будет.

* * *

Чарли на годовщину их с Барби свадьбы купил бутылку шампанского и красивое тонкое колечко для Барби. Он не знал наверняка, но ему казалось, что жена забыла, какая сегодня дата. Напоминать же ей он ничего не стал, а решил преподнести сюрприз. Он приготовит праздничный обед, забрызгает ее шампанским и подарит кольцо, которое было сделано в форме сердца с маленьким рубином посередине. Он купил его в магазине у Зейла и был уверен, что Барби оно понравится. Она любила драгоценности, модную одежду и вообще красивые вещи, и Чарли обожал делать ей небольшие подарки. Он старался покупать ей все, что только мог позволить его доход: ведь она такая красивая, и он так ее любит! И он все больше убеждался, что она этого заслуживает.

В этот день, как она ему сказала, у нее с утра был просмотр для рекламы моющих средств, а потом, когда она с этим покончит, она собиралась пойти по магазинам с Джуди и ее соседкой по квартире. Они собирались на бульвар Плава, и к обеду Барби обещала быть дома. Чарли не стал с ней спорить, так как не хотел, чтобы она догадалась о сюрпризе, который он приготовил.

Но, когда в полшестого ее еще не было, он начал беспокоиться. Обычно жена была довольно точна, но, когда она встречалась с Джуди и другими подругами, они, как правило, шли куда-нибудь выпить, и тогда она могла засидеться и забыть о времени. Чарли, однако, рассчитывал, что она будет дома гораздо раньше. Скорей всего она переволновалась из-за этого просмотра, ведь ей так хотелось сниматься, что теперь расслабляется в обществе подруг.

За прошедший год Барби удалось заполучить не больше полдюжины ролей, причем все они были совсем незначительные, кроме разве что одной, где она должна была и петь, и танцевать в костюме калифорнийской изюминки[1]. Так что пока ее удача еще не дала о себе знать, так же, как и слава голливудской звезды пока не спешила ей навстречу. Когда ей удавалось, она подрабатывала как манекенщица, демонстрируя в основном купальные костюмы, и Чарли страшно гордился женой. Он не возражал против демонстрации одежды, но был против, чтобы она работала официанткой или продав-

---

[1] Калифорния — место разведения и обработки винограда.

щицей, как Джуди. Та уже шесть месяцев торговала в отделе косметики в универмаге «Нейман-Маркус» и уговаривала Барби тоже туда устроиться, но Чарли резко воспротивился. Им хватало его комиссионных, чтобы жить вполне прилично. Иногда, правда, приходилось сидеть без денег, но тогда Чарли готовил макароны с сыром, и они все вечера проводили перед телевизором, а потом он получал очередные комиссионные и являлся домой с огромным букетом цветов. Он всегда старался сделать ей что-нибудь приятное, и иногда его доброта ее даже слегка угнетала, вызывая чувство вины.

Она не раз пыталась объяснить это Джуди. Ей было неудобно сидеть дома, полировать ногти, звонить своим агентам и время от времени ездить в центр, чтобы позавтракать с Джуди. А Чарли в это время пахал как вол, зарабатывая деньги для них обоих. Но подруга только повторяла, что это просто здорово и что Барби чертовски повезло. И Барби в конце концов приходилось признать, что ей это нравится. Кем только ей не приходилось работать: и танцовщицей, и официанткой, а один раз в Лас-Вегасе, когда ее совсем прижало, она подалась в стриптизерши. Теперь, после стольких лет работы, она чувствовала себя прямо-таки настоящей светской дамой. И все благодаря Чарли.

Конечно, она тоже всегда была готова угодить мужу, во всяком случае, изо всех сил старалась это сделать, хотя свыкнуться с мыслью о том, что она замужем, Барби до сих пор не могла. Ей было трудно привыкнуть к тому, что нужно перед кем-то отчитываться в своих поступках и действиях, жить бок о бок с одним человеком и знать, что это на долгие годы, и вместо того, чтобы пойти на вечеринку, каждый день оставаться дома. Иногда она ужасно скучала по старым временам, особенно когда она встречалась с Джуди и другими подругами и те начинали рассказывать о своих похождениях. Но, возвращаясь домой к Чарли и чувствуя его заботу и ласку, Барби признавалась себе снова и снова, что его невозможно не любить. Иногда ей хотелось, чтобы муж немного за нее поволновался, может быть, даже приревновал ее, но все дело в том, что Чарли никогда этого не делал. И он был постоянен, уж в этом-то она точно могла на него положиться. Что бы ни случилось, она знала, что Чарли рядом и всегда готов помочь ей. И это иногда пугало Барби. Ей вдруг начинало казаться, что она никогда не сможет обойтись без него, но тут же спрашивала себя, а почему, собственно говоря, она должна без него обходиться?

К семи часам обед был готов и стоял на столе, Чарли отправился принять душ и приготовиться к приходу Барби. Он надел синий костюм и достал подарок из ящика комода, где он его прятал. Шампанское ждало своего часа в холодильнике. В семь тридцать Чарли был полностью готов и, чтобы заняться чем-нибудь, включил телевизор.

К восьми часам великолепное жаркое слегка подсохло по краям, а в девять вечера, когда Барби все еще не было, Чарли начал паниковать. Наверняка с ней что-то случилось! Она попала в аварию. Он прекрасно знал, как плохо Джуди водит машину, и всегда беспокоился, когда Барби отправлялась куда-нибудь с подругой. Он позвонил Джуди, но дома никого не оказалось, и в полдесятого он снова набрал ее номер. Ему ответил автоответчик, и все, что оставалось Чарли, это записать еще одно сообщение. Но наконец, когда он позвонил в десять, Джуди взяла трубку и слегка испугалась, услышав голос Чарли.

— Где Барби? — спросил он, как только услышал ее голос. — Что случилось?

— С ней все в порядке, Чарли. Она недавно отправилась домой. Так что будет с минуты на минуту. А что это ты так разволновался? — Она была слегка раздражена, не понимая, чем вызвано беспокойство Чарли.

— А как она доберется до дома? — Ему было непонятно, почему Джуди не подвезла подругу.

— Она взяла такси. Так что в любом случае до дому она доберется, рано или поздно. Успокойся, Чарли. Уж больно ты строг с ней, тебе не кажется?

— Сегодня у нас годовщина свадьбы, — грустно сказал Чарли.

— О! — Последовала долгая пауза. — Извини. — Как он и предполагал, они изрядно засиделись, выпивая с подружками, и Барби вспомнила о времени только около десяти.

— Спасибо. — Чарли бросил трубку и пошел включать духовку. Ну почему она опять ушла куда-то с Джуди и подругами? И надо же было этому случиться именно сегодня! И что ему стоило напомнить ей об их годовщине? Он же прекрасно знает, что она такая рассеянная. Она ведь ужасно любит погулять с подругами. Тоже, решил ей устроить сюрприз! Шампанское, домашний обед... Ну что стоило напомнить ей? Да, глупо все получилось...

Без пятнадцати одиннадцать, когда Чарли смотрел новости, он наконец-то услышал, как жена открывает дверь своим ключом. Когда она вошла, он бросился ей навстречу. Она выглядела очень сексуально в коротком черном платье и в туфлях на высоких каблуках.

— Где ты была? — Он явно был обеспокоен.

— Я же говорила тебе. Мы с Джуди ходили по магазинам.

— Да, но это было утром. Почему ты не позвонила? Я тебя обыскался.

— Мне не хотелось тревожить тебя, дорогой. — Барби чмокнула его в щеку и тут заметила накрытый стол. Она удивленно уставилась на него, а потом лицо ее сделалось виноватым. — Что это? Что ты задумал?

— Сегодня годовщина нашей свадьбы, — сказал он мягко, — я приготовил для нас вкусный обед. Глупо получилось, но я хотел сделать тебе сюрприз.

— О, Чарли... — Барби взглянула на него полными слез глазами. Она чувствовала себя как последняя свинья, особенно когда он разлил в бокалы ее любимое шампанское и принес холодное мясо и засохший йоркширский пудинг.

— Еще можно есть, — сказал он виновато, и она рассмеялась и поцеловала его.

— Ты у меня лучше всех! — Она сказала это совершенно искренне. — Ради бога, прости меня, любимый. Я совсем забыла! Как это глупо с моей стороны!

— Ничего, все в порядке. Просто в следующий раз буду знать. Я тебя предупрежу заранее, и мы пойдем обедать в ресторан. В какой-нибудь шикарный, например, к Чейзену.

— О, это было бы здорово!

Перестоявший в духовке пудинг потерял вкус, но Барби считала, что шампанское вполне может возместить потерю. Она, правда, уже порядком выпила с подругами, но не в ее правилах было отказываться от шампанского. А чуть позже они оказались на кушетке в объятиях друг друга; черное платье и синий костюм небрежно валялись на полу, и Чарли нисколько не жалел об испорченном обеде.

— О! — Он задыхался от счастья, когда они наконец разомкнули объятия, чтобы немного отдышаться. — Я на седьмом небе!

Она смеялась над ним, и они снова занимались любовью, и, когда наконец добрались до спальни, было уже три часа утра.

На следующий день они проспали до полудня, а

когда проснулись, то оказалось, что у Барби жутко болит голова. Чарли поднял штору, и она зажмурилась от яркого света. И тут муж вспомнил о подарке, который собирался отдать ей еще вчера, о маленькой коробочке из магазина Зейла. Он принес его и вложил Барби в руку, а она тем временем не переставала жаловаться на головную боль.

— Не понимаю, почему я так люблю шампанское? Наутро мне всегда кажется, что у меня в голове кто-то стучит кувалдами.

— Это все из-за пузырьков. Не помню, кто-то мне говорил, что это из-за них. — Он никогда много не пил, во всяком случае, до такой степени, чтобы наутро болела голова, но с Барби это иногда случалось. Когда на столе появлялось шампанское, она не могла сдержаться, чтобы не выпить все до капли.

— Что это? — Она лежала на кровати совершенно голая и медленно снимала обертку с коробочки, не спуская с мужа прищуренных глаз. А он, в свою очередь, не отрываясь, смотрел на ее обнаженное тело. Жена у него просто красавица, и он никогда не упускал случая лишний раз полюбоваться ею или погладить это соблазнительное тело.

— Это подарок тебе в честь годовщины нашей свадьбы, но если ты не поторопишься, то тебе придется отложить его осмотр, потому что я не выдержу. — Он не мог спокойно смотреть на нее, а уж когда она лежит совершенно голая, вот как сейчас... За этот год Чарли так привык к ней, она действовала на него как наркотик. Наконец она открыла коробочку и вскрикнула от восхищения, увидев кольцо. Оно ей очень понравилось, и вообще Барби была очень растрогана. Никто никогда не был так добр и внимателен к ней, даже в ее «лучшие годы», и все из-за ее прошлого, про которое она никогда не решится рассказать Чарли. Но когда он ее так баловал, она всегда почему-то чувствовала себя виноватой.

— Прости меня за вчерашнее, — сказала она охрипшим голосом и медленно повернулась к нему. Через минуту его не интересовало ничего, кроме ее прекрасных ног, бедер и великолепной груди, которой он не уставал восхищаться.

Они поднялись с постели только в два часа дня, и то лишь для того, чтобы вместе принять душ, а потом снова занялись любовью. Чарли был в отличной форме и прекрасном настроении.

— Несмотря на не очень удачное начало, наша годовщина определенно получилась грандиозной, — улыбался он, когда они наконец начали одеваться к обеду. Они решили, что навестят друзей и, может, вытащат их в кино.

— Я тоже так думаю. — Барби улыбнулась, залюбовавшись колечком, и благодарно поцеловала мужа. Тут она пригляделась к нему и заметила, что он в замешательстве. Он всегда выглядел так, когда ему надо было ее о чем-нибудь попросить, и он боялся, что это ей может не понравиться. — Эй! Что случилось?.. Не увиливай... я же вижу... Что, очень деликатный вопрос?

Он рассмеялся, пораженный тем, что она его так хорошо знает.

— Ну, что тебя волнует? Похоже, ты хочешь меня о чем-то спросить? — Пока они разговаривали, она натянула узкую, коротенькую юбочку из черной кожи и туфли на высоких каблуках и подошла к шкафу, чтобы взять свитер. Светлые волосы Барби уложила в пучок высоко на затылке и стала похожа на телевизионную дикторшу, ну прямо Оливия Ньютон-Джон, даже еще чувственней. Чарли не мог отвести от жены глаз, пока она одевалась. Чарли был симпатичным парнем, но, когда он был рядом с Барби, она совершенно затмевала его.

— С чего ты взяла, что я хочу у тебя что-то спросить? — Он явно колебался. Иногда ему бывало неловко высказывать ей свои чувства.

— Ну, давай говори. — В ее голосе не было никакой насмешки, она стояла перед ним совершенно серьезная. Он хотел поговорить с ней еще вчера вечером, когда они выпьют шампанское и он подарит ей кольцо, может быть, еще перед тем, как заняться любовью, или после... Но вчера все совершенно перепуталось и вышло из-под контроля. Они занимались любовью всю ночь, совершенно забыв даже про обед...

— Ну, говори, что ты хотел? — В ее голосе послышалось нетерпение, и он вдруг занервничал. Он вовсе не хотел задавать свой вопрос в неподходящий момент, когда она может разозлиться. Барби уже догадалась, что то, о чем он хочет спросить, будет для нее не слишком приятно, но для него это явно очень важное.

— Не знаю, может, я выбрал не самый подходящий момент... — Чарли все никак не мог решиться высказать свою мысль.

— Моя мать всегда говорила: «Сказав «а», говори «б»... Ну, что у тебя на уме, Чарли?

Он опустился на кровать, пытаясь найти подходящие слова. Это было для него слишком важно, и он должен был уговорить ее. Чарли знал, что у нее об этом имелось свое мнение, но он не должен ей уступать, должен идти до конца, раз уж решил поговорить с ней на больную тему.

— Я не знаю, как тебе это сказать... но ты должна понять, что это для меня очень важно, Барб... ну, в общем... я хочу, чтобы у нас был ребенок.

— Что?! — Она повернулась и уставилась на него. В этот момент Барби в своем черном свитере из ангоры была похожа на разъяренную кошку. Ей явно не понравилось то, что она услышала. — Ты же знаешь, я не хочу этого,

Чарли. Во всяком случае, не сейчас. Боже! Я на этой неделе уже почти подписала контракт! А стоит мне забеременеть, вся моя карьера вылетит в трубу! И что я буду делать? Пойду продавать помаду в «Нейман-Маркус», как Джуди?

Он не стал ей напоминать, что «вся ее карьера» состояла из нескольких второстепенных ролей, редких прослушиваний для коммерческой рекламы, в большинстве из которых она не проходила по конкурсу, участия в качестве девицы на подиуме в одной автомобильной выставке и места в заднем ряду хора в «Оклахоме», не говоря уже о годе в Лас-Вегасе, который оставил у нее явно неприятное воспоминание. Единственное место, где она действительно добилась успеха, — подмостки, на которых проходила демонстрация бикини. Вслух же он сказал полным понимания голосом:

— Я знаю. Но ты бы могла отложить на время свою карьеру. И потом, я же не говорю, что ребенка надо рожать прямо сейчас. Я просто хочу, чтоб ты знала — для меня это очень важно. Барби, я хочу иметь семью. Я хочу, чтобы в этой семье были дети. Понимаешь, я хочу дать им то, чего никогда не имел сам: мать, отца, дом, любовь и ласку... Мы должны дать нашим детям совсем другую жизнь, не такую, как была у нас. Я правда очень этого хочу... Сейчас, когда прошел уже год после нашей свадьбы, я думаю, самое время поговорить об этом.

— Если тебе пришла охота поиграть с детьми, вступай в Корпус мира! Я лично к этому еще не готова. Мне уже почти тридцать два, и если я не схвачу свою удачу за хвост сейчас, то я не смогу сделать этого уже никогда.

— Барби, мне тридцать. Тридцать! И я хочу иметь семью! — В его глазах была такая мольба, что Барби вдруг стало не по себе.

— Семью? — Она удивленно приподняла бровь. Она стояла, прислонившись к стене, и выглядела невероятно сексуально в этой короткой черной юбке. — И сколько, по-твоему, в семье должно быть детей? Десять? Я побывала в одной из таких семей! Это было омерзительно! Поверь, я знаю, что говорю. — Да, она знала то, чего он не знал и никогда не узнает, потому что она ему не скажет.

— Поверь, дорогая, у нас все будет по-другому. Может, твоя семья и была плохой, но наша семья такой не будет, поверь мне! — Он говорил ей это чуть не плача. — Мне это жизненно необходимо, понимаешь?.. Я не успокоюсь, пока не добьюсь этого. Почему бы нам не попробовать сделать это прямо сейчас? — Они раньше говорили об этом, но у них не возникало споров до свадьбы. Чарли, конечно, постоянно твердил, что хочет иметь детей, а Барби вовсе не хотелось делать его несчастным, объясняя, что она вообще не собирается рожать, поэтому она всегда уходила от этого разговора, отделываясь своим неизменным «может быть, потом». Но это «потом» наступило гораздо раньше, чем ожидала Барби.

Она с несчастным видом посмотрела в окно, не смея поднять глаза на мужа. Ей не хотелось делиться с ним своим прошлым. Но уроки, которые она вынесла из этого прошлого, делали мысль о том, чтобы иметь большую семью и наполнить свой дом детьми, совершенно для нее невыносимой. Барби никогда не хотела этого и никогда не захочет. И она пыталась объяснить это Чарли с самого начала, но он даже слушать ее не хотел и, естественно, не поверил, когда она сказала, что не хочет иметь детей.

— Но куда нам торопиться? Ведь прошел всего год. Нам так хорошо вдвоем... Зачем же все портить?

— Этим ты ничего не испортишь, пойми. От этого только всем будет лучше... Барби, ну пожалуйста... подумай хорошенько. — Он пытался убедить ее, и она слы шала мольбу в его голосе, но все, чего он смог добиться, — вызвать в ней ненависть. Чарли настаивал, и ей это не нравилось. Тем более в таком вопросе.

— А может, у нас в любом случае ничего не получится. — Барби попыталась, как могла, охладить его пыл. — Я иногда думаю, может, нас сама судьба оберегает? Ведь мы же почти совсем не предохраняемся. Я еще никогда в жизни не была так легкомысленна, как с тобой, и, как видишь, ничего не случилось. — Она посмотрела на него многозначительным взглядом и улыбнулась. — Может, нам не дано иметь детей. — Она поцеловала его, пытаясь возбудить, что было совсем нетрудно. — Я буду твоим ребенком, Чарли! — сказала она капризным голосом, от которого он всегда просто таял.

— Это не совсем то... — Он улыбнулся, а Барби обрадовалась, что так ловко сумела отвлечь его. — Хорошая мысль... очень хорошо, значит, через какое-то время...

Но, как Барби уже поняла, «какого-то времени» для него не существует. И, целуя ее, Чарли все думал, как бы усыпить ее бдительность и заставить вообще не предохраняться... И хорошо бы это сделать в дни, благоприятные для зачатия. Если он хочет добиться своего, то должен пойти на хитрость. Чарли был уверен — как только Барби увидит своего ребенка, она его тут же полюбит. И, подумав об этом, Чарли решил для начала высчитать ее цикл. Он узнает ее благоприятные дни и в один из них придет домой с бутылкой шампанского, и... они смогут получить своего малыша... Эта идея радовала его все больше и больше, пока они заканчивали одеваться, чтобы идти к друзьям.

А Барби, не догадываясь о том, что он задумал, тоже пребывала в прекрасном настроении. Она решила, что своими разговорами заставила его успокоиться, трезво взглянуть на вещи и забыть на время эти его идеи насчет настоящей «семьи». Она была абсолютно уверена, что, как бы страстно ее муж ни хотел иметь ребенка, это его желание не осуществится, потому что она не собирается рожать детей.

Глава 6

Четвертого июля Нэнси и Том в первый раз принесли своего малыша в дом Брэда и Пилар. Никто не мог представить, что они так изменятся благодаря ребенку. Молодые родители выглядели повзрослевшими и важными, полностью сознавая, какая ответственность легла на их плечи. Брэд не отходил от внука ни на шаг, что-то ворковал и то и дело брал его на руки. Пилар тоже нравилось возиться с малышом, и когда она брала его на руки, то думала о своем собственном ребенке, который будет у нее в один прекрасный день, и ее переполняла радость.

Адам был пухленький и круглолицый, засыпал на руках у любого, а когда не спал — смотрел на мир огромными голубыми глазами. В общем, возиться с ним было одно удовольствие.

— Вы с ним отлично смотритесь, — тихо говорил Брэд, шествуя рядом с Пилар, держащей на руках ребенка. Было уже далеко за полдень. — Может быть, скоро у него появится дядя или тетя, — поддразнил он жену, и та улыбнулась.

Через неделю после годовщины их свадьбы они приложили много усилий, чтобы Пилар забеременела, и сейчас она ждала конца недели, чтобы узнать результат.

Но в этот же вечер, когда молодые люди уехали домой, Пилар постигло разочарование. Она обнаружила, что не беременна, и вышла из ванной удивленная и разочарованная. Обычно того, чего хотела, она добивалась с первого раза.

— Господи, дорогая, что случилось? — Брэд, увидев

ее, подумал, что она заболела. Пилар была похожа на привидение, и, когда села на кровать, он заметил, что она плакала.

— Я не беременна.

— О господи! — Он слегка улыбнулся. — Я уже подумал, что случилось что-то ужасное.

— Разве это не ужасно? — Пилар казалась совершенно ошеломленной. Но муж был искушеннее в этом вопросе и поспешил успокоить жену:

— После четырнадцати лет совместной жизни? Ты же прекрасно понимаешь, что одного раза далеко не достаточно, чтобы все получилось. Для такого дела придется приложить массу усилий. — Он потянулся к ней и поцеловал. Пилар улыбнулась, но вид у нее все равно был несчастный. — Ты только подумай о том удовольствии, которым будут сопровождаться наши попытки.

— А что, если ничего не получится? — спросила она испуганно. Оказывается, это не так просто, как кажется. Брэд пристально посмотрел на жену, прикидывая, хватит ли у нее стойкости и воли, характера, если выяснится, что у них вообще ничего не получится.

— Если у нас ничего не получится, Пилар, нам придется жить так же, как раньше. Но мы сделаем все возможное, клянусь. — Он сказал это совершенно спокойно, надеясь, что это благотворно подействует на жену.

— Учитывая мой возраст, мне, наверное, нужно было с самого начала обратиться к специалисту, — сказала она с беспокойством.

— В твоем возрасте женщины прекрасно рожают без всяких специалистов и героических усилий. Прошу тебя, успокойся. Ты же не можешь все в мире учесть и предусмотреть. И то, что три недели назад ты вдруг захотела ребенка, еще не означает, что в первую же ночь после этого ты забеременеешь. Для этого нужно время и благоприятные условия... Так что расслабься... — Он притянул ее к себе, уложил на кровать и нежно поглаживал напряженные плечи Пилар. Через некоторое время он почувствовал, что она действительно расслабилась, и они спокойно заговорили о планах на будущее, в которое, как они надеялись, вскоре войдет их ребенок. Если только войдет.

Брэд полагал, что пока о помощи специалистов не стоит и думать, он сказал ей об этом и был полностью согласен, что, если выяснится, что им действительно понадобится врач, они пойдут к нему вместе.

— Но не сейчас, — напомнил он жене, выключая свет, — пока, как мне кажется, — сказал он, придвигаясь поближе к ней, — нам необходимо побольше практики.

* * *

Пикник, который устраивался для всех членов семьи Гуди каждый год четвертого июля, на этот раз обернулся для Дианы кошмаром. За два дня до этого она — в который раз! — обнаружила, что опять не беременна, и безжалостные вопросы сестры прямо-таки растравили ее душу. Ей нечего было ответить на их вопросы, почему этого не случилось до сих пор и не думает ли она, что во всем виноват Энди.

— Конечно, нет, — встала она на защиту мужа. Ей казалось, что она долгое время бежала, спасаясь от ужасных чудовищ, но теперь силы ее были на исходе, и они окружили ее, а она задыхалась, не в силах больше противостоять им. Гадкое чувство — будто ее загнали в угол и спасения нет — охватило ее. — Нам просто нужно время.

— Но нам для этого не нужно было никакого времени, а ты — наша сестра, и, значит, наша наследственность здесь ни при чем, — заявила Гейл. — Может, у него низкая активность спермы? — сказала она с подозрением, явно желая свалить всю вину на Энди. Они с мужем долго и давно обсуждали эту тему.

— Почему бы тебе не спросить об этом у него? — фыркнула Диана, и эта ее агрессивность, казалось, задела сестру до глубины души.

— Но я же просто стараюсь помочь, — обиделась Гейл. — Может, ты посоветуешь ему к кому-нибудь обратиться?

Диана не стала сообщать старшей сестре, что она сама собирается на следующий день пойти на прием к специалисту. Энди прав, это не их дело.

Но Сэмми вдруг сделала заявление, которым, сама того не сознавая, нанесла сестре болезненный и сокрушительный удар. Она сказала об этом во время ленча, когда все были в сборе, и Диане чуть не сделалось дурно, когда она услышала это.

— Я хотела сообщить вам... — Сэмми начала говорить, но вдруг осеклась и вопросительно посмотрела на своего мужа. Тот усмехнулся. — Как ты думаешь, сказать им?

— Нет, — он рассмеялся, — скажешь через шесть месяцев, а до этого пусть помучаются, теряясь в догадках. — В семье все любили его шотландский акцент и манеру разговора. Он стал для них своим с первых дней, как только женился на Саманте.

— Нечего тянуть, давай выкладывай свои новости, — недовольно сказала Гейл, — скажи нам все.

— Ну хорошо, — Сэмми счастливо улыбалась, — я беременна. И ребенок родится под Валентинов день.

— Замечательно! — воскликнула мать, отец тоже, казалось, обрадовался. Он как раз разговаривал с Энди, но эта радостная новость прервала их беседу, и он повернулся и с улыбкой посмотрел на дочь и зятя. Теперь у них будет шесть внуков: три от старшей дочери и три от младшей. И ни одного от Дианы.

— Это здорово, — сказала Диана бесцветным голосом, целуя Сэмми, а та, не понимая того, ранила ее еще одним своим замечанием:

— Я надеялась, ты опередишь меня, но кто бы мог подумать, что так получится!

Первый раз в жизни Диане захотелось ударить сестру. Она чувствовала, как в ней закипает ненависть к Саманте, которая стояла с довольным видом, отвечая на поздравления и пожелания, градом сыпавшиеся на нее со всех сторон. Диане, которая так страстно хотела ребенка, так переживала и так много прилагала усилий для этого, видеть и слышать все это было просто невыносимо.

На обратном пути она ни словом не обмолвилась с Энди, и, когда они наконец добрались до дома, он не выдержал и взорвался:

— Не смотри на меня так, черт возьми! Я ни в чем не виноват, и нечего все на меня сваливать! — Он прекрасно знал, о чем она думает с того самого момента, когда Сэмми сообщила свою новость, и в глазах жены тут же появилось выражение немого укора.

— Но откуда ты знаешь, что это не по твоей вине? А может, как раз-таки по твоей! — Она тут же пожалела о своих словах. Диана в отчаянии опустилась на кушетку, с сожалением взглянула на расстроенного мужа. — Послушай, прости меня, ради бога... я сама не понимаю, что говорю... Просто... все это на меня так подействовало... Сестры сначала наговорили мне всяких гадостей, а потом еще Сэмми меня доконала этой новостью.

— Я все понимаю, малыш. — Энди сел на кушетку рядом с ней. — Понимаю... Мы делаем все возможное. — Он знал, что назавтра у нее назначен прием у врача. — Может, нам скажут, что мы в полном порядке. Ну-ну, успокойся. — Она возненавидела это слово за последний год больше всего на свете.

— Да... конечно... — ответила Диана и пошла принять душ, но не могла думать ни о чем другом, кроме своих сестер: «Я беременна... Может, у него низкая активность спермы... Я думала, ты забеременеешь раньше, но пришлось тебя опередить... Я беременна... Я беременна... низкая активность спермы...» Она простояла под душем полчаса, и все это время слезы не переставая текли по ее щекам. Потом она отправилась в постель, не сказав мужу больше ни слова.

Утро следующего дня было яркое и солнечное. Природа как будто в насмешку противопоставила ее мрачному настроению такую замечательную погоду. На работе Диана взяла выходной. С недавнего времени работа стала раздражать ее: вечная спешка, немыслимо сжатые сроки, несговорчивые люди — все действовало ей на нервы. Все, что раньше доставляло ей удовольствие, теперь почему-то вызывало только раздражение и ненависть.

Одна из ее близких подруг на работе заметила, что Диана потеряла большую часть своего редакторского пыла. Элайза Стейн была в журнале редактором кулинарного раздела, и неделю назад она затронула эту тему во время небольшого ленча, который происходил прямо за столом Элайзы и заключался в том, что они снимали пробу с нескольких блюд, приготовленных по оригинальным французским рецептам, которые Элайза привезла из Парижа.

— Тебя что-то беспокоит последнее время? — напрямик спросила подругу Элайза. Это была веселая и красивая девушка, к тому же очень способная. Она закончила Йельский университет, а дипломную практику проходила в Гарварде. Родом она была из Лос-Анджелеса и после окончания учебы вернулась, по ее собственному выражению, в «свой курятник». Ей было двадцать восемь лет, и жила она в небольшой квартире, рядом с домом ее родителей. Несмотря на немалый жизненный опыт, она была на удивление неиспорченной и милой, и, когда несколько месяцев назад устроилась на работу в журнал, они с Дианой сразу же подружились и находили в общении истинное удовольствие. Они с Энди как-то попытались познакомить ее с Билли Беннингтоном, но он пришел от нее в ужас. По его словам, она была «слишком умная и образованная», правда, это он добавил к «слишком худая и высокая». Она и правда фигурой напоминала манекенщицу.

— Нет, ничего, все в порядке. — Диана ушла от ответа на этот вопрос и начала хвалить то, что они пробовали. Паштет из гусиной печени и рубец напомнили ей дни, проведенные в Париже. — Между прочим, мне кажется, что ты вообще никогда не ешь, — сказала Диана, глядя на подругу — очень худенькую, с огромными голубыми глазами и светлыми прямыми волосами.

— Я страдала отсутствием аппетита в колледже, — принялась объяснять Элайза, — а может, я просто внушила себе это. Ты знаешь, я, наверное, так люблю все, что касается еды, потому что долгое время страдала из-за этой самой анорексии. И ты представляешь, моя бабушка до сих пор присылает мне посылки с продуктами из Флориды. — Вдруг она снова посмотрела на Диану... да, от нее так просто не отделаешься, поэтому она и была в журнале на хорошем счету. — Ты не ответила на мой вопрос.

— Насчет чего? — Диана притворилась, что не поняла, но ей было прекрасно известно, что та имеет в виду. Ей нравилась ее коллега, но она не была уверена, стоит ли ей посвящать кого бы то ни было в свои проблемы. Единственным, кто знал, как она страдает, был Энди.

— Тебя что-то беспокоит, я же вижу. Не сочти это за любопытство, но ты с недавнего времени выглядишь как человек, который дошел до ручки, но продолжает уверять всех, что у него все в порядке.

— Господи, неужели так заметно? — с ужасом спосила Диана, а потом вдруг рассмеялась, поражаясь, как точно подруга описала ее состояние.

— Ну, не очень, но я заметила. Ну как, будем считать, что это не мое дело, или все-таки поделишься своими проблемами?

— Да в принципе... нет... я... — Она начала было говорить, что у нее все в порядке, но вдруг разрыдалась. Диана не могла ничего сказать, только трясла головой, слезы безостановочно катились по ее щекам, она шмыгала носом и никак не могла взять себя в руки.

Элайза положила ей на плечо руку и заботливо промокнула лицо салфеткой. Прошло довольно много времени, пока Диана наконец успокоилась.

— Извини... извини, пожалуйста, я не хотела... — Она взглянула на подругу: нос у нее покраснел, в глазах все еще стояли слезы. Но, как ни странно, Диана почувствовала себя лучше. Ей было просто необходимо вот так вот излить душу. — Но я правда не знаю, что случилось.

— Все ты знаешь, ты же просто в отчаянии. — Элайза крепко обняла подругу и налила ей чашку крепкого кофе.

— Да, ты права. — Она глубоко вздохнула и посмотрела в лицо подруги. — У меня проблемы... дома... Ничего страшного, в общем-то, просто несколько проблем, но мне просто необходимо с ними что-то делать...

— Проблемы с мужем? — Элайза внимательно посмотрела на нее. Ей очень нравилась Диана, но и Энди тоже нравился. Жаль, если у них что-то не в порядке. Когда они все вместе обедали последний раз, они выглядели такой счастливой парой.

— Нет, я не могу сказать, что это он во всем виноват. Мне кажется, здесь больше моей вины... Мне не следовало так давить на него... Понимаешь, мне так хочется ребенка, и мы уже год стараемся изо всех сил, но у нас ничего не получается. Я, конечно, понимаю, как это глупо звучит, но каждый месяц мне кажется, что в нашей семье кто-то умирает или я сталкиваюсь с какой-то ужасной болезнью, которой страшно боюсь. Весь месяц я жду и надеюсь, что на этот раз я наконец-то беременна, а когда обнаруживаю, что нет, то у меня сердце просто на части разрывается от горя... Глупо, да? — Диана опять расплакалась, ей пришлось взять еще одну салфетку, чтобы высморкаться.

— Совсем не глупо, — заверила ее Элайза. — У меня еще никогда не возникало такого желания, но считаю твои чувства вполне нормальными. Тем более что мы относимся к числу тех женщин, кто привык сам управлять своей жизнью и контролировать происходящие в ней события. И когда что-то идет не по-нашему, мы сразу теряемся. Вот уж проклятое слово «контролировать»! Но мы не можем без этого обойтись. Вот ты сейчас не можешь повлиять на то, родится у тебя ребенок или нет, значит, ты полностью потеряла власть над каким-то событием в твоей жизни. И именно это заставляет тебя думать, что ты попала в беду.

— Да, наверное... но есть что-то другое, что делает меня еще несчастней... это так трудно объяснить... Какая-то невероятная пустота... и ужасная тоска. Иногда мне из-за этого хочется умереть. Я никому не могу этого объяснить, даже Энди. Я и умираю каждый раз... Ну... так, как будто все вокруг меня застывает, а я покрываюсь какой-то скорлупой... И чувствую себя ужасно одинокой, такой одинокой, что даже передать не могу.

— Да, тебе не позавидуешь, — сочувственно произнесла подруга. Теперь ей было понятно, почему поведение Дианы так изменилось. Она избегала всех и постоянно замыкалась в себе, казалось, ее почти ничего больше не интересует... Немудрено, что первая мысль, которая могла прийти в голову, что это все из-за ее замужества. — А ты обращалась к специалистам? — Элайза хотела спросить заодно, не обращалась ли та к психоаналитику, но не решилась. Она и так была польщена тем, что Диана доверила ей так много.

— Как раз собираюсь это сделать на следующей неделе. Мне посоветовали Александра Джонстона. — Она сама не поняла, зачем назвала имя врача. Просто решила, что раз уж она разоткровенничалась с подругой, то можно выложить ей все до конца. И каково же было удивление Дианы, когда она заметила улыбку на лице Элайзы, наливавшей ей еще одну чашку кофе. — Ты слышала это имя?

— Несколько раз. Они коллеги с моим отцом. Мой отец — эндокринолог. Если обнаружится, что у тебя действительно что-то не в порядке, тебя скорей всего направят к нему, а если придется делать искусственное оплодотворение, отец может это сделать. А вообще отец сейчас не берет новых пациентов... Только в том случае, если их к нему направляет дядя Алекс, ну или кто-нибудь из других его коллег. Так что считай, что с Алексом Джонстоном тебе повезло. — Диана почувствовала облегчение и в то же время с удивлением смотрела на подругу. Да, как, оказывается, тесен мир! — Хочешь, я замолвлю за тебя словечко? — Элайза выжидающе смотрела на подругу, не зная, как Диана отнесется к такому предложению.

— Лучше не надо. Пусть все останется как есть. Но я рада была узнать, что не ошиблась и выбрала хорошую клинику.

— Лучшую. Вот увидишь, они помогут тебе. Между прочим, на сегодняшний день у них очень неплохая статистика. Я хорошо разбираюсь во всем этом, потому что с детства слушала разговоры на подобные темы. До недавнего времени я даже представить себе не могла, что кто-то может забеременеть «просто так». Я раньше была уверена, что без помощи моего отца это сделать невозможно. — Это звучало так смешно, что Диана расхохоталась, представив себе все это.

Под конец, когда они уплетали за обе щеки потрясающе вкусные пироги с яблоками и со взбитыми сливками, Элайза спросила, почему бы Диане не взять отпуск на то время, пока она не решит все свои дела. Наверняка ей так будет легче, да и Энди тоже. Но Диана ответила, что вряд ли сможет это сделать, а потом заверила подругу, что ей этого и не хочется.

— Я не могу слоняться без работы. Ну куда я себя дену? Обе мои сестры, между прочим, не знают подобной проблемы. Они сейчас не работают — воспитывают детей. Но ты знаешь, я не уверена, что смогу сидеть дома, во всяком случае, не сейчас. Может быть, потом, когда у меня будет ребенок. А сейчас мне есть чем заняться, помимо того, чтобы считать дни и измерять температуру каждое утро.

— Да, я не уверена, что смогла бы все это вынести. Как ты со всем этим справляешься?

— Я просто безумно хочу ребенка. Я думаю, если бы ты так его захотела, ты бы тоже все это вытерпела.

Зная из рассказов отца, какие процедуры приходится проделывать женщинам, Элайза понимала ее желание родить ребенка не хуже, чем сама Диана.

* * *

Диана вела машину, вспоминая свой разговор с Элайзой и гадая, встретит она в клинике ее отца или нет. Ей все еще казалось удивительным, что благодаря случайности она получила назначение на прием к коллеге ее отца. И несмотря на то, что все в один голос утверждали, что Алекс Джонстон — самый лучший врач, Диана, поднимаясь в лифте, вдруг поняла, что она ужасно нервничает и боится.

Приемная оказалась скромной, но отделанной с большим вкусом комнатой. Здесь в основном преобладали бежевые и светло-коричневые тона, по стенам висели дорогие современные картины, а в углу стояла большая пальма. Ей предложили присесть, но уже буквально через минуту вошла медсестра и попросила ее следовать за ней. Они прошли по широкому длинному коридору, где было еще больше картин, а где-то высоко над головой сквозь стеклянный потолок сияло безоблачное небо. В дальнем конце коридора оказалась еще одна комната, в которую медсестра и завела Диану. Это был просторный кабинет, отделанный светлыми деревянными панелями, на полу лежал великолепный ковер, а в дальнем углу стояла небольшая скульптура, изображающая счастливую пару — мать с младенцем на руках. И один только вид этого незамысловатого произведения искусства задел Диану за живое.

Она поблагодарила медсестру и села, стараясь унять дрожь волнения и думать об Энди. Она боялась того, через что ей предстояло пройти, и того, что в конце концов скажут ей доктора. Диана была приятно поражена, увидев Алекса Джонстона. Это был высокий рыжеволосый человек с доброжелательным выражением лица и умными голубыми глазами. Каким-то непостижимым образом он напомнил Диане ее отца.

— Здравствуйте, — он приветливо улыбнулся и пожал руку молодой женщине, — я — Алекс Джонстон. Рад вас видеть. — Его слова прозвучали совершенно искренне. Он начал расспрашивать ее о том, кем она работает, откуда родом и как долго уже замужем. Потом он придвинул к себе пустой бланк, лежавший на столе, взял ручку и внимательно посмотрел на Диану:

— Ну что ж... Давайте заполним несколько необходимых граф и перейдем к делу. Что привело вас ко мне, миссис Дуглас?

— Я... мы... в общем, мы уже больше года делаем все возможное, чтобы я забеременела, если быть точной — тринадцать месяцев... Но пока... все безуспешно. — Диана также добавила, что до свадьбы были моменты, когда она предохранялась не очень тщательно, что тоже ни к чему не привело.

— А вообще вы были когда-нибудь беременны? Если да, вы рожали или делали аборт? Может, у вас был выкидыш?

— Нет, этого ничего не было, — покачала головой она. Сама не зная почему, молодая женщина прониклась к нему огромным уважением, и ее не оставляла уверенность, что этот человек сможет решить их с Энди проблему.

— А до того, как вы стали жить с мужем, вы бывали так же небрежны, когда предохранялись? — Спрашивая это, он внимательно смотрел ей в лицо.

— Нет. Я всегда была с этим очень внимательна.

— Как вы предохранялись?

Вопросы Алекса Джонстона следовали один за другим. Его интересовало, применяла ли она когда-нибудь спираль или пила противозачаточные таблетки и как долго это длилось. Он хотел знать, были ли у нее когда-нибудь венерические заболевания, а также такие неприятные явления, как: киста, опухоль, непонятные боли, геморрой; его интересовало, были ли у нее какие-нибудь травмы и другие последствия несчастных случаев, какого рода инфекционные заболевания она перенесла, может быть, были операции или другие хирургические вмешательства, а также есть ли в их семье наследственные заболевания вроде раковых опухолей и диабета. Ему нужно было узнать о пациентке все. И в конце концов, выслушав ее отрицательные ответы почти на все свои вопросы, доктор Джонстон попытался уверить ее, что, несмотря на то, что им с мужем, может быть, кажется, что год — довольно большой срок, с медицинской точки зрения этого времени может быть недостаточно для зачатия ребенка. И пока нет причин впадать в панику. Он также добавил, что, учитывая ее возраст, он мог бы дать им еще шесть месяцев, а то и год, прежде чем делать какие-то серьезные выводы. Хотя он лично начинает обследование и лечение пациентов в том случае, если они не смогли зачать ребенка в течение года.

— Но пока мы можем предпринять начальные меры, так сказать, сделать первые шаги. Я могу, например, провести предварительное обследование, которое может выявить наличие какой-нибудь незначительной инфекции в организме, влияющей на все его состояние. — Он одобрительно кивнул, когда она согласилась начать обследование, потому что была не в состоянии больше ждать.

Диана знала, что не вынесет еще шести месяцев постоянных надежд и разочарований. Она должна знать, почему не может забеременеть. Скорей всего этому имеется совсем простое объяснение, и она должна узнать его сейчас, а не через год, поэтому они должны найти причину и устранить ее; все это она пыталась объяснить доктору Джонстону.

— Но есть вероятность, — улыбнулся он ей в ответ, — что нам ничего не придется выявлять и устранять, потому что вы окажетесь совершенно здоровой, и все, что вам понадобится для решения вашей проблемы, это немного терпения. Или же, если для этого будут серьезные причины, мы начнем обследовать вашего мужа.

Они с Энди договорились, что сначала пройдет обследование она, а потом, если врач сочтет это необходимым, то и Энди.

— Я надеюсь, что у меня все в порядке и вы ничего плохого не обнаружите, — сказала Диана, и он ответил, что тоже на это надеется и его лишь слегка беспокоит тот факт, что она когда-то бесконтрольно применяла спираль.

Потом он встал и указал ей на ширму в дальнем конце кабинета, где она должна была раздеться, чтобы он смог осмотреть ее. На этот раз он хотел внимательно исследовать ее репродуктивные органы. Он объяснил, что это обследование, как и многие другие, рассчитано на две недели — время, необходимое для овуляции. Они исследуют слизь с шейки матки и выяснят реакцию на сперму. Ко времени оплодотворения они с помощью ультразвука проверят, как созревает фолликула. Потом надо будет сделать послеактовый анализ, проверить под микроскопом ее слизь и сперму Энди на подвижность и количество.

Но сегодня доктор Джонстон намеревался ограничиться обследованием ее тазовой области, чтобы выявить наличие опухолей, кисты, инфекций или просто деформаций, если таковые имеются. Потом он возьмет у нее кровь, чтобы проверить уровень гемоглобина и наличие скрытых инфекций. Кроме того, доктор Джонстон собирался тщательно обследовать шейку матки, чтобы убедиться в отсутствии малейшей инфекции. Иногда, объяснил доктор, ключом ко всей проблеме может быть именно она.

Казалось, обследование будет долгим, но анализы, сделанные в первый день, были самыми простыми. Диана немного воспряла духом, убежденная, что он скоро выяснит, что же происходит у нее внутри. Она вспомнила историю, которую Энди рассказал ей накануне, и улыбнулась про себя. Как-то в детстве у него заложило нос так, что он не мог дышать. Сначала он скрывал это от родителей, но вскоре мать заметила и повела его к специалисту, уверенная, что у него хронический тонзиллит и ему придется удалить аденоиды.

— И знаешь, что это оказалось? — спросил Энди очень серьезно, когда они лежали в постели и он обнимал ее одной рукой.

— Не знаю... какой-нибудь прыщ или фурункул?

— Нет, все гораздо проще. Это были изюмины. За несколько дней до этого я засунул несколько штук себе в нос, а они застряли там, там же влажно и тепло, в общем, они набухли и, наверное, уже начали прорастать... а я боялся сказать об этом матери. Так что смотри, когда будешь завтра у врача, дорогая... не забудь ему сказать, чтобы он проверил... нет ли у тебя там изюминок. — Сейчас, пока врач осматривал ее, Диана улыбнулась, вспомнив вчерашний рассказ, и подумала о том, как она все-таки его любит.

Но доктор Джонстон ничего не обнаружил — никаких отклонений или утолщений, кисты, никаких признаков инфекции. Все оказалось в полном порядке, и Диана с облегчением вздохнула, когда вошел лаборант, чтобы взять у нее кровь для анализа.

Пока Диана одевалась, доктор объяснил, что ждет ее через десять дней, чтобы сделать обследование, про которое он ей уже говорил. Он может назвать благоприятное для зачатия ребенка время в этом месяце, а она должна будет, используя специальный набор инструментов, собрать мочу в течение всей следующей недели для того, чтобы они могли выделить ЛГ — лютенизирующий гормон, который появляется перед овуляцией. Все это казалось ей ужасно сложным и запутанным, но она не собиралась отступать от своей цели. Это было для нее ново. Доктор Джонстон хотел, чтобы она продолжала измерять температуру, что она и так делала в течение последних шести месяцев, и это просто бесило Энди. Но он вынужден был смириться с этим, как смирялся со всем, что могло помочь им в зачатии ребенка.

Перед самым уходом Дианы доктор объяснил ей, что они с Энди должны успокоиться, меньше работать, если это возможно, а проводить больше времени, занимаясь тем, что им обоим по душе.

— Стрессы тоже часто влияют на способность пары к зачатию. Постарайтесь оба избавиться от них, насколько это возможно. Побольше бывайте на свежем воздухе, установите регулярный режим питания и сна. — Он, конечно, понимал, что это легче сказать, чем сделать при современных условиях жизни, но считал, что сказать об этом все-таки стоит. Алекс Джонстон еще раз повторил, что скорее всего с ними обоими все в порядке и все, что им надо, — это немного подождать, пока все не произойдет естественным образом. Но, заверил он Диану, если действительно существует какая-то проблема, то она будет обязательно обнаружена.

Покидая его кабинет, слегка взвинченная от переполнявших ее чувств, испытывая одновременно надежду и беспокойство, она вспомнила слова доктора о том, что примерно пятьдесят процентов пар, лечащихся от бесплодия, рожают в конце концов нормальных, здоровых детей, но другая половина совершенно здоровых, не имеющих никаких отклонений, иметь детей *не может*. Если у них с Энди дойдет дело до лечения от бесплодия, то ей придется столкнуться с этим фактом, но она совершенно не знала, как воспримет его. Одно только посещение врача, обсуждение возможных причин их неудачи, то, что Диана узнала о тех обследованиях, которые ей предстояли, заставили ее впервые задуматься над тем, на что она собирается пойти ради того, чтобы заиметь ребенка. Диана готова была сделать все ради этого, разве только не украсть малыша.

По дороге домой она чувствовала себя совершенно измученной. Ей вовсе не хотелось возвращаться в пустой дом. На работу ехать было глупо — она взяла на целый день отгул. Она вспомнила слова доктора Джонстона о том, что надо делать что-нибудь приятное, доставлять себе радость. Лучше уж пройтись по магазинам! Делая покупки у Сакса, Диана почувствовала себя немного виноватой. Она позвонила Энди прямо из универмага, но оказалось, он ушел на ленч, и, в конце концов, она решила поехать домой и приготовить мужу потрясающий обед.

Когда Энди позвонил ей в три часа, она ответила спокойным голосом, и он понял, что пока врач ничего не обнаружил, во всяком случае, у нее. И вполне может быть, что это его вина. Между прочим, последний месяц или два он все время думал об этом и был склонен поверить в то, что с ним что-то не в порядке.

— Ну и как? — многозначительно спросил он. — Они их нашли?

— Нашли что? — удивилась Диана.

— Изюминки. Ты что, ничего им не сказала?

— О, дурачок... — Она вкратце пересказала мужу впечатления от посещения клиники, сказала, что доктор Джонстон сумел вселить в нее уверенность и надежду.

— Ты теперь пойдешь к нему через две недели?

— Через десять дней, а пока я буду каждое утро продолжать измерять температуру и начну собирать мочу в специальные баночки со следующей недели.

— Ну, для моего понимания это слишком сложно, — сказал Энди, а сам с тоской подумал, какое будущее ожидает их и особенно его. Может быть, когда очередь дойдет до него, его анализы будут хуже некуда? Он все еще придерживался мнения, что то, что они затеяли, было совсем необязательным, если не сказать — абсолютно ненужным. Но ради того, чтобы Диана успокоилась, он решил, что должен пройти через это.

— Между прочим, — сказал он после того, как Диана описала ему свое сегодняшнее посещение клиники и доктора Джонстона, — у меня потрясающая новость. Ты не поверишь.

— Тебя повысили в должности, — сказала она с надеждой, ведь последнее время он работал как вол в своей радиокомпании.

— Пока нет, но, возможно, это скоро случится, я это

знаю из надежных источников, приближенных к руководству. Но моя новость все равно не теряет своей прелести. Ну-ка, попробуй еще раз.

— Глава радиокомпании донес на самого себя и был арестован прямо в кафе, — сказала она вдохновенно, закрыв глаза.

— Хм-м, оригинально... в этом что-то есть... Но нет. Ладно, я тебе скажу, потому что ты сама ни за что не догадаешься, а мне через две минуты надо бежать на важную встречу. Билл Беннингтон женится на своей молоденькой подружке-адвокате. Свадьба состоится в День Труда[1] в летнем домике ее родителей на озере Тахо. Представляешь? Я был в шоке, когда услышал эту новость. Мы с ним завтракали внизу, и я чуть не подавился сандвичем с ветчиной, когда он мне это сказал. Я сначала думал, он шутит, но потом, когда на него взглянул... Ты можешь поверить?

— Между прочим, представь себе, могу. Как ни странно, но мне кажется, что Биллу уже пора жениться.

— Надеюсь, что это так. До свадьбы осталось всего семь недель. Во время медового месяца они собираются порыбачить на Аляске.

— Неужели? Может, тебе стоит отговорить его?

— Мне стоит бежать со всех ног на эту чертову встречу. Ладно, дорогая, до вечера. Я постараюсь быть дома в семь.

Как всегда, Энди пришел вовремя. Дома его ждал потрясающий обед. Диана использовала один из французских рецептов Элайзы, правда, слегка его изменив. Она приготовила баранью ногу в некрепком чесночном соусе, вареные бобы и тушеные грибы. На десерт она сделала абрикосовое суфле, которое всегда ей удавалось.

— Ого! Чем же я все это заслужил? — спросил Энди

---

[1] День Труда — первый понедельник сентября.

с блаженным видом, когда они доели десерт и жена налила ему чашку кофе. Она уже давно не чувствовала себя так хорошо, и он это заметил.

— Я просто решила, что было бы замечательно приготовить хороший обед, раз уж я сегодня выходная.

— Может, тебе следует почаще сидеть дома? — Ей нравилось сидеть дома, но и работать тоже нравилось. В отличие от сестер с этим выбором у нее были трудности, и она знала, что они еще будут, даже если у них появится ребенок. Но пока этого не случилось, она должна, следуя совету доктора, «расслабиться и успокоиться». Диана сказала об этом Энди, и ему так понравилась идея, что он тут же предложил поехать в Санта-Барбару на уик-энд.

— Мне это по душе. — Энди договорился с Билли Беннингтоном и его будущей невестой провести этот уик-энд вместе. Диана ощутила вдруг прилив счастья. Доктор Джонстон обязательно найдет способ помочь им с малышом.

Они прекрасно провели время, а от невесты Билла — Денизы Смит — они оба были просто в восторге. Она оказалась действительно такой, как Билл о ней рассказывал, даже еще лучше. Дениза пригласила их к себе на обед на следующей неделе, но каково же было удивление Энди, когда Диана отказалась от приглашения, пробормотав невразумительные извинения. Но через некоторое время она объяснила ему, что на следующей неделе у нее как раз наступят благоприятные дни для зачатия и они должны будут использовать их, строго придерживаясь графика, составленного доктором Джонстоном. Она не хотела, чтобы, кроме всего прочего, они были напряжены из-за присутствия посторонних.

— Может, это наоборот поможет нам расслабиться, — сказал раздраженно Энди, но Диана все равно не хотела идти, и они продолжали обсуждать планы на следующие выходные без нее, что ужасно разозлило Энди.

Она продолжала фанатично каждое утро, перед тем как встать с постели, мерить температуру и начала применять пробирки, чтобы выявить ЛГ, как велел ей доктор, и, когда анализ посинел (именно в тот момент, в который предсказывал доктор), она отнесла его к нему в офис, чтобы он мог проверить, как ведет себя слизь, взятая с шейки матки. Он сказал, что, на его взгляд, она вполне нормальна.

— С этой стороны, по-моему, у вас никаких проблем нет, — сказал он, отодвигая пробирку, а Диана нервно хихикнула. Доктор Джонстон сказал, что им с Энди предстоит заняться любовью на следующее утро, и Диана должна сразу же прийти к нему, чтобы они могли взять специальный анализ, который покажет, как «ведет себя» сперма Энди.

Выйдя из клиники, она отправилась на работу. Было уже за полдень, и они выпили кофе с Элайзой, а вечером она ввела Энди в курс происшедших событий и сказала, что утром им надо будет заняться любовью.

— Подумаешь, испытание, — пожал он плечами, но наутро выяснилось, что все обстоит сложнее, чем он думал. Накануне у него было расстройство желудка, и когда он проснулся, то чувствовал себя неважно. Энди решил, что подцепил где-то грипп, и был не уверен, что, как он выразился, «эта штука будет сегодня в боевой готовности».

— Но ты должен, Энди, — настаивала Диана, когда они лежали в постели, и она пыталась помочь ему. — У меня сегодня благоприятный день, и на сегодня назначен анализ. Я измерила температуру — она пониженная, а это значит, что я сегодня могу забеременеть... ну, Энди... ты должен это сделать. — Она виновато посмотрела на него, и ему захотелось послать ее к черту, но он сдержался.

— Великолепно. Только по настоятельной просьбе заказчика...

Он отвернулся от жены и некоторое время мастурбировал, пока его плоть не начала подавать признаки жизни, что дало ему возможность выполнить свой супружеский долг, не испытав при этом никаких чувств. Потом Энди поднялся с постели и, не говоря жене ни слова, отправился в ванную принять душ. Он чувствовал себя отвратительно от сознания того, что должен заниматься любовью в определенный день и в определенный час, независимо от того, хочется ему или нет. Во время завтрака они оба молчали, чувствуя неловкость друг перед другом.

— Прости меня, — тихо произнесла Диана.

— Ничего, — ответил он, уткнувшись в газету. — Просто я сегодня был не в форме. Забудь об этом.

Энди ненавидел заниматься с ней любовью вот так, как будто по чьей-то команде. Еще он нервничал, думая о том, как они собираются обследовать его и что они могут найти в результате этих обследований.

Но сделанный в то утро анализ показал, что его сперма, как и следовало ожидать, оказалась совершенно нормальной. Сперматозоиды были достаточно активны, и их численность слегка даже превышала норму.

Доктор Джонстон решил провести тщательное ультразвуковое обследование, чтобы выявить возможные отклонения ее репродуктивных органов. Ему необходимо было знать толщину эндометрия, размер фолликула и то, как реагирует ее организм на производимые им самим гормоны. Он заверил Диану, что сканирование не вызовет неприятных ощущений, и это было действительно так. И она вздохнула с облегчением, когда после изучения сканограммы доктор заявил, что с этим у нее все в порядке.

Когда через два дня Диана наведалась к нему, доктор заверил ее, что результаты вполне обнадеживающие, значит, с этим тоже все было в порядке, и они перешли к следующему этапу обследования.

Билли и Дениза пригласили их с Энди на обед на следующий день, но Диана была совершенно измучена, к тому же на этой неделе она три раза посещала врача только для сдачи анализов и сканирования, так что она чувствовала, что просто не в силах никуда идти, и уговорила Энди, чтобы он ехал один. Больше всего ей хотелось просто лечь в постель, расслабиться и помолиться о том, чтобы она на этот раз забеременела. Ничего не было для нее желаннее этого. Даже работа сейчас отошла на второй план. Правда, теперь она наконец-то сможет обсудить с Элайзой первые результаты обследования. Но ни семья, ни друзья не интересовали ее так, как их планы встречи с доктором. Казалось, их жизни были посвящены одной цели, и эта сопричастность укрепляла в Диане веру в лучшее.

В понедельник она опять поехала в клинику. На этот раз у нее взяли кровь, чтобы проверить прогестогенный уровень в период образования лютеина, который наступает через семь дней после овуляции. После выделения ЛГ температура у нее сразу же поднялась, это было совершенно нормально и показывало, что овуляция произошла. Все, что им теперь оставалось, — ждать появления признаков беременности.

Десять дней ожидания показались ей бесконечными, она не могла ни о чем думать, потому что ее мысли были заняты одной-единственной навязчивой идеей: в этом месяце все будет по-другому, она забеременеет. Ей не прописали никаких лекарств, доктор только собирал информацию о ее организме. Диана всей душой верила, что ее надежды оправдаются, особенно когда за два дня до предполагаемого начала менструации ее начало тошнить. Надежда затеплилась в ее душе, когда в положенный день менструация не началась.

Она позвонила с работы доктору Джонстону и сообщила ему об этом. Он велел ей подождать день-два: ее организм не машина, и небольшие задержки вполне естественны. И в эту же ночь у нее началась менструация, и, обнаружив это, она проплакала почти до утра. Очередная неудача заставила ее сникнуть.

Когда на следующий день Диана позвонила доктору, он заявил, что все ее анализы в норме и теперь он хочет осмотреть ее мужа.

— Грандиозно. Ну и что это все означает? — раздраженно спросил Энди, когда вечером Диана сказала ему, что он должен позвонить доктору Джонстону и договориться о встрече. — Значит, он считает, что это моя вина?

— Послушай, мы пока просто выясняем, все ли у нас нормально, и ни о какой вине речи вообще нет. И если уж на то пошло, мне абсолютно все равно, твоя это вина или моя. Может, это вообще ничья вина, и с нами все в порядке, а все вокруг правы, когда твердят, что нам просто нужно время. Пожалуйста, отнесись к этому проще и не переживай так. — Она говорила с ним мягко, пытаясь его успокоить. Но когда Энди позвонил, чтобы договориться о приеме, и ему сказали, что в клинику он должен принести с собой баночку со свежей спермой, а до этого три дня не иметь никаких половых контактов, его это просто взбесило.

— Замечательно, — жаловался он Диане в тот вечер. — Что я должен буду делать? Заниматься онанизмом прямо в офисе, а потом бежать к доктору? Мои секретарши будут просто в восторге!

— А мне, думаешь, нравилось таскаться туда три раза

в неделю для ультразвукового сканирования? Прекрати делать из мухи слона, все не так уж и плохо. — Но все-таки ничего хорошего в этом не было, и они оба это понимали.

— Хорошо, хорошо... — Он больше не заговаривал с ней на эту тему, но с этого момента отношения между супругами оставались довольно натянутыми.

В то утро, когда ему надо было идти к врачу, Энди был резок с Дианой, а усевшись в кабинете перед доктором Джонстоном, он даже не пытался скрыть своей неприязни к нему. Нет, у него никогда не было гонореи, сифилиса, воспаления уретры, герпеса и других подобных заболеваний, которые доктор имеет в виду. Не переносил он серьезных инфекционных заболеваний, в жизни не имел проблем с эрекцией, потенцией, не было у него никаких опухолей и других серьезных болезней.

Доктор прекрасно понимал причину его враждебности, ему не раз приходилось сталкиваться с этим в случаях с другими пациентами. Каждый, кто попадал сюда, уже чувствовал себя неловко, и врач вел себя очень тактично, чтобы не задеть мужского достоинства Энди.

Он объяснил пациенту, что кровь они возьмут у него для того, чтобы проверить его гормональный уровень, а сперму, которую он принес, они подвергнут тщательному анализу и культивации. Ему необходимо сделать анализ спермы и составить полную гормональную характеристику, поэтому не исключено, что он должен будет прийти еще раз для повторной сдачи крови, потому что мужской гормональный уровень меняется в зависимости от времени суток и самочувствия пациента в момент взятия крови.

Как и Диана, к концу обследований Энди был совершенно измотан. Каждая отдельно взятая процедура не была изнурительной в физическом плане, но требовала определенного эмоционального напряжения, которое накапливалось и действовало на него угнетающе.

Когда все анализы были сданы и исследованы врачами, Энди вздохнул с облегчением, узнав, что у него все в полном порядке.

— Что дальше? — спросил Энди, чувствуя огромное облегчение после того, как выслушал заключение доктора Джонстона. Он позвонил ему сам через три дня после их последней встречи и рассказал о результатах анализов. С одной стороны, Энди был несказанно рад услышать, что у него все в порядке, но с другой стороны, его все больше волновала Диана.

— Значит ли это, что мы оба совершенно здоровы и для зачатия ребенка нам требуется только время? — Но доктор Джонстон не был готов к тому, чтобы сделать окончательные выводы и прекратить обследование. Он привык все начатое доводить до конца.

— Вполне возможно, что это так. Но мне бы хотелось продолжить обследование Дианы. Мне все-таки не дает покоя тот факт, что она когда-то пользовалась спиралью, и в связи с этим я должен сделать ей гистеросальпингограмму в этом месяце перед овуляцией. Это даст возможность изучить ее половые пути с помощью рентгеновского излучения. — Из его уст это прозвучало совершенно бесстрастно, но Энди спросил подозрительно:

— Это очень болезненно?

— Иногда, — честно сказал врач, — но скорее это неприятно. — Больше всего Энди не любил, когда медицинские работники произносят это слово: «Неприятно». Это не значит, что ты будешь корчиться на полу от боли, но близок к этому состоянию будешь, это точно. — Но мы, конечно, дадим ей обезболивающее. Ей придется принимать доксициклин в течение нескольких дней перед обследованием, это для того, чтобы быть уверенным, что в организме нет какой бы то ни было инфекции, и потом она должна будет еще какое-то время продолжать принимать лекарство. Некоторые специалисты не применяют в этом случае антибиотики, но я предпочитаю использовать их для большей уверенности. В большинстве случаев сама эта процедура очищает маточные трубы, и некоторые мои пациенты смогли забеременеть в течение шести месяцев после нее и благодаря ей.

— Судя по вашим словам, это стоит попробовать, — ответил Энди осторожно.

— Я тоже так думаю. — Доктор Джонстон был невозмутим. — Я позвоню ей.

Но когда он сказал об этом Диане, она заколебалась. Она была наслышана об этой процедуре. Женщины в офисе рассказывали о ней отвратительные вещи. Исследование было довольно болезненным, а у одной из ее коллег оказалась аллергия на тот лекарственный раствор, который вводили внутрь, и реакция была просто устрашающей.

Она спрашивала у Элайзы, что она знает об этом обследовании, но та не могла сказать ей ничего определенного. Так что было совершенно очевидно, что, как бы гладко и безболезненно оно ни прошло, удовольствием эту процедуру назвать никак нельзя. Но зато она наверняка поможет им получить всю интересующую их информацию. Краску введут ей внутрь, и ее продвижение по маточным трубам можно будет без труда проследить на телеэкране. Врачи смогут различить малейшие изменения в ее матке, утолщения, которые не были выявлены при сканировании, или закупорку маточных труб. Все это вполне могло являться причиной бесплодия, и доктор Джонстон имел некоторые подозрения на этот счет. Он также пообещал Диане, что если гистеросальпингограмма окажется нормальной и не выявит никаких отклонений, то нужда в дальнейшем обследовании полностью отпадет. Он уверил ее, что в этом случае она вполне может забеременеть, и это будет только вопрос времени. Если же ГСГ покажет, что у нее что-то не в порядке, они чуть позже в этом же месяце проведут лапароскопию и получат окончательные ответы на все интересующие их вопросы. Он был не из тех, кто мучает своих пациентов месяцами, применяя совершенно ненужные и бесполезные методы обследований и давая неопределенные ответы. Доктор Джонстон уже убедился, что ее овуляция проходит нормально, что ее слизь и его сперма вполне совместимы, так что последнее, в чем он хотел убедиться, — что ее маточные трубы проходимы, и на этом его обследование будет закончено.

— Что вы об этом думаете? — спросил доктор Джонстон Диану по телефону. — Хотите, чтобы мы сделали ГСГ в этом месяце и покончили со всем этим раз и навсегда, или вы предпочтете подождать и попытаться забеременеть еще раз? Конечно, время терпит. — Но сам бы он не рекомендовал ждать. Он прекрасно понимал, как это тяжело для его пациентки — снова и снова стараться забеременеть и всякий раз испытывать разочарование. Так ведь можно потерять всякую надежду, даже не зная, разрешима твоя проблема или нет.

— Я должна это обдумать. Дайте мне сегодняшнюю ночь, — нервно ответила она, — завтра утром я вам перезвоню.

— Что ж, отлично.

Диане казалось, что клиника — ее лаборатории и кабинет доктора Джонстона — стали ее вторым домом. В течение последнего месяца они почти не встречались со своими друзьями, она совершенно не могла сосредоточиться на работе и не имела никакого желания видеться со своей семьей. Даже Энди перестал звонить братьям. Вместо этого они мерили температуру, составляли всякие графики, сдавали анализы и бегали по докторам. Доктор Джонстон предупреждал их с самого начала, что так оно и будет, и советовал обратиться к психоаналитику. Но на это у них тоже не было времени и сил. Они были слишком заняты работой и обследованиями, кроме того, они постоянно старались подбодрить друг друга. В конце концов, от всего этого им стало казаться, что они оба находятся в состоянии бесконечного кризиса.

— Что ты об этом думаешь, родная, — осторожно спросил Энди вечером. — Ты хочешь сделать эту бингограмму или как там они ее называют? — Она улыбнулась. Диана, конечно же, очень хотела знать причину, по которой не может забеременеть. Но, с другой стороны, эта процедура пугала ее.

— А ты пойдешь со мной? — спросила она взволнованно, и он кивнул в ответ.

— Конечно, если они разрешат.

— Доктор Джонстон сказал, что разрешит. Они назначили мне на пятницу.

— Для меня это очень удобно, — быстро сказал Энди, — у меня не будет никаких важных встреч.

— Отлично. А то бы ты отказался со мной идти, — сказала она раздраженно, а он поднялся и пошел на кухню сделать им по чашке кофе. Когда Энди вернулся, она посмотрела на него тоскливым взглядом. Она приняла решение. Это было необходимо сделать для того, чтобы знать.

— Хорошо. Я сделаю это.

— Я не сомневался, что ты смелая, Ди. — Сам он не знал, как повел бы себя на ее месте. Видит бог, те процедуры, которые выпали на его долю, были неприятными, но безболезненными.

В пятницу утром, встретив их в больнице, доктор отвел супругов в небольшую приемную и еще раз объяснил весь процесс обследования. Затем он дал Диане две обезболивающие таблетки. Одна медсестра подготовила ее к процедуре, а другая сделала укол атропина с глюкагоном, который должен был расслабить мышцы, и в следующее мгновение они осторожно ввели окрашенную жидкость. Диана хорошо видела изображение своих внутренних органов на экране монитора, хотя эта картина мало о чем ей говорила. Все закончилось через пятнадцать минут. Колени у нее тряслись, а все тело сводило судорогой, но она чувствовала облегчение от того, что все кончилось. Энди же в очередной раз уверился в мысли, что его жена потрясающе храбрая женщина. Его по-прежнему не оставляли сомнения — стоит ли их цель таких мучений. Господи, неужели им так нужен ребенок?

— С тобой все в порядке? — озабоченно спросил он жену, видя, как она вздрагивает от боли. Но Диана кивнула утвердительно. Она прошла через испытание и теперь хотела лишь одного — знать, какие доктор Джонстон может сделать выводы. Доктор и рентгенолог внимательно изучали один из снимков, потом они подозвали посоветоваться еще двух медиков. На снимке четко виднелось пятно, на котором не было видно следов красящего раствора, и, несомненно, именно оно привлекло всеобщее внимание.

— Что там? — осторожно спросил Энди.

— Кое-что интересное. — Джонстон повернулся и посмотрел на супругов. — Сейчас рановато делать выводы... Позже я вам все объясню.

Доктор еще какое-то время обсуждал снимки со своими коллегами, в то время как Энди с медсестрой помогли Диане привести себя в порядок. Наконец все было закончено, Диана сидела напряженная, все еще немного бледная, но, когда доктор повернулся к ней, она уже полностью владела собой.

— Как вы себя чувствуете? — спросил он участливо, и она передернулась от отвращения.

— У меня такое чувство, что по моим внутренностям

проехался бульдозер, — сказала Диана откровенно. Энди обнял ее и не выпускал до конца разговора.

— Я думаю, что процедура проделана не зря, — спокойно начал говорить Джонстон, — кажется, мы нашли причину вашего бесплодия. Похоже, правая труба закупорена, Диана. В левой я тоже вижу какое-то темное пятно, правда, оно немного меньше. Определенно все это можно выяснить с помощью лапароскопии, которую, я полагаю, нам следует сделать на следующей неделе. Скорей всего после нее мы получим все окончательные ответы.

— А если... если они действительно закупорены, — Диана выглядела испуганной, — вы сможете их освободить?

— Возможно. Но точно этого я знать не могу. Пока. Я думаю, что все узнаю после лапароскопии.

— Черт! — Она посмотрела на врачей долгим взглядом, а потом повернулась к Энди. Она не была готова к плохим новостям, до последней минуты в ней жила надежда на лучшее.

Они договорились, что сделают лапароскопию на следующей неделе. Это была хирургическая процедура, при которой делался маленький надрез около пупка, и туда вводился специальный телескоп, с помощью которого можно было изучить маточные трубы, саму матку, внутреннюю полость и возможные причины закупорки. На этот раз, как пообещал доктор, больно ей не будет. Это обследование делалось под общим наркозом.

— А что потом? Что дальше? — Теперь она хотела знать все до конца.

— Мы уже знаем, в чем состоит проблема, все эти обследования мы проводили не зря. Так что теперь нам только остается устранить эти дефекты. — Она уже не знала, благодарить его или ненавидеть.

Поблагодарив доктора, они через полчаса покинули

больницу. И вместо того чтобы почувствовать облегчение от того, что она сравнительно легко перенесла такую болезненную и сложную процедуру, Диана теперь начала волноваться из-за обследования, предстоящего ей на следующей неделе. Она чувствовала себя совершенно обессиленной, когда, приехав наконец домой, услышала телефонный звонок и сняла трубку.

Это была Сэмми, она хотела узнать, как у нее дела. Меньше всего Диана хотела сейчас разговаривать со своей сестрой.

— Привет, Сэмми, у меня все в порядке. А ты как?

— Толстею, — пожаловалась та. Она всегда сильно раздавалась во время беременности, а сейчас у нее было уже три с половиной месяца. — У тебя измученный голос. Что-то случилось?

— Я подцепила где-то грипп... Боюсь, мне надо пойти прилечь, — соврала Диана.

— Хорошо, родная, береги себя. Я перезвоню тебе через несколько дней.

«Нет, — шептала про себя Диана, повесив трубку, — не звони мне... никогда... не звони, не говори, какая ты стала толстая... не рассказывай мне о своей беременности... не рассказывай мне о своих детях и о том малыше, который...»

— Кто это был? — спросил Энди, входя в комнату.

— Сэмми, — ответила она бесцветным голосом.

— А-а! — Он сразу все понял. — Тебе не стоит сейчас с ней разговаривать. Вообще не подходи к телефону, я буду говорить, что тебя нет.

Но братишка Энди, Грэг, преподнес им не менее неприятный сюрприз, когда позвонил в тот же вечер и спросил, когда они собираются завести малыша.

— Когда ты достаточно вырастешь, — пытался шутить Энди, но этот вопрос больно задел даже его.

— Этого ты можешь не дождаться.

— Да, уж это точно.

Грэг хотел приехать к ним в гости на День Труда, но Энди попросил перенести визит на более позднее время. Он не знал, как Диана будет чувствовать себя после лапароскопии на следующей неделе, а праздник был уже на носу. Может быть, она будет в подавленном состоянии... или ей придется делать операцию... или, может, она даже забеременеет к тому времени... Теперь уже невозможно было строить какие-либо планы и просто вести прежний образ жизни. Иногда Энди удивлялся, как другие могут перенести или просто позволить себе это. Ведь, кроме всего прочего, все эти обследования были невероятно дороги. И предстоящая лапароскопия тоже обойдется им недешево.

Энди соврал Грэгу, сказав, что очень загружен работой и будет трудиться даже в праздники, так что они не смогут принимать гостей. Брат ответил, что все понимает, но его голос при этом похолодел. Но что было делать, ведь не мог же Энди объяснять брату все их семейные проблемы.

— Да, дерьмовая же у нас пошла жизнь, ты не считаешь? — грустно сказала Диана, когда они в тот вечер обедали на кухне. Дом казался слишком большим для двоих. Многими комнатами они не пользовались и теперь, а целый этаж, где они планировали разместить будущих детей, мог навсегда остаться нежилым.

— Мы не должны допустить этого, любимая, — ободряюще настаивал Энди. — Доктор прав, к концу августа мы все узнаем и сможем принимать решения. Если действительно что-то не в порядке, они наверняка смогут уладить все очень быстро.

— А если не смогут?

— Тогда мы должны будем смириться с этим, а что нам еще останется? А вообще-то есть много разных способов завести ребенка. — Энди решил, что ему надо будет побольше почитать об искусственном оплодотворении.

— Но я не хочу, чтобы ты с этим просто смирился, — сказала Диана, и глаза у нее наполнились слезами. — Я лучше разведусь с тобой и дам тебе возможность жениться на женщине, у которой могут быть дети.

— Не говори глупостей. — Услышав ее слова, Энди понял, в каком она состоянии, и это расстроило его до глубины души. — Мы должны будем смириться, и все.

— Но почему это должен сделать ты? Тебе это совсем не обязательно. С тобой все в порядке. Это у меня проблема.

— Может быть, нет никаких проблем. Может быть, доктор Джонстон ошибся. Черт возьми, может быть, эти затемнения, которые он видел, — ничего страшного, может, ты просто что-то съела за завтраком! Успокойся, хорошо? Давай подождем, пока все выяснится! — Он почти кричал на нее, а потом затряс головой. Нет, все-таки она права. Их жизнь превратилась в кошмар. И напряжение сказывалось на обоих.

— Да, — грустно сказала она, — может быть, это изюмины.

Но на этот раз Энди не улыбнулся ее шутке. Он просто не мог.

Глава 7

Дням, оставшимся до лапароскопии, казалось, не будет конца, но все-таки наступила пятница. Диане велели ничего не есть и не пить с вечера четверга, а рано утром Энди привез ее в больницу.

В приемном отделении ей сразу же сделали укол, усадили на коляску и увезли, после того как она сонно посмотрела на мужа и помахала ему рукой.

Когда ее привезли обратно около полудня, она все

еще была очень слаба. Доктор Джонстон уже виделся с Энди и сообщил ему плохие новости перед тем, как сказать об этом его жене. Энди не стал ей ничего говорить, решив предоставить это нелегкое дело доктору, который зашел в палату чуть позже после полудня, чтобы проверить самочувствие Дианы и сообщить результаты исследования.

— Что вы обнаружили? — спросила она возбужденно, садясь на кровати, как только увидела, что он заходит в палату.

Какую-то долю секунды доктор медлил с ответом. Он взглянул на Энди, потом сел и посмотрел на пациентку. Новости были плохие, и она поняла это, как только его увидела.

— Что, все так плохо?

— Да, — спокойно сказал он. — С обеими маточными трубами есть проблемы. Одна, как оказалось, непроходима полностью, а вторая значительно повреждена. И в обоих яичниках образовалось по нескольку спаек. Я считаю, что яйцеклетки не могут попасть в матку из-за повреждений в трубах. Так что, к сожалению, сегодня у нас плохие новости, Диана.

Она уставилась на него, не в состоянии поверить тому, что он только что сказал. Не может быть, чтобы все было так плохо. Или может?

— Вы можете устранить повреждения? — хрипло спросила она.

Доктор Джонстон покачал головой.

— Мы абсолютно бессильны. Одну из труб, возможно, мы бы могли продуть, но это ничего не даст, потому что еще существуют спайки в яичниках. Повреждения довольно сильные, и я не вижу способа избавиться от них. Не хочу сказать, что не существует вероятности того, что яйцеклетка может попасть в матку, но это почти невозможно. Конечно, в жизни все бывает. Но вам могу сказать, что вероятность того, что вы забеременеете, — один шанс на десять тысяч. К тому же спайки в яичниках так велики, что, если попытаться искусственным способом извлечь яйцеклетку, можно повредить кишечник. Обычно в таких случаях применяют искусственное оплодотворение. Мы можем взять яйцеклетку другой женщины, оплодотворенную сперматозоидом Энди, и поместить в вашу матку, но и в этом случае я не могу гарантировать абсолютный успех. Вся ваша половая система, похоже, повреждена в результате действия какой-то сильной инфекции, возникшей скорей всего в результате применения вами спирали, причем воспаление было скрытое, потому что оно не имело никаких внешних признаков и не вызывало болевых ощущений.

Я считаю, что вы сможете забеременеть только благодаря невероятной случайности, а на это, как вы понимаете, мы в нашей работе никогда не делаем ставку. Фактически мы ничего не можем сделать, кроме оплодотворения донорской яйцеклетки. Или вы можете усыновить ребенка.

По щекам Дианы непрерывным потоком катились слезы, и Энди почувствовал, как у него защипало глаза. Он потянулся и стиснул сильно ее руку. Но он не мог освободить жену от той ужасной боли, которая охватило ее, не мог изменить ту истину, которая заключалась в словах доктора. Единственно, что он мог, — от души пожелать, чтобы все это оказалось неправдой.

— Но как это могло со мной случиться? Почему я ничего не знала? Почему я ничего не чувствовала? — Ей казалось невозможным, что весь этот ужас произошел именно с ней.

— Это особенность подобного воспаления, — попытался объяснить доктор Джонстон, — очень часто именно спираль является причиной этого. К сожалению, она безопасна не для каждого организма. При такого рода воспалении нет ни боли, ни выделений, ни повышения температуры — никаких признаков, но инфекция очень опасна, она делает непроходимыми маточные трубы, а в вашем случае затронуты даже яичники. Вы даже представить себе не можете, сколько женщин с аналогичными проблемами прошли через нашу клинику. Я искренне сочувствую, что такое случилось именно с вами. Это большая неприятность, но вы должны найти возможность справиться с ней. — Он хотел вселить в нее надежду, но своими словами вверг Диану в совершенное отчаяние. Мечта иметь собственного ребенка стала для нее неосуществимой.

— Нет, я не хочу яйцеклетку другой женщины. Пусть лучше у меня вообще не будет детей!

— Это вы сейчас так говорите, но, возможно, позже, когда вы успокоитесь и все обдумаете...

— Нет! Я не хочу даже думать об этом! И я не хочу никого усыновлять! — Ее голос сорвался на крик. — Я хочу моего собственного ребенка!

Почему это так просто для всех, кроме нее? И зачем, черт возьми, она пользовалась этой чертовой спиралью? Ей хотелось наброситься на кого-нибудь с кулаками, кого-нибудь обругать, но, увы, виновника ее несчастья не было, как не было и того, кто бы мог облегчить ее страдания или избавить от них. Энди успокаивал ее, прижимая к себе, а она дрожала и всхлипывала, и доктору ничего не осталось, как выйти из палаты, оставив их вдвоем. Больше он ничего не мог для них сделать.

— Мне жаль, любимая... Мне очень, очень жаль, — снова и снова повторял Энди, обнимая и успокаивая ее.

А когда немного позже они отправились домой, у нее все еще болел живот, но страшнее этой боли для Дианы было сознание того, что ее лоно пусто и бесплодно.

— Я не могу в это поверить, — сказала Диана Энди,

когда машина остановилась перед домом. Она с ужасом посмотрела вокруг. Теперь она ненавидела этот дом. — Нам необходимо продать этот дом, — проговорила она, направляясь в спальню, — эти пустые комнаты наверху... они как будто обвиняют меня. Они кричат мне: «Ты бесплодна! У тебя никогда не будет детей!» — Она вспомнила слова доктора, и ей захотелось умереть.

— Почему бы нам не обдумать то, что он предложил... ну, он же сказал, что есть другие способы завести ребенка. — Энди старался говорить спокойно. Он не хотел расстраивать ее, хотя сам был расстроен не меньше. Это был самый ужасный день в их жизни, и теперь они должны были заглянуть в будущее и принять решение, от которого будут зависеть их судьбы. Все планы рухнули, а построить новые в нынешней ситуации казалось им обоим делом непростым и неприятным. — Этот вариант с донорской яйцеклеткой может оказаться прекрасным выходом.

— Это не выход! И уж тем более не «прекрасный»! — У нее началась форменная истерика, она почти визжала, Энди никогда раньше не видел, чтобы она вела себя так. — В этих отвратительных методах нет ничего прекрасного! Прекрасно иметь своего собственного ребенка, а я не могу! Ты что, не слышал, что он сказал?! — Диана судорожно всхлипывала, и он не знал, что сделать, чтобы ее успокоить. Он тоже был подавлен, но ей было в сто раз хуже от сознания того, что роковой изъян обнаружили именно у нее.

— Почему бы нам не поговорить об этом позже? — сказал он, аккуратно расправляя постель, чтобы она могла лечь. Он знал, что надрез у нее еще болит.

— Я вообще больше не хочу говорить об этом *никогда*! И если ты захочешь развестись со мной... что ж, тем лучше. — Она говорила это, укладываясь в постель и все еще всхлипывая. На нее было жалко смотреть.

Энди ободряюще улыбнулся жене. Она была в смятении, и это вполне оправдывало ее поведение. Он почувствовал, что любит ее еще больше, чем прежде.

— Я не хочу с тобой разводиться, Ди. Я люблю тебя. Почему бы тебе сейчас не уснуть? Завтра мы сможем все это обдумать на свежую голову.

— Ну и что это даст? — пробормотала она горестно, устраиваясь поудобней. — Завтра больше не будет... И следующей недели не будет, и синих анализов, и температуры... Все кончилось... — Они потеряли надежду, но вместе с тем из их жизни ушло это бесконечное напряжение и лихорадочное ожидание.

«Может, это не так уж плохо», — решил про себя Энди. Он задернул шторы и вышел из комнаты, надеясь, что она в конце концов уснет.

Но Диана не могла уснуть и проплакала почти весь уик-энд. И когда утром в понедельник она отправилась на работу, то выглядела как привидение. Она приняла твердое решение не отвечать на звонки сестер.

Всю следующую неделю она ходила как сомнамбула, и Энди, как ни старался, ничем не мог ее утешить. Элайза пригласила ее на ленч, но Диана отказалась. Она не хотела ни видеться, ни говорить с кем бы то ни было. Даже с Энди.

Перед Днем Труда муж попробовал уговорить ее поехать на свадьбу к Биллу с Денизой, на озеро Тахо, но она флегматично отказалась ехать, и после бесполезных уговоров, длившихся всю неделю, Энди поехал один. Диана ничего не имела против, и нельзя сказать, чтобы он там очень уж повеселился, но чувствовал себя гораздо лучше вдали от ее бессильной ярости и той бесконечной тупой боли, которая угнетала их обоих. Казалось, этим мучениям не будет конца, и он уже совершенно не представлял, как ей доказывать, что их жизни не оборвались вместе с известием о ее состоянии.

— Ни ты, ни я вовсе не умерли, Диана, — сказал он в конце концов, — и смертельных болезней нам тоже никто не напророчил. Единственное, что изменилось в нашей жизни, — мы узнали, что не сможем родить собственного ребенка. Но я отказываюсь разрывать из-за этого наш брак. Да, конечно, я хочу детей, и, может быть, когда-нибудь мы кого-нибудь усыновим. Но сейчас есть только два человека — ты и я. И если мы оба не возьмем себя в руки, то в конце концов доведем друг друга до отчаяния. — Он изо всех сил пытался вернуть в их жизнь нормальные отношения, но Диана не была настроена даже попытаться помочь ему в этом.

Она постоянно с ним спорила и впадала в ярость из-за любого пустяка, а иногда по целым дням вообще с ним не разговаривала. Она выглядела и вела себя нормально только в те минуты, когда собиралась на работу, но к моменту возвращения она опять превращалась в полоумную фурию, и Энди иногда приходила в голову мысль, что она делает это все специально, стараясь разрушить их брак. Но сама она была не уверена ни в чем и ни в ком: ни в нем, ни в себе, ни в друзьях, ни в работе. И меньше всего она была уверена в будущем.

* * *

В субботу, накануне Дня Труда, старый друг Чарльза — Марк предложил ему вместе пообедать. Его очередная подружка уехала на несколько дней на Восток — проведать родителей, а днем раньше, на работе, Марк выяснил, что его молодой приятель тоже остался один на выходные.

Они отправились поиграть в шары сразу после полудня, а потом зашли в любимый бар Марка выпить пива и посмотреть бейсбольный матч. Друзья любили такие встречи, но им редко удавалось найти для них время.

Они оба много работали, и большинство выходных Чарльз проводил так, как хотела Барби: они или ходили по магазинам, или навещали друзей. А играть с ним в шары жена не любила.

— Ну что, сынок, какие новости? — по-свойски спросил Марк, наблюдая, как игроки «Метеора», отбив мяч, бросились через поле. Ему нравилось проводить время с Чарли, и он всегда искренне интересовался делами своего молодого друга. У него не было сына, а только две дочери, и иногда, глядя на Чарли, он сознавал, что, будь у него сын, он бы испытывал к нему именно такие чувства. — Куда отправилась Барби? В свой Лейк-Сити, проведать семью? — Он знал, откуда Барби родом, но даже не догадывался, что она скорее умрет, чем отправится навестить близких. Чарли никогда ни с кем не обсуждал ее секретов.

— Она поехала с подругой в Вегас, — честно сказал Чарли и улыбнулся. Он тоже любил Марка, тот здорово помогал ему в работе, и за три года их знакомства они стали настоящими друзьями.

— Ты что, шутишь? — Марк удивленно взглянул на него. — Что за подруга?

— Ее бывшая соседка по комнате, Джуди. Они решили проведать каких-то своих старых приятелей.

— И ты отпустил ее одну?

— Ох, но я же сказал тебе... она поехала с Джуди. — Чарли, казалось, удивило его беспокойство.

— Ты с ума сошел. Джуди в десять секунд подцепит себе какого-нибудь парня, а что, по-твоему, будет делать Барби?

— Она не ребенок. И вполне сможет позаботиться о себе. И потом, если у нее возникнут проблемы, она позвонит. — Чарли был абсолютно уверен, что с ней все в порядке. Он не собирался мешать ей, Барби так рвалась в эту поездку. Она не была в Лас-Вегасе уже два года, и воспоминания о городе уже начали стираться из ее памяти. Все, что она могла вспомнить, как она объясняла, это сверкающие огни и постоянная суматоха.

— А почему ты не поехал с ними? — спросил Марк, когда они заказали пиццу с перцем.

— А... это не для меня, — Чарли пожал плечами, — я ненавижу такое времяпрепровождение. Весь этот шум и суету... и азартные игры... Если мне захочется, я могу напиться и дома, — отшутился он, хотя это бывало с ним очень редко, — чего ради я потащусь в Вегас? Она гораздо лучше будет себя чувствовать среди своих подружек без меня. Что было бы, если бы я поехал с ней? Сидел бы как дурак в стороне, пока они хихикают и сплетничают о парнях и косметике.

— Надеюсь, подобные развлечения еще не вошли у нее в привычку? — Марк выглядел серьезным и озабоченным, и Чарли улыбнулся, тронутый участием своего старшего друга.

— Какие развлечения? Парни и косметика? — Чарли позволил себе пошутить, потому что полностью доверял жене. — Не волнуйся, с ней все в порядке. Она просто все еще любит иногда окунуться во всю эту атмосферу. Это дает ей возможность почувствовать себя актрисой. В этом году она почти не работала, и наша жизнь показалась ей слишком пресной. — Ему нравилась их размеренная жизнь с Барби, но он знал, что она часто скучает по своему беспокойному прошлому, хоть и любит повторять, что она благодарна Чарли за то, что он избавил ее от него.

— Да, и что же нарушает ваш покой? — нахмурился Марк, а молодой человек рассмеялся.

— Ты говоришь, как мой отец... если он у меня, конечно, был. — Чарли очень нравилось, что Марк так заботится о нем. Никто никогда не делал этого, кроме него и... Барби.

— Тебе бы не следовало отпускать ее в Вегас. Замужние женщины не должны вести себя подобным образом. Им полагается сидеть дома со своими мужьями. Да, но откуда тебе это знать? У тебя же никогда не было матери. Но учти, если бы моя жена выкинула что-нибудь подобное, я тут же бы с ней развелся.

— Ты и так с ней развелся, — поддразнил Чарли, и Марку нечего было возразить.

— Это совсем другое. Со своей я развелся потому, что она крутила кое с кем... — Со «старым другом». Чарли знал эту историю. И в конце концов она забрала их девочек и переехала из Нью-Джерси в Лос-Анджелес. Поэтому Марк тоже перебрался в Калифорнию. Он хотел быть поближе к дочкам.

— Тебе не стоит так о нас беспокоиться. У нас правда все хорошо. Просто ей нужно немного развлечься, вот и все. И я ее понимаю.

— Разреши заметить тебе, мой мальчик, что ты слишком легковерен! — Он погрозил ему пальцем, и в этот момент принесли пиццу. — Я тоже был когда-то таким, но жизнь меня многому научила, и теперь я непреклонен! — Марк напустил на себя строгий вид, но они оба прекрасно знали, как он мягк и безволен с женщинами. Фактически любая могла вить из него веревки и вести себя так, как ни с одним другим мужчиной. И он никогда не мог ничего с собой поделать. И все-таки сейчас он был откровенен с Чарли. Он бы никогда не позволил ни одной из своих многочисленных подружек бросить его одного, а самой уехать на уик-энд в Лас-Вегас.

— Ладно, лучше скажи, что нового у тебя, — спросил Чарли в то время, как они разделывались с огромной пиццей. — Как поживают Марджори и Хелен?

Это были его дочери. Одна была замужем, а вторая все еще училась в колледже, и Марк невероятно гордился ими обеими. Он души в них не чаял, и всякий, кто не уверял, что его дочери — просто прелесть, не задерживался у него в друзьях больше пяти минут, особенно если это была женщина.

— О, с ними все в порядке. Я говорил тебе, что Марджори должна родить в марте? Прямо не могу поверить... Мой первый внук! И представляешь, они уже знают, что это мальчик. Да... как все изменилось со времен моей молодости... — Потом он вдруг нахмурился и подумал о том, что его молодому другу с женой пора тоже уже что-то предпринимать. Может, это как раз то, что молодой жене просто необходимо для того, чтобы сидеть дома и не разъезжать в одиночку по увеселительным местам. — А как насчет вас? Ничего не намечается? А между прочим, уже пора, тебе не кажется? Вы уже женаты... сколько вы уже женаты?.. Четырнадцать, нет, пятнадцать месяцев. Не пора ли молодой супруге уже начинать думать об этом?

— Это как раз то, чего она боится, — грустно сказал Чарли, но проблема была даже скорее не в том, хочет она этого или нет, а в том, что этого до сих пор не случилось. Прочитав несколько специальных книг и применяя на практике те знания, которые он там почерпнул, Чарли был совершенно уверен, что они каждый месяц занимаются любовью в самое подходящее время для зачатия ребенка. Прошло уже четыре месяца, но с Барби ничего не происходило. И Чарли начал волноваться.

— Она что, не хочет детей?

— Это она сейчас так говорит, — сказал Чарли, стараясь убедить Марка в том, что он не придает значения ее словам, — но она непременно изменит свое решение. Ведь без детей нельзя обойтись. Сейчас она просто боится, что беременность может помешать ее карьере. Она говорит, что ее «шанс» может подвернуться в любую минуту, а она не сможет им воспользоваться.

— Может, этот ее «шанс» не подвернется ей никогда. Ты не можешь жертвовать детьми ради ее призрачных надежд. — Марк говорил тоном, не терпящим возражений. Его все больше начинали возмущать капризы Барби. Он считал ее взбалмошной и испорченной, и ему не нравилось, что Чарли балует ее. — Ты должен сделать так, чтобы она забеременела, независимо от того, хочет она этого или нет, — сказал Марк, откидываясь с довольным видом от стола, но Чарли тяжело вздохнул:

— Не все так просто.

— Она что, принимает противозачаточные таблетки?

— Нет, во всяком случае, я так не думаю.

Вообще-то такое даже не приходило ему в голову, но он не думал, что Барби могла делать это тайком от него. Она не хотела иметь детей и пользовалась диафрагмой, когда ей не лень было вставать с постели, что, к счастью для Чарли, случалось нечасто. Вообще они почти совсем не предохранялись, и то, что она до сих пор не забеременела, все больше и больше начинало беспокоить Чарли. Да ведь она сама еще несколько месяцев назад сказала, что никогда не была так беспечна, как с ним, и удивилась, что до сих пор не залетела.

— Я не знаю, — он робко посмотрел на друга, — но почему-то у нас до сих пор ничего не получилось. — Чарли как-то сразу сник, и Марк посмотрел на него с симпатией и беспокойством. Он прекрасно знал, как Чарли хочет иметь ребенка, и считал, что это было бы очень кстати его жене, которую малыш сумеет привязать к дому, а это для нее сейчас просто необходимо.

— Чтобы женщина забеременела, нужно соблюдать определенные правила, и для этого существует целая наука. Ты должен проконсультироваться со своим врачом. — Сам он с этим не сталкивался, его первая дочь была зачата на заднем сиденье автомобиля, когда ему было всего девятнадцать и он еще не был женат на ее матери. А вторая родилась через десять месяцев после первой. Потом его жена решилась на операцию, чтобы перевязать маточные трубы, а все его подруги принимали противозачаточные таблетки. Но он был осведомлен, что существует подходящее и неподходящее время для зачатия ребенка, но ведь Чарли мог этого и не знать.

— Да нет, судя по тем книгам, которые я изучил, мы занимаемся любовью в самое подходящее время. Можно сказать, прямо по графику.

— Может быть, тогда вам просто надо быть понастойчивее, — сказал Марк заговорщическим тоном. — Вы оба молодые и здоровые, и это обязательно произойдет, рано или поздно.

— Да, наверное. — Но это уже начинало угнетать его, и в глубине души Чарли был обеспокоен.

— Не думаешь же ты, что с вами что-то не в порядке?

— Я не знаю. — Тревога, появившаяся в глазах Чарли, тронула Марка, он дружески похлопал его по плечу и заказал им еще по одной порции пива. Поистине это был приятный, дружеский вечер.

— Ты не болел в детстве свинкой или какой-нибудь венерической болезнью? — поинтересовался Марк.

— Нет. — Чарли улыбнулся прямоте, с которой был задан вопрос. — Ничего подобного у меня не было.

Марк нахмурился и озабоченно посмотрел на друга.

— Ты знаешь, моя сестра с мужем очень долго не могли иметь детей. Они были женаты уже семь лет, а она все никак не могла забеременеть. Они живут в Сан-Диего. И ее муж пошел к самому лучшему доктору. Оказывается, моя сестра принимала гормональные таблетки или уколы... ну, что-то там такое... и, в общем, я не знаю, что они там сделали с моим шурином... но только знаю, что ему некоторое время пришлось носить жокейские шорты, в которые он клал кубики льда. Невероятно звучит, правда? Но — тьфу, тьфу, тьфу — у них теперь трое детей. Два мальчика и девочка. Когда я буду разговаривать с ней в следующий раз, я узнаю имя врача для тебя. Он очень известный специалист в Беверли-Хиллз, и это лечение стоило им недешево, но цель оправдала средства. Детишки просто замечательные.

Чарли улыбался, когда им принесли пива, представляя шурина Марка в жокейских шортах, наполненных кубиками льда, и они оба вдруг рассмеялись. Все-таки жизнь — хорошая штука! Как приятно иногда бывает провести вечер в обществе любимого друга. Чарли нравилось бывать с женой, но он не всегда мог поговорить с ней откровенно о том, что его волнует, а то, что волновало ее, мало интересовало Чарли. А вот с Марком у них очень много общего, и он высоко ценил их дружбу.

— Я не уверен, знаешь ли, что мне понравится засовывать лед себе в штаны.

— Знаешь, если это нужно для пользы дела... черт, что, я не прав?

— Жаль, что я женат не на тебе, — поддразнил его Чарли. — Мне очень нравится, как ты относишься к детям. — Он, улыбаясь, смотрел на друга.

— Это самое главное в жизни. Так я узнаю для тебя имя врача? — повторил он настойчиво.

— Я пока не уверен, что у нас не все в порядке, — неуверенно сказал Чарли. — Я начал об этом серьезно задумываться только с июня. Говорят, даже самым благополучным парам иногда требуется год, чтобы зачать ребенка.

— Да? Мне с этим повезло, у меня вышло с первого раза. — Марк закатил глаза, и они оба расхохотались. — В любом случае, если ты проверишься, вреда от этого не будет. Ты только представь — врач говорит тебе, что у тебя все в порядке и ты в отличной форме... Ты и сам чувствуешь себя как зверь, приходишь домой, набрасываешься на жену, валишь ее прямо на пол, овладеваешь ею и... — о радость! — она забеременела. А все этот доктор... правда, твое поведение смахивает на поведение изголодавшегося вояки... как ты считаешь?

— Ты просто сумасшедший... — Чарли был искренне тронут заботой друга, он даже не знал, как ему сказать об этом.

— Я сумасшедший? Это я, что ли, отпустил жену одну в Лас-Вегас? Уж кто из нас сумасшедший, так это ты.

— Да, может быть, ты и прав. — Чарли улыбнулся, он уже давно не чувствовал себя так хорошо, да еще и «Метеор» выиграл к тому моменту, когда они допили пиво.

Когда Марк повез его домой, был уже одиннадцатый час, и, выйдя из машины, Чарли медленно брел к своей квартире, думая о том, придется ли ему обратиться к врачу. На первый взгляд могло показаться, что обращаться к специалисту еще слишком рано, скорей всего все у него в порядке, но все-таки это стоит сделать, хотя бы просто для очистки совести. Еще следует учесть тот факт, что Барби даже не подозревает о том, сколько он прилагает усилий для того, чтобы она забеременела. Это даже не приходило ей в голову, особенно сегодня, когда она, наверное, вообще не думает о Чарли. Сегодня в Вегасе она пьет в компании своих подружек и наверняка встретила там знакомых парней, с которыми не виделась сто лет.

* * *

Во время выходных в День Труда Пилар в третий раз за три месяца обнаружила, что она не беременна. Это подействовало на нее угнетающе, но в панику она впадать не собиралась. Они с Брэдом уже решили, что если у них на этот раз ничего не выйдет, то они обратятся к специалисту. Она на всякий случай начала наводить справки, и Марина рассказала ей об одном проверенном специалисте в Беверли-Хиллз, которая, если верить тем источникам, по которым Марина отыскала ее, стоила того, чтобы к ней съездить. Лос-Анджелес был всего в двух часах езды, а все врачи, которые знали ее, в один голос утверждали, что Хелен Вард просто потрясающий специалист с прекрасной репутацией.

Сразу после Дня Труда Пилар связалась с ней, и та назначила ей прием на следующей неделе. Вообще-то Пилар считала, что, по-хорошему, ей бы надо было еще несколько месяцев подождать, но врач настояла на том, чтобы осмотреть ее как можно раньше, и она согласилась. Да и Брэд был не против того, чтобы поехать с ней.

Ему, правда, не очень нравилось то, что Марина навязала им врача-женщину, но жена была в этом плане непреклонна: она должна чувствовать себя непринужденно с доктором, который будет ее осматривать.

— А что же они собираются делать со мной? — спросил он нервно, когда они ехали в клинику. Он вынужден был отложить слушание дела по личным причинам, что было исключительным случаем в его практике.

— Я думаю, они скорее всего отрежут твой инструмент, изучат его тщательно, а потом пришьют на место. Все очень просто. Но ты не бойся, сегодня ничего не будет, они сделают это в следующий раз.

— Ты всегда готова посочувствовать. — Он нахмурился, а Пилар рассмеялась.

Она была очень благодарна ему за то, что он сам согласился поехать с ней. Она страшно нервничала и даже не могла себе представить, что их ожидает. Но встреча с доктором развеяла все их сомнения. Доктор Хелен Вард была маленькой изящной женщиной с яркими голубыми глазами и сединой в каштановых волосах. Внимательно она выслушала супругов, делая настолько простые и понятные заключения по ходу разговора, что им стало ясно — она прекрасно понимает, что они от нее хотят. Сначала Брэду показалось, что она немного холодна и замкнута с ними, но чем дольше они беседовали, тем большим сочувствием и вниманием проникалась к ним доктор, к тому же у нее было великолепное чувство юмора. Она относилась к своим пациентам так же, как Пилар к своим подзащитным: с уважением и сочувствием, но главное — с высоким профессионализмом. Благоприятно подействовал на обоих супругов и тот факт, что она изучала медицину в Гарварде, и то, что ей было за пятьдесят, вполне устроило и Брэда, и особенно Пилар. Ей было совершенно очевидно, что какой-нибудь молодой, новомодный врач ее бы не устроил. Она с самого начала хотела, чтобы ее осматривал и лечил кто-то более серьезный и спокойный, может быть, немного консервативный, но делающий все возможное, чтобы помочь им.

После того как они познакомились и привы́кли друг к другу, доктор достала две анкеты и начала заполнять их. Она задала им массу вопросов, касающихся состояния их здоровья как в прошлом, так и в настоящем. Брэд был приятно удивлен, заметив, что жена ведет себя с врачом абсолютно непринужденно и откровенно делится с ней интимными вещами. Она сказала, что делала аборт, когда ей было девятнадцать лет, хотя об этом ужасно не любила вспоминать, и Брэду она призналась в этом как-то ночью, изрядно выпив перед этим, и добавила, что с того дня, когда она это сделала, и по сей день она чувствует себя преступницей. Правда, у нее были веские причины, оправдывающие ее нежелание иметь ребенка: она была на первом курсе колледжа, и ребенок лишил бы ее возможности продолжать учебу, а отец ребенка, первый мужчина в ее жизни, исчез, узнав о беременности Пилар. На помощь и сочувствие родителей она не могла рассчитывать. В отчаянии Пилар решилась на аборт, который сделала нелегально в испанском квартале. И теперь, уже не в первый раз, она удивилась тому, что тот давний аборт может быть причиной того, что она теперь не может забеременеть. Но доктор Вард заверила ее, что это совсем не обязательно.

— Многие женщины, перенесшие даже по нескольку абортов, рожают после этого совершенно нормальных детей, и совсем не обязательно, что после аборта женщина не может забеременеть. Вот если во время аборта в организм попадет инфекция — тогда другое дело. Но судя по тому, что вы рассказали, все у вас было в порядке. — Ее слова сразу же успокоили Пилар.

Они поговорили о детях Брэда, о том, как супруги предохранялись все эти четырнадцать лет, и после того, как она узнала то, что касалось их двоих, она начала задавать вопросы, касающиеся только Пилар, и в конце концов сообщила ей, что, исходя из ее ответов, она не обнаружила ни малейшего повода считать, что у нее могут возникнуть проблемы с зачатием ребенка.

— Существует ли какая-нибудь определенная причина, по которой вы здесь оказались? Судя по вашим рассказам, волноваться пока совершенно не о чем, а три месяца бесплодных стараний зачать ребенка — довольно незначительный срок, чтобы обращаться к специалисту. — Доктор Вард говорила уверенным тоном, с дружеской улыбкой на губах, и Пилар чувствовала, что она ей все больше и больше нравится.

— Это все подходит шестнадцатилетним, доктор Вард. Мне же уже сорок три. И я не думаю, что располагаю достаточным количеством времени, чтобы чего-то ждать.

— Да, это правда, и мы сразу можем сделать кое-какие анализы, проверить ваш гестогенный уровень, который может влиять на способность организма забеременеть; обследовать вашу щитовидную железу и выявить работу пролактина все с теми же целями. Было бы желательно выяснить ваш гестогенный уровень выше обычной точки, чтобы убедиться, что яйцеклетка оплодотворяется. Надо будет ежедневно измерять температуру, чтобы составить график базальной температуры тела, как мы его называем, БТТ. Так же вы можете попробовать принимать слабый возбудитель с хломифеном, посмотрим, может, это подействует. Обычно сорокалетним женщинам хломифен не всегда помогает, но, если вы хотите, мы можем попробовать. Этот гормон заставит ваш организм вырабатывать больше гестогенных веществ, что поможет вам забеременеть.

— У меня из-за этого могут вырасти волосы на подбородке? — не удержалась от вопроса Пилар, но Хелен Вард только рассмеялась в ответ.

— Никогда о таком не слышала. Хотя вы, может быть, будете чувствовать легкое напряжение, что-то наподобие стресса в течение тех пяти дней, пока будете принимать лекарство, и еще несколько дней после этого. У некоторых возникают незначительные проблемы: ухудшается зрение, появляются слабые головные боли, тошнота, иногда наблюдается резкая смена настроения, но в большинстве случаев ничего серьезного не происходит.

— Я думаю, мне стоит попробовать, — уверенно сказала Пилар. — Может быть, можно попробовать что-нибудь более сильное? Гормональные уколы, например?

— Не думаю, чтобы это сейчас было так уж необходимо. Не стоит слишком усердствовать, вмешиваясь в естественный ход вещей.

Она не хотела форсировать события, не имея для этого веских оснований. Доктор Вард полагала, что, если бы у пациентки были серьезные проблемы, она сама попросила бы ее принять более действенные меры. Она могла попросить сделать ей искусственное оплодотворение, когда с помощью гормонов в яичниках образуются несколько яйцеклеток, потом они извлекаются оттуда и оплодотворяются в пробирке спермой мужа, после чего помещаются в матку, в надежде, что это вызовет беременность. Оплодотворение яйцеклетки таким способом иногда бывает очень удачным, но только в том случае, когда и сперма, и яйцеклетки — абсолютно здоровы, но даже и тогда нет гарантии, что женщина наверняка забеременеет. Но для Пилар в ее возрасте об искусственном оплодотворении не могло быть и речи. Многие медицинские центры уже давно отказались делать его сорокалетним женщинам. К тому же этот процесс — не из легких. Для его успеха необходимо вводить в организм большие дозы гормонов, а для того, чтобы манипулировать с яйцеклеткой, нужен очень опытный специалист, так что только десять или двадцать процентов этих операций были успешными. И те немногие беременности, возникшие в результате искусственного оплодотворения, считались чуть ли не даром божьим.

Доктор Вард взяла у Пилар кровь для нескольких простых анализов, выписала ей рецепт на хломифен, попросила ее начать измерять температуру по утрам перед тем, как встать с постели, и показала, как составляется график БТТ, и, наконец, дала ей набор пробирок и инструментов, с помощью которого Пилар должна была выделить лютеинизирующий гормон перед овуляцией.

— У меня такое впечатление, будто я вступила в морскую пехоту, — пожаловалась Пилар Брэду, когда они уходили, нагруженные набором пробирок и указаниями доктора о том, когда им теперь положено заниматься любовью.

— Надеюсь, что это не так. Мне она понравилась. А ты что думаешь? — На Брэда произвели большое впечатление ее мудрость и осторожность. Она отказалась сразу принимать серьезные меры, так как прекрасно понимала, что Пилар достаточно хорошо осведомлена в этом вопросе и прекрасно знает, к чему могут привести слишком поспешные и ошибочные решения.

— Мне тоже она понравилась. — Хотя Пилар была слегка разочарована, в глубине души она надеялась, что доктор сотворит какое-нибудь чудо. Но та, оказалось, придерживалась консервативных методов, хотя именно это и было им нужно. В любом случае их выбор был ограничен из-за возраста Пилар. Она была стара для искусственного оплодотворения, если бы даже оно им понадобилось. Может быть, она стара даже для хломифена, хотя испробовать его она собиралась.

Доктор Вард считала, что им больше подойдет внутриматочное оплодотворение. Ей казалось, что в этом случае у них будет больше шансов, чтобы Пилар забеременела, если, конечно, ей не удастся сделать этого с помощью хломифена.

— Мне кажется, мы делаем из мухи слона, — сказал Брэд. Он впервые задумался над тем, что желание завести ребенка может сопровождаться такими трудностями.

— В моем возрасте все не так просто, — жаловалась Пилар, — даже накладывать косметику мне теперь приходится гораздо дольше и тщательнее, чем раньше. — Она усмехнулась, и муж наклонился, чтобы поцеловать ее.

— Ты уверена, что хочешь все это проделать? Не похоже, что все эти процедуры очень приятны. У тебя достаточно напряженная работа, стоит ли принимать еще и таблетки, которые будут еще больше возбуждать тебя?

— Ты знаешь, я подумала об этом... Но это наилучшая возможность достичь того, чего мы хотим. И мне хотелось бы попытаться ею воспользоваться. — Теперь, когда она приняла решение, ей хотелось сделать все возможное, чтобы родить ребенка.

— Конечно, ты же у нас хозяйка, — сердечно проговорил Брэд.

— Ну почему я? Просто я тебя очень люблю. — Они снова поцеловались.

Перед тем как вернуться в Санта-Барбару, они пообедали в Лос-Анджелесе в бистро. Они были рады тому, что им удалось выбраться и приятно провести этот вечер. Когда они вернулись домой, Пилар разложила в ванной все свои новые приобретения: пробирки для выделения ЛГ, градусник, график. По дороге домой они купили лекарство. Но принимать она должна была его только через три недели, в том случае, если на этот раз она опять не забеременеет естественным путем. Но в любом случае на следующий день ей надо было начинать ежедневно измерять температуру и использовать пробирки.

— Выглядит как арсенал надежды, правда? — улыбнулась Пилар Брэду, когда они вечером чистили зубы, и жена обвела рукой все свои новые принадлежности, стоящие на ее умывальном столике.

— Да, это хорошо, если уж мы действительно должны это все проделать. Никто не говорит, что это будет легко и просто. В конце концов, во всем этом важен результат. — Он замолчал и поцеловал ее. — И если в результате все это не сработает и мы с тобой останемся одиноки, что ж, это тоже хорошо, и я хочу, чтобы ты это поняла. Я хочу, чтобы ты подумала и над этим, Пилар, и постаралась примириться с такой возможностью. Конечно, если у нас все получится, это будет просто замечательно, но если нет... то у меня останешься ты, а у тебя — я, и по-прежнему наша жизнь будет наполнена людьми, которых мы любим и которые о нас заботятся. Мы не должны обязательно заводить ребенка.

— Нет, конечно, но я бы этого очень хотела, — грустно сказала она, глядя на него, и он положил ей руку на плечо.

— Я этого тоже хочу. Но я бы не хотел, чтобы мы

из-за этого подвергали себя риску. Или чтобы ты подвергала себя риску. — Брэд слышал, что такие перемены могут быть очень мучительными, и это даже может разрушить семью, а вот уж этого он никак не хотел после стольких лет счастливой жизни с Пилар. То, что они уже имели, стоило слишком дорого.

Она все думала над его словами на следующее утро, сидя за своим рабочим столом и уставившись в пространство пустыми глазами. Проснувшись сегодня утром, она, следуя предписаниям, измерила температуру, перед тем как встать и пойти в ванную, и аккуратно занесла цифру в таблицу в графу «Показания термометра». А перед тем как уйти на работу, она сделала анализ ЛГ. Манипуляции с полдюжиной крошечных пробирок с химикалиями заняли у нее больше времени, чем она предполагала. Но в результате она обнаружила, что ЛГ у нее еще не начал выделяться, и это означало, что организм еще не был готов к овуляции. Брэд был прав. Было очень похоже, что они делают из мухи слона.

— По какому поводу ты выглядишь такой озабоченной? — спросила Алиса Джексон. Она шла к себе и по дороге заглянула в кабинет Пилар.

— О, нет... ничего... я просто думаю. — Она выпрямилась и постаралась выкинуть из головы все свои мысли, но это оказалось не так-то просто. Казалось, вопрос о том, как ей забеременеть, неотступно преследовал ее все эти дни.

— Непохоже, чтобы твои мысли были приятными. — Алиса на секунду остановилась, прижимая к груди папки с делами. Она собирала материал для сложного дела, которым занимался ее муж.

— Да нет, мысли-то приятные, только они очень непростые, — тихо проговорила Пилар. — А как продвигается ваше дело?

— Слава богу, мы уже почти подготовились к процессу. Вряд ли я бы смогла выдержать все это еще шесть месяцев. — Но они обе хорошо знали, что, если бы это было необходимо, она смогла бы выдержать и дольше. Ей нравилось работать вместе с Брюсом и подбирать для него материал. Иногда, видя результаты их сотрудничества, Пилар задумывалась над тем, могла ли бы она вот так же работать вместе с Брэдом. Но она даже представить себе этого не могла, как бы высоко она ни ценила его советы. У каждого из них был свой, совершенно определенный стиль и неизменная точка зрения. Как муж и жена они были просто великолепной парой, но в качестве партнеров они, как считала Пилар, совершенно не подошли бы друг другу. У нее гораздо сильнее, чем у Брэда, было развито чувство сострадания, она любила браться за невероятно тяжелые, фактически неразрешимые дела и выигрывала их исключительно ради обвиняемых. В ней многое сохранилось от общественного защитника. С другой стороны, Брэд, не задумываясь, мог принять должность окружного прокурора, и супруги в профессиональном плане как бы находились на противоположных сторонах. Честно говоря, ни Пилар, ни Брэда это совершенно не волновало.

Она не успела закончить разговор с Алисой Джексон по поводу ее дела, когда зазвонил телефон, и тут же включился селектор. Секретарша сообщила, что у телефона мать Пилар.

— О боже, — произнесла Пилар, раздумывая, отвечать ей на звонок или нет. Алиса кивнула ей и, не выпуская из рук папки с делами для Брюса, направилась к своему офису. — Хорошо, я возьму трубку, — сказала она в переговорное устройство и нажала нужную клавишу.

В Нью-Йорке сейчас был полдень, и Пилар знала, что ее мать проработала с утра уже пять часов в больнице и теперь собиралась быстро проглотить ленч, перед тем как в течение следующих пяти-шести часов принимать пациентов. Она была просто неутомима и работала в изнурительном для своего возраста режиме. Брэд не однажды повторял, что для Пилар это является хорошим примером, но она сама всегда, будучи настроена по отношению к матери более скептически, полагала, что та слишком разогналась, чтобы остановиться, и слишком скупа, чтобы упустить лишнего пациента. И ни о каких примерах для подражания здесь речи быть не может.

— Привет, мам, — небрежно сказала она, раздумывая, с чего бы это мать решила позвонить ей. Она всегда ждала звонка от дочери, даже если это тянулось месяц или два. И сейчас Пилар вдруг с надеждой подумала, что разговор будет не такой, как всегда. — Как ты?

— Прекрасно. У нас в Нью-Йорке страшная жара. И сегодня невероятно жарко. Слава богу, что в нашем офисе кондиционер еще не сломался. Как у вас с Брэдом дела?

— Мы с ним, как всегда, завалены работой. — «И пытаемся зачать ребенка». Она представила себе лицо матери, узнай она об этом, и Пилар продолжала говорить с улыбкой на лице: — Мы действительно оба ужасно замотаны. Брэд занят в бесконечном процессе, а у меня такое впечатление, что в моем офисе за этот месяц побывала половина населения Калифорнии.

— В твоем возрасте тебе уже пора стремиться к судейскому креслу, как это делали твой отец и твой муж. Тебе незачем иметь дела со всеми свободомыслящими подонками Калифорнии. — «Спасибо тебе большое, мамочка!» Звонок нисколько не отличался от всех предыдущих: вопросы, упреки, скрытое обвинение, явное неодобрение. — Ты знаешь, твой отец стал судьей, когда он был даже чуть младше, чем ты сейчас. А когда ему было столько, сколько сейчас тебе, его назначили главой апелляционного суда — это была большая честь.

— Да, мама, я все это знаю. Но мне нравится то, что

я делаю. И потом, я не уверена, что для нашей семьи сразу двое судей не будет слишком много. И, между прочим, далеко не все мои клиенты — «свободомыслящие подонки». — Но она уже разозлилась на саму себя из-за того, что вынуждена была оправдываться. Вечно мать провоцировала ее на это.

— Как я понимаю, ты продолжаешь защищать тех же людей, которых ты защищала, будучи общественным адвокатом.

— Не совсем так. Дело в том, что многие из моих теперешних клиентов имеют гораздо больше денег. Ладно. А как у тебя? Много работы?

— Очень. Я сама совсем недавно дважды участвовала в судебных процессах, в качестве свидетеля, в случаях, связанных с неврологическими заболеваниями. Это было очень интересно. И, конечно, мы выиграли оба процесса. — Скромность никогда не была одним из достоинств Элизабет Грэхем, и тем, кто это знал, было легче с ней общаться.

— Конечно, — неопределенно сказала Пилар, — извини меня, пожалуйста... но мне действительно нужно заняться делами. Я перезвоню тебе скоро... береги себя. — Она поспешно положила трубку, как всегда, испытывая чувство поражения после разговора с матерью. Она никогда не могла одержать верх, мать всегда была не согласна с ней, и Пилар никогда не могла добиться того, чего она хотела. Но самое смешное во всем этом было то, что за все эти годы Пилар сумела понять, что ей и не надо ничего добиваться от матери. Она уяснила это уже давно. Ее мать была тем, кем она была всегда, и меняться она не собиралась. А вот Пилар продолжала ждать от нее чего-нибудь новенького и надеялась, особенно в те моменты, когда мать звонила сама, что она изменится по отношению к ней. Но Элизабет так и не стала той ласковой, доброй, отзывчивой и любящей матерью, которую Пилар всегда хотела иметь. И отец никогда не был таким. Но теперь у нее для этого есть Брэд, со всей его любовью, и пониманием, и добротой, о которых она так мечтала и не имела никогда. А если она нуждалась в ком-нибудь, похожем на мать, то рядом была Марина, и никто из этих двоих никогда не подводил ее.

Во время судебного перерыва она позвонила Марине, чтобы поблагодарить ее за рекомендацию хорошего врача, и Марина была довольна, что Хелен Вард понравилась ее подруге.

— Что она сказала? Обнадежила тебя?

— Да, вполне. Во всяком случае, она не сказала, как моя мать, что из-за того, что я старая, у нас могут быть дети-уроды. Но она объяснила, что нам потребуется время и кое-какие усилия.

— Я уверена, что Брэд готов сделать все, чтобы увидеть тебя счастливой матерью, — сказала Марина, и Пилар подумала, насколько бы отличалась реакция ее матери, скажи она ей об этом.

— Он думает, что и так делал все от него зависящее, — рассмеялась Пилар. — Доктор Вард дала мне таблетки, которые, может быть, помогут. Самое главное во всем этом то, что я не теряю надежды, но, согласись, я ведь уже не девочка.

— Кто? Ты? Вспомни мою мать... последнего ребенка она родила в пятьдесят два...

— Перестань. Каждый раз, напоминая мне об этом, ты пугаешь меня. Как будто хочешь сказать, что я забеременею, когда мне будет за пятьдесят.

— Я тебе еще не то могу пожелать, — Марина добродушно рассмеялась, — но если небесам будет угодно, чтобы ты забеременела в девяносто лет, будь уверена, ты забеременеешь.

— Ты мне очень помогла, Марина, я ценю это. Знаешь, моя мать звонила сегодня, вот это действительно был сюрприз.

— Да? И какими же приятными новостями она с тобой поделилась на этот раз?

— Особенно никакими. Сообщила, что в Нью-Йорке стоит сильная жара, и напомнила мне, что моему отцу было столько же, сколько сейчас мне, когда его поставили во главе апелляционного суда.

— Ну да, ты же у нас просто неудачница. Даже не представляю себе... Как мило с ее стороны напоминать тебе об этом.

— Я тоже так подумала. Между прочим, она считает, что мне подходит твоя должность.

— Я с ней согласна. Но это уже совсем другой разговор, а мне сейчас надо возвращаться, чтобы как раз занять свое место. Сегодня после обеда я должна вынести приговор по делу, в котором преступление совершено пьяным водителем. Сам шофер вышел из-под обломков автомобиля абсолютно невредимым, но чуть не убил тридцатилетнюю беременную женщину и троих ее детей. К счастью, существует жюри присяжных, и им тоже придется принять решение.

— Да, видимо, случай непростой, — сочувственно сказала Пилар. Ей нравилось вот так обмениваться мнениями с подругой, она любила все эти разговоры и высоко ценила их дружбу. Она никогда не разочаровывалась в Марине.

— Конечно, непростой. Ладно, береги себя. Скоро я тебе все расскажу. Может, позавтракаем вместе на днях, если ты не очень занята?

— Хорошо, я позвоню тебе.

— Спасибо. Ну пока. — Закончив разговор, они обе вернулись к своей работе.

Им не удалось позавтракать вместе ни на этой неделе, ни на следующей. Обе были слишком заняты, и

Пилар с головой ушла в работу, пока Брэд не предложил уехать на несколько дней и поселиться в одном очень уютном маленьком отеле в Кармел-Веле, о существовании которого он давно знал. Как он объяснил, наступала «критическая неделя». ЛГ у нее уже вот-вот начнет выделяться, а это значит, организм готов к овуляции, и она наступит через день-два. И муж решил, что было бы гораздо лучше уехать и заняться ее проблемами вплотную, чем сидеть на месте и постоянно быть в напряжении: ему — в суде, а ей — у себя в офисе.

Но к тому времени, как они добрались до отеля, оба были совершенно измучены после нескольких дней напряженной работы. Они были просто счастливы от того, что оказались вдвоем, в уютной комфортабельной обстановке, и наслаждались обществом друг друга и тем, что можно было говорить и думать, не боясь быть прерванными телефонным звонком или тем, что на них в любой момент обрушится поток сводок и докладных записок.

И несмотря на беспокойные дни, предшествовавшие поездке, они отлично провели время, много гуляя по окрестностям. Пилар была страшно растрогана подарком мужа. В антикварном магазине в Кармеле Брэд купил жене небольшую, но очень красивую картину. На ней были изображены мать с ребенком, сидящие в сумерках на скамейке; в ней чувствовалось влияние импрессионизма, и она очень понравилась Пилар. Она была уверена, что если на этот раз забеременеет, то эта картина навсегда приобретет для нее особое значение.

После двухдневного отдыха они вернулись в Санта-Барбару посвежевшими и счастливыми и полными надежд на то, что на этот раз достигли цели. Пилар сказала Брэду, что она почти уверена в этом. Но в следующем месяце менструация пришла вовремя, и Пилар пришлось начать принимать хломифен. Он подействовал на нее так, как и предсказывал доктор. Она чувствовала себя взведенной до упора, как часовая пружина. Она готова была взорваться в ответ на любое замечание Брэда, и по шесть раз на дню у нее появлялось непреодолимое желание задушить свою секретаршу. Она едва могла сосредоточиться, чтобы выслушивать клиентов, а во время процессов прилагала массу усилий, чтобы не потерять над собой контроль, споря с судьей. Теперь все ее мысли были направлены на то, чтобы держать себя в рамках, и она постоянно чувствовала себя совершенно измотанной.

— Смешно, не правда ли? — говорила она Брэду. — Тебе, должно быть, это ужасно нравится. — Она капризничала и вела себя как последняя истеричка уже две недели, и сама себе была отвратительна, прекрасно понимая, чего ему стоит терпеть эти фокусы. Все было гораздо хуже, чем описывала доктор Вард, но Пилар знала, что ребенок того стоит.

— Все это будет оправдано, если из этого будет толк, — заверил ее муж. Но беда в том, что и на этот раз у них ничего не получилось. В общей сложности они старались добиться успеха уже пять месяцев, и в следующем месяце, за неделю до Дня Благодарения, доктор Вард посоветовала им сделать внутриматочное оплодотворение.

Перед тем как на него решиться, они долго втроем обсуждали эту возможность, и врач заверила их, что, по ее мнению, только это может привести к положительным результатам. Она собиралась в два раза увеличить дозу хломифена, которую принимала Пилар, что нисколько не обрадовало пациентку, непосредственно перед овуляцией с помощью ультразвука проверить, как развивается фолликул, потом в ночь перед овуляцией сделать ей укол другого гормона ХГЧ, а потом произвести внутриматочное осеменение посредством ввода спермы прямо в матку.

Пилар не была в восторге от того, что ей придется принимать лекарства, и без того чувствуя невыносимое напряжение под действием этого препарата, но Хелен Вард уговорила ее, что стоит попробовать, и супруги забронировали номер в отеле «Бель Эр» на два дня, которые, как они высчитали, должны были быть наиболее благоприятными, исходя из действия лекарства и графика температуры. Доктор Вард посоветовала им в течение трех дней не заниматься любовью, чтобы у Брэда не понизилась активность спермы.

— Я чувствую себя, как породистый бык во время случки, — шутил Брэд по дороге в Лос-Анджелес. Между тем Пилар снова чувствовала себя человеком. Она приняла последнюю дозу хломифена пять дней назад, малопомалу возвращалась в свое обычное состояние, и это доставляло ей несказанное удовольствие. Она уже давно успела забыть, как это здорово, когда ты можешь полностью управлять своим телом и держать эмоции под контролем.

Приехав в Лос-Анджелес, они сразу же отправились к доктору, чтобы сделать ультразвуковое обследование. Его результаты вполне удовлетворили ее. Сразу после этого она сделала пациентке укол ХГЧ и попросила их прийти на следующий день в полдень. Таким образом в их распоряжении оказались оставшиеся полдня и ночь, в течение которых они могли заниматься чем угодно, кроме любви. И они оба были удивлены тем, что чувствуют волнение и беспокойство.

— Может быть, завтра я уже буду беременна, — прошептала Пилар.

В этот вечер на Родео-драйв в магазине Дэвида Оргелла Брэд купил ей бриллиантовую брошку старинной работы, в форме маленького сердечка. Потом они заглянули в магазин Фреда Хеймана, который находился на той же улице. Это был необыкновенный вечер, но оба, паря в небесах, испытывали легкую тревогу от того, что в любой момент они могут упасть на землю.

Они немного выпили в отеле «Беверли-Хиллз» и пообедали в Спаго, а потом, вернувшись в «Бель Эр», прежде чем пойти спать, не спеша прогулялись по окружавшему отель парку, любуясь лебедями, скользящими по зеркальной поверхности пруда. Но они еще долго пролежали в постели, не смыкая глаз и думая о завтрашнем дне.

На следующее утро супруги были крайне взволнованы, а когда они зашли в лифт, чтобы подняться в приемную к Хелен Вард, Пилар начало трясти.

— Ну не глупо ли? — прошептала она Брэду. — Я чувствую себя как девчонка, потерявшая девственность. — Муж улыбнулся в ответ на ее слова. Он тоже был напряжен и скован. Ему совсем не нравилась мысль о том, что ему придется сдавать сперму прямо в кабинете врача. Правда, доктор заверила его, что он будет не ограничен во времени и Пилар сможет помочь ему. Но сама идея казалась им совершенно неприемлемой, и они оба были смущены предстоящим испытанием. Но как только супруги добрались до приемной, они были приятно поражены.

Их пригласили войти в отдельное помещение, и они оказались в уютной комнате, больше похожей на хорошо оборудованный номер в отеле. Там была кровать, телевизор с набором эротических видеокассет, стопка журналов, чтобы занять «гостей», и целый набор эротических приспособлений и вибраторов, предназначенных для достижения той цели, ради которой они здесь оказались. А на столе стояла маленькая мензурка, в которую нужно было собрать сперму.

Их не предупредили, сколько в их распоряжении времени, только, уходя, медсестра спросила, не желают ли они выпить кофе, чаю или какой-нибудь другой безалкогольный напиток. И вдруг Пилар, взглянув на мужа, безудержно расхохоталась. Он выглядел таким серьезным и чужеродным в этом месте, что она не могла сдержаться от смеха. Все происходящее ей вдруг показалось ужасно глупым.

— Похоже на номер в публичном доме, правда? — Она хихикнула, и Брэд тоже ухмыльнулся.

— Откуда ты знаешь?

— Где-то читала о подобных заведениях. — Она снова начала смеяться, и он с жалкой улыбкой толкнул ее на кровать, а сам повалился рядом.

— И как только я позволил впутать себя во все это? — сказал он, глядя на нее.

— Не имею понятия. По дороге сюда я думала о том же. И знаешь что, — Пилар пристально взглянула на него, — если ты не хочешь этого делать, то давай скорее уйдем. Мы начали это вроде как несерьезно, но теперь, наверное, я зашла слишком далеко... Я сама такого не ожидала... но, поверь, я никогда не хотела ставить тебя в неловкое положение... — Она чувствовала себя виноватой в том, что втянула его в это. Ведь вся эта ситуация вызвана ее возрастом. И если бы она поставила вопрос о детях раньше, им бы никогда не пришлось иметь со всем этим дело.

— Ты все еще хочешь ребенка, Пилар? — тихо спросил ее Брэд, и Пилар грустно кивнула. — Отлично, тогда хватит переживать и давай займемся делом.

Он поднялся и включил эротический фильм, который смутил ее, но, отбросив неловкость, Пилар помогла ему снять одежду. Сама она тоже разделась и начала ласкать его, пока он смотрел на экран. Он возбудился очень быстро, равно как и она, и она даже пожалела, что им придется упустить такой момент. Брэд боролся с желанием завершить близость естественным образом, а она продолжала гладить, ласкать, целовать и возбуждать мужа, пока, наконец, нужный результат не был достигнут и он не успокоился в ее объятиях. Это было довольно непривычно для них обоих, но, что это очень неприятно, сказать было нельзя.

Они быстро приняли душ, оделись и позвонили медсестре. Она взяла чашечку и попросила Пилар следовать за ней.

— Можно мне тоже пойти? — нерешительно спросил Брэд. Пока в том, что они делали, не было ничего страшного, но он хотел быть рядом с ней на случай, если все самое неприятное было еще впереди.

Медсестра сказала, что он может пойти с ними. Пилар снова все с себя сняла, надела халат и, слегка нервничая, улеглась на процедурный стол. Через секунду вошла доктор Вард и поместила свежую сперму в гиподермальный раствор. Потом она ввела небольшую трубочку в матку Пилар и осторожно перекачала по ней сперму. Все было сделано буквально за минуту, и, вынув трубочку, доктор велела пациентке полежать полчаса. Она оставила их вдвоем, и супруги тихо переговаривались о пустяках в течение получаса. Брэд поддразнил ее, заявив, что считает, что ей вместо спермы ввели внутрь индюшачью подливку.

— Я сама чувствую себя как индюшка, лежа здесь, — ответила Пилар. Они были удивлены тем, что весь процесс оказался таким простым, но все равно он здорово измотал их. Пережитое напряжение привело их обоих к полному эмоциональному спаду.

— Держу пари, что у нас все получилось, — сказал Брэд уверенно и засмеялся, вспомнив неприличный фильм, который они смотрели в соседней комнате. — Нам тоже надо купить парочку подобных касет, — пошутил он, и она рассмеялась. Все проделанные ими манипуляции изрядно позабавили их. И все же нельзя было сказать, что им было легко. Не все в жизни просто.

* * *

— Все, на этот раз дело сделано. — Доктор зашла проведать их перед тем, как они ушли. Она еще раз сказала Пилар, что все ее гормональные анализы в норме, а гестогенный уровень резко повысился с того момента, как она начала принимать хломифен. Также она предупредила их, что подобную процедуру, может быть, придется повторить шесть-десять раз, пока она «сработает». — Вам придется видеться со мной чаще, чем со своими друзьями и близкими, — с улыбкой заверила Хелен, но супруги Колеман ответили, что они ничего не имеют против. Она пожелала им счастливого Благодарения и попросила Пилар держать ее в курсе. Она сказала, что через две недели будет ждать от нее звонка, чтобы узнать, началась ли у пациентки менструация.

— Не волнуйтесь, — улыбнулась Пилар, — я позвоню вам в любом случае, — особенно если пациентка забеременеет. А если нет — то им придется прийти сюда для внутриматочного оплодотворения снова... и снова... и снова... пока у них что-нибудь не получится или пока им это не надоест... — Но, несмотря на то, что это было первый раз, Пилар надеялась, что он станет решающим.

Она также хотела обсудить с доктором метод оплодотворения клетки через фаллопиевы трубы. Пилар читала об этой процедуре. Это очень походило на искусственное оплодотворение, но было более результативным для женщин сорокалетнего возраста. Но доктор Вард отказалась пока даже обсуждать это.

— Давайте сначала посмотрим, что у нас получится, хорошо? — сказала она категорично. Она считала, что не стоит раньше времени обсуждать такие исключительные меры. А на искусственное оплодотворение она возлагала большие надежды. Под действием хломифена гестогенный уровень у Пилар изрядно повышался, что должно было неизменно привести к беременности.

Домой они ехали спокойные и умиротворенные, чувствуя, что последние несколько дней невероятно сблизили их. А неделя перед Днем Благодарения пролетела очень быстро, и Пилар старалась не переутомляться на работе.

Нэнси с Томом и с малышом Адамом праздновали этот день с отцом и мачехой, а Тэдди отправился со своей подругой в Денвер покататься на лыжах. Но он пообещал провести с ними Рождество в этом году, поэтому никто не был к нему в претензии из-за его отсутствия в День Благодарения.

Между тем Адаму было уже пять месяцев, он постоянно гукал и всем радостно улыбался, а на нижней десне у него красовались целых два зуба. Брэд был просто без ума от малыша, сам удивляясь той нежности, какую он испытывал к этому крохотному существу. Пилар тоже подолгу возилась с ним, пропуская мимо ушей обычные комментарии Нэнси о том, как ей хорошо с ее ребенком и что она всегда удивлялась, почему у мачехи с отцом не было детей.

— Я думаю, что это интуиция, — пошутила Пилар, но ни она, ни Брэд не заговорили с детьми о своих планах и попытках завести ребенка. Это было для них слишком важно и слишком интимно, чтобы делиться с кем-нибудь. И Пилар с нетерпением ожидала того момента, когда наконец станет ясно, беременна она или нет. Даже праздник Благодарения не мог отвлечь ее от этих мыслей.

И поэтому, когда молодые супруги уехали, Пилар с облегчением вздохнула от того, что они остались вдвоем и могут свободно поговорить о том, что их сейчас больше всего волновало.

— Я очень надеюсь на положительный результат, — призналась она.

— Посмотрим, — сказал Брэд, но заметил необычное выражение в глазах жены, которое напомнило ему о чем-то давно забытом. Ее взгляд был лишь слегка затуманен, но никаких признаков, никаких намеков на то, что что-то в ней изменилось, еще не было, и он решил, что сам, как и Пилар, просто поддался желанию того, чтобы она была беременна.

Глава 8

Для Дианы и Энди День Благодарения в этом году превратился в настоящий кошмар. В течение последних трех месяцев их жизнь походила на ад, и Энди иногда казалось, что он не сможет так дальше существовать. Он не мог с ней ни о чем говорить, не мог видеть той горечи, жалости к самой себе и ненависти — того состояния, в котором Диана теперь постоянно пребывала. Она питала ненависть ко всему и ко всем, и чувство злости до краев переполняло ее. Она злилась на свою жизнь и на судьбу, которая сыграла с ней такую жестокую шутку. И он ничего не мог поделать. Ведь его это тоже касалось, раз уж он связал с ней свою жизнь. Но бывали дни, когда он был абсолютно уверен, что они оба больше не выдержат такой обстановки.

Положение дел еще более ухудшилось в октябре, когда Билл и Дениза сообщили, что они ждут ребенка. Диана стала избегать молодой счастливой пары, друзья почти перестали встречаться, из-за чего Энди почувствовал себя еще более одиноким.

Она теперь постоянно уходила от разговоров с Элайзой, а если им и приходилось общаться, то Диана говорила только о работе. О докторе Джонстоне она даже не заикалась. Элайза тоже перестала касаться в разговорах этой темы, она уже давно поняла, что Диане не удалось решить свои проблемы.

Диана не желала видеть никого из их друзей, и в конце концов те перестали им даже звонить. Ко Дню

Благодарения она отдалилась ото всех, замкнулась в себе, и Энди считал, что никогда еще их жизнь не была такой мрачной, как в эти дни.

И Диана еще подлила масла в огонь, приняв решение провести праздник в Пасадене со своей семьей. Он приложил все усилия, чтобы отговорить ее, но, к его огромному разочарованию, она настояла на своем. Гуди были единственными, с кем они продолжали видеться все это время, но как раз с ними им пока встречаться и не следовало бы.

— Ради бога, — уговаривал Энди, — зачем ты это делаешь?

— Это моя семья! А что, ты думаешь, я должна делать? Сообщить им, что мы не желаем их видеть, только потому что я бесплодна?

— Но ведь с этим ничего нельзя поделать. А тебе будет тяжело среди них. Твои сестры опять начнут задавать ненужные вопросы, а вид беременной Саманты окончательно добьет тебя! Подумай сама, неужели тебе это надо? «А точнее, надо ли это нам обоим?» — добавил он мысленно, но вслух этого не сказал.

— Она все равно моя сестра.

Он уже не мог ее понять и подозревал, что никогда больше не сможет. Казалось, она упивалась тем, что наказывала и наказывала себя за то, что с ней произошло. И самое страшное было то, что Диана не могла ничего исправить. Когда-то, несколько лет назад, она неправильно предохранялась и заплатила за это действительно очень высокую цену. Это было просто чудовищное невезение. Но это не давало ей права считать себя конченым человеком.

— Я все-таки считаю, что нам не стоит ехать туда. — Энди продолжал спорить с ней, пытаясь убедить ее отказаться от этой затеи, но Диана твердо стояла на своем.

Она поняла, что была не права, только в тот момент,

когда они вошли в дом ее родителей. Гейл была в отвратительном настроении, она была простужена, и дети весь день капризничали и вымотали ей все нервы. Она поругалась с матерью, когда та сказала, что ей бы следовало уделять больше внимания воспитанию детей, и ее раздражало поведение Джека, который не стал за нее заступаться. Она набросилась на Диану, как только они вошли, и Энди сразу же пожалел о том, что они приехали. «Да, — подумал он, — вечер предстоит просто отвратительный».

— Спасибо, что пришла так рано, как раз нам требуется твоя помощь, — шипела на сестру Гейл, пока Диана снимала пальто. — Ну и чем ты была так занята после полудня? Чистила ногти или просто дрыхла?

— Гейл, ради всего святого, какая муха тебя укусила? — Диана повернулась к старшей сестре как раз в тот момент, когда в комнату входила Сэмми, и Энди, увидев ее, чуть не застонал. Они виделись последний раз четвертого июня, когда ее беременность не была заметна, но сейчас она выглядела так, словно собралась родить тройню. И по тому, как застыло лицо жены, Энди понял, что один только вид сестры глубоко потряс ее.

— Гейл просто разозлилась из-за того, что мама сказала, что у нее невоспитанные дети. И она совершенно права. То же самое можно сказать про моих. Ну а как вы? — спросила она Диану, скрестив руки на своем огромном животе.

— Отлично, — холодно произнесла Диана, — и можешь не говорить ничего про себя, я и так вижу.

— Да, толстая. Сеймус говорит, что я похожа на Будду.

Диана выдавила из себя улыбку и отправилась на кухню поздороваться с матерью. Мать выглядела бодрой и здоровой и, увидев дочь, явно обрадовалась. Она, как всегда, хлопотала, организовывая все до последних мелочей, и наслаждалась своей кипучей деятельностью. Последние два месяца она была очень занята и не обратила внимания на то, что ее средняя дочь некоторым образом выпала из поля ее зрения. Она думала, что Диана просто слишком загружена работой у себя в журнале, но сейчас заметила в ее глазах выражение, которое ей не очень понравилось, и обратила внимание на то, что дочь похудела.

— Я рада, что вы смогли прийти, — сказала она, довольная тем, что все дети и внуки собрались у них в доме. Она искренне наслаждалась их обществом, хоть и делала Гейл замечания по поводу воспитания ее малышей. — У тебя все в порядке? — спросила она Диану.

— Все хорошо, — оборвала ее дочь. Она любила мать, но у нее совсем не лежала душа рассказывать ей про лапароскопию и про весь тот кошмар, который ей пришлось пережить. Она размышляла о том, сможет ли когда-нибудь рассказать обо всем матери. Может быть, когда-нибудь и сможет. Но сейчас она к этому не готова. Она не сможет себя заставить сказать кому-нибудь, что бесплодна, и так чувствуя себя неполноценной женщиной.

— Ты слишком много работаешь, — с упреком сказала мать, уверенная, что именно напряжение на работе было причиной того выражения на лице дочери, которое ей не понравилось. Мать перевернула индюшку — птица была огромная, покрытая золотистой корочкой, пахло от нее потрясающе.

— В отличие от сестер, — сказал отец, который как раз зашел в кухню.

— Им хватает работы по дому, — защищала дочерей мать. Она очень любила всех трех дочерей и знала, что отец тоже их обожает. Ему просто нравилось делать подобного рода замечания. Диана всегда была его любимицей, и теперь от него тоже не ускользнуло, что она выглядит уставшей и несчастной, и это его обеспокоило.

— Как твой журнал? — Он спросил это так, как будто она была его владелицей, и она улыбнулась в ответ.

— Отлично. Тираж заметно возрастает.

— Очень хороший журнал. Я в прошлом месяце читал один номер.

Он всегда относился с большим уважением к тому, что она делала, и Диана часто удивлялась, почему она от этого чувствует себя так неловко. Но на этот раз она знала почему. На этот раз она не смогла сделать того, что для всех членов семьи имело большое значение: не смогла родить ребенка.

— Спасибо, папочка.

Тут вошли два ее свояка и спросили, когда будет готов обед.

— Терпение, мальчики, — улыбнулась теща и выпроводила всех, кроме Дианы, в соседнюю комнату. — Дорогая, с тобой действительно все в порядке? — спросила она серьезно, когда они остались одни. Дочь была бледной и утомленной, и в глубине ее глаз мать заметила такую отчаянную тоску и опустошенность, что подумала, будто у них с мужем что-то не ладится.

Она медленно приблизилась к своей средней дочери, вспоминая, какой она была веселой и непосредственной... и всегда говорила правду.

— Что-нибудь случилось?

— Нет, мам, — солгала Диана, отворачиваясь, чтобы мать не заметила выступившие у нее на глазах слезы, — все в порядке. — И тут, как раз вовремя, на кухню забежали детишки, и Диана повела их обратно к своим мамам под пристальным взглядом Энди. Ему не нравилось выражение, появившееся у нее в глазах в последние дни. Она как будто погасла внутри, и никто уже не в силах зажечь ее в глазах прежний огонь. Казалось, она была готова разрыдаться от горя, и он был единственным, кто знал причину ее горя.

Отец благословил всех присутствующих, и они сели к столу; Диана оказалась между зятьями, в то время как Энди посадили прямо напротив нее между двумя сестрами. Гейл, как всегда, беспрерывно болтала с Энди, в основном о пустяках: об учительско-родительской ассоциации, жаловалась, как мало на сегодняшний день получают доктора, намекая на то, что это является основной причиной, почему врачи вообще не имеют детей. Энди же только вежливо соглашался с ней и иногда, по возможности, делал слабые попытки поддакнуть Сэмми, которая была полностью поглощена разговором о своих детях и о малыше, который у нее скоро появится. Потом разговор перекинулся на соседей: начали обсуждать тех, кто недавно женился или вышел замуж и у кого родились дети. Обед был в самом разгаре, когда Диана окинула всех взглядом, полным раздражения:

— Слушайте, неужели нельзя поговорить ни о чем другом, кроме беременности и детей? Меня уже тошнит от всех этих разговоров о родах и кровотечениях, о том, сколько времени могут длиться родовые муки и кто сколько родил, и кто сколько еще собирается родить детей. Боже, я удивляюсь, как мы до сих пор не начали обсуждать качество грудного молока всех наших соседок!

Отец со своего места во главе стола бросил быстрый взгляд на Диану, а затем, нахмурившись, посмотрел на свою жену. С дочерью было явно что-то не в порядке.

— Что с тобой? — спросила Сэмми, откинувшись на спинку стула, одну руку она держала за спиной, а другой поддерживала свой живот. — Боже... если этот несносный малыш не прекратит пинаться...

— Ради всего святого! — закричала на нее Диана и вскочила, отбросив в сторону стул. — Чтоб этот чертов ребенок выбил тебе все зубы! Ты можешь заткнуться и не говорить о нем хотя бы десять минут?!

Сэмми уставилась на нее, совершенно ошарашенная, и затем, разрыдавшись, выбежала из-за стола. Диана уже надевала пальто, бросая через плечо извинения отцу с матерью:

— Извините меня, мама... папа... Я этого не вынесу... Мне очень жаль, но нам не надо было приходить.

Но ее старшая сестра между тем решительно прошла через гостиную и остановилась на пороге прихожей прямо перед Дианой. Ее лицо пылало от гнева, такое выражение Диана видела у Гейл последний раз, когда они учились в школе и она случайно сожгла новые электробигуди, принадлежащие старшей сестре.

— Как ты смеешь вести себя подобным образом в родительском доме? И кто дал тебе право говорить кому-либо из нас такие вещи? Кого, черт возьми, ты из себя корчишь?

— Гейл, пожалуйста... не надо. Извините. Диана расстроена и не отвечает за свои слова. Нам лучше было бы остаться дома. — Энди пытался успокоить обеих женщин, но это было бесполезно. Сэмми рыдала в ванной, и Сеймус пошел, чтобы успокоить ее. Родители потрясенно смотрели, как их дочери ссорятся и оскорбляют друг друга, а малыши, казалось, совершенно посходили с ума и все выбежали из-за стола.

Но Гейл было уже не унять. Она пришла в ярость, казалось, вся ревность, скопившаяся в ней за эти годы, наконец-то нашла себе выход.

— Чем же это, черт возьми, она так расстроена? Своей работой? Своей карьерой? Мисс Лучше Всех и Умнее Всех, она слишком хороша и самоуверенна, чтобы рожать детей и жить, как все мы! Нет, что вы! Она же создана для большой карьеры, она же выпускница Стэнфорда! Так вот, знаешь что? Меня это нисколько не колышет! Ну, что вы об этом скажете, мисс Большая Карьера?

— До свидания, я ухожу, — сказала Диана родителям, дрожащими пальцами завязывая пояс на пальто и глядя на Энди обезумевшими глазами. Она слышала все, что ей наговорила сестра, но ответить ей она не решилась. Она знала, что стоит ей заговорить, и она не сдержится, а этого ей не хотелось. — Мама, прости меня! — выкрикнула она и вдруг увидела, что на нее с болью смотрит отец. Выражение его лица чуть не разорвало ей сердце, но она ничего не могла поделать. Он смотрел на нее так, как будто она предала его.

— Ты обязана извиниться, — сказала Гейл, видя, что Сэмми наконец вышла из ванной и направляется в прихожую. — Посмотри, во что ты превратила для нас День Благодарения! — сказала обвиняющим тоном Гейл, но Диану, казалось, не задели ее слова.

— Мне не надо было приходить, — тихо проговорила Диана, уже взявшись за дверь. Энди стоял у нее за спиной.

— Почему, черт возьми? Тебе просто надо было не открывать рот, — продолжала свои упреки Гейл, и вдруг Диана не выдержала, одним прыжком пересекла прихожую, схватила сестру обеими руками за горло и начала душить ее.

— Если ты сейчас же не заткнешься, я убью тебя, слышишь? Ты ничего не знаешь обо мне и о моей жизни, о том, что я делаю и чего я не делаю, и о том, что у меня, может, никогда не будет детей! Понимаешь ты это, тупая и безмозглая сука?.. У меня нет детей, потому что я бесплодна, ты, идиотка!.. Понятно тебе это? Дошло до тебя? Я не могу родить ребенка! Несколько лет назад мои внутренности превратились в дерьмо из-за того, что я пользовалась спиралью, а я об этом даже не догадывалась. Теперь тебе все ясно, Гейл? Хочешь теперь поговорить о моей работе, которая меня больше не интересует? Или о моем доме, который чертовски огромен для двоих, особенно когда у этих двоих не будет детей? Или ты желаешь, чтобы мы опять начали обсуждать ребеночка Марфи или близняшек Вильямсов? Или, может, мы все сейчас усядемся здесь и будем смотреть, как Сэмми потирает свой живот? Спокойной ночи всем! — Она оглядела присутствующих, стоявших с застывшими от изумления лицами, и краем глаза заметила, что мать и младшая сестра заплакали. Но Гейл стояла неподвижно, с открытым ртом, когда Диана рванулась и, выбежав через дверь, быстро пошла к машине. Энди торопливо попрощался и поспешил вслед за женой.

Диана знала, что сейчас у нее за спиной разразится скандал, но она убедила себя, что ее это не должно волновать. И Энди в глубине души надеялся, что эта вспышка пойдет ей на пользу. Ей необходимо было высказаться, покричать, поплакать, выплеснуть из себя все, что наболело, что уже нельзя было сдерживать. А где это еще можно сделать, кроме как в собственной семье? Хотя он должен был признать, что праздником пришлось пожертвовать.

Пока они ехали домой, он смотрел на жену с улыбкой, а она постепенно успокоилась и перестала плакать.

— Хочешь, поедем поедим где-нибудь бутерброды с индюшкой? — сказал он шутливым тоном, и Диана улыбнулась. Несмотря ни на что, она еще не до конца потеряла чувство юмора.

— Ты думаешь, что я окончательно свихнулась из-за всего этого? — Последнее время жизнь для нее была похожа на кошмар, и, может быть, как раз сейчас этот кошмар кончился.

— Нет, но думаю, что тебе не помешало бы привести в порядок свои нервы. Как ты относишься к тому, чтобы нам обоим показаться специалисту? Это должно помочь. — Энди уже подумывал о том, чтобы обратиться к психоаналитику хотя бы для того, чтобы поговорить с кем-нибудь. В последнее время он не мог разговаривать с женой, а обсуждать то, что случилось, с кем-то из друзей он был просто не в состоянии. Он, правда, собирался довериться Биллу, но теперь, когда Дениза была беременна, ему совсем расхотелось говорить с другом о бесплодии Дианы. Его же братья были слишком молоды, чтобы чем-то ему помочь. Он, как и Диана, по-своему чувствовал себя одиноким, угнетенным и расстроенным. — Я еще подумал, что нам надо бы отдохнуть.

— Мне не нужен отдых, — тотчас ответила она, и Энди рассмеялся.

— Конечно. Хорошо. Может быть, мне отвезти тебя прямо сейчас обратно в Пасадену, и мы сможем продолжить семейный праздник? Или ты предпочтешь подождать до Рождества и устроить второй раунд? Уверен, что твои сестрицы будут рады помочь тебе в этом. Не знаю, как ты, — сказал он серьезно, — но я лично не собираюсь в этом году праздновать Рождество в Пасадене.

Диана вынуждена была признать, что тоже совсем этого не хочет:

— Я не уверена, что смогу взять отпуск, чтобы куда-нибудь поехать. Мне и так приходилось постоянно отпрашиваться с работы для этих бесконечных обследований и анализов.

— Попытайся, — попросил Энди, загоревшийся этой идеей, — даже неделя отдыха пойдет нам на пользу. Я думаю, мы сможем съездить на Мауна-Кеа, на Гавайи. Половина нашей радиокомпании будет там, но большинство поедет на Мауна-Лейни. Ди, я говорю вполне серьезно. — Он посмотрел на нее, ведя машину по направлению к дому, и Диана вдруг увидела, что ее муж выглядит таким же несчастным, как и она сама. — Я совершенно не представляю, как нам справиться со всем этим, я перестал понимать тебя и твои чувства. Но одно я знаю твердо — мы оба попали в переделку.

Диана тоже это знала, но была слишком занята собственными переживаниями, чтобы попытаться понять его. Она с головой ушла в свои страдания и ничем не могла помочь мужу. Она даже сомневалась в том, что им нужен совместный отдых, правда, предложение о совместном посещении психоаналитика показалось ей заслуживающим внимания.

— Ладно, я постараюсь освободиться на несколько дней, — сказала она нерешительно. Он всегда рассуждал трезво, и Диана знала об этом. И потом, когда они уже подъезжали к дому, она повернулась и печально на него посмотрела. — Энди, если ты хочешь освободиться... я все пойму. Ты имеешь право на большее, чем могу дать тебе я.

— Нет, — сказал он, и слезы выступили у него на глазах, — я имею право на то, что ты обещала мне... в горе или в радости, в здравии или болезни... пока смерть не разлучит нас. Там ничего не говорилось о том, что все это можно разрушить, если выяснится, что ты не можешь иметь детей. Да, это ужасно. Признаюсь, это огорчает и меня. Но я ведь женился на *тебе*... и люблю я *тебя*. И если мы не можем иметь детей, значит, такова наша судьба. Может быть, мы когда-нибудь кого-нибудь усыновим, может быть, мы придумаем что-нибудь другое, может быть, будет изобретен какой-нибудь новый, фантастический способ лечения лазером, и это поможет тебе, а может, и нет, но меня это все не интересует, Ди... — Он взял ее руки в свои, в его глазах блестели слезы. — Я просто очень хочу, чтобы моя жена вернулась ко мне.

— Я люблю тебя, — сказала она тихо. Для них обоих это было ужасное испытание, самые черные дни в жизни Дианы, и она понимала, что они еще не кончились.

Она носила траур в течение долгого времени и теперь не знала, снимет ли его когда-нибудь. Она не знала, сможет ли она стать такой, как прежде. — Просто я теперь в себе не уверена... что все это значит... в кого я теперь превратилась...

— В данный момент ты превратилась в женщину, которая не может иметь своих собственных детей, женщину, у которой есть муж, который очень ее любит, женщину, с которой случилась большая беда, а она даже не подозревала об этом... Вот кто ты теперь. Ты осталась тем же, кем и была. В тебе ничего не изменилось. Единственное, что изменилось, — это небольшая часть нашего будущего.

— Как ты можешь называть это «небольшой частью»? — Диана гневно посмотрела на него, но он еще сильнее сжал ее руки в своих, как бы пытаясь вернуть ее к действительности.

— Перестань, Ди. Она действительно небольшая. Что, если бы у нас родился ребенок и умер? Это было бы ужасно, но ни ты, ни я после этого бы не умерли, правда? Мы бы продолжали жить, постарались бы родить еще.

— А что, если б мы не смогли? — грустно спросила она.

— Какой у нас остается выбор? Разрушить две жизни, разбить хороший брак? Что в этом хорошего? Ди, поверь, я не хочу тебя терять. Мы и так уже потеряли очень многое... пожалуйста, Ди, ну, пожалуйста... помоги мне сохранить наш брак...

— Хорошо, я попробую... — сказала она грустно, но она не знала, с чего ей следовало начать, не была уверена в том, что сможет стать тем, кем она была раньше, и Энди видел и понимал это. Даже работу в журнале она теперь делала кое-как и сама знала об этом.

— Все, что тебе надо сделать, Ди, это постараться. День за днем, шаг за шагом, дюйм за дюймом... и, может быть, когда-нибудь этот день настанет... — Энди нагнулся и нежно поцеловал ее в губы, но на большее он бы теперь не осмелился.

Они не занимались любовью со Дня Труда, и он после этого не смел приблизиться к ней. Она сказала ему, что теперь нет смысла для них заниматься любовью, потому что это бесполезно. Ее жизнь кончилась. Но сегодня ночью Энди заметил проблеск надежды, в жене промелькнула слабая тень от того человека, которым она была до того, как доктор Джонстон сказал ей, что она не сможет иметь детей.

Он снова поцеловал ее и потом помог выбраться из машины, и они рука об руку пошли к дому. Вот уже несколько месяцев они не были так близки, и ему хотелось заплакать от облегчения. Может быть, для них снова забрезжила надежда... Может быть, они смогут еще все исправить. Он уже давно перестал верить в это. А теперь... Может быть, в конце концов этот День Благодарения не был для них таким уж черным днем. Он улыбнулся, глядя на нее, а Диана, снимая пальто, рассмеялась, вспомнив выражение лица Гейл, и призналась мужу, что в тот момент ей действительно было очень плохо, но в глубине души она насладилась этой сценой.

— Может быть, это отрезвило ее, — усмехнулся Энди, и они пошли на кухню. — Послушай, почему бы тебе не позвонить матери и не сказать, что с тобой все в порядке, а я пока приготовлю тебе сандвич с копченой колбасой. Вот увидишь, он будет великолепный.

— Я люблю тебя, — тихо произнесла Диана.

Энди еще раз поцеловал ее, а она начала медленно набирать номер родителей. К телефону подошел отец, но его едва было слышно за шумом и гомоном детских голосов.

— Пап, это я... я хочу извиниться...

— Я очень беспокоюсь о тебе, — перебил он, — я

видел, как ты расстроена, и ужасно мучился от того, что не знал, чем могу помочь. — Отец знал ее достаточно хорошо, чтобы понять, что эта ее вспышка явилась кульминационным моментом ее страданий, и, наблюдая эту сцену, он чувствовал боль за нее, ему показалось, что он теряет свою дочь.

— Мне кажется, что теперь со мной все в порядке. Наверное, сегодняшний вечер пошел мне на пользу. Но я очень сожалею, если испортила вам День Благодарения.

— Совсем нет. — Он улыбнулся жене, зашедшей в гостиную узнать, кто это звонит. Он шепнул ей, что это Диана. — Это дало всем тему для разговора. И действительно, новости были свежие, — пошутил отец, но мать с грустью посмотрела на него. Наконец-то дочь рассказала им. Она глубоко переживала все случившееся, жалость и сострадание к Диане разрывали ей душу. — Я хочу, чтобы ты звонила нам в любой момент, когда тебе это понадобится. Обещай мне, что с этого момента ты всегда будешь так поступать, хорошо?

— Да, я обещаю, — сказала она, чувствуя себя совсем как ребенок и глядя в другой конец кухни на мужа. Он снял пиджак, закатал рукава и выглядел ужасно занятым. И, в первый раз за долгое время, спокойным.

— Мы всегда с вами, Диана, всегда, когда бы вы ни пожелали. — Глаза Дианы наполнились слезами, так же, как и глаза ее матери, стоящей рядом с отцом и слушающей их разговор.

— Я знаю, папочка. Спасибо. И передай маме и сестрам, что я извиняюсь перед ними за свою выходку. Пожалуйста, пап.

— Конечно, передам. Пожалуйста, береги себя. — Его глаза увлажнились. Он очень любил ее, и мысль о том, что ей плохо, была невыносима.

— Хорошо, папочка. Ты тоже... Я люблю тебя.

Повесив трубку, Диана вдруг вспомнила день своей свадьбы. Они с отцом всегда были очень близки, они были близки и сейчас, хотя она и не рассказала ему обо всем. Но она знала, что если бы захотела, то могла бы это сделать. То, что он сказал, была правда: родители всегда были рядом и всегда были готовы помочь, и она это знала.

— Салями, копчености, сервелат, ты готова съесть это все? — спросил Энди, с важным видом подходя к ней. Через одну руку он перекинул полотенце, а в другой держал огромную тарелку с сандвичами. Им вдруг показалось, что они собираются что-то справлять, и это было довольно странное чувство. Но в какой-то мере они действительно праздновали. Они опять нашли друг друга, а это был не пустяк. Они уже были почти на самом дне пропасти, и теперь, вдруг поняв это, начали потихоньку карабкаться обратно на скалу. Счастливого Благодарения!

* * *

Чарли приготовил для Барби великолепную индейку. Она нигде не задержалась и пришла домой вовремя, все еще чувствуя себя виноватой после годовщины их свадьбы. Так что они на этот раз благополучно сели вдвоем за праздничный стол. И все-таки у Чарли было такое чувство, что между ними появилась какая-то трещина. Он осознал это еще некоторое время назад, возможно, когда она вернулась после Дня Труда из Лас-Вегаса, а может, даже раньше. Вернувшись тогда, Барби вся горела от возбуждения, когда рассказывала Чарли о представлениях, на которых они побывали, и о друзьях, которых она повстречала там. Потом звала Чарли пойти с ней куда-нибудь потанцевать, но он чувствовал себя для этого слишком уставшим и в любом случае не считал себя хорошим танцором. Барби начала жаловаться на то, что он запирает ее в четырех стенах, и на то, что он слишком консервативен, даже в манере одеваться. Его одежда действительно не была новой и модной, потому что он уже давно ничего не покупал себе, а только жене. «Может быть, Марк был прав, — размышлял Чарли про себя, — мне действительно не следовало отпускать Барби в Лас-Вегас».

С момента ее возвращения она почти все время проводила с подругами, ходила с ними в кино и на вечеринки, а однажды даже позвонила и сказала, что слишком устала, чтобы ехать домой, и решила остаться на ночь у Джуди. Он никогда не делал ей замечаний, но, конечно, ему это не нравилось. Он поделился своими проблемами с Марком, и тот опять посоветовал ему держать жену на «коротком поводке», иначе ему придется пожалеть.

И Чарли продолжал тешить себя мыслью о том, что если у них появится ребенок, то все изменится. Барби станет другой, она успокоится. Ей не захочется гоняться за призрачными миражами, и, может быть, даже карьера актрисы перестанет прельщать ее. С июня он больше ни разу не заикался о детях и семье, но с тех пор стал очень внимательным, следя за ее циклами, и все-таки пока еще ничего не произошло. Чарли все еще продолжал приходить домой пару раз в месяц с бутылкой шампанского и почти всегда был уверен, что занимается с ней любовью в самое подходящее время. И если Барби была достаточно пьяна, она даже не вспоминала о предосторожности. Но, несмотря на все его усилия, она так и не забеременела. Чарли даже спросил ее однажды, не принимает ли она противозачаточные таблетки, вспомнив, как Марк предупредил его о такой возможности, но она очень удивилась и сказала, что если он хочет, то она может начать пить их. Но Чарли выкрутился, соврав, что прочитал статью о том, что эти таблетки опасны для курящих женщин, и может быть, она просто скрывает от него, что принимает их. Но она заверила его, что это не так. И все равно Барби не забеременела.

Между тем Марк дал ему имя того специалиста, который вылечил его зятя, и Чарли записался к нему на прием в понедельник, как раз после Дня Благодарения. Он был серьезно обеспокоен. Это ее заявление, что она еще ни разу не забеременела от него, хотя почти не предохраняется, здорово угнетало Чарли, и он хотел провериться как можно быстрее.

— Индюшка просто великолепна, — промурлыкала Барби, и он был доволен. Он сделал вкусную начинку и клюквенный соус, на гарнир был сладкий горох, прозрачные луковицы и запеченый картофель, украшенный алтеем. А на десерт он купил пирог с яблочной начинкой и заботливо украсил его ванильным мороженым.

— Тебе бы открыть собственный ресторан, — хвалила она его.

Чарли сиял от удовольствия, наливая кофе. Она закурила, и он заметил, что жена выглядит так, будто ее мысли где-то очень далеко.

— О чем, интересно, ты сейчас думаешь? — спросил он грустно. Иногда она выглядела такой красивой, но если к ней присмотреться повнимательней, то можно заметить, что она находится где-то далеко и переживает о чем-то. Ему казалось, что Барби с каждым днем отдаляется от него, и он чувствует это, но не может ее удержать.

— Нет, ни о чем особенном... например, какой чудный был этот обед. — Она улыбнулась ему сквозь сигаретный дым. — Ты всегда так добр ко мне, Чарли. — Но казалось, что этого недостаточно, и теперь он уже ощущал это.

— Я стараюсь. Ты ведь для меня все, Барби.

Она не выносила, когда он говорил подобные вещи.

У нее возникало ощущение, будто ей на плечи взваливали какую-то непосильную ношу. Барби не желала быть «всем» ни для него, ни для кого-нибудь другого. Это было бы для нее слишком тяжелым бременем, и она бы с ним не справилась. Теперь уж она это знала, и очень хорошо.

— Я просто хочу, чтобы ты была счастлива.

Она задумалась о том, смогут ли когда-нибудь исполниться его пожелания.

— Я и так счастлива, — сказала она спокойно.

— Неужели? Иногда я в этом вовсе не уверен. Ведь я чертовски скучный парень.

— Да нет же, нет, — вспыхнула она, — просто иногда я очень много хочу, — Барби задумчиво улыбнулась, — и я тогда просто схожу с ума. Не обращай на меня внимания.

— Чего ты хочешь, Барби? — Он знал, что она очень хочет стать знаменитой актрисой и сделать блестящую карьеру. Но, кроме этого, она никогда больше не говорила о своих мечтах или о том, что бы она хотела иметь в их совместной жизни. Казалось, что Барби просто плывет по течению, день за днем, удовлетворяя свои сиюминутные желания. Она, похоже, никогда не задумывалась о будущем.

— Иногда я сама не знаю, чего хочу. Наверное, в этом-то и вся беда, — призналась она, — я хочу стать актрисой... Хочу иметь хороших друзей... Хочу быть свободной... Хочу приключений...

— А как насчет меня? — спросил Чарли грустно.

Она забыла о нем и, когда он это сказал, покраснела.

— Конечно, я хочу быть с тобой. Ведь мы же муж и жена, так ведь?

— Так ли? — спросил он прямо, и она, не найдя что ответить, кивнула головой:

— Конечно. Не глупи.

— А что значит для тебя быть замужем, Бэб? То, что

ты только что перечислила, вовсе не подходит для семейной жизни.

— Почему нет? — Но она знала, что он прав. Она просто была не готова к тому, чтобы лишить себя всего этого, и не думала, что это сможет сделать Чарли.

— Не знаю. Просто мне думается, что свобода и приключения — вовсе не синонимы «семейной жизни», хотя признаю, что они могут ими стать. Я считаю, что ты можешь делать все, что захочешь, до тех пор, пока тебе будет приятно. — Он наблюдал, как она загасила сигарету и тут же закурила новую. Чарли еще хотел спросить, счастлива ли она с ним, но не осмелился. Он боялся услышать ее ответ. И, глядя на нее, продолжал думать о том, что если у них появится ребенок, то все может измениться. Ребенок — это тот фундамент, который необходим, чтобы навсегда связать их жизни.

Глава 9

В понедельник после Дня Благодарения Марк отпустил Чарли с работы, и он поехал в Лос-Анджелес. Барби он ничего не сказал, а так как у нее в этот день был очередной показ купальников, она не заметила ничего: ни когда он уезжал, ни то, что он надел свой лучший костюм, ни того, что он ужасно нервничал. Барби занималась своими ногтями, на полную мощность включив радио. Уходя, он окликнул ее, но она не ответила.

По дороге в Лос-Анджелес он думал о том, что теряет жену, и все больше волновался из-за этого. Барби ничего не говорила, но ему казалось, что теперь ее мысли постоянно блуждали где-то далеко. Она стала очень замкнутой. Он знал, что она делает это не со злости, но и смириться с этим было трудно. Она совсем перестала заботиться о доме, разбрасывала где попало свою косметику, их спальня была похожа на поле битвы между лифчиками и чулочными поясами, а вся ее одежда валялась везде, где только можно, то есть там, где она в тот момент раздевалась. Да, Барби была классной девчонкой, и Чарли сходил по ней с ума, но, наверное, Марк был прав, он совершенно испортил ее. Он и не ждал, что она будет делать для него хоть что-то, и никогда не спрашивал ее, на что она тратит деньги, которые зарабатывает сама, хотя знал, что она чаще всего тратит их на вещи, бродя с Джуди по магазинам. Была только одна вещь, которую он очень хотел получить от жены, но именно ее никак не мог добиться. И его план заполучить желаемое обманом до сих пор не сработал. Теперь он должен был выяснить, почему так получилось. «И когда я это выясню, — усмехнулся он про себя, припарковывая машину на Уилшир-бульвар, — берегись, Барби!»

Приемная доктора Питера Патенгилла поразила его своей пестротой, обилием горшков с цветами и ярких акварелей. Она выглядела очень нарядно и совсем не была похожа на приемную, где обычно говорят шепотом. Назвав медсестре свое имя, Чарли более-менее успокоился. Он улыбнулся, вспомнив историю про пресловутые жокейские шорты со льдом, и притворился, что разглядывает журналы, хотя не мог ни на чем сосредоточиться; но вот наконец он услышал свое имя и вошел в кабинет доктора Патенгилла.

Доктор сидел за столом, но при виде Чарли поднялся, и его лицо осветила широкая улыбка. Он был довольно внушительных размеров, широкоплечий, с черными волосами и темно-карими глазами, в которых светились доброта и мудрость, присущие зрелому мужчине. На вид ему можно было дать чуть больше сорока. На нем был яркий галстук и твидовый пиджак, и, прежде чем он заговорил, Чарли понял, что доктор ему нравится.

— Я Питер Патенгилл, мистер Винвуд.

После того как он представился, Чарли попросил

звать его по имени. Доктор предложил ему сесть и спросил, не хочет ли он выпить чашечку кофе. Но Чарли был слишком возбужден, поэтому отказался. Он выглядел молодым и испуганным, слишком молодым, чтобы быть пациентом доктора Патенгилла, уролога, специализирующегося на нарушении половых функций.

— Чем могу быть вам полезен?

— Я не совсем уверен, — Чарли растерянно улыбнулся, и доктор посмотрел на него дружелюбно, — я не знаю, конечно, что вы можете сделать... но только... я слышал про жокейские штаны с кусочками льда... — Питер Патенгилл улыбнулся, и Чарли вспыхнул от смущения.

— Да, они служат для определенных целей. Правда, для некоторых это звучит довольно глупо. Понижение тестикулярной температуры повышает плодовитость. — Произнеся это, он открыл анкету, лежащую перед ним на столе, взял ручку, а затем посмотрел на Чарли. — Ну что ж, давайте начнем все по порядку, мистер Винвуд... Чарли.

Он начал расспрашивать пациента обо всех тяжелых и хронических заболеваниях, которые тот перенес, венерических болезнях, спросил, не болел ли тот в детстве эпидемическим паротитом, и Чарли отрицательно качал головой в ответ на все его вопросы.

— Вы и ваша жена непрерывно стараетесь зачать ребенка? — Он спросил это, чтобы выяснить, для чего Чарли пришел к нему. Молодой человек был так застенчив, что не смог толком ничего ему объяснить.

— Да... то есть нет... то есть я стараюсь.

Питер улыбнулся, откинулся на спинку стула и посмотрел на Чарли.

— Может быть, нам следует просто поговорить, — мягко пошутил он, — дело в том, что эта проблема может быть решена усилиями двоих людей. Здесь и речи быть не может об одностороннем желании.

Чарли принялся объяснять свою семейную ситуацию.

— Она действительно не хочет забеременеть, но я хочу, чтобы у нас был ребенок.

— Понимаю. А ваша супруга предохраняется? — Спросив это, Питер Патенгилл на мгновение перестал вести запись.

— Нет, когда я ее достаточно напою шампанским. — Чарли понимал, что с этим своим признанием он выглядит полным идиотом. Но он должен быть совершенно откровенен с доктором. Иначе тот не сможет помочь ему.

— Это упрощает дело.

— Да. И я знаю, что это звучит не очень-то красиво, но... я уверен, что она полюбит ребенка, если только его родит.

— Может быть, вам лучше поговорить с женой? Может быть, если вы ее убедите и она встанет на вашу сторону, дела пойдут гораздо лучше?

— Да, но все и так идет достаточно хорошо... кроме того, что до сих пор ничего не произошло.

— А вы тоже накачиваетесь спиртным? — Доктор внимательно всматривался в пациента: вполне возможно, что парень просто слегка ненормальный, но Чарли грустно покачал головой. Вид у него был при этом, как у растерявшегося у доски школьника.

— Нет, я не пью. И знаю, что и для нее это вредно. Но я правда думаю, что она обрадуется, если забеременеет. Но вот пока этого до сих пор не случилось, и я только хотел быть уверенным, что со мной все в порядке... вы понимаете... может быть, стоит просто проверить активность моей спермы... — Чарли произнес вычитанные в медицинском журнале слова, хотя даже близко не представлял себе, как это делается.

Доктор улыбнулся его наивности. Картина начала проясняться, хотя многое еще осталось напонятным.

— Сколько времени вы женаты?

— Семнадцать месяцев. Но я сначала не уделял этому большого внимания, я имею в виду ее благоприятные дни... я начал это делать только пять месяцев назад, но это ничего не изменило.

— Понимаю. — Доктор сделал пометку в анкете и снова посмотрел на Чарли, успокаивая его. — Это небольшой срок. Для зачатия ребенка иногда требуется год, а то и два. Может быть, вы напрасно волнуетесь. И конечно, следует учесть тот факт, что гораздо труднее зачать ребенка, когда этого хочет только один из партнеров. Признаюсь, это большая редкость для меня, видеть одного из супругов. Это дает мне только половину необходимой информации. Может быть, проблема, если она вообще существует, не в вас, а в вашей жене.

— Я подумал, что если вы проверите сначала меня и все окажется в порядке... то тогда, через несколько месяцев, я бы смог поговорить с ней, и тогда она могла бы тоже прийти к вам. — Чарли, честно говоря, не имел ни малейшего понятия, как сможет заставить жену это сделать, и все же это был первый шаг, который поможет унять его беспокойство. — Барби считает, что это немного странно, что, несмотря на то, что она почти совсем не предохраняется, еще не забеременела. Она как-то сама сказала об этом, и с тех пор я начал волноваться.

— А ваша жена до этого когда-нибудь была беременна?

— Нет, не думаю, — уверенно сказал Чарли.

— Ну что ж, давайте начнем. — Доктор поднялся, и Чарли последовал его примеру, не зная, чего ему ждать.

Появилась медсестра и отвела его в смотровую комнату, которая была вся завешана яркими абстрактными рисунками и освещена дневным светом. Она дала ему маленькую пробирку и показала на стопку журналов, среди которых он разглядел номера «Хаслера» и «Плейбоя» и еще какие-то, о которых никогда и не слышал.

— Нам нужно немного вашей спермы, мистер Винвуд, — спокойно проговорила медсестра, — в вашем распоряжении времени столько, сколько вам понадобится. Когда вы закончите, нажмите на звонок.

Чарли в изумлении уставился на нее, между тем дверь закрылась, и он остался один, совершенно не представляя, что ему делать дальше. Вернее, он знал, что ему нужно делать, но не мог в это поверить. Неужели они здесь так просто ко всему относятся? Но он сам хотел этого, и теперь надо было идти до конца. И, с другой стороны, он ведь пришел сюда, чтобы получить ответы на интересующие его вопросы.

Он вздохнул, сел, расстегнул брюки и потянулся за одним из журналов, который, как ему казалось, выглядел более пристойным, чем остальные. Ему понадобилось не так уж много времени, чтобы справиться с заданием. На его звонок пришла медсестра, с невозмутимым видом забрала пробирку и удалилась, не сказав ни слова.

Вскоре после этого появился доктор Патенгилл и осмотрел его, проверяя, нет ли у него варикоцеле — варикозного расширения вен в яичках, которое иногда может привести к бесплодию. Потом зашли лаборанты, чтобы взять у него кровь на анализ. С помощью этого анализа они собирались проверить его гормональный уровень и сделать несколько анализов и культиваций с его спермой; результаты всего этого будут известны через несколько дней. После осмотра доктор обнадежил Чарли, сказав, что не обнаружил ничего подозрительного, и выразил надежду, что все его волнения необоснованны. Он считал, что молодой человек просто очень беспокоен и нетерпелив.

Доктору Патенгиллу Чарли показался вполне здоровым, и он надеялся, что, к счастью для него, проблем не возникнет. Он договорился с Чарли о следующем приеме через неделю, велел принести с собой свежую сперму в бутылочке, после этого они попрощались.

А Чарли вздохнул с облегчением, покинув приемную врача. Ему понравился доктор Патенгилл, но разговор с ним и все эти волнения взвинтили его до предела. Ему не понравился способ, с помощью которого они брали семя, и он был доволен, что в следующий раз он сможет сделать это дома.

Вернувшись домой, Чарли позвонил Марку и еще раз поблагодарил его за то, что он направил его к доктору.

— Как все прошло? С тобой все в порядке?

— Вполне нормально, и он действительно хороший мужик.

— Он подтвердил, что ты здоров? — обеспокоенно спросил Марк. На его взгляд, Чарли выглядел вполне здоровым, но кто знает? Ведь его зять тоже выглядел прекрасно.

— Пока нет. Я должен дождаться результата анализов, которые будут готовы на следующей неделе.

— Он тебе еще не дал штаны со льдом? — пошутил Марк, и Чарли рассмеялся от души, ложась на кушетку и сбрасывая туфли. Он был совершенно измотан.

— Может быть, он даст их мне на следующей неделе.

— Надеюсь, что нет. Вот увидишь — ты абсолютно здоров, малыш. Это я тебе говорю. До завтра, — сказал он весело, надеясь, что окажется прав.

— Спасибо, Марк... За все спасибо.

— Все нормально. Пока!

Принимаясь вновь за работу, Марк с надеждой думал о том, что у Чарли все будет хорошо. Он был отличный парень, и Марк считал, что он заслуживает того, чтобы его желание исполнилось.

* * *

— Ну, что он показывает? — в волнении спросил Брэд, пока Пилар, запершись в ванной, делала анализ.

— Я еще не знаю. Еще не прошло достаточно времени. — Она следила за секундной стрелкой, глядя на свои часы, а Брэд стоял перед дверями ванной. — Уйди. Ты меня раздражаешь.

— И не собираюсь. Должен же я знать, что не зря смотрел порнографический фильм.

— Ты просто невыносим. — Но Пилар и сама с нетерпением ждала результатов. Она этого просто не вынесет... еще шестьдесят секунд... пятьдесят пять... сорок... Время анализа уже почти закончилось, но ничего не происходило, и вдруг она увидела... жидкость окрасилась в ярко-голубой цвет, и это означало, что ее мечта осуществилась... чудо свершилось...

Она распахнула дверь и посмотрела на мужа полными слез глазами, и он тоже это увидел. Она беременна.

— О господи, — проговорила она тихо, глядя на него. Но вдруг ее охватило беспокойство. — А вдруг произошла ошибка? Я думаю, такое вполне может случиться.

— Да нет же! — Брэд, все еще улыбаясь, приблизился к ней и заключил в объятия. Он никогда не мог подумать, что их жизнь примет такой оборот. И он никогда не ожидал, что будет когда-нибудь влюблен до такой степени в свою жену и... в будущего ребенка. — Я люблю тебя, Пилар... Я так тебя люблю! — сказал он, держа ее в объятиях, а она смотрела на него, и по щекам у нее катились слезы.

— Я не могу в это поверить! Я никогда не думала всерьез, что это может получиться. Все эти таблетки и ультразвук... и эта странная комната с видеокассетами и непристойными журналами...

— Я думаю, ты не будешь рассказывать все это нашему сыну или дочери, когда он или она вырастет. Я думаю, мы опустим все эти подробности, а скажем только, что была лунная ночь и мы страстно любили друг друга.

— Да, наверное, ты прав. — Она усмехнулась, и они вернулись в спальню. И вдруг он страстно ее захотел, как будто решил сделать этого ребенка еще в большей степени своим, чем он был сейчас.

Брэд медленно уложил ее на кровать рядом с собой и принялся целовать долго и страстно, лаская ее грудь, которая, на его взгляд, слегка увеличилась в размерах. Он удивился этому еще несколько дней назад и именно тогда решил, что она беременна.

Они долго лежали рядом, и желание Пилар все возрастало. А потом, когда все закончилось, она вдруг почувствовала угрызения совести.

— Как ты считаешь, это не повредит ребенку? — спросила она, испытывая одновременно и чувство вины, и удовлетворение.

— Нет, не думаю. — Его голос был глубокий и чувственный, когда Пилар провела рукой по его груди, а потом коснулась того органа, который доставлял ей столько наслаждения. — Ведь быть беременной — это вполне нормальное состояние для женщины.

— Ха, — засмеялась в ответ она, — если это так нормально, почему же тогда это так нелегко?

— Не всегда все хорошее достается легко. Вот тебя, например, тоже было нелегко округтить. — Он еще раз поцеловал ее, и они встали и отправились на кухню готовить завтрак.

Потом они сидели на террасе в шортах и теннисках. Стоял чудесный декабрьский денек, а их ребенок должен был родиться в августе.

— Подожди, увидишь, что будет, когда Нэнси узнает об этом. — Пилар усмехнулась, накладывая себе еще одну порцию яичницы. Она внезапно почувствовала невероятный голод. — Как ты думаешь, она здорово удивится? — Пилар рассмеялась, представив себе эту картину, и муж тоже усмехнулся. Никогда в жизни они еще не были так счастливы.

— Можно с уверенностью сказать, что она будет просто в шоке. Ведь ты же сама в течение стольких лет говорила всем и каждому, что никогда не хотела иметь детей. Тебе придется теперь давать объяснения по этому поводу, моя дорогая.

Неизвестно еще, что по этому поводу скажет ее мать. Но Пилар привыкла не обращать на нее внимания. Единственно, кому она действительно хотела поскорее обо всем рассказать, — это Марина. Вот уж кто действительно обрадуется и поддержит ее!

— Давай скажем детям на Рождество, — предложила Пилар, лучезарно улыбаясь.

Он улыбнулся в ответ, думая о том, что лучше было бы, конечно, подождать, чтобы окончательно убедиться, что все в порядке, но не хотел ее расстраивать.

На следующий день Пилар побывала у доктора, и та сказала ей, что все идет прекрасно. Она сказала пациентке, что та может работать, играть в теннис, заниматься любовью, но избегать стрессов и как можно больше времени и внимания уделять отдыху и здоровой диете. Но Пилар и так вела здоровый образ жизни и сказала, что собирается работать до последней минуты. Потом она хотела отдохнуть только несколько месяцев и снова вернуться в офис. Она и не думала бросать работу или прерывать ее на длительный срок; все, что она могла себе позволить, — несколько месяцев отдыха после рождения ребенка.

Пилар все продумала. Первые месяцы она будет заботиться о малыше сама, а потом найдет для этого хорошую няню. Даже период беременности был у нее четко расписан. В марте или начале апреля она предполагала сделать амниоцентез, чтобы определить, нет ли у ребенка наследственных аномалий. С помощью этого анализа можно выявить такие серьезные отклонения, как синдром Дауна. Это также позволит ей определить пол ребенка, если она захочет, а она хотела этого. И уже, делая рождественские покупки, она набрала для малыша всякой всячины. Пилар даже заказала английскую коляску, которая приглянулась в магазине Сакса. У нее была крыша цвета морской волны и белое эмалевое сиденье.

— Определенно ты уже готова, правда? — поддразнивал ее Брэд.

Она была так возбуждена, что не представляла себе, как сможет терпеть до августа. Пилар сообщила радостную новость своей секретарше и коллегам по работе во время рождественского ленча, и они все чуть не попадали со стульев. А она счастливо смеялась, глядя на их лица.

— Удивлены? Ай да я!

— Ты нас разыгрываешь? — Они не могли в это поверить. Пилар всегда была ярым борцом за права женщин и чуть ли не одна из первых проголосовала за легализацию абортов в Калифорнии. Так что же с ней случилось? Чем объяснить такой поворот в жизни? Возраст? Или у нее наступил переломный момент?

— Нет, я думаю, во всем виновато мое замужество, — призналась она, — а вообще я не знаю... Просто я подумала, как это будет печально, если у нас никогда не будет детей.

— Тебе повезло, что ты спохватилась не слишком поздно, — сдержанно проговорила ее секретарша. Ее муж умер, когда ей был сорок один год, а два года спустя она вышла замуж за «мужчину всей ее жизни», и они с мужем мечтали о ребенке. Никто из них до этого не имел детей, и они попытались сделать все возможное для того, чтобы она забеременела, но у них ничего не получилось. А ее муж был категорически против усыновления.

Алиса и Брюс были искренне рады за нее, а Марина была просто в восторге, когда Пилар сообщила ей об этом.

— Я чувствую себя такой счастливой, — мягко говорила Пилар. — Я действительно не верила, что это может случиться, даже когда мы с Брэдом решились на это. И это было как настоящее чудо. Когда ты молода, ты не придаешь этому большого значения, забеременеть тебе — раз плюнуть. Но когда у тебя за спиной пятнадцать лет наплевательского отношения к тому, забеременеешь ты или нет, ты должна это учитывать. Но даже тогда все не так просто. Ты тщательно делаешь все анализы, занимаешься любовью в определенные дни, и самое большое, на что ты можешь рассчитывать, — восемь-десять шансов из ста, что ты забеременеешь. Поэтому, когда такое случается, кажется, что произошло чудо!

Пилар гордо посмотрела на коллег. Она всем сообщила о том, что собирается работать до последнего, если будет чувствовать себя нормально. Пилар Грэхем имела теперь все, что она хотела.

* * *

В отличие от Чарльза Винвуда, который сидел в кабинете доктора Патенгилла, недоверчиво уставившись на него. Доктор только что сообщил ему, что активность его спермы — ниже четырех миллионов. В течение пяти секунд он думал, что это отличные новости, пока доктор не объяснил, что это означает:

— Дело в том, что минимальная норма — сорок миллионов, Чарли. — Он серьезно взглянул на пациента, гадая, понял его тот или нет.

Четыре миллиона — это гораздо ниже минимального уровня, значит, концентрация его спермы — всего один миллион на миллилитр, что составляет всего пять процентов от того уровня, который необходим для зачатия ребенка. И всего два процента из них — подвижны, и это тоже очень низкий показатель, так как нормой считается пять-десять процентов.

— Давайте поговорим о том, можем ли мы сделать что-нибудь, чтобы повысить ее. — Чарли улыбнулся, и доктор улыбнулся в ответ.

— Возможно, помогут гормоны. Но дело в том, что все ваши показатели слишком низки. И я не уверен, что нам удастся с помощью лекарственных препаратов привести их в норму. Но прежде чем что-нибудь предпринять, я хотел бы еще раз вас проверить. — Он указал на бутылочку, которую Чарли принес с собой, — мы сделаем еще один анализ сейчас и потом еще один на следующей неделе. А пока мы будем ждать результатов, я хотел бы сделать еще кое-какие обследования. Один из них — анализ на содержание сахара, с его помощью мы определим уровень фруктозы. Поскольку у вас такая низкая активность спермы, этот анализ поможет нам найти главную причину.

— А если он действительно засорен? — спросил Чарли. Он был очень бледен, и веснушки резко проступали у него на лице. Такого он не ожидал. Барби была права — вот она, причина, по которой она не могла забеременеть. У него низкая активность спермы.

— Если он засорен, у нас будет несколько возможностей решить эту проблему. Мы, например, сможем применить тестикулярную биопсию или вазограмму. Но до этого еще далеко, и я сомневаюсь, что мы вообще дойдем до этого. Мне нужно будет сделать анализ с применением оранжевой краски, чтобы узнать, почему сперма так малоподвижна. И анализ с морской свинкой. — Он улыбнулся. — Вы, наверное, слышали о таком. Все, у кого есть друзья, имевшие проблемы с рождаемостью, наверняка о нем слышали.

— Нет, боюсь, я ничего о нем не знаю. — Что они теперь собираются с ним делать?

— Мы берем яйцеклетку морской свинки и оплодотворяем ее вашей спермой. Это очень эффективный анализ. Если яйцеклетка оплодотворится, значит, со способностью вашей спермы к оплодотворению все в порядке, если же нет, то это будет означать серьезные проблемы.

— Никогда о таком не слышал, — покачал головой Чарли, совершенно сбитый с толку и растерянный.

— На следующей неделе мы будем знать гораздо больше.

Но следующая неделя — предрождественская — стала самой горестной в жизни Чарли. Он пришел к доктору Патенгиллу и услышал смертный приговор своему браку. Второй анализ активности спермы был еще хуже, чем первый, а третий — вообще безнадежный. Один из них показал, что активность его спермы фактически равна нулю, а подвижность — очень мала, и никаких засорений канала, которые могли влиять на активность и подвижность спермы. Анализ с морской свинкой дал отрицательный результат. Результаты анализов огорчили доктора Патенгилла, тем более что он ничем не мог помочь своему пациенту. Если бы гормональный уровень Чарли был немного выше, можно было бы попробовать применить хломифен, но в случае с ним не стоило и пытаться. И канал был тоже совершенно чист, так что хирургическое вмешательство тоже не имело смысла.

— Если вы хотите иметь ребенка, вам придется прибегнуть к какому-нибудь другому способу, — мягко сказал ему доктор, — с такой активностью спермы, как у вас, я не вижу для вас никакой возможности стать отцом. Мне действительно очень жаль.

— Абсолютно никаких шансов? — Его голос сорвался, ему показалось, что в кабинете мало воздуха, он задохнулся, впервые за многие годы почувствовав приступ астмы.

— Фактически никаких. — Это прозвучало для Чарли как смертный приговор. Он пожалел, что пришел сюда. Но, наверное, лучше знать правду, чем надеяться впустую.

— Мне ничто не поможет, док? Ни операция, ни лечение?

— Я бы очень хотел чем-нибудь помочь, Чарли. Но вы просто не можете зачать ребенка. Но можете усыновить. Если ваша жена захочет, вы можете с помощью донорской спермы сделать искусственное оплодотворение. Для некоторых это очень хороший выход из положения. А может быть, вы решите вообще не иметь детей. Некоторые пары бывают только рады быть «свободными от детей», как они выражаются. Это даст вам больше свободного времени, большую близость; в какой-то мере у вас будет меньше стрессов, чем у тех, кто имеет детей. Вы с вашей женой должны тщательно обсудить все возможные варианты. Мы можем дать вам консультацию, которая поможет сделать правильный выбор, — говорил он успокаивающим профессиональным тоном.

«Отлично, — подумал Чарли, уставившись в окно ничего не видящим взглядом. — Привет, Бэб, ты знаешь, я сегодня выяснил, что бесплоден, так что ты можешь больше не беспокоиться насчет детей... Как насчет обеда?»

Он знал, что она ни за что не согласится усыновить ребенка или сделать искусственное оплодотворение. Одна эта мысль заставила бы его рассмеяться... если бы ему не хотелось расплакаться.

— Я не знаю, что сказать, — сказал он, глядя на доктора.

— Вам и не нужно ничего говорить. Вы еще не осознали этого до конца. И я прекрасно понимаю, как вам тяжело. Это ужасная новость. Она звучит как смертный приговор. Но, поверьте, это не так.

— Откуда вы знаете? — с обидой спросил Чарли, его глаза наполнились слезами. — Все это выглядит совсем иначе с вашего места.

— Да, это правда, и обычно я не говорю таких вещей своим пациентам, Чарли. Но дело в том, что у меня самого то же самое. Даже еще хуже, хотя это не имеет значения. У меня классическая эзоспермия. Полное отсутствие сперматозоидов в сперме. У нас с женой четверо детей, и все они — приемные. Я знаю, что вы сейчас чувствуете. Но выход всегда найдется. Ваша жена не сможет забеременеть в этом месяце или в следующем, но это не означает, что вы не сможете иметь полноценную семью, если вы хотите ее иметь. Как я уже сказал, может быть, для вас будет лучше вообще не иметь детей. Но, что бы вы ни решили, вы должны найти выход.

Чарли кивнул, тут же поднялся и ушел, вяло пожав доктору руку. Питер Патенгилл вовсе не был волшебником, как обещал зять Марка. Для Чарли у него не было припасено никаких чудес. Для Чарли вообще ничего не было. И никогда не будет. Когда он был маленьким, у него не было родителей, и теперь, когда он вырос, у него не будет своих детей. И иногда ему казалось, что у него нет и Барби. Она была так далека от него, так обособленна и независима. Последнее время он почти вообще ее не видел: она вечно была то на просмотрах, то с друзьями, а он все время работал. А теперь... Что он ей скажет?.. Что он бесплоден? «Отлично... А как ты отнесешься к тому, чтобы сделать искусственное оплодотворение с помощью донорской спермы, дорогая?» Да с ней просто удар случится!

Он просидел в машине полчаса, прежде чем тронулся с места. Он ехал домой по украшенным к Рождеству улицам, воспринимая все эти сверкающие декорации как личное оскорбление. Они напомнили ему те времена, когда он был приютским мальчишкой и под Рождество всегда выглядывал в окно и рассматривал дома вдоль улицы, в окнах которых горели рождественские елки, он любил смотреть на светящегося северного оленя посреди лужайки и гуляющих вокруг родителей с детьми. Ему всегда хотелось быть одним из них, но это оказалось невозможным ни тогда, ни теперь. Все это было похоже на злую шутку. Ведь он мечтал о настоящей семье всю свою жизнь.

Когда он пришел домой, Барби не было, но на этот раз она оставила ему записку, в которой сообщала, что пошла работать в студию и не вернется раньше полуночи. Это было даже кстати, потому что ему не надо будет встречаться с ней и разговаривать. Он налил себе стакан неразбавленного виски и отправился в постель. К приходу Барби он так напился, что крепко спал.

Глава 10

Когда Пилар позвонила матери на Рождество, у нее было огромное желание сообщить ей о ребенке, но все-таки она сумела сдержаться. Она прекрасно знала, что это вызвано в основном желанием доказать матери, что та была не права, считая Пилар слишком старой, чтобы иметь детей. Пилар, несомненно, была выше этого, поэтому, пожелав ей счастливого Рождества, ничего не сказала о своей беременности.

Она еще позвонила Марине, которая отправилась в Торонто отпраздновать Рождество с одной из своих многочисленных сестер.

А потом, в этот же день, ближе к вечеру, Пилар и Брэд разворачивали подарки для Тэдди, Нэнси, Тома и маленького Адама, которые все присутствовали при этом. Пилар щедро одарила всех, а особенно малыша. Он получил огромного плюшевого медведя, деревянные качели и очень красивую немецкую лошадку-качалку, которую Пилар выписала аж из Нью-Йорка. Все остальные тоже получили великолепные подарки. Пилар была поражена, когда увидела Тэдди: он выглядел таким повзрослевшим и симпатичным и без умолку рассказывал о своей работе и подруге из Чикаго. А к Нэнси мачеха испытывала самые нежные чувства, как никогда за эти годы. Теперь у них было так много общего, хотя падчерица еще об этом не подозревала.

Они съели великолепный обед, и потом, когда все пили шампанское и ели рождественский пирог, Брэд улыбнулся жене, и та кивнула в ответ.

— Я хочу сообщить вам кое-что, что для всех вас будет сюрпризом. Надеюсь, приятным сюрпризом. — Сказав это, Пилар посмотрела на маленького Адама, сидевшего вместе со взрослыми за столом на высоком стульчике и сосредоточенно рассматривающего огонек свечи в блестящем подсвечнике. На нем был красный вельветовый костюмчик, который Пилар купила и отдала Нэнси еще перед Рождеством.

— Ты стала судьей! — выпалил Тэдди, радуясь за них обоих. — Какая уважаемая семья! — воскликнул он.

— Вы покупаете новый дом, — предположила Нэнси, надеясь, что отец разрешит им с Томом жить в этом, если они не продадут его.

— Гораздо лучше, — усмехнулась Пилар, — и гораздо важнее. Я не собираюсь становиться судьей. В нашей семье хватит и одного. Все эти важные дела я оставлю для вашего отца. — Она окинула их всех нежным взглядом и, увидев, с каким нетерпением они ждут, сделала глубокий вздох и произнесла тихо и с гордостью: — У нас будет ребенок.

На несколько секунд в комнате воцарилась гробовая тишина, потом Нэнси издала нервный смешок. Она не поверила словам мачехи:

— Не может быть!

— Это правда.

— Но ты же такая старая, — грубо сказала она, не обращая внимания на предостерегающий взгляд отца. Нэнси вдруг стала похожа на ту испорченную девчонку, которая возражала против его с Пилар встреч, когда они только познакомились.

— Ты же сама рассказывала мне про своих знакомых, которые были гораздо старше меня, когда рожали первого ребенка, — спокойно ответила Пилар. — Ты же сама советовала мне передумать, пока еще не слишком поздно. — Она напомнила ей ее же слова, и Нэнси это не понравилось.

— Но я никогда не думала... я просто... Не кажется ли вам с отцом, что вы слишком стары, чтобы сейчас заводить ребенка? — резко спросила она, а ее муж и брат смотрели на нее в немом изумлении.

— Нет, мы так не считаем, — спокойно произнес Брэд, — и я думаю, что мать-природа согласна с нами. — Он был счастлив за их будущего ребенка и за жену и не собирался позволить Нэнси испортить праздник. У нее была своя жизнь, муж, ребенок, и она не имела никакого права испортить Пилар настроение своей глупой ревностью. — Я понимаю, что для вас всех это полная неожиданность, но мы очень счастливы и надеемся, что вы разделите с нами эту радость. Я считаю, что мистеру Адаму просто повезло — у него скоро будет еще один дядя. — Он рассмеялся, и Тэдди поднял за них бокалы.

— Очень хорошо, пап. Вы оба всю жизнь преподносите нам сюрпризы. Но я действительно рад за вас обоих, — сказал он с улыбкой. — Я думаю, вы оба — славные ребята. Я, например, даже не думаю о детях, особенно если они будут похожи на нас. — Он многозначительно посмотрел на сестру. — Но, в любом случае, будьте оба счастливы!

Он поднял бокал и выпил. Томми присоединился к его поздравлениям, и только Нэнси казалась раздраженной и не могла успокоиться до конца вечера. Когда они собрались уходить, она ворчала на мужа, одевающего малыша, глаза у нее были полны слез, когда она целовала отца, прощаясь с ним. Она даже не соизволила поблагодарить Пилар за подарки.

— Кажется, она еще не настолько повзрослела, как я думала, — тихо сказала Пилар, когда гости ушли. — Она ужасно на меня разозлилась.

— Она просто испорченная девчонка, и ей не должно быть никакого дела до того, как мы живем и как распоряжаемся своей жизнью.

Он запретил своим детям вмешиваться в его жизнь, так же, как сам никогда не вмешивался в их дела, если только они сами не обращались за советом или помощью. Они были уже взрослыми, такими же, как он и Пилар. И он не собирался придавать значение тому, что думают его дети. Он хотел, чтобы Пилар родила этого ребенка, зная, как много это для нее значит. И если она так поздно решилась, тому есть серьезные причины, которые никого не касаются.

— Может быть, она думает, что я буду соперничать с ней, — предположила Пилар, когда они убрали со стола посуду и сложили ее в раковину. Она будет лежать там до следующего утра в ожидании приходящей прислуги.

— Может быть. Но на этот раз она поймет, что мир не вертится только вокруг нее. Томми поставит ее на место, да я думаю, что и Тэдди тоже. Тэдди договорился, что поживет во время своего отпуска у сестры и зятя.

— Я думаю, что Тэдди был просто великолепен, хотя заметила, что он тоже просто ошарашен.

— Возможно, но у него хоть хватило ума понять, что это событие никак не отразится на его жизни. Нэнси в конце концов тоже поймет, что мое расположение к ним останется прежним. Но если ты ей это позволишь, она вполне может устроить тебе «веселую жизнь». — Потом он строго посмотрел на Пилар. — Именно сейчас я не хочу, чтобы она расстраивала тебя. Я понятно выражаюсь? — Это прозвучало очень грозно, и она улыбнулась мужу, когда они вошли в спальню:

— Да, ваша честь.

— Хорошо. И еще. Я даже слышать не желаю об этой маленькой бестии, пока она не вспомнит о своих манерах.

— Брэд, с ней все будет в порядке. Просто для нее это была большая неожиданность.

— Ладно, но ей впредь лучше держать себя в рамках, если она не хочет иметь неприятности со своим отцом. Ты достаточно натерпелась от нее за эти пятнадцать лет, этого бы хватило даже на несколько жизней. И нечего ей браться за старое, а если возникнет необходимость, то я ей напомню об этом. Но надеюсь, мне все-таки не придется делать этого.

— Я позвоню ей на следующей неделе и приглашу позавтракать, посмотрим, может, мне удастся сбить с нее спесь.

— Это она должна позвонить тебе, — нахмурился Брэд. — Нечего потакать ее капризам.

Но они оба были приятно удивлены, когда Нэнси позвонила и извинилась в тот же вечер. Брат и муж убедили ее в том, что она не имеет никакого права осуждать то, что делают ее отец и мачеха, и вынудили признать, что ее поведение было отвратительным. Она, плача, извинилась перед Пилар за то, что была груба. Пилар тоже заплакала.

— Это ты во всем виновата, ты знаешь об этом? —

возбужденно говорила она в трубку. — Если бы Адам не был такой хорошенький, я бы, может, никогда не решилась на это. — Но, конечно, это была не главная причина, и Брэд отлично знал это.

— Извини меня... а ты... ты была так ласкова со мной, когда я сказала тебе про Адама.

— Забудем об этом. — Пилар улыбнулась сквозь слезы. — С тебя сдобная ватрушка. — Это было ее единственное желание в тот момент.

И когда они встали на следующее утро, на ступеньках крыльца нашли розовую коробку, в которой была ватрушка, а сверху лежала роза такого же цвета, как и коробка. Когда Пилар показала коробку Брэду, она снова расплакалась. Но муж был доволен, что Нэнси одумалась так быстро.

— Теперь все, что ты должна сделать, это успокоиться и вынашивать ребенка.

Оставшиеся до августа восемь месяцев казались им вечностью.

* * *

Диана и Энди провели спокойное Рождество на Гавайях, и это было именно то, в чем они оба нуждались — день за днем загорать на солнце в Мауна-Кеа. С тех пор как закончились те ужасные испытания, через которые они прошли, супруги впервые оказались вдали от дома, предоставленные сами себе, если не считать того катастрофического уик-энда в Ла-Джолле в самом начале сентября. Теперь они оба начали понимать, как близки были к тому, чтобы разрушить свой брак. Казалось, они не имеют больше ничего общего, им не о чем было разговаривать, нечем поделиться друг с другом, не о чем помечтать. Все эти четыре месяца они плыли по течению и, сказать по правде, уже почти утонули, когда в День Благодарения для них промелькнул лучик надежды.

Им понадобилось два дня, проведенных на пляже, прежде чем они начали разговаривать друг с другом о чем-то другом, кроме еды и погоды. Для них это было очень подходящее место. В комнатах не было телевизоров, некуда было ходить, нечего было смотреть, и им оставалось только валяться целыми днями на пляже и потихоньку приходить в себя.

В рождественский день они пообедали вместе со всеми за большим столом в главной гостиной, а потом долго шли по пляжу в сторону заката.

— Я чувствую себя так, как будто мы в этом году побывали на седьмом небе и нас оттуда столкнули, — спокойно сказала Диана. Со дня их свадьбы прошло полтора года, и Диана теперь совершенно не знала, чего она хочет и к чему им теперь стремиться.

— Я тоже чувствую нечто подобное, — признался Энди, когда они сидели на белом песке, глядя на набегающие волны. А чуть позже, когда стемнеет, можно было увидеть огромных электрических скатов, которые приплывали к берегу в поисках пищи. — Но дело в том, Ди... что мы это сделали... мы не перешли грань... мы вместе, мы разговариваем друг с другом, держимся за руки... Это очень много значит... мы выдержали все это.

— Да, но какой ценой? — спросила она грустно. Все ее мечты теперь разбиты. Что ей теперь осталось? Все, чего она так всегда хотела, — это дети... Но ведь еще она любила Энди. И он был все еще с ней. Единственное, что она потеряла, — надежду иметь ребенка. Конечно, с этим трудно смириться, но, с другой стороны, Энди прав. Потеря надежды не означала, что сами они тоже погибли.

— Наверное, это в конце концов сблизит нас еще больше, — задумчиво произнес Энди.

Диана все эти месяцы непроизвольно пыталась спрятаться от него и от самой себя. Она забилась в скорлупу, уходила на работу с каждым днем все раньше и раньше, а возвращалась все позже и позже и, приходя домой, сразу же валилась на кровать и засыпала, как только касалась головой подушки. Она не хотела разговаривать ни с ним, ни с кем бы то ни было, она редко звонила родителям и ни разу — сестрам и друзьям. Они все для нее вдруг сделались чужими. На работе она ездила во все командировки, какие только могла. Энди пару раз предлагал встретить ее, думая, что они могли бы отдохнуть несколько дней в конце поездки, но она не хотела отдыхать и не хотела быть с ним. Отговаривалась тем, что очень занята.

— Главный вопрос в том, — нерешительно начал он, сомневаясь, правильно ли выбрал время, чтобы начать этот разговор, — куда мы двинемся дальше? Ты все еще хочешь быть моей женой? Не будет ли нам слишком тяжело вернуться к нормальному образу жизни? Я теперь просто не представляю, чего ты хочешь, — сказал он, думая о том, как это печально спрашивать, хочет ли она развестись с ним, сидя под лучами заходящего солнца на Гавайях.

Она была одета в белое ситцевое платье и, несмотря на то, что они пробыли здесь всего два дня, уже основательно загорела, а ее темные волосы призывно развевались на ветру. Но какой бы красивой Диана ему ни казалась, он сомневался, нужен ли ей и смогут ли они сохранить свой брак.

— А чего хочешь ты? — в свою очередь, спросила она. — Я все еще думаю, что не имею права удерживать тебя. Ты заслуживаешь больше того, что могу дать тебе я. — Диана готова была развестись не ради себя, а ради него самого. А она будет жить одна и посвятит себя карьере. Она знала, что, если Энди уйдет от нее, она никогда больше не выйдет замуж, или, по крайней мере, так думала. Ей двадцать восемь, и она готова покончить со всем этим, если он того хочет. Но он этого не хотел.

— Это все вздор, и ты знаешь это.

— Я ничего больше не знаю. Я знаю только то, чего нет. Я не знаю, что есть, что правильно или что мне надо делать или даже чего я теперь хочу. — Она думала даже о том, чтобы бросить работу и уехать в Европу.

— Ты любишь меня? — спросил он тихо, подвигаясь ближе и заглядывая ей в глаза, которые теперь всегда были такими грустными, такими пустыми, такими несчастными. Душа его жены была вытоптана и сожжена и вывернута наизнанку, и иногда ему казалось, что в ней не осталось ничего, кроме боли.

— Да, люблю... — прошептала она, — я очень тебя люблю... и всегда буду любить... Но это не значит, что я имею право держать тебя... Я не могу ничего дать тебе, Энди... кроме себя, да и от меня-то уже тоже осталось не так уж много.

— Да, это так. Ты просто разрушаешь себя работой, болью, печалью. Но я смогу помочь тебе выбраться из всего этого, если ты мне позволишь. — Он начал посещать психоаналитика несколько недель назад и сейчас чувствовал себя намного лучше.

— И что потом? — спросила она. Ей все казалось совершенно бесполезным.

— Потом мы будем принадлежать друг другу, и, поверь, дорогая, это тоже немало. Мы любим друг друга и можем дать друг другу очень многое, и у нас есть наш мир и наши друзья. Согласись, дети — это еще не вся жизнь. И даже если бы у нас были дети, они же все равно когда-нибудь выросли бы и покинули нас, а может, они бы нас возненавидели или погибли от несчастного случая. В жизни ничего нельзя предсказать.

Он все говорил правильно, но дети встречались ей

повсюду — забавные маленькие человечки, при виде которых у Дианы болезненно сжималось сердце. Они цеплялись за руки своих матерей или плакали на руках у родителей, и те успокаивали их как могли. Диане не суждено было испытать этого теперь уже никогда. Куда бы она ни посмотрела, везде ей бросались в глаза беременные женщины с выступающими вперед животами, в глазах у них светилась надежда и ожидание, которых ей уже не узнать никогда, никогда ей этого не понять, не почувствовать ни душой, ни телом. Конечно, нелегко пережить все это, забыть о собственной неполноценности.

— Но тебе, тебе тоже плохо от того, что у нас нет детей. Вся вина лежит на мне. Почему ты должен мириться с этим?

— Потому что я люблю тебя, — терпеливо сказал Энди. — И совсем необязательно, что у нас не будет детей. Конечно, если мы не захотим, их не будет. Но если решим, что без детей нам не обойтись, то у нас есть возможности, и не одна.

— Я не уверена, что готова к этому, — упрямо покачала головой Диана.

— Я пока тоже не готов. Но нам и не надо принимать решение прямо сейчас. Все, что нам сейчас нужно, — думать о себе, о нас. И решиться на что-то, пока еще не слишком поздно и пока мы еще не упустили свой шанс. Малыш... я не хочу потерять тебя...

— Я тоже не хочу потерять тебя, — сказала Диана, и ее глаза наполнились слезами. Она отвернулась и увидела, что неподалеку на пляже играли дети. Это было невыносимо.

— Я хочу, чтобы ты вернулась... в мои мечты... в мою жизнь... в каждый мой день... в мое сердце... в мои объятия... в мою постель... в мое будущее. Господи! Я же едва не потерял тебя! — воскликнул Энди и притянул ее к себе, почувствовав тепло ее тела. Неожиданно желание захлестнуло его. — Малышка... ты нужна мне...

— Ты мне тоже нужен, — всхлипнула Диана. Она так сильно нуждалась в нем. Она не смогла бы справиться без него со всем этим кошмаром, не смогла бы пережить это крушение надежд. Но, замкнувшись в своем горе, она могла лишиться его.

— Давай попробуем... пожалуйста, давай попробуем. — Он посмотрел на нее, и Диана улыбнулась ему сквозь слезы. — Нам будет нелегко, и, может быть, иногда я что-то не смогу понять или сделать... но я буду очень стараться. А если что-то будет не так, ты ведь мне скажешь, хорошо?

Они медленно, рука об руку, вернулись в свой номер. Впервые за долгие месяцы они с упоением занимались любовью, и им было хорошо, гораздо лучше, чем когда-либо раньше.

* * *

Для Чарли и Барби это Рождество выдалось странным. Позже, вспоминая его, Чарли пытался подобрать подходящее слово, чтобы охарактеризовать его. Необычное. Неординарное. Может быть, даже удивительное. Он, как всегда, приготовил рождественский обед, а жена с утра ушла к Джуди, чтобы, как она объяснила, отдать ей свой подарок. И на этот раз Чарли был просто рад, что остался один. Его мучило ужасное похмелье после вчерашних возлияний. Но алкоголь не притупил боли. Чарли пытался свыкнуться с тем, что сказал ему доктор Патенгилл, и... не мог. Его жена никогда не забеременеет от него. Никогда. Ему вспомнились слова доктора о приемных детях, но это ничуть его не успокаивало. Ему было все равно, сколько детей усыновили Патенгиллы. Он хотел, чтобы у него был свой ребенок, свой собственный. От Барби. Он хотел, чтобы это было, но знал, что этого не будет. Вернее, это знал его разум, а сердце в это верить отказывалось.

Барби вернулась к четырем радостная и возбужденная. По ее блестевшим глазам было видно, что она уже выпила, и, пока Чарли смазывал индейку, она заигрывала с ним, но ему было не до того. Он купил ей в подарок коротенький лисий жакет, который ей страшно понравился. Барби отправилась в спальню, сняла с себя все, кроме черных кружевных трусиков, а потом вернулась на кухню в меховом жакете, в трусиках и на высоченных каблуках, и Чарли не выдержал и рассмеялся. Она выглядела так нелепо и так соблазнительно, но все это было так бессмысленно.

— Ты ветреная уличная девчонка, знаешь об этом? — Он, улыбаясь, повалил ее на кушетку и поцеловал. — Я люблю тебя.

— Я тоже тебя люблю, — сказала она немного напряженно.

За обедом они пили ее любимое шампанское. Индюшка была великолепной, и к концу обеда Чарли почувствовал себя немного лучше. Он понял, что должен как-то смириться со своим горем. Жена подошла и села к нему на колени. В розовом пеньюаре, который он подарил ей на день рождения, у нее был очень соблазнительный вид.

— Счастливого Рождества, Бэб. — Он нежно поцеловал ее в шею, чувствуя, как ее тело сразу же отреагировало на ласку, но она вдруг отпрянула и нежно на него посмотрела. Чарли уловил в ее взгляде что-то странное, но никак не мог понять что, а она уже снова целовала его.

— Мне надо тебе кое-что сказать, — прошептала она.

— Мне тоже... — хрипло сказал он, — давай пойдем в спальню, и я скажу тебе...

— Я первая, — перебила она, снова отпрянув. — Я думаю, что ты будешь очень рад услышать мою новость. — У нее был загадочный вид, и он, удивленный, сел обратно на стул и приготовился слушать.

— Это должно быть что-то очень приятное. Если же нет, я сорву с тебя одежду прямо здесь, и черт с ней, со спальней. — Чарли возбуждался, даже просто находясь рядом с ней.

Последовала долгая пауза, она улыбалась, все еще колеблясь, и потом наконец произнесла:

— Я беременна.

Он уставился на жену в немом изумлении, не в силах ничего произнести, а потом вдруг страшно побледнел.

— Ты это серьезно?

— Конечно, серьезно. Неужели я буду шутить с тобой такими вещами? — Барби искренне удивилась реакции мужа.

— Ты уверена? — Может быть, он все-таки не прав? Может, врачи перепутали и проверили сперму кого-то другого, а у него, Чарли, все в порядке? — С чего ты взяла?

— Ради бога! — воскликнула Барби раздраженно, соскакивая с его колен и прикуривая сигарету от свечи на столе. — Послушай, я думала, ты будешь рад. Ты же, кажется, хотел детишек? Что это за допрос? Испанская инквизиция, гестапо? — Она пылала негодованием. — Да, я уверена в том, что жду ребенка. Два дня назад я была у врача.

— О, дорогая... — Чарли закрыл глаза, чтобы она не увидела подступивших слез, и обнял ее. — Прости... я просто... я не мог даже представить себе... — Он сжимал ее в объятиях и плакал, а она никак не могла понять почему. Чарли не знал, что ему делать: встать на колени и возблагодарить Господа или проклясть ее. А вдруг она изменяла ему? Вдруг это не его ребенок? Но, не сказав ей того, что он теперь о себе знал, Чарли не мог спросить ее об этом.

Весь остаток дня он был странно спокоен. Барби болтала по телефону, пока он мыл посуду после обеда. По ее надутому виду было совершенно очевидно, что она ожидала от него совсем другой реакции на свое сообщение и никак не могла понять, почему он так себя повел. И когда они наконец легли в постель, Чарли обнимал ее и молился о том, чтобы доктор Патенгилл ошибся. Но червь сомнения грыз его, и Чарли знал, что должен поговорить с ним, прежде чем поверить жене и считать ребенка своим.

Три дня до визита к доктору Патенгиллу показались ему бесконечными. И за это время он почти не видел жену. Она встречалась с подругами, ходила по магазинам и даже сказала, что у нее просмотр на следующий день после Рождества. Чарли ни о чем ее не спрашивал. И ничего ей не говорил. Сначала он должен был повидать доктора и все выяснить до конца.

Но когда он наконец сел за стол в его кабинете, врач отрицательно покачал головой:

— Чарли, в то, что вы сказали, трудно поверить. Я бы очень хотел сказать вам, что чудеса случаются; в моей практике были и более удивительные случаи. Но вероятность того, что вы отец этого ребенка, равна нулю. У меня были пациенты, страдающие от бесплодия, которые преподносили мне сюрпризы, но в вашем случае, Чарли, поверьте... я вынужден дать отрицательный ответ.

Но он и сам это знал. Он все время подозревал Барби в изменах. Все эти возвращения домой, ее многочисленные «подруги», все эти «девичники», визиты к «Джуди», все эти ее туманные «просмотры» и «работа в студии», которые не приносили денег. Она уже много месяцев нигде не играла. Чарли не сомневался, что как бы он этого ни хотел, но этот ребенок был не его.

Чарли вышел из кабинета доктора Патенгилла и медленно поехал домой. Он даже огорчился, обнаружив, что жена дома. Она разговаривала с кем-то по телефону и, увидев его, тут же бросила трубку.

— Кто это был? — спросил он безразлично, зная, что Барби мастерица беззастенчиво врать.

— Это Джуди. Я рассказала ей насчет ребенка.

— Да. — Чарли отвернулся, пряча от нее лицо, ему очень хотелось ничего ей не говорить, но он знал, что должен сделать это. Ему вдруг захотелось, чтобы весь мир рухнул, когда он медленно, очень медленно повернулся и посмотрел на нее. — Нам надо поговорить, — произнес он и опустился в кресло напротив того, в котором сидела она, невероятно красивая и сексуальная.

— Что-то случилось? — нервно спросила Барби, скрестив ноги и в ожидании закуривая сигарету.

— Да.

— Ты потерял работу? — Она казалась испуганной и, когда он отрицательно покачал головой, облегченно вздохнула. Что еще может случиться? Ведь не изменяет же он ей, в этом она абсолютно уверена. Для этого он был слишком хорошим парнем.

— Нет, это было бы не так плохо. — Затем он продолжил: — Некоторое время назад я был у врача. Как раз после Дня Благодарения.

— У какого врача? — спросила Барби, нервничая все больше.

— У эндокринолога, — выразительно сказал он. — Ты как-то сказала, что тебя удивляет то, что ты не беременеешь, несмотря на то, что мы так беспечны и совсем не предохраняемся. И это обеспокоило меня. Поэтому я решил провериться. И проверился...

— И что? — Она старалась казаться спокойной, но уже предчувствовала, что услышит сейчас, и сердце ее упало.

— Я бесплоден.

— Это какая-то ошибка, — сказала она, вскакивая. — Может быть, он захочет осмотреть меня, чтобы убедиться, что я беременна?

— А ты действительно беременна? — спросил он резко. Он отчаянно надеялся, что она обманула его, руководствуясь какими-то неизвестными ему соображениями.

— Конечно. Я могу показать тебе анализы, если ты мне не веришь. У меня срок уже два месяца. — Чарли тут же начал припоминать, что она делала в конце октября. — Твой доктор просто сошел с ума.

— Нет, — сказал он твердо, — думаю, что с ума сошел я. Зачем ты обманываешь меня, Бэб? От кого этот ребенок?

— От тебя, — сказала она, пряча глаза. Барби расплакалась, а потом медленно повернулась к нему. — Неважно, чей это ребенок... я очень подло поступила с тобой, Чарли. Прости меня.

Но если бы он не узнал о своем бесплодии, если бы ничего ей не сказал о заключении врача, то она и дальше обманывала бы его, и Чарли знал это.

— Я думал, ты вообще не хотела иметь детей. Зачем же тебе этот?

— Потому что... я не знаю... — Но вдруг Барби поняла, что выкручиваться слишком поздно. Он все равно уже узнал правду. Так почему бы не рассказать ему все остальное? — Может быть, потому, что я делала слишком много абортов, может быть, потому, что я знаю, как сильно ты хочешь ребенка... может, потому, что я постарела... или стала сентиментальной... или просто глупой, или что-то в этом роде... Я просто подумала...

— От кого он? — Его сердце разрывалось на части, когда он задавал эти вопросы. Чарли сам не понимал, зачем он это делает, разве только для того, чтобы помучить ее.

— От одного парня. Я познакомилась с ним когда-то в Вегасе. Мы встречались с ним тогда, давно, а в октябре он переехал сюда. Он сказал, что сможет помочь мне с работой. У него большие связи в Вегасе. Ну и мы были вместе несколько раз. Я просто подумала... — Продолжить она не смогла, потому что снова расплакалась.

— Ты его любишь? Или ты пошла на это ради карьеры? Или ради удовольствия? Что этот парень значит для тебя?

— Ничего, — ответила она, не смея поднять глаза на мужа.

А он с тоской подумал, что кто-то другой сделал все то, что не смог сделать он. Эта мысль родила другую: «А любила ли Барби меня когда-нибудь? Может быть, с самого начала для нее наш брак ничего не значил?» Сам Чарли страстно хотел создать семью, завести детей... Но, может, он не имеет на это права? Как он может дать ребенку дом, если сам никогда не имел его? Что он об этом знает?

— Зачем ты это сделала? — жалобно спросил он, борясь с душившими его рыданиями.

Она посмотрела ему прямо в глаза:

— Потому что ты пугаешь меня. Ты ждешь от меня того, от чего я бегу всю жизнь. Каждый раз, когда ты откровенничаешь со мной, я начинаю бояться. Ты хочешь детей, семью и все то дерьмо, которое для меня ничего не значит. Я не хочу себя ничем связывать. Я просто не могу так жить.

Чарли молча слушал ее, и слезы катились у него по щекам. Она разбивала вдребезги все его мечты и делала это совершенно сознательно.

— Ты хочешь знать, почему я так отношусь ко всему этому, хочешь, Чарли? Наверное, хочешь. Да, у меня была семья — братья и сестры, мать и отец... И знаешь что? Мой брат спал со мной в течение семи лет. Первый раз это произошло, когда мне было семь, и ты знаешь, моя мамочка позволяла ему делать это. Он был такой «трудный» мальчишка, и она так боялась, что у него могут быть неприятности с полицией, если он сойдет с правильного пути, так вот я была для братца «спасательным кругом». Свой первый аборт я сделала благодаря ему, когда мне было тринадцать, а потом через год — еще два. А потом мой папочка решил тоже вкусить кусок семейного пирога... Прекрасная семейка, правда, Чарли? Захотелось бы тебе после этого рожать детей? Нет? Вот и мне тоже. Я сбежала из этого ада. Я приехала в Вегас и целый год ловила удачу, пока не получила роль в шоу, и за то время сделала еще два аборта. А потом еще один уже здесь, когда меня обрюхатил один умник. Да, я не хочу и этого ребенка, Чарли, но я думала, что его хочешь ты.

Да, он хотел, но ему нужен был собственный ребенок. Чарли сидел, уставясь на нее, испытывая невероятные душевные муки, вызванные ее словами.

— Я не знаю, что сказать, Бэб. Извини меня за все, что было, за прошлое, за нас... Мне кажется, что мы оба совершили ужасную ошибку.

— Да. — Она шмыгнула носом и закурила еще одну сигарету. — Мне не надо было выходить за тебя. Ты бредишь всей этой глупой сентиментальной чушью. Я говорила тебе, что все это чепуха, но мне хотелось верить, что я смогу вести такую жизнь. И знаешь что? Я не могу. Я не могу быть такой, как ты хочешь — маленькой, миленькой глупой женушкой. Это не для меня. Мне кажется, я сойду с ума, если буду сидеть в этой квартире, разговаривать о детях и смотреть, как ты пылесосишь и готовишь обеды. К черту твои обеды, Чарли, я создана для другой жизни!

Он слушал ее, закрыв глаза. Ему не хотелось верить в то, что она говорила, но он знал, что это была правда.

В комнате повисла напряженная тишина. Когда Чарли снова взглянул на нее, ему показалось, что перед ним сидит совершенно чужая женщина. «А ведь я совсем не знал ее», — подумал он с горечью.

— И что ты собираешься сейчас делать? — наконец спросил он.

— Не знаю. Наверное, поеду к Джуди.

— А что с ребенком?

— А, ерунда. Я знаю, что мне с ним делать. — Она пожала плечами, как будто это не имело никакого значения, и Чарли изо всех сил старался не вспоминать о том, какая она была хорошенькая, когда говорила ему про ребенка.

— А что тот парень? Ему что, не нужен ребенок?

— Я ему даже не собираюсь говорить об этом. Он женат и имеет троих детей в Вегасе. Не думаю, что ему захочется еще одного.

— Даже не знаю, что сказать. — Чарли казалось, что вся его жизнь вывернулась наизнанку. Впрочем, так и было. Он с трудом соображал, не говоря уже о том, чтобы принять какое-нибудь решение. — Почему бы нам не вернуться к этому разговору через несколько дней?

— Для чего? — Барби выглядела изумленной.

— Для того, чтобы переварить все это. Я не знаю, что я сейчас чувствую или хочу. Я просто не знаю, что тебе сказать.

— А ты и не должен мне ничего говорить, — сказала она тихо, испытывая сожаление, может быть, впервые в жизни. — Я все понимаю.

Чарли плакал и никак не мог остановиться, хотя и понимал, что выглядит ужасно глупо. Жизнь здорово потрепала Барби, и закалила, и ожесточила, и, поняв это, он дал волю своим чувствам и плакал, как плакал тогда, в детстве, когда люди, с которыми он прожил почти год, вдруг заявили, что они не могут усыновить ребенка, больного астмой.

— Прости меня... — Барби, пытаясь успокоить, обняла его за плечи и некоторое время сидела рядом, но он все плакал и плакал, и она ушла в спальню собирать вещи. Потом она заказала такси и уехала к Джуди.

А Чарли проплакал целый день. Он не мог поверить в то, что случилось. У него даже не было сил, чтобы позвонить Марку, он знал, что скажет ему друг: «Черт с ней, с Барби, ты прекрасно проживешь без нее». Но если это так, то почему же ему никак не становится легче? Сегодня был самый ужасный день в его жизни. Сегодня он узнал, что бесплоден, и жена, которую он любил, ушла от него.

Глава 11

Вечером в канун Рождества Брэд и Пилар изумили своих друзей, с которыми обедали, сообщив им о беременности Пилар. За прошедший год она резко поменяла некоторые жизненные принципы: вышла замуж, хотя до этого твердила, что превыше всего ставит личную свободу, а теперь собиралась стать еще и матерью. Двадцать лет назад она бы и мысли не допустила, что такое с ней может произойти, но теперь можно было с уверенностью сказать, что Пилар наконец живет полнокровной жизнью.

После обеда они всей компанией танцевали под старые забытые мелодии, а в полночь целовались, поднимая бокалы с шампанским. Брэд и Пилар ушли домой в полвторого ночи. Она устала больше, чем обычно, и, хотя она всегда любила эти новогодние вечеринки, теперь у них была веская причина, чтобы покинуть друзей так рано. К тому же, с тех пор как забеременела, она чувствовала, что ее постоянно клонит ко сну.

— Ты заметил, какое на всех произвела впечатление наша новость? — усмехнулась Пилар. — Мне так нравится наблюдать за их лицами, когда я говорю им, что беременна. Сначала они думают, что это шутка, и не знают, как на это реагировать, а потом так бурно выражают свои эмоции. Все-таки это очень приятно.

— Ты ведешь себя как маленькая девчонка, — улыбнулся Брэд. Он заметил, что жена поморщилась, когда он помогал ей выбираться из машины, и слегка встревожился: — С тобой все в порядке?

— Да... Просто я почувствовала какой-то непонятный спазм, вот и все.

— Где?

— Где-то в низу живота, — рассеянно сказала она.

У нее были подобные спазмы несколько дней назад, но когда Пилар позвонила доктору Вард, та сказала ей, что это вполне нормально, и предупредила, что у нее могут возникнуть временные боли, так как ее матка начала увеличиваться. Она убедилась в этом, когда, вешая одежду, почувствовала еще один болезненный спазм, на этот раз более сильный. А потом еще один... и еще... и вдруг она почувствовала, как что-то теплое потекло по ее ногам... и, посмотрев вниз, увидела кровь.

— О господи... — с ужасом прошептала она и внезапно охрипшим голосом позвала Брэда, а сама продолжала неподвижно стоять на месте, глядя, как кровь капает на ковер.

Пилар была слишком напугана, чтобы двигаться и вообще что-нибудь делать. Она не знала, что все это значит, но уже поняла, что случилось что-то ужасное. Брэд, увидев кровь, тут же подхватил жену на руки и отнес в ванную. Он бросил полотенца прямо на коврик и, опустив ее, попытался приподнять ее бедра, чтобы остановить кровотечение. Но кровь шла все сильнее, и она посмотрела на него полными ужаса глазами:

— Я потеряла ребенка?

— Не знаю. Не двигайся, дорогая. Я пойду позвоню доктору.

Брэд кинулся в спальню, позвонил оттуда и вернулся к ней через несколько минут. Было слишком далеко вести ее в Лос-Анджелес, к доктору Вард. Вместо этого он позвонил местному гинекологу, тот сказал, что ее надо привезти в больницу как можно скорей. Он пообещал встретить их там через десять минут. Он также заверил Брэда, что у него были случаи, когда женщинам, попавшим в сходную ситуацию, удавалось сохранить ребенка. Доктору Паркеру едва исполнилось шестьдесят, он был немного старомоден и всегда нравился Брэду.

Он сказал все это жене, пока обматывал полотенцами ее бедра и накидывал ей на плечи куртку. Кровотечение не прекращалось, и, прежде чем уложить ее на заднее сиденье, он постелил одеяло и еще несколько полотенец. Брэд гнал машину вниз по холму по направлению к больнице быстро, как только мог. Когда они подъехали, Пилар была очень бледна и плакала от боли и от страха потерять ребенка. Она сказала, что в жизни не испытывала ничего ужаснее, и, когда доктор попытался осмотреть ее, Пилар вскрикнула. Доктор, огорченно покачал головой, отозвал Брэда в сторону и объяснил, что у нее не просто кровотечение, а выкидыш.

Он очень осторожно попытался объяснить Пилар, что произошло, а она в отчаянии переводила взгляд с мужа на доктора и обратно:

— Ребенок? Он погиб?

— Скорее всего он с самого начала был нежизнеспособный, — говорил доктор, глядя с состраданием на убитую горем женщину. — К сожалению, это бывает.

Доктор Вард предупреждала Пилар неделю назад,

что у женщин ее возраста часто бывают выкидыши, но тогда она пропустила ее слова мимо ушей, окрыленная хорошими новостями.

Она лежала, истекая кровью и изнывая от боли, жалобно всхлипывая, и никак не могла поверить в то, что ребенок, о котором они так мечтали, погиб. Это невозможно. Почему же это случилось?

— Чуть позже мы поднимем вас в операционную и сделаем все необходимое, чтобы остановить кровотечение. Придется немного подождать, потому что вы только что плотно поели, как сказал мне Брэд. Я думаю, что через час-два с вами все будет в порядке, а сейчас пока я дам вам что-нибудь болеутоляющее.

Но то лекарство, которое принесла медсестра, сняло боль не до конца, и эти два часа Пилар лежала, стискивая зубы, чтобы не закричать каждый раз, когда матка сокращалась. Она не могла поверить, что такая боль вообще бывает. К тому времени, когда все было закончено, она совершенно обессилела и была на грани истерики. Она не переставая спрашивала Брэда:

— А что, если ребенок на самом деле не умер? Что, если с ребенком все было в порядке, а они сделали мне аборт?

Но Брэд, повторяя слова доктора, пытался заверить ее, что ребенок погиб и врачи должны были очистить матку от омертвевшей ткани.

— Это не омертвевшая ткань, — не выдержав, закричала она, — это наш ребенок!

— Я знаю, любимая, знаю. — Брэд встретил ее прямо у дверей операционной, откуда ее отвезли в палату. Отвернувшись к стене, Пилар горько расплакалась. Она пролежала остаток ночи, жалобно всхлипывая, в то время как Брэд сидел около кровати, с болью и жалостью глядя на жену, не в силах сделать для нее хоть что-то.

— Для вашей супруги это, должно быть, тяжелый

удар, — сказал доктор Брэду перед тем, как уйти домой. — В наши дни выкидыш не считается серьезной проблемой. А ведь это своего рода смерть. Мы обычно говорим: «небольшая неприятность» — и считаем, что женщина может оправиться после нее через несколько дней. Но это не так. Женщине нужны для этого месяцы... а иногда и годы... иногда они уже вообще не могут оправиться... А Пилар в таком возрасте, когда невозможно быть уверенной в том, что можно зачать еще одного ребенка.

— Мы будем пробовать, — Брэд сказал это больше для себя, чем для доктора, — будем пробовать. У нас обязательно должно получиться.

— Скажите это ей. Возможно, какое-то время она будет сильно подавлена. Это состояние усугубляется тем, что она принимала гормональные препараты.

Но Брэд прекрасно понимал, что гормоны здесь абсолютно ни при чем, он сам был подавлен тем, что случилось, не меньше, чем Пилар. И, вернувшись к ней в палату, он не выдержал и тоже заплакал. Ему было жаль жену, жаль ребенка, которого они потеряли, и он целиком разделял с Пилар ее горе.

Около полудня Брэд отвез Пилар домой. Он суетился вокруг жены, старался устроить ее поудобнее. Брэд хотел, чтобы она не вставала в течение нескольких дней и немного пришла в себя, но вечером позвонила Нэнси, чтобы сообщить мачехе о невероятно красивой детской кроватке, которую она присмотрела для ее будущего малыша.

— Я... Я не могу сейчас с тобой разговаривать. — Пилар залилась слезами и передала трубку Брэду, который чувствовал себя не намного лучше. Он ушел в другую комнату и все объяснил дочери, и та, пораженная, повесила трубку, жалея их обоих и думая о том, что мачеха все-таки стара для того, чтобы заводить ребенка.

Для супругов этот первый день нового года был бесконечно длинным и тоскливым. Они провели его сидя дома, думая о ребенке, которого у них не будет, о своих недавних мечтах; и оба испытывали чувство невосполнимой потери.

* * *

В первый день нового года Чарли встал в шесть пятнадцать. Полночи он не мог заснуть, и удалось ему это только около четырех. Он вообще не мог спать все эти дни, но зато наконец решил, как быть с Барби. Конечно, она поступила очень плохо, и он хотел взять с нее слово, что такого больше не повторится, но расстаться с ней он никак не мог, особенно сейчас. Чарли любил ее и был уверен, что нужен ей. Как же он может ее бросить? А если этот ребенок как раз то, что изменит их жизнь к лучшему?

Было еще очень рано для того, чтобы звонить, поэтому он встал, принял душ, побрился, прочитал газету, бесцельно побродил по квартире, и наконец в девять часов он поехал к Джуди. В течение трех дней он не разговаривал с Барби, а когда она уходила, он вообще еще не знал, что ей сказать. Он был слишком потрясен новостью о том, что она беременна. Как ни странно, Чарли ужасно жалел о том, что пошел на прием к доктору Патенгиллу. Если бы он этого не сделал, он бы никогда не узнал, что бесплоден, поверил бы Барби, что это его ребенок, и был бы счастлив. Но теперь все было намного сложнее. А может, нет?

Он позвонил в квартиру Джуди, и дверь тут же распахнулась. Джуди растерялась, не ожидая увидеть Чарли. Она явно собиралась ему что-то сказать, но передумала. Джуди вдруг почувствовала себя так же неловко, как и Чарли. Они оба знали о том, что произошло, и

Чарли уже давно понял, что Джуди покрывала его жену, когда та встречалась с парнем из Лас-Вегаса. Ради своей подруги она предавала Чарли и теперь очень сожалела о том, что все так вышло. Барби сказала ей, что беременна, как только обнаружила это. Джуди посоветовала ей никому ничего не говорить и избавиться от ребенка, ведь его отец был женат. Барби так и хотела сделать сначала, но потом подумала о том, как безумно Чарли хочет иметь ребенка. И ей в голову пришла рискованная мысль соврать мужу, что это его ребенок, и не делать еще один аборт.

— Привет, Чарли, — тихо сказала Джуди. — Проходи, я сейчас позову Барби.

Но она уже сама вышла из комнаты и остановилась в коридоре. Вид у нее был несчастный, казалось, что ее броская внешность внезапно потускнела.

— Привет, — произнес Чарли, чувствуя себя совершенно потерянным. — Извини, что не звонил. Мне надо было хорошенько подумать.

— Мне тоже. — В глазах Барби стояли слезы. Ей стало еще тяжелее от того, что он пришел. Теперь она прекрасно понимала, какую сделала глупость, соврав мужу насчет ребенка.

— Мы можем где-нибудь присесть? — Казалось, Чарли стал вдруг взрослее. Он многое обдумал за последние несколько дней. Ему казалось, что прошло не три дня, а долгие годы.

Барби не хотела оставаться в гостиной, потому что Джуди со своим парнем могли услышать из кухни их разговор, и пригласила его в спальню подруги. Барби уселась на незаправленную кровать, а Чарли примостился на краешке единственного в комнате стула. Он внимательно смотрел на эту женщину, которую считал своей женой. Меньше чем за два года они проделали долгий путь, и у него сохранились приятные воспоминания об этом отрезке жизни. Просто они не очень напоминали мужа и жену, но Чарли был уверен, что теперь все изменится. А ребенок станет тем самым звеном, которое сможет прочно соединить их.

— Я по-прежнему очень хочу ребенка, Барби. Я много над этим думал и решил, что мы должны сделать все, чтобы он был счастливым. И пусть этот ребенок никогда не узнает, что не я его отец. В его свидетельстве о рождении будет записано мое имя, и этого для меня будет вполне достаточно. — Он нежно ей улыбнулся.

Чарли был так добр и великодушен, что, слушая его, Барби горько расплакалась. Некоторое время она не могла произнести ни слова, а только качала головой. Для них обоих это была очень тяжелая минута. Он нагнулся и взял ее за руку, но Барби в то же мгновение отдернула руку. Чарли только открыл рот, чтобы сказать ей, что все будет хорошо, но она опередила его.

— Я вчера сделала аборт, — наконец смогла выдавить она, и ему показалось, что он получил пощечину.

— Ты шутишь? — Но кто же станет шутить такими вещами? Он совершенно не представлял, что он может еще сказать, и они продолжали сидеть, оглушенные, уставившись друг на друга. — Но зачем? — То, что она сейчас сказала, никак не укладывалось у него в голове.

— Чарли, зачем мне нужен этот ребенок? Чтобы всегда напоминать тебе о моей измене? Ты думал бы об этом каждый раз, глядя на него. А я... — Барби взглянула на него, ее глаза были наполнены страданием. — Дело в том, что, как бы я ни чувствовала себя перед тобой виноватой, как бы мне ни было горько и хотя я не хотела делать еще один аборт... Понимаешь, я просто *не хочу* ребенка. Ни от тебя, ни от кого бы то ни было.

— Но почему? Ребенок был бы для нас самым лучшим выходом. А теперь нам придется его усыновить, — сказал он грустно. В глубине души он почувствовал некоторое облегчение, но все-таки был глубоко разочарован.

— Чарли... — Ее голос был настолько тихим, что даже в этой маленькой комнате он едва смог расслышать то, что она сказала. — Я не вернусь к тебе. — Она опустила голову, не в силах видеть его лицо после этих слов.

— Что? — Веснушки ярко выступили на побелевшем лице. — Что ты имеешь в виду?

Она заставила себя снова посмотреть на него.

— Чарли, я люблю тебя... А ты... ты именно такой муж, о котором мечтает каждая женщина. Но я... Я просто не хочу быть женой. Я никогда раньше не знала об этом. Но, сидя с тобой дома по вечерам, я просто умирала от скуки. Мне сначала казалось, что я смогу к этому привыкнуть, но у меня ничего не получилось. Поэтому, я думаю, это и произошло. Когда мы только поженились, я почувствовала невероятное облегчение от того, что теперь обо мне кто-то будет заботиться. — Пока она это говорила, слезы безостановочно катились по ее щекам. — Мне казалось — все это просто сказочный сон. Но, к сожалению, для меня этот сон обернулся кошмаром. Я не желаю отчитываться, где и с кем я была. Я не хочу все время торчать дома. Мне не нравится жить все время с одним мужчиной, и, уж это-то я знаю точно, мне совершенно не хочется иметь детей ни от тебя, ни от кого-нибудь другого, и уж тем более, черт возьми, я не собираюсь усыновлять чужого ребенка. Я договорилась с врачом, и через несколько недель мне сделают стерилизацию. Я не хочу больше делать аборты.

— Почему ты это сделала, не поговорив сначала со мной? — спросил Чарли, опять имея в виду ребенка. Как будто все остальное, о чем она говорила, не имело значения. Да, Барби сказала, что не вернется к нему, но это вряд ли можно принимать всерьез. Она просто очень расстроена и не дает себе отчета в том, что говорит.

— Чарли, это был не твой ребенок, и я не хотела, чтобы он родился.

— Это несправедливо, — пробормотал он, чувствуя, как к горлу подступают рыдания.

Все было несправедливо. Все, что случилось. В его жизни все было несправедливо с того самого момента, когда его родители отказались от него. Теперь Барби тоже от него отказывалась. Она была такой же, как все те, кто забирал его из приюта ненадолго, а потом говорил, что он очень хороший, но он им не нужен. «Да что же во мне такого, — спрашивал он себя, в то время как слезы бежали по его щекам, — что никто никогда меня не любил?»

— Прости меня. — Он попытался извиниться за все, что чувствовал, и за эти свои слезы, но Барби только качала головой. Из-за его благородства она чувствовала себя еще более отвратительно, но теперь была полностью уверена в том, что поступает правильно. Она только жалела, что не сделала этого еще несколько месяцев назад, еще до того, как изменила ему с этим парнем из Вегаса. — Может быть, тебе лучше вернуться домой, хотя бы ненадолго, и мы попробуем начать все сначала? Ты сможешь ходить куда захочешь и когда захочешь. Я не буду задавать тебе никаких вопросов и требовать объяснений. — Чарли понимал, что говорит все это напрасно. Он прекрасно представлял себе, что такое ее поведение просто сведет его с ума. А Барби знала это еще лучше, чем он.

Она приняла решение и, что бы он ни говорил, не собиралась его менять.

— Я не могу этого сделать, Чарли. Ни тебе, ни мне от этого не будет радости.

— А что ты собираешься делать? — Все-таки Чарли волновался за нее. Ей нужен человек, который бы о ней заботился, она вовсе не была такой сильной и самостоятельной, какой казалась.

— Джуди собирается бросить работу, и мы вернемся обратно в Вегас.

— Для чего? Ну ты сможешь еще пять лет пропеть в хоре, а потом что? Что ты будешь делать, когда постареешь и не сможешь больше демонстрировать купальники, да и свои сиськи тоже?

— Я думаю, что смогу сделать подтяжку и продержаться еще какое-то время. Я не знаю, Чарли. Но я твердо уверена в том, что никогда не смогу быть тем, кем ты так жаждешь меня увидеть. Я лучше умру, чем вернусь к прежней жизни.

— Я не могу в это поверить. — Он встал, пересек комнату и выглянул в единственное окно. Вид улицы был безрадостный, как и все, что теперь его окружало. — Ты действительно не пойдешь домой? — Чарли повернулся и снова посмотрел на нее, но она решительно покачала головой.

— Ты заслуживаешь гораздо больше, чем я могу тебе дать, — сказала она грустно. — Тебе нужна какая-нибудь милая девушка, которая бы по достоинству оценила все то, что ты можешь ей дать, которая с радостью сидела бы дома и готовила тебе обеды; вы бы смогли усыновить парочку ребятишек и были бы необыкновенно счастливы.

— Спасибо, что решила все это за меня, — сказал он горестно. Стоя посреди этой комнаты, он понял вдруг, что никогда больше не сможет попробовать начать все это заново. Чарли не мог заставить ее вернуться и знал, что никогда больше в жизни не сможет жениться.

— Чарли, прости меня... — повторила Барби, когда они вышли из квартиры. Она видела, как он спускается по ступенькам дома, в котором жила Джуди. Он не оглянулся, не бросил на нее последний взгляд. Он просто не мог. Это было так похоже на то ужасное разочарование, когда приемные родители привели его обратно в приют.

Глава 12

Весь остаток января Чарли жил как в тумане. Он ходил на работу, он собрал и упаковал вещи жены, чтобы в любой момент она могла забрать их. Он механически двигался, делал все машинально, словно заводная игрушка, а сам не переставал думать над тем, что произошло. Он никак не мог понять, почему все так обернулось. Неужели его желание иметь детей было таким уж невероятным? Что могло толкнуть Барби на этот последний шаг? Он никак не мог поверить, что она просто не хочет оставаться замужней женщиной.

К концу месяца Барби подала документы на развод и через несколько дней позвонила ему и сказала, что уезжает в Вегас. Она пообещала дать ему знать, где будет жить, чтобы он смог связаться с ней, когда надо будет закончить всю бумажную волокиту, касающуюся развода. Ее голос звучал сухо и деловито, она отлично владела собой, чего нельзя было сказать о Чарли. Повесив трубку, он проплакал целый час, и даже Марк никак не мог его успокоить. Он постоянно твердил ему, что в море полно другой рыбы и она не единственная, на ком свет сошелся клином; он пытался убедить друга, что ему надо найти девушку, которая разделяла бы его интересы. Он не хотел напоминать Чарли, что с самого начала относился к его жене с подозрением. Какой в этом теперь был смысл?

И он не переставая говорил Чарли, что чувствовал себя точно так же, когда его жена ушла от него к другому и уехала в Калифорнию.

— А ведь у нас были дети! — говорил он, пытаясь доказать другу, что ему было еще хуже, но это только напоминало Чарли о том, насколько бесцветна теперь его жизнь и какое безрадостное будущее его ждет. Он отказывался знакомиться с кем бы то ни было, и все попытки Марка вытащить его куда-нибудь заканчивались неудачно. О каких развлечениях могла идти речь, когда вся его жизнь пошла прахом?

Чарли даже начал склоняться к мысли о том, что для него даже лучше будет прожить всю жизнь без детей, и в том, что он бесплоден, ему теперь виделась воля божья. В самом деле, что он знает о детях? У него самого детство было далеко не нормальным. И мог ли он рассчитывать на то, что будет хорошим отцом? Он поделился своими сомнениями с Марком, но тот заявил ему, что он просто сошел с ума. Для Марка было невыносимо видеть страдания друга, и он даже предложил ему обратиться к одному знакомому психотерапевту в Вейлле, но Чарли не хотел и слышать об этом.

— Послушай, мальчик, — пытался объяснить ему Марк как-то вечером, когда они возвращались с работы, — ты рассуждаешь неверно. Наоборот, ты будешь самым лучшим отцом в мире, потому что прекрасно знаешь, что надо детям. И это потому, что ты сам этого никогда не имел. Ты ошибся при выборе жены, вот и все. Да, она славная девчонка, но у нее в голове только веселье и вечеринки. Ты же хочешь сидеть дома, воспитывать детей, заботиться о семье. И поверь... в конце концов ты встретишь такую девушку, успокоишься, и вы заживете душа в душу... Прекрати вбивать себе в голову, что твоя жизнь кончилась, Чарли, это совсем не так. Пусть пройдет немного времени. Твои раны слишком свежи, и они еще кровоточат. — Марк говорил сущую правду, но Чарли не хотел его слушать.

— Я не хочу никого больше искать. И жениться я тоже не хочу. Черт возьми, я же еще даже не развелся!

— А!.. Вот почему ты отказываешься играть в шары... Послушай, а почему бы нам не попить пивка с пиццей? Как ты думаешь, когда мы сможем это осуществить? Знаешь, ты ведь симпатичный парень, не такой, конечно, как я, но малышка Джина вполне сумеет успокоить тебя, ты ведь знаешь... — Чарли вдруг рассмеялся, и Марк по-дружески пихнул его в бок. — Да отнесись ты к этому проще, хорошо?

— Хорошо, хорошо, я попробую... — согласился Чарли, улыбаясь первый раз за долгое время.

Через несколько дней после этого разговора они пообедали вместе с Марком, а в следующий уик-энд он даже согласился поиграть с ним в шары. Это был долгий и мучительный процесс, но в конце концов Чарли понемногу оправился. Он все еще мучился, думая о Барби, и никак не мог смириться с тем, что она наговорила перед тем, как они разошлись, но мало-помалу он начал возвращаться к жизни. В ближайший выходной он отправился в детский приют и предложил администрации свои услуги в качестве тренера бейсбольной команды.

* * *

Целый месяц после выкидыша Пилар пребывала в глубокой депрессии. Она перестала ходить на работу, не желала ни с кем разговаривать и целыми днями сидела дома в халате, предаваясь мрачным раздумьям. Брэд пытался заставить ее встретиться с кем-нибудь из друзей, но даже Марина, прежде чем наконец-то повидать ее, несколько раз терпела неудачу.

Она пришла с кипой книг, в которых говорилось о женщинах, переживших подобные случаи. Марина всегда придерживалась мнения, что информация — лучшее лекарство, но на этот раз Пилар не хотела ее слушать.

— Я не желаю знать о том, какая я несчастная или какой несчастной я должна быть, — сказала она, гневно взглянув на подругу, не проявляя интереса ни к ней, ни к тем книгам, которые принесла Марина.

— Но, может быть, ты захочешь узнать, что тебе надо сделать для того, чтобы почувствовать себя лучше и постараться вернуться к нормальному образу жизни, — мягко произнесла Марина.

— О каком «нормальном» образе жизни ты говоришь? Я женщина в возрасте, наделавшая в своей жизни кучу ошибок и в результате оставшаяся без детей.

— Ну, ну, дорогая, разве можно так жалеть себя, — журила ее Марина, ласково улыбаясь.

— Я имею на это право.

— Конечно, но это не должно стать основным занятием в твоей жизни. Подумай о Брэде, о том, как тяжело ему смотреть на все это. — Именно Брэд пригласил Марину прийти и повидать Пилар. Сама она даже не подходила к телефону, не желая ни с кем разговаривать.

— У него есть дети, — возразила Пилар. — И ему никогда меня не понять.

— Может быть, но есть другие люди, которые смогут тебе помочь. На свете много женщин, переживших подобное несчастье. Ты не одна такая, Пилар, даже если ты думаешь, что это так. Наверняка тебе кажется, что ты одна-одинешенька в целом свете, но ты не права. Другие женщины тоже теряют детей, рожают мертвых младенцев или переживают смерть малыша от болезни или несчастного случая. Это еще более сильный удар, — грустно произнесла Марина, искренне сочувствуя подруге, которая снова залилась слезами.

— Да, конечно, — согласилась она, не переставая всхлипывать, — и я чувствую себя ужасно глупо. Представляю, как это невероятно для всех звучит, но мне кажется, что я потеряла ребенка, которого знала... малыша, которого я уже так любила... а теперь он умер, и я никогда не смогу узнать его.

— Да, не сможешь, но у тебя появится другой ребенок. Он, конечно, не сможет заменить тебе первого, но, согласись, это поможет тебе.

— Да, я думаю, что это единственное, что может мне помочь, — честно призналась Пилар. — Я очень надеюсь снова забеременеть. — Сказав это, она высморкалась в бумажную салфетку, целая кипа которых валялась на диване.

— Может быть, это вскоре и произойдет. — Она никогда не любила подавать ложных надежд и понимала, что никто не даст Пилар гарантий, что она сможет снова забеременеть.

— Да, а если этого не случится, что тогда? — словно угадав ее мысли, спросила подруга.

— Тогда ты снова будешь жить, как раньше. Ты обязана будешь это сделать. Ты прекрасно жила все эти годы и будешь продолжать в том же духе. Ты прекрасно знаешь, что дети — это не самое главное в жизни. — Произнеся эти слова, она вдруг вспомнила один давний случай и решила рассказать о нем Пилар. — Ты знаешь, я почти совсем забыла об этом, но вот сейчас я вспомнила... Моя мать потеряла своего девятого ребенка, она была беременна тогда уже два месяца, а может, немного больше. Некоторые думают, что, когда у тебя уже есть восемь детей, это совсем не страшно, но, глядя на нее, можно было подумать, что у нее умер первый ребенок. Она совершенно потеряла над собой контроль и погрузилась в траур. Отец не знал, что с ней делать. Она целыми днями лежала в постели и плакала, а семь малышей прямо-таки с ума посходили, пока я не приструнила их. Бедная мамочка была очень плоха. Ее депрессия длилась несколько месяцев, потом, конечно, она снова забеременела. После того ребенка она родила еще двоих, но ты знаешь, она до самой смерти помнила об этом и всегда говорила, как это ужасно, как это грустно и как она жалеет об этом несчастном ребенке. У нее были подрузи, которые тоже теряли детей, но мне кажется, что так сильно переживала только она одна, и она всегда говорила об этом ребенке так, как будто и правда знала его.

— Вот и мне кажется то же самое, — сказала Пилар, чувствуя себя так, как будто кто-то наконец-то смог ее понять.

— Наверное, это одна из тех загадок жизни, которую нельзя понять, не испытав все на себе.

— Наверное, — согласилась Пилар, опять нахмурившись, — но это самое ужасное событие в моей жизни, — проговорила она, и это была истинная правда. Когда Пилар об этом вспоминала, ее сердце готово было разорваться на части от горя и безысходности.

— Ладно, когда тебе становится совсем худо, вспомни о моей матери. Она родила еще двоих, после того как потеряла того ребенка. Ей было что-то около сорока семи, когда у нее случился выкидыш.

— Ты вселила в меня надежду. — Марина была первым человеком, кто смог сделать это, как всегда, вовремя, в отличие от матери Пилар, которой дочь даже не позвонила, чтобы поделиться своей болью. Впрочем, она не говорила ей, что ждет ребенка. Мать просто напомнила бы дочери, что она слишком стара для подобных вещей. А теперь Пилар и сама это чувствовала.

* * *

К большому сожалению Брэда, Пилар пребывала в унынии несколько недель. Алиса с Брюсом взялись вести ее дела, но многие процессы пришлось отложить, а ее клиентам сказать, что она больна, и все очень волновались за нее.

Даже Нэнси как-то зашла, чтобы попытаться отвлечь мачеху, но она принесла с собой малыша, что только ухудшило положение дел. Когда Брэд вернулся домой, жена была на грани истерики и заявила ему, что не желает видеть никаких детей и особенно Адама в их доме до тех пор, пока он не вырастет.

— Пилар, ты должна взять себя в руки, — сказал он, испытывая муки от того, что не может ей ничем помочь. — Ты не должна так истязать себя.

— Почему? — Она почти ничего не ела и не спала. Она похудела на десять фунтов и постарела лет на пять.

— Потому что это вредит твоему здоровью. А в следующем месяце мы снова должны попробовать. Ну же, любимая... Тебе надо постараться успокоиться.

Но вся беда была в том, что она просто не могла сделать этого. С раннего утра и до позднего вечера Пилар ощущала невероятную тяжесть, лежавшую у нее на сердце. Иногда бывали минуты, когда ей даже не хотелось больше жить.

— Пожалуйста... дорогая, пожалуйста. — В конце концов, желая хоть как-то развеселить ее, он повез ее на выходные в Сан-Франциско, но именно там у нее началась менструация. Он попытался пошутить, что через две недели они опять навестят доктора Вард с ее индюшачьей подливкой и похабными фильмами.

— О господи! — Она состроила гримасу и неожиданно для себя рассмеялась. — Не напоминай мне об этом.

— Тогда тебе стоит испытать это удовольствие прямо сейчас. — И всю оставшуюся поездку Брэд поддразнивал жену, заявляя, что хочет взять ее с собой на Бродвей, чтобы прикупить несколько «наглядных пособий для супругов», которые могут пополнить коллекцию Хелены Вард.

— Да вы просто извращенец, Брэдфорд Колеман. Если бы кто-нибудь узнал, какие грязные мысли вертятся в вашем мозгу, когда вы сидите в судейском кресле, вас бы просто лишили звания, — улыбалась Пилар и впервые за многие недели выглядела вполне нормально.

— Ну и хорошо. Тогда я смогу сидеть дома и весь день заниматься с тобой любовью.

Но даже это не радовало Пилар в те дни. Она пыталась объяснить свое состояние Брэду. Ей казалось, что этот выкидыш доказал ее полную несостоятельность как женщины.

— Я потеряла ребенка... Что может быть ужаснее? Я уже так привязалась к нему... Вы понимаете, я потеряла его... — Она говорила это, и слезы текли у нее из глаз, и ей казалось, что она совершенно никчемная женщина.

Разубедить ее было очень трудно. То, что она чувствовала, она чувствовала не умом, а сердцем. Умом она сознавала, что у нее еще наверняка есть шанс, да и Брэд повторял снова и снова, что они будут продолжать свои попытки. Но ее сердце не знало ничего, кроме того, что она потеряла его. Ребенка, которого она так хотела иметь. И всякий раз, когда она вспоминала об этом, боль в груди делалась невыносимой.

* * *

Диана вела себя очень осторожно, когда они с Энди вернулись домой после отдыха на Гавайях. Она не хотела отталкивать свою удачу. Там, на берегу океана, дела у них пошли на лад, и, вернувшись домой, они оба чувствовали себя совершенно другими людьми, может быть, не совсем такими, как были когда-то, им обоим показалось, что испытания, через которые они прошли, сблизили и закалили их. Прекрасно сознавая, какой тяжелый путь они были вынуждены проделать для того, чтобы окончательно не упасть в пропасть, Диана решила всеми силами хранить это хрупкое равновесие. Она не хотела встречаться еще некоторое время ни с кем из членов своей семьи и отклоняла все предложения с их стороны. Она уже почти два месяца не виделась и не разговаривала с Сэмми, опасаясь, что при встрече с сестрой, которая скоро должна была родить, к ней вернутся недавние кошмары.

Казалось, они играют в игру, главным правилом которой было — притупить боль. И Диана готова была ради этого пойти на любые жертвы. На работе ей два раза предлагали побывать в качестве корреспондента в многодетных семьях или на школьных праздниках, но она отказалась от этих поездок. Они с Энди пришли к соглашению, что пока не будут обсуждать другие возможности завести ребенка. Оба посещали каждый своего психоаналитика, и это, казалось, возымело определенное действие.

На работе у нее все было в порядке, и она вновь доставляла Диане удовольствие. Ей нравилось время от времени болтать с Элайзой, но их дружба стала более сдержанной. Элайза заботилась о своей карьере, а мысли Дианы были направлены на то, чтобы вернуться к прежнему образу жизни и сохранить свой брак. В первую неделю после поездки ей больше всего нравилось возвращаться вечером домой. Для нее было очень важно видеть Энди и проводить вместе с ним время. А он продолжал звонить ей с работы по три-четыре раза в день просто для того, чтобы сказать что-нибудь хорошее и узнать, как у нее дела. Он был для нее в те дни самым близким человеком, и никто, кроме него, не был ей нужен. Диана чувствовала, что ей тяжело встречаться с друзьями, и муж на этом не настаивал. Друзья их тоже понимали. Билл с Денизой не звонили уже несколько месяцев. Энди в конце концов объяснил другу, что Диане тяжело встречаться с ними, потому что Дениза беременна. Казалось, Билл все понял, и молодые люди теперь изредка продолжали встречаться, чтобы поиграть в теннис. Теперь у них обоих были другие обязанности и разные обстоятельства.

Диана редко проверяла записи на автоответчике, когда приходила домой, потому что им почти никто не звонил, кроме ее матери — да и то эти звонки были нечасты — и его братьев.

Но однажды, где-то в середине января, она, вернувшись домой раньше обычного, включила автоответчик и, возясь на кухне с обедом, прослушала записи. Первым шел звонок от ее матери, который заставил ее улыбнуться, потом было несколько женских голосов, предлагающих модные журналы; три звонка предназначались для Энди: один раз позвонил Билли, назначая ему очередную партию в теннис, второй звонок был от его брата Ника. В третий раз звонила женщина. У нее был чувственный голос, и она сказала только, что это сообщение для Энди и он должен знать, зачем она ему позвонила. И потом добавила низким томным голосом: «Пусть он мне позвонит». Она сообщила номер телефона и свое имя: Ванда Вильямс. Диана приподняла бровь и рассмеялась. Даже в самые тяжелые в их жизни минуты в прошлом году она никогда и мысли не допускала о том, что муж ей изменяет. Она знала, что подобное происходит в некоторых семьях, но не думала, что это касается и ее мужа. Она также не думала, что он настолько глуп, чтобы позволять своей подружке звонить прямо к нему домой, да еще и оставлять сообщение на автоответчике. Этот звонок ее нисколько не обеспокоил, а лишь заинтриговал, и она спросила мужа о нем в тот же вечер за ужином. Диана предположила, что это могла быть какая-нибудь актриса, занятая в одном из тех шоу, которые он обслуживает у себя на радио.

— Ну и кто эта женщина с таким сексуальным голосом, которая звонила тебе сегодня?

— Что? — Он нахмурился и смутился, когда потянулся, чтобы взять еще один кусок хлеба.

— Ты меня прекрасно слышал. Кто она такая? —

Диана любила поддразнивать его, и он обычно всегда ей подыгрывал, но на этот раз ему это явно было не по душе.

— Что бы это могло значить? Скорее всего это подружка одного из моих братьев. Может, она ненадолго приехала сюда и хочет, чтобы я помог ей купить машину или помог в чем-нибудь еще...

— Машину? — Диана откровенно засмеялась. — Это самая плохая ложь, какую я когда-либо слышала. Ну же, Энди, попробуй еще раз... Итак, кто она? Кто такая Ванда Вильямс? — Она попыталась скопировать ее голос, но Энди это нисколько не позабавило.

— Я не знаю, кто она такая. Почему ты мне не веришь? Это всего лишь имя. Я никогда с ней не встречался.

— У нее голос, как у сотрудницы службы «Секс по телефону», — сказала Диана, опять пытаясь изобразить голос, услышанный в телефоне: «Позвони мне...»

— Ладно, ладно, я сделаю это. — Он явно нервничал, и это насторожило Диану.

— Ты правда собираешься ей звонить?.. Ну, я имею в виду насчет машины. — Она подшучивала над ним, но Энди все больше и больше злился.

— Может быть. Посмотрим.

— Нет, ты этого не сделаешь. — Теперь пришла ее очередь растеряться, в этой истории было что-то непонятное, и ей это не понравилось. — Энди, что все это значит?

— Послушай, это касается только меня, хорошо? Имею я право на личные дела?

— Да, — Диана посмотрела на него в нерешительности, — наверное, имеешь. Но не с женщинами.

— Я не изменяю тебе. Веришь? Я клянусь.

— Тогда что же ты делаешь? — тихо спросила она. Диана никак не могла понять, что за секрет может быть связан с этой женщиной. Что, черт возьми, он скрывает?

— Ванда — подруга моего приятеля. Она знакома с одним адвокатом, с которым я работал, и он посоветовал мне поговорить с ней об одном деле. — Он не хотел говорить, что она — одна из бывших подружек Билла Беннингтона и именно он посоветовал Энди обратиться к ней.

— Тогда почему ты лжешь мне и говоришь, что это подруга твоего брата?

— Прошу тебя, Диана, не спрашивай меня, хорошо? Не заставляй меня пойти на это.

— Но, ради всего святого, почему? — Она вскочила из-за стола. Теперь она уже подозревала его. Может быть, он действительно ей изменяет, а она ничего не знает? — Что происходит?

— Послушай... а, к черту... — Энди старался, как мог, скрыть от нее свои планы, но теперь понял, что ему не выкрутиться. — Я не хотел тебе пока этого говорить. Я просто хотел сначала встретиться с ней, поговорить и узнать, что она собой представляет.

— Прекрасно... Ну и что все это значит? Тебе назначили свидание?

— Она родила для одной пары ребенка в прошлом году. Ванда рожает детей на заказ. И она хочет родить еще. Я решил все это проверить и поговорить с ней, а потом собирался спросить тебя, что ты об этом думаешь. — Он сказал это как можно спокойнее, стараясь предотвратить взрыв негодования, который, как он был уверен, последует со стороны жены.

— Что? Ты собирался пойти к мисс Сдающей-Матку-в-Аренду и проверить ее? И даже не подумал сказать мне об этом? Что ты собирался делать, переспать с ней, чтобы узнать, получится это или нет? Боже мой, Энди, как ты мог придумать такое?

— Я просто собирался пойти и поговорить с ней, ради всего святого. И если бы мы договорились, то это было бы сделано с помощью искусственного оплодотворения, и ты это прекрасно знаешь.

— Но почему? Почему ты это сделал? Мне казалось, что мы решили пока даже не касаться этой темы, по крайней мере еще несколько месяцев.

— Да, я помню. Но я узнал о ней на прошлой неделе, а таких людей найти не так-то просто. И к тому времени, когда ты будешь готова для разговора на эту тему, она уже будет вынашивать ребенка для кого-нибудь другого.

— Ну и кто же она?

— Третьеразрядная актриса. Она категорически против абортов и говорит, что забеременеть для нее ничего не стоит, и еще она считает, что делает людей счастливыми, оказывая им такого рода услуги.

— Какая она добрая. И сколько же она берет за услуги?

— Двадцать пять тысяч.

— А что, если она оставит ребенка себе?

— Она не сможет этого сделать. Условия контракта очень жесткие. И она не доставила никаких хлопот знакомому парню в прошлом году. Я сам разговаривал с ним. Они с женой просто счастливы. Она родила им девочку, и они без ума от нее. Малыш, ну пожалуйста... ну дай мне хотя бы просто поговорить с ней.

— Нет. А что, если она принимает наркотики? Или болеет чем-нибудь? А что, если она не отдаст ребенка? А что, если она... О господи! Нет... Не проси меня, чтобы я согласилась... — Диана уронила голову на стол и начала всхлипывать. Ей хотелось закричать на него. Ну зачем он опять заставляет ее пройти через это? Они же только что начали делать первые осторожные шаги навстречу друг другу, пытаясь сохранить свой брак, и она совсем не готова к тому, о чем он сейчас говорил.

— Малышка, ты же сама говорила, что хочешь *моего* ребенка и что для меня тоже плохо, что у меня не будет *моих* детей. Я подумал, что это будет лучше, чем если мы усыновим малыша, в конце концов это будет наполовину наш ребенок. Ты же и слушать не захотела, когда доктор предложил тебе воспользоваться донорской яйцеклеткой, и мне показалось, что то, что я нашел, — вполне приемлемое решение нашей проблемы.

— Ради всего святого, это что, научный эксперимент? — Она смотрела на него, ее глаза пылали ненавистью. — Я ненавижу тебя, Эндрю Дуглас! Как ты посмел предложить мне такое?

— У меня тоже есть право хотеть ребенка. У нас обоих оно есть. И я предложил тебе свой вариант.

— Но не таким способом. Ты представляешь, что с нами будет к тому времени, когда мы дождемся конца всему этому? К тому же я не хочу, чтобы твоя сперма оказалась внутри чужой женщины. А что, если она полюбит и тебя, и ребенка?

— Ди, да она замужем.

— О господи! Вы все сошли с ума! И ты, и она, и ее муж!

— Конечно, а ты единственный нормальный человек среди нас? — проговорил он сердито.

— Может быть, и так.

— Да, но со стороны все выглядит совсем наоборот, малышка. — Диана выглядела такой испуганной и растерянной, и казалось, что вот-вот сорвется. — Послушай, я выберу время на этой неделе и встречусь с ней, чтобы поговорить. И все. Я просто хочу узнать, каковы ее условия, что она собой представляет и что может из этого получиться. Я хочу узнать, какие у нас есть возможности, если мы решимся на это сейчас или когда-нибудь потом. И знаешь, Диана, я хочу, чтобы ты пошла со мной.

— Я не собираюсь никуда идти. Я просто не могу. Это доконает меня. — И потом она вряд ли сможет оправиться. Диана не хотела рисковать.

— Я думаю, что на самом деле ты гораздо сильнее, — сказал он спокойно.

Последние несколько месяцев Энди очень много об этом думал. И он хотел ребенка. Он хотел, чтобы Диана была с ним, чтобы у них была настоящая семья, и, если ему представился случай завести своего собственного ребенка, он не видел причины, мешающей ему воспользоваться им.

— Я считаю, что ты самый настоящий сукин сын! — бросила она ему в лицо и закрылась в ванной.

Когда же Диана оттуда вышла, Энди уже позвонил Ванде Вильямс и договорился встретиться с ней на следующий день в полдень в «Айви». Это казалось не самым лучшим местом, но так хотела она.

— Ты пойдешь? — спросил он жену на следующее утро, но она отрицательно покачала головой. Перед тем как уйти на работу, он снова спросил ее, и Диана промолчала в ответ. Утром в офисе Билл поинтересовался, как идут дела, и Энди ответил, что Диана пришла в ярость, услышав его предложение. Он сказал, что понятия не имеет, придет ли жена на свидание, и Билл, пожелав ему удачи, поспешил на какую-то важную встречу.

Диана просидела в офисе до обеда, но работа валилась из рук, все ее мысли сосредоточились на особе по имени Ванда. Ей очень хотелось узнать, как выглядит эта женщина. В конце концов она не выдержала. Она позвонила и заказала такси, а потом спустилась вниз.

Диана появилась в ресторане на полчаса позже, но они все еще сидели там, удобно устроившись за дальним столиком, — супружеская пара и ее муж. Энди только слегка удивился, увидев ее, и тут же представил ей Вильямсов — Джона и Ванду. Они казались вполне обычными супругами, были хорошо одеты и вовсе не походили на наркоманов или проходимцев. Ванда производила приятное впечатление, она много говорила о том, как важно для нее делать что-нибудь «стоящее» для ближних, а ее мужа, казалось, совсем не заботило, какой способ она для этого избрала. Как он выразился: «Деньги есть деньги». Заказчики должны будут заплатить за медицинское обследование, за одежду, которую ей придется купить, когда она располнеет, и полностью возместить ее жалованье за последние два месяца, когда она уже совсем не сможет работать. Ну и ее личный «гонорар», как она его называла, составит двадцать пять тысяч долларов. Ванда подпишет контракт, согласно которому обязуется не принимать наркотики, спиртное или подвергать себя какому-нибудь риску. В больнице, после того как ребенок появится на свет, она без всяких возражений должна передать его своим заказчикам.

— А что, если вы захотите оставить ребенка? — спросила Диана бесцветным голосом, машинально помешивая ложкой в чашечке кофе.

— Я не сделаю этого, — поклялась Ванда и добавила что-то о том, что не может нарушать свою карму. А ее муж объяснил, что она очень увлекается восточными религиями.

— Она не сходит с ума по детям, — добавил он, — и ни разу не захотела оставить себе ребенка.

— А как насчет вас? — обратилась Диана к нему. — Как вы отнесетесь к тому, что ваша жена забеременеет от спермы моего мужа?

— Я думаю, что он не пошел бы на это, не будь у него серьезных причин. — Джон Вильямс посмотрел ей прямо в глаза, и Диана почувствовала, как заныло ее сердце, но на лице у нее не дрогнул ни один мускул. — Я не знаю, но считаю, что это ее личное дело. Она поступает так, как считает нужным. — У Дианы появилось смутное чувство, что они оба чокнутые, правда, по их виду нельзя было сказать, что у них «не все дома». Просто вся эта затея казалась совершенно немыслимой.

Вскоре они все обсудили, и Энди сказал, что позвонит им в ближайшие дни, после того как они с Дианой все обсудят.

— У меня есть еще один кандидат, — предупредила Ванда, — я встречусь с ним завтра.

— Она соглашается помочь только тем людям, которые ей понравятся, — добавил ее муж и укоризненно посмотрел на Диану. Он ясно давал ей понять, что считает ее не слишком «подходящей» кандидатурой, и если все сорвется, то только по ее вине.

Они ушли из ресторана раньше Дугласов, и Диана с негодованием уставилась на мужа.

— Как ты мог втянуть нас в это?

— Зачем ты нагрубила ему? Зачем было спрашивать, как он отнесется к моей сперме? Ради бога, Диана, они ведь могут отказаться от нас.

— Неужели? — Она откинулась на спинку стула, продолжая сверлить его гневным взглядом. — Я не верю во все это. Она сидит здесь, рассказывает тебе про свою карму, а ты еще хочешь, чтобы она родила тебе ребенка. Вся эта затея не внушает мне доверия. Так же, как и ее муж.

— Я хочу позвонить доктору Джонстону и обсудить с ним осуществление этого плана, — упрямо сказал Энди.

— Я не желаю принимать в этой афере никакого участия. Довожу это до твоего сведения, — твердо произнесла она.

— Это твое дело. Я не собираюсь брать у тебя ни цента. — Энди мог занять деньги у своих родителей, и ей было интересно, как он объяснит им, на какие цели.

— Я думаю, ты не вполне нормален. Мне кажется это таким трогательным — что люди, подобные нам, идут на все, чтобы завести ребенка, но всему есть предел.

Она поднялась, посмотрела на него, покачала головой и вышла из ресторана. Возле ресторана Диана села в такси и назвала адрес.

Энди, оплатив счет, вышел из ресторана, но ее уже не было. Так же, как не было ее вещей, когда он вернулся домой с работы в тот вечер. Диана ушла. Она решила, что так будет лучше. На кухонном столе он нашел записку:

«Дорогой Энди! Я должна была сделать это еще несколько месяцев назад. Прости меня. Теперь это все так глупо. Тебе нужна нормальная жена... у которой могут быть дети. Удачи тебе. Я люблю тебя. Мой адвокат свяжется с тобой.

С любовью, Диана».

Он стоял совершенно потрясенный и с ужасом смотрел на голубой листок, который держал в руке. Он не мог поверить, что она сделала это.

В тот же вечер Энди позвонил ее родителям, решив, что она, быть может, уехала к ним, но, задав несколько наводящих вопросов, убедился, что ее там нет. Ее мать сразу почувствовала что-то неладное, но расспрашивать его не стала. Родители не видели Диану с того самого Дня Благодарения, когда с ней случилась истерика, хотя они регулярно разговаривали по телефону, а ее отец не далее как в эти выходные звонил и провел с дочерью долгую и обстоятельную беседу.

Диана перебралась в гостиницу. В эти же выходные она нашла и сняла себе квартиру. Ей незачем больше издеваться над собой. Она не собиралась участвовать в этом безумии. Этот завтрак в «Айви» расставил все на свои места. Она ясно увидела, в каком отчаянном положении они оба находились и как глупо и неразумно вели себя. До какого же состояния дошел Энди, чтобы думать о ребенке от суррогатной матери?

Энди звонил Диане на работу каждый день, но она не подходила к телефону. Когда же он приехал, чтобы встретиться с ней, она отказалась его видеть. Сон растаял, и вместе с ним исчез ночной кошмар. Для Дианы и Энди все было кончено.

Глава 13

— Ну вот, — проговорила Пилар, нерешительно улыбаясь, — мы опять здесь, — она включила видео, и на экране две лесбиянки начали ласкать друг друга. Брэд смущенно посмотрел на жену, чувствуя себя совершенней-
шим дураком.

— Послушай, по-моему, ты поставила не совсем тот
фильм.

— Сейчас проверим, — рассмеялась она.

Пилар была готова на все, чтобы опять забеременеть, но доктор Вард предупредила их, что на этот раз
им потребуется несколько попыток, и после этого все
равно останутся опасения, что она может опять потерять
ребенка. К тому же Пилар, увы, не становится моложе.

В то время как Брэд смотрел фильм, она нарочито
медленно сняла с него одежду и отбросила ее, потом
тоже разделась и очень нежно добилась его эрекции; на
этот раз они получили желанную сперму очень быстро.
Медсестра забрала ее, а Пилар не удержалась и поддразнила мужа:

— По-моему, нам стоит купить этот фильм, чтобы
смотреть дома. Кажется, он тебе понравился.

Они выбрали нелегкий путь к заветной цели. Правда, внутриматочное оплодотворение прошло гладко и
на этот раз, но доктор Вард опять предупредила их, что,
возможно, у них не получится с первой попытки. Пилар
опять принимала хломифен и под его воздействием была постоянно на взводе, что еще сильнее угнетало ее.
Для нее это было очень тяжелое время, она даже начала
думать, что все эти попытки бессмысленны и их следует
прекратить. Она думала об этом постоянно, и иногда,
когда боль, казалось, утихает, любая, самая незначитель-
ная мелочь могла возобновить ее. Например, когда она

видела, что кто-то несет на руках ребенка, или беременную женщину, или развешанные детские вещи на чьем-то заднем дворе... Ее приводили в панику звонки друзей, которые не знали о выкидыше и заводили разговоры о ее здоровье и спрашивали о малыше. Теперь она поняла, как глупо было с ее стороны говорить всем и каждому, что она беременна. Потребовалось много времени и душевных сил, чтобы объяснить всем, что произошло. И всякий раз, когда она говорила об этом, каждый считал своим долгом выразить ей свое сочувствие или, еще хуже, начинал задавать бестактные, глубоко задевающие ее вопросы типа: смогла ли она увидеть, кто это был — мальчик или девочка, или какого размера был плод, когда она его потеряла.

Брэд повел ее по магазинам в тот день, чтобы хоть как-то поднять ей настроение, затем они остановились в отеле. Было просто здорово вот так сбежать с ним вдвоем от всех, и он постарался устроить из этого события праздник. Это был канун Валентинова дня, и они добрались до гостиницы, он заказал для нее две дюжины ярко-красных роз.

Записка гласила: «*Моей единственной и вечно любимой. Брэд*», и, прочитав ее, она расплакалась. Позже Пилар задумалась над тем, не глупость ли это с ее стороны — хотеть чего-то еще к тому, что она уже имеет, может быть, это нехорошо и слишком эгоистично. Может быть, она все-таки была права, и иметь ребенка вовсе не так уж важно. Теперь уже, конечно, тяжело было отказываться от этого, но она действительно начала думать о том, что с ее стороны было ошибкой настаивать. Может быть, этому просто не суждено случиться, и ей придется отказаться от надежды иметь детей. Она поделилась с Брэдом своими мыслями.

— Почему бы нам немного не подождать и не посмотреть, что произойдет? — предложил он, но тут же добавил: — А если это тебя так угнетает, мы прекратим это. Как скажешь.

— Ты очень добр ко мне, — проговорила она и обняла его. Она была благодарна ему за цветы, хотя сердце у нее еще ныло.

Они взяли напрокат эротический фильм и, просматривая его, смеялись и ели шоколадные конфеты, которыми в изрядном количестве снабжала гостиница.

— Ты знаешь, это ведь может войти в привычку, — сказал Брэд, усмехнувшись.

— Что, конфеты? — спросила она с невинным видом, и он рассмеялся.

— Нет, фильмы!

Когда фильм кончился, они занялись любовью, а потом лежали обнявшись, медленно погружаясь в сон, так и не найдя ответы на свои вопросы.

* * *

В день Святого Валентина Чарли купил цветы для женщины, которая всегда помогала ему на работе с отчетами. Это была необъятных размеров женщина, но и сердце у нее было тоже огромное. Он принес ей розовые и красные гвоздики с нежнейшим ароматом, и она бросилась ему на шею, тронутая тем, что он подарил их ей. Она считала Чарли славным и таким несчастным мальчиком — таким тихим, добрым и одиноким.

Во время ленча он купил сандвич и отправился в Палмз-парк, расположенный недалеко от Вествуд-Виледж, уселся на скамейку и принялся наблюдать за прогуливающимися стариками, целующимися влюбленными и играющими детьми. Ему нравилось иногда ходить туда, просто чтобы посмотреть, как резвятся дети.

Он приметил одну маленькую девочку с длинными светлыми косичками, огромными голубыми глазами и приятной улыбкой и частенько наблюдал, как она играет со своей матерью. Молодая женщина — хрупкая маленькая блондинка с длинными прямыми волосами, большими голубыми глазами и почти детской фигурой — играла с дочерью в салочки и классики, прыгала через веревочку.

Потом они стали перебрасывать друг другу мяч, но одна плохо кидала, другая неловко ловила, и игра у них не клеилась. Чарли уже давно съел сандвич и сидел, улыбаясь и наблюдая за ними. И вдруг он вздрогнул от неожиданности, потому что мяч, брошенный ими, попал прямо в него. Он протянул мяч девочке, и, когда она подошла и застенчиво улыбнулась, Чарли заметил, что спереди у нее не было ни одного зуба.

— Боже мой! Кто это выбил тебе все зубы? — спросил ее Чарли.

— Зубная фея. Она заплатила мне по доллару за каждый зуб. У меня теперь восемь долларов, — ответила девочка, все еще улыбаясь.

— О, это огромные деньги. — Он сделал вид, что на него это произвело впечатление, и мать девочки улыбнулась ему. Дочь была настоящей копией своей матери, только все зубы у матери были на месте, и Чарли не замедлил сказать ей об этом. Молодая женщина расхохоталась в ответ.

— Да, мне повезло, что зубная фея не вырвала и мне все зубы. Мои бы были несколько дороже.

— Я собираюсь на эти деньги купить моей мамочке подарок, — важно заявила девчушка, а потом пригласила его поиграть с ними. Чарли колебался всего минуту, не зная, понравится ли это ее маме.

— Ну хорошо. Но я тоже не ахти как хорошо бросаю мячи. Между прочим, меня зовут Чарли.

— А я Аннабел, — заявила малышка, — но все зовут меня просто Энни.

— Меня зовут Бесс, — сказала молодая женщина, внимательно оглядывая Чарли. Она выглядела слегка настороженной, но вполне дружелюбной.

Они сыграли в мяч, а потом еще раз в классики, и Чарли с неохотой отправился обратно на работу.

— Еще увидимся, — сказал он на прощание, зная, что этого может и не случиться. Чарли не спросил у них ни адреса, ни фамилии. Они обе ему очень понравились, но не в его правилах было навязываться незнакомой женщине. После ухода Барби он не встречался ни с кем, да и не хотел этого, и потом, женщина наверняка замужем. И все-таки она была очень мила.

— Пока, Чарли! — Энни помахала ему рукой, когда он уходил из парка. — С днем Валентина!

— Спасибо! — крикнул он в ответ и покинул парк с хорошим настроением. В его новых знакомых было что-то такое, что согревало его весь день, даже после того, как они расстались.

* * *

Энди понадобился почти месяц для того, чтобы выяснить, где живет Диана. И когда наконец он узнал адрес, растерялся, не зная, что с ним делать. Ее адвокат совершенно определенно дал ему понять, что миссис Дуглас расторгла свой брак. Ей потребовалось на это пять месяцев, она глубоко переживала случившееся, но все равно не хотела видеть Энди. Она пожелала ему всего хорошего и ясно дала понять, что между ними все кончено.

Он еще несколько раз пытался дозвониться к ней на работу, но она игнорировала его звонки. Энди не переставая думал об этом дурацком завтраке с этой женщиной и ее мужем. Именно тогда все и кончилось. Какой жалкий конец для их отношений. Они были глупцами, они оба... отчаянно мечтавшие о ребенке. Его теперь не интересовало, будут ли у него когда-нибудь дети или нет. Единственное, что его теперь интересовало в жизни, — это Диана.

И вот, когда Энди уже почти перестал надеяться, он как-то заехал к Сэмми с Сеймуром, и они сообщили ему, где она живет. Она сняла старый летний домик в Малибу и жила в нем, прямо на берегу океана. Это был один из тех домов, которые они присматривали для себя еще до свадьбы. И он знал, что она любит океан.

Энди попросил у них адрес, объяснив, что ему надо отправить Диане кое-какие ее вещи. Сэмми с Сеймуром посочувствовали ему насчет того, что произошло.

— Да, нам ужасно не повезло, — грустно кивнул Энди, — с Дианой случилось несчастье, а я повел себя как варвар.

— Может быть, со временем боль притупится, — тихо проговорила Сэмми. Она выглядела так, как будто была готова разродиться каждую минуту, и совсем не удивительно было то, что они с Сеймуром как раз собирались к врачу, чтобы узнать срок предстоящих родов. В какой-то момент Энди почувствовал к ним зависть, но тут же заставил себя думать о другом.

Два дня он обдумывал, как поступить дальше. Если он явится к Диане без предупреждения, она скорее всего его не впустит. Может, ему лучше приехать и побродить по пляжу, ожидая, когда она выйдет из дома подышать свежим воздухом? А если она целыми днями сидит взаперти? Но в Валентинов день он решил послать все к черту, купил дюжину роз и поехал в Малибу, молясь по дороге о том, чтобы она оказалась дома. Но ее не было. Он положил розы на крыльцо и вложил в букет записку. Там было только: *«Я люблю тебя. Энди»*. Потом пошел обратно к машине, и, когда он уже сел в нее, подъехала Диана. Но, заметив бывшего мужа, она не стала выходить из машины.

Энди все-таки хотел поговорить с ней, и она неохотно опустила окна.

— Тебе не надо было приезжать сюда, — сказала она твердо, стараясь не смотреть на него. Диана выглядела еще красивей, чем он помнил ее. В простом черном платье она выглядела невероятно элегантно и сексуально. Она вышла из машины и встала около нее так, как будто защищаясь от него. — Зачем ты приехал? — Она уже заметила розы, лежащие около двери, но не знала, он ли их принес. Но если это и было так, Диана не хотела принимать их. Она считала, что уже справилась со своими мучениями, и очень надеялась, что Энди тоже. Им обоим должно быть уже легче.

— Я захотел тебя увидеть, — грустно сказал он, вдруг напомнив ей прежнего Энди, за которого она вышла замуж. Перед ней был красивый, молодой тридцатичетырехлетний блондин, и он все еще любил ее.

— Разве мой адвокат не передал тебе моих слов?

— Передавал. Но я никогда не слушаю адвокатов, — усмехнулся он, и она, удивившись самой себе, тоже улыбнулась. — Правда, я никогда еще не послушался ни одного из них. Разве ты не знаешь об этом?

— Может быть, так оно и есть. Это наверняка пошло тебе на пользу. Ты избежал массы неприятностей.

— Неужели? И каким же образом? — Энди изобразил непонимание. Он был так счастлив, что увидел ее. Ему очень хотелось, чтобы она задержалась здесь и поговорила с ним, а ему было достаточно того, чтобы просто находиться рядом. Даже свежий морской воздух не заглушал запаха ее духов. Она пользовалась «Калеш» от Гермеса, а он всегда любил их.

— Тебе пора прекратить биться головой о стену, — сказала Диана мягко, как только могла. Для нее это было настоящим испытанием — находиться рядом с ним и не попасть под его влияние.

— Я очень люблю биться головой о стены, — сказал он тихо.

— Послушай, перестань. Теперь в этом нет никакого смысла, Энди.

— Я принес тебе цветы, — проговорил он, не зная, что бы еще сказать. Ему очень не хотелось уходить от нее.

— Этого тебе тоже не стоило делать, — сказала она грустно. — Я надеялась, что ты привыкнешь к одиночеству. В течение пяти месяцев ты был свободен и мог уже давно начать новую жизнь без меня.

— Но я не хочу этого, — возразил Энди.

— Мы оба этого хотим, — твердо проговорила она.

— Не надо указывать мне, чего я хочу, — фыркнул он, — черт возьми, я хочу быть с тобой. Вот чего я хочу! Я не желаю знать никаких суррогатных матерей, рожающих детей на заказ, я не представляю, как эта дурь могла прийти мне в голову... Я уже даже ребенка не хочу. Я не хочу даже слышать о нем! Все, чего я хочу, — это тебя... Ди... Пожалуйста, дай мне еще один шанс... ну пожалуйста... Я тебя так люблю... — Он хотел добавить, что жить без нее не может, но слезы душили его.

— Я тоже больше не хочу иметь ребенка. — Она лгала, и они оба знали об этом. Если бы сейчас кто-нибудь смог сотворить чудо и сделать так, чтобы она забеременела, она бы ни секунды не раздумывала, чтобы воспользоваться этой возможностью. Но она уже устала мечтать об этом. — И я не хочу быть замужней женщиной. Я не имею на это права. — Диана старалась, чтобы ее слова звучали как можно убедительнее. Она сама уже почти поверила в это.

— Но почему? Потому что ты не сможешь забеременеть? Ну и что? Не будь дурочкой. Ты хочешь сказать, что выходить замуж могут только те, кто способен рожать детей? Это самая великая глупость, какую я когда-либо слышал.

— Люди должны жениться или выходить замуж за таких же, как они сами, чтобы никому не было тяжело.

— О, какая замечательная идея! Почему она не приходила мне в голову? Ради бога, Ди, перестань. Мы попали в неприятную переделку, но это не означает, что рухнул весь мир. Мы еще можем все поправить.

— *Мы* не попадали в неприятную переделку, — поправила она его, — в нее попала *я*.

— Да, а я бегал как сумасшедший и нашел мать для нашего будущего ребенка в лице какой-то чокнутой, проповедующей буддизм. Ладно, согласен, мы оба были слегка не в себе. И что вышло? Это было жестоко. Это было грубо, согласен. Это было самое ужасное время в моей жизни. Но теперь с этим покончено. Остались наши жизни, и мы должны прожить их вместе. Ты не можешь просто так взять и махнуть на нас обоих рукой только потому, что мы тогда оба чуть-чуть сошли с ума.

— Я не хочу, чтобы это повторилось, — покачала головой Диана. — И теперь существует много вещей, которые я не хочу больше делать, вещей, которые я должна была делать раньше. Я не хожу на детские праздники или крестины, я не навещаю в больницах новорожденных и рожениц. Сэмми родила вчера, и я позвонила ей и сказала, что не приду. И знаешь что? Я отлично себя чувствую. Мне необходимо так себя вести, чтобы продержаться, я должна себя пересилить, а если не смогу, что ж, как это ни тяжело, но мне надо будет смириться с этим. Я не собираюсь создавать себе неудобства и ставить себя в дурацкое положение, выходя замуж за человека, который мог бы иметь детей, но не имеет их из-за того, что я его жена и я бесплодна. И я не желаю иметь дело с особами вроде Ванды и донорскими яйцеклетками. К черту все это дерьмо, Энди! Я больше ничего не буду делать. Я собираюсь жить своей жизнью и раз и навсегда покончить со всем этим. У меня есть работа. Замужество и дети — это еще не все в этой жизни.

Он смотрел на нее и думал о том, что она только что сказала. В ее словах была доля правды, но в основном он был с ней не согласен. Ведь работа ни в коей мере не сможет заменить детей и мужа.

— Ты не можешь мечтать остаться одинокой до конца жизни. Ты не должна чувствовать себя виноватой, Ди. И не должна что-то предпринимать. Так не делай себе еще больнее, становясь затворницей.

— Что заставляет тебя думать, что я сейчас одна? — сказала она, раздраженная его догадливостью.

— Потому что ты грызешь ногти, — горько усмехнулся Энди. — Ты никогда не делаешь этого, когда счастлива.

— Иди к черту! — Диана не смогла сдержаться и улыбнулась. — Мне приходится очень много работать.

Она посмотрела на бывшего мужа. Они уже говорили целый час, но все еще стояли посреди дороги возле ее машины. Ничего бы не случилось, если б она пригласила его войти ненадолго. В конце концов, они были женаты восемнадцать месяцев, а перед этим встречались довольно долго, так что она ничем не рискует, впустив его на несколько минут в гостиную.

Диана пригласила его войти, слегка удивив этим Энди, и поставила розы в вазу, поблагодарив его.

— Хочешь чего-нибудь выпить?

— Нет, спасибо. Знаешь, чего бы я действительно очень хотел?

— Что? — испуганно произнесла она.

— Прогуляться с тобой по берегу. Ты согласна?

Она кивнула, переодела туфли и накинула куртку потеплее, а для него она достала один из его старых свитеров, который забрала с собой.

— А я-то удивлялся, куда он запропастился, — улыбнулся Энди, надевая свитер. Он был теплый и привычный, как старый добрый друг, и Энди очень его любил.

— Ты давал мне его во время нашего последнего отдыха.

— Тогда я был гораздо лучше, чем сейчас.

— Наверное, это можно сказать про нас обоих, — добавила она.

Они стали спускаться по ступенькам, ведущим от террасы, и скоро оказались на пляже, который когда-то обоим очень понравился. Энди удивился, почему они в свое время не купили дом именно здесь. Побережье было очень красиво, и они так любили его, и теперь один только его вид успокаивал и радовал глаз. В округе мало сохранилось таких уединенных уголков природы.

Они шли молча, глядя на равномерно накатывающиеся на берег волны, и ветер обдувал их лица. Не говоря ни слова, Энди взял ее за руку, и они пошли дальше. Потом она посмотрела на него, как бы пытаясь вспомнить, каким он был. И это было очень легко сделать теперь, когда он шел рядом с ней. Он был человеком, которого она так любила... и который принес ей столько счастья... пока все не рухнуло.

— Об этом стоит подумать, правда? — сказал он, когда они уселись под дюной, довольно далеко от дома, который она снимала.

— Да, стоит. И ты был прав... Я одна... но зато я узнала про себя много интересного, много такого, о чем раньше даже не подозревала. Я была так озабочена мыслью о детях, что никогда не задумывалась и не спрашивала себя, кто я и чего хочу.

— И чего же ты хочешь, Ди?

— Я хочу прожить полноценную жизнь, я хочу выйти замуж за хорошего человека, и чтобы наши отношения не зависели от того, будут ли у нас дети. Я все еще хочу иметь детей, но теперь уже я не уверена, что буду всю жизнь страдать без них. Может быть, это самый главный урок, который я вынесла из этого кошмара. Я не знаю. Я еще не разобралась во всем до конца. — Но она проделала долгий и трудный путь с тех пор, как рассталась с ним. — Я всегда хотела понять, что собой представляют мои сестры, моя мать и я сама. Отличаюсь ли я от них или нет? Они всегда мне говорили, что я совсем не такая, как они, но мне самой так никогда не казалось. Меня всегда интересовало то же, что и их, — семья, дети. Но меня интересовали и другие вещи, и, может быть, этим-то я и отличалась. Я всегда больше внимания уделяла работе, чем домашним делам, мне необходимо было все доводить до конца и «быть лучше всех». Может быть, именно поэтому мне сейчас так плохо. На этот раз я не справилась. Я проиграла. Не получила того, к чему так стремилась. — Это была трезвая оценка происходящего, и Энди восхитила ее искренность.

— Ты совершенно особенная, — сказал он тихо, глядя на нее, — и ты вовсе не проиграла. Ты просто сделала все, что было в твоих силах. — Он с трудом сдерживался, чтобы не обнять ее. Забыв обо всех обещаниях, данных самому себе, наклонился и поцеловал ее. Диана не двинулась с места, только глаза ее засияли, как прежде.

— Я все еще люблю тебя, ты об этом знаешь, — прошептала она. — И это никогда не пройдет. Просто я считаю, что для нас будет хуже оставаться вместе. — И вдруг она рассмеялась, вспомнив про Ванду. — Ванда была ужасна, правда. У меня тогда не хватило чувства юмора, чтобы послать ее к черту. Только пару дней назад я поняла, как это все было смешно и отвратительно. Мне даже захотелось позвонить тебе.

— И надо было сделать это. — С тех пор как она ушла, он находился в таком подавленном состоянии, что ее телефонный звонок сразу бы вернул его к жизни. — Представляю, как ты меня из-за этого проклинала. Но у нас с тобой все равно не было шансов. Ванда выбрала другую пару. Как сказал ее муж, на нее отрицательно влияла твоя карма.

— Ну и прекрасно. Желаю ей родить четверых близнецов. Почему люди идут на такое? — спросила она, глядя на океан.

Солнце медленно садилось, и на горизонте появилась серая дымка.

— Ты имеешь в виду, ищут, кто бы им родил ребенка? Потому что они находятся в таком же отчаянии, в каком были мы. А Ванда, я думаю, чувствует себя, как мать Тереза, благодетельствующая несчастным.

— Я думаю, тут более важную роль играют деньги. На этом-то и строится игра: покупатель в отчаянии, а продавец знает это.

— Такова жизнь. И я рад, что твоя карма отпугнула тогда от нас эту бойкую красотку. А то могло бы случиться непоправимое.

— Я думаю, что я тогда наполовину сошла с ума или даже больше чем наполовину. — Но сейчас Диана выглядела очень спокойной и разумной, и в этот момент Энди почувствовал, что должен сделать все, чтобы вернуть ее.

Они медленно вернулись в ее дом и проболтали еще несколько часов, не касаясь запретных тем — беременности и детей. Это было похоже на то счастливое время, когда они были женаты.

Они даже не вспоминали в тот вечер, что не обедали, и, когда Энди наконец собрался уходить, оба удивились, что наступила полночь.

— Как насчет того, чтобы встретиться завтра вечером? — спросил он, испуганный тем, что Диана откажется, но она медленно кивнула головой.

— С удовольствием.

— Как насчет «Шанти»? — Это был простой итальянский ресторан в Мелроусе, там отлично готовили, и они оба любили его. — Может, потом сходим в кино?

— Отлично придумано.

Он снова поцеловал ее, и, когда уходил, они оба чувствовали себя умиротворенными, впервые за последнее время. Она смотрела, как он шел к машине, и помахала рукой. А потом вышла на террасу и долго стояла в задумчивости, глядя на океан.

Глава 14

Чарли несколько раз приходил в Палмз-парк в надежде увидеть Аннабел и Бесс, и в конце концов он их встретил. Они снова болтали и играли в мяч, но Чарли так и не осмелился попросить у Бесс номер телефона. Он представления не имел, замужем она или нет: правда, она не носила кольцо, но и о том, что она разведена, не было сказано ни слова. Ему очень нравилось наблюдать за ними, и Энни просто очаровала его своей беззубой улыбкой и непосредственным отношением к окружающему миру. С ее матерью тоже было всегда приятно поговорить. Чарли с завистью наблюдал, как они хорошо понимают друг друга, какие тесные родственные узы объединяют их.

Когда они встретились в начале марта в третий раз, он чувствовал себя так, будто они старые знакомые, и именно тогда Бесс немного пооткровенничала с Чарли. Она рассказала про детский сад, в который ходила Аннабел, и призналась, что она сама работает в медицинском центре при Лос-Анджелесском университете санитаркой. Она хотела стать дипломированной медсестрой, но не смогла закончить учебу. Они были знакомы всего несколько недель, но Чарли чувствовал себя с ней на удивление легко, когда они сидели вдвоем на скамейке и наблюдали за Аннабел, игравшей в классики. Он купил ей шоколадку, зная, что девочка любит сладкое. Сам он каждый день теперь завтракал в парке только для того, чтобы увидеть их.

— Я подхватила насморк, — заявила Аннабел, громко шмыгнув носом. Но пребывала она в отличном настроении. И уже через минуту побежала к качелям, что дало взрослым возможность продолжить разговор.

— Она — прелесть, — искренне сказал Чарли.

— Мне тоже так кажется. — Бесс с застенчивой улыбкой взглянула на Чарли. — Спасибо, что вы так добры к ней... конфеты, жвачка, теперь шоколад. Вы, наверное, любите детей.

— Да, — кивнул он.

— А у вас есть свои?

— Я... у меня... нет, пока нет... — Потом Чарли осознал то, что сказал, и заставил себя поправиться: — Нет, у меня нет детей. И, вероятно, никогда не будет, — произнес он загадочно, — но это длинная история.

«Может, его жена не может иметь детей, или у него вообще нет жены», — предположила Бесс, но, заметив его смущение, не стала ничего спрашивать.

— Мне бы хотелось усыновить когда-нибудь нескольких ребятишек. Я сам вырос в приюте и прекрасно знаю, что значит не иметь семьи и очень хотеть, чтобы она у тебя была.

Он не стал рассказывать ей, сколько приютов он сменил и сколько семей возвращали его обратно после нескольких безуспешных попыток справиться с болезнями Чарли. В самой лучшей из семей, в которой он побывал, был кот, и у Чарли начались приступы астмы. И они заявили, что если им придется избавиться от кота, то это разорвет их сердца. И решили избавиться от Чарли.

— В приютах грубо обращаются с детьми, и мне бы хотелось кого-нибудь избавить от этого, пока для него еще не все потеряно. — Он совсем недавно думал об этом. Чарли хотел усыновить малыша как отец-одиночка. Ему было известно, что некоторые так делают, и собирался осуществить свой план, когда он скопит немного денег. А сейчас пока у него была своя маленькая команда, с которой он играл по выходным.

— Это очень хорошее дело, — улыбнулась Бесс. — Я тоже сирота. Мои родители умерли, когда мне было двенадцать. Меня воспитывала тетка. Я сбежала от нее, когда мне исполнилось шестнадцать, и вышла замуж. Это было ужасно глупо с моей стороны, и я получила хороший урок. Я связала свою жизнь с человеком, который пил и изменял мне, лгал, избивал меня при любом удобном случае. Теперь мне совершенно непонятно, почему я продолжала жить с ним, но к тому времени, когда я решила уйти от него, выяснилось, что я беременна. Когда родилась Энни, мне было восемнадцать. — Значит, теперь ей двадцать четыре, и это удивило Чарли — она выглядела взрослее других девушек в таком возрасте.

— И все-таки что произошло? Как вам удалось от него избавиться? — Чарли ужаснула сама мысль о том, что кто-то может ударить женщину, тем более такую милую, как Бесс.

— Он сам сбежал от меня, и я больше никогда его не видела. Конечно, у него кто-то был, а спустя полгода он погиб в драке в каком-то кабаке. Энни был тогда годик, и я вернулась сюда. С тех пор мы тут и живем. По ночам я работаю в больнице, поэтому весь день могу проводить с дочкой, а ночью за ней приглядывает наша соседка, так что мне не надо платить няне.

— Похоже, вы устроились неплохо, — улыбнулся Чарли.

— Да, пока все идет нормально. Я, конечно, очень хотела бы когда-нибудь возобновить учебу и получить диплом медсестры. Может быть, в будущем мне это удастся. — Слушая ее, Чарли очень хотел сделать что-нибудь, чтобы помочь ей.

— Где вы живете? — Ему вдруг показалось, что это очень важно — узнать о ней побольше.

— Всего лишь в нескольких кварталах отсюда, в Монтане. — Бесс сказала ему адрес, и он закивал головой. Это был один из самых бедных кварталов Санта-Моники, но довольно тихий, и вполне вероятно, что там можно спокойно жить.

— Может, как-нибудь пообедаем вместе? — спросил он, наблюдая, как Энни качается на качелях. — Втроем, вместе с Аннабел. Она любит пиццу?

— Обожает.

— А как насчет завтрашнего вечера?

— Это было бы здорово. Мне надо быть в больнице только в одиннадцать. Я выхожу из дома около десяти, а возвращаюсь в семь тридцать утра, собираю Энни и провожаю ее на занятия. Пока ее нет дома, я сплю. Это очень удобный распорядок. — Они выработали свою собственную систему, которая устраивала и мать, и дочь. Но Чарли стало жаль Бесс — слишком большая ответственность легла на ее плечи, и не было никого, кто бы помог ей.

— Похоже, вы мало спите, — сказал он мягко.

— А мне больше и не надо. Я привыкла. Сплю часа три утром, пока Энни на занятиях, а потом мне удается подремать еще немного вечером, когда я ее укладываю, перед тем как пойти на работу.

— Да, я вижу, для развлечений у вас времени совсем не остается, — заключил Чарли, и тут к нему подбежала Энни.

Бесс передала дочери предложение поесть пиццы.

— С Чарли? — Она казалась удивленной и обрадованной, и ее мама тоже была довольна, когда утвердительно кивнула головой. Она была молодой и симпатичной, но в ее сердце уже давно не было места для мужчин. И встреча с Чарли заставила ее вспомнить о том, что она прежде всего женщина. — А мы можем еще сходить поесть мороженого? — спросила его Энни, и он рассмеялся.

— Конечно! — Ему было радостно оттого, что он может доставить им это маленькое удовольствие.

Он смотрел вслед малышке, снова побежавшей к качелям, отчаянно желая, чтобы у него был свой собственный ребенок, но тут же вспомнил, что этому никогда не дано сбыться. На свете есть множество детей, и еще не один ребенок встретится ему на пути и согреет душу, как это сделала Энни. И позже он подумал о том, что много хорошего в том, чтобы сохранить свободу. Марк пытался ему это объяснить после разрыва с Барби, и вот теперь Чарли сам это понял. Он еще раз посмотрел на Аннабел, и они с Бесс обменялись нежными улыбками, и оба подумали в тот момент о будущем.

* * *

На этот раз у Пилар не было желания делать анализ на беременность. Она боялась, что он в любом случае окажется отрицательным, ведь организм еще не пришел в норму после выкидыша. Доктор сказала им, что шанс забеременеть с первого раза после внутриматочного оплодотворения, особенно теперь, очень мал. Поэтому она тянула и тянула. И когда прошла неделя, Брэд пригрозил, что сам сделает анализ, если она будет откладывать его и дальше.

— Я не хочу ничего знать, — жалобно сказала она.

— Зато я хочу.

— Я уверена, что не беременна. — Но действительно она вовсе не была в этом уверена. Она легко уставала, и грудь у нее немного увеличилась в размере.

— Сделай анализ! — убеждал он ее. Но Пилар сказала,

что не сможет еще раз смотреть на все это, и ей не хотелось принимать хломифен. Правда, она его не пила с момента менструации, но если она не беременна, то ей снова придется принимать его. Она склонялась к мысли о том, что то состояние постоянного стресса, в котором она пребывает под действием лекарства, разрушает ее организм.

Брэд позвонил в конце концов ее старому гинекологу — Паркеру, и они пришли к выводу: нервное напряжение, в котором пребывает Пилар, необходимо как можно скорее снять. Доктор посоветовал Брэду привести жену к нему в кабинет, где бы он мог ее осмотреть, и, сделав это, подтвердил, что она беременна. Анализ мочи дал положительные результаты. Не было никаких сомнений в том, что Пилар ждет ребенка.

Пилар чуть не лишилась чувств от радости, и Брэд был поражен не меньше ее. После всего, что ей пришлось перенести, он очень хотел, чтобы она родила этого ребенка. Ей выписали соответствующие препараты, чтобы не дать прерваться беременности, а все остальное зависело от матери-природы. Доктор предупредил ее, что кровотечение может повториться, и вполне вероятно, что она не сможет доносить и этого ребенка. Никто не мог ей сказать точно, что же все-таки ее ожидает.

— Я готова следующие три месяца пролежать в постели, — говорила она с ужасом в глазах, но доктор Паркер настаивал, что этого делать не следует.

Потом они позвонили доктору Вард и сообщили ей, что оплодотворение было успешным. По дороге домой Брэд со смехом сказал, что это благодаря тому фильму.

— Ты безнадежен, — усмехнулась она, чувствуя себя одновременно испуганной, взволнованной и счастливой.

Пилар ужасно боялась того, что может потерять и

этого ребенка, поэтому на этот раз они решили никому ничего не говорить, пока у нее не будет двенадцати недель и опасность выкидыша минует. Но в ту ночь она напомнила Брэду, что существует масса других опасностей: поздний выкидыш, рождение мертвого ребенка. Да мало ли что может случиться. В конце концов ребенок может родиться с болезнью Дауна или с каким-нибудь другим тяжелым недугом, риск из-за ее возраста все-таки довольно велик. У нее прямо голова пошла кругом, когда она начала перечислять возможные болезни своего ребенка, а Брэд слушал ее и качал головой.

— Слушай, замолчи и не думай об этом. А как насчет плоскостопия или болезни Альцгеймера, когда ребенок уже вырастет? Успокойся, дорогая, а то к тому времени, когда тебе надо будет рожать, с тобой случится истерика.

Но когда через девять недель они сделали сонограмму, с ними обоими чуть не случилась истерика так же, как и с доктором Паркером. У нее обнаружили двойняшек, и в этом не было никакого сомнения. Пилар плакала от радости, когда смотрела, как бьются два маленьких сердечка.

— О господи, и что же теперь?! — с удивлением воскликнула Пилар. — Все, что мы хотели, мы получили в двойном размере, — проговорила она, совершенно ошеломленная тем, что у нее в животе целых два ребенка.

— Самое главное, — сказал доктор, — в ближайшие семь месяцев сохранять спокойствие, соблюдать режим и беречь себя. Надеюсь, это удастся вам обоим, иначе могут возникнуть проблемы. А мы же не хотим потерять и этих малышей.

— О боже, конечно, нет, — закрыв глаза, проговорила Пилар; она знала, что, если такое вдруг произойдет, она просто не переживет этого.

Глава 15

В марте Энди все больше и больше проводил времени на побережье вместе со своей женой. Диана наконец-то разрешила провести ему ночь в ее доме; это случилось только через месяц после того, как он разыскал ее.

— Я не хочу возвращаться в наш дом, — твердо сказала она, и Энди прекрасно понимал ее. Пока она к этому не готова. Пока. Ей все еще нужно было время, и они встречались в ее маленьком летнем домике в Малибу.

Он теперь ехал туда прямо с работы каждый день и покупал ей небольшие подарки и цветы. Иногда она готовила для него обед, иногда они обедали в своих самых любимых местах. Для них это было необыкновенное время, время восстановления сил и возвращения к самим себе, прежним, и к тем отношениям, которые у них были раньше.

Только в начале апреля Диана наконец согласилась вернуться домой и очень удивилась, когда поняла, что действительно соскучилась по нему.

— Прекрасный старый дом, правда? — произнесла она, оглядываясь вокруг и чувствуя себя гостьей. Три месяца она не была здесь.

— Мне кажется, именно об этом мы и думали, когда покупали его, — сказал Энди осторожно, и они провели в нем уик-энд.

Но к следующему уик-энду они почувствовали, что скучают по Малибу, и вернулись в домик, который снимали. Они отлично провели время, чувствуя себя молодыми и беспечными. Это была прекрасная пора, и Диана как-то в середине апреля очень удивила Энди, заявив, что ей по душе такая жизнь и никаких детей ей не надо.

— Ты действительно так считаешь? — спросил он. Уже в течение месяца они проводили вместе каждую ночь, и он был счастлив, как никогда. Да и Диана казалась довольной и спокойной и выглядела совершенно другим человеком.

— Да... мне кажется, что я теперь считаю именно так, — медленно произнесла она. — Мы абсолютно свободны. Мы делаем, что хотим, и ходим, куда хотим и когда хотим. Нам не надо думать ни о ком, кроме себя и друг друга. Я могу спокойно сидеть в парикмахерской и не думать о том, что надо мчаться домой, чтобы отпустить няньку, мы можем спокойно пойти пообедать в десять часов вечера и, ни о чем не думая, поехать куда-нибудь на уик-энд. Конечно, прожить так всю жизнь было бы в высшей степени эгоистично, но в настоящее время мне это определенно по душе.

— Аллилуйя! — воскликнул Энди, но тут зазвонил телефон.

Закончив разговор, он положил трубку и как-то странно посмотрел на жену.

— Кто это был?

— Старый знакомый. — Но он явно был чем-то встревожен, и она забеспокоилась:

— Что-то случилось?

— Не знаю, — честно ответил он, и ее поразила его интонация.

— В какое-то мгновение мне показалось, что это была милашка Ванда, — улыбнулась она, а Энди растерялся.

— Ты была не так уж далека от истины, — сказал он.

Энди прошелся по комнате, выражение лица у него было странным, и Диана, наблюдая за ним, вдруг забеспокоилась:

— Что все это значит? — Теперь она уже выглядела испуганной. — Что, еще одна добровольная мамаша? О, Энди... нет, мы не должны опять с этим связываться! Мы же договорились, что с этим вопросом покончено, во всяком случае, если не навсегда, то хотя бы на время. — Они еще не приняли твердого решения, но сейчас она все больше склонялась к мысли, что сможет счастливо прожить всю жизнь без детей.

— Нет, это не совсем то. — Энди сел и посмотрел на нее. — Тогда, в сентябре, когда выяснилось... когда доктор Джонстон...

— Сказал, что я бесплодна, — подсказала она.

— Я поговорил с одним моим старым школьным другом. У него несколько частных детских приютов в Сан-Франциско. Я сказал ему, что не хотел бы брать случайного ребенка, но если у него появится нормальный малыш от хорошей, здоровой матери, то нас это устроит. Я совсем забыл об этом разговоре, а он сейчас позвонил.

Энди смотрел на нее выжидающе. Он не хотел оказывать на нее давление, но решение надо было принять быстро. Было еще несколько пар на очереди, и его друг позвонил ему с информацией о ребенке первому. Они должны были дать ответ не позднее следующего утра, потому что ребенок мог появиться каждую минуту. Мать только недавно решила оставить его.

— Что он сказал? — Диана внешне казалась спокойной, но сидела очень прямо и внимательно слушала.

— Матери ребенка двадцать два года, это ее первый малыш. Она слишком долго тянула, и аборт было делать уже поздно. Она училась на последнем курсе Стэнфорда, и ее родители ничего не знали о случившемся. Отец ребенка — студент-медик университета Сан-Франциско. Они оба сознавали, что не могут сейчас себе позволить завести ребенка, и оба решили отдать малыша, но только в хорошие руки.

И Эрик Джонс, школьный друг Энди, посчитал, что Диана с Энди — самая подходящая пара.

— А что, если они передумают? — с ужасом спросила Диана.

— Они имеют право сделать это, пока не подпишут окончательного соглашения, — честно сказал Энди, и она забеспокоилась еще больше.

— И сколько им на это дается времени?

— Обычно шесть месяцев, но если они захотят, могут сделать это раньше.

Диана кивнула, внимательно его слушая.

— Я не смогу этого вынести. Представь, что будет, если они заберут его... Энди, я не могу... — На глазах у нее появились слезы, и он кивнул. Он прекрасно все понимал и не хотел на нее давить.

— Все нормально, малыш. Я просто должен был сказать тебе. С моей стороны было бы нечестно промолчать.

— Да, знаю. А ты... ты очень будешь меня презирать, если мы не возьмем этого малыша? Мне кажется, что я действительно не смогу этого сделать. Это очень большой риск.

— Я никогда не стану презирать тебя. Просто я подумал, что если мы хотим усыновить ребенка, то это прекрасная возможность, но мы совсем не обязаны делать это. Ни сейчас, ни потом. Это полностью зависит от тебя.

— Я чувствую себя так, как будто только начала вставать на ноги... и мы оба только что восстановили наш брак. Я не могу подвергать все это такой опасности и снова рисковать очутиться на грани разочарования.

— Я понимаю, — сказал он.

Они провели ночь, наслаждаясь друг другом, но, когда Энди проснулся на следующее утро, Дианы рядом не было. Он поднялся и отправился на ее поиски. Он обнаружил ее на кухне. Выглядела она ужасно.

— С тобой все в порядке?

Диана была невероятно бледна, и он подумал, что

она уже очень давно здесь сидит, а может, вообще не спала.

— Нет, не все, — ответила она.

— Ты что, заболела? — обеспокоенно спросил Энди, но тут она вымученно улыбнулась и покачала головой, и он почувствовал облегчение.

— Кажется, еще нет. Кажется, я просто до смерти боюсь. — Теперь он все понял и, улыбнувшись, посмотрел на нее. — Энди, я хочу это сделать.

— Взять ребенка? — Он затаил дыхание, ожидая ответа. Он тоже этого хотел, но не собирался влиять на ее решение. Теперь, когда она немного оправилась и пришла в себя, он знал, что малыш будет счастливым дополнением к их браку.

— Да. Позвони им. — Она едва смогла выговорить это.

Пока он набирал номер Эрика Джонса в Сан-Франциско, Диана ужасно нервничала. Эрик снял трубку после второго звонка, голос у него был сонный. Было восемь часов утра.

— Мы хотим взять ребенка, — без предисловий сказал Энди, надеясь, что они поступают правильно. Он молился про себя о том, чтобы родители не изменили своего решения в эти полгода. Он знал, что это может убить Диану и окончательно разрушить их брак.

— Вам нужно как можно быстрее приехать сюда, — ответил Эрик. — Час назад у нее начались схватки. Вы можете прилететь прямо сейчас?

— Конечно, — произнес Энди, стараясь говорить спокойно, хотя на самом деле он был как в бреду. Положив трубку, он кинулся целовать Диану. — У нее начались схватки, мы должны лететь в Сан-Франциско.

— Прямо сейчас? — Она была совершенно ошеломлена, а он уже звонил в аэропорт.

— Да, прямо сейчас.

Энди выпроводил ее из кухни и велел собирать вещи, а через пять минут уже был наверху, одной рукой выбирая нужные вещи из шкафа, а другой держа включенную бритву.

— Что мы делаем? — Диана вдруг рассмеялась, глядя на него. — Только вчера вечером я призналась тебе, что счастлива от того, что у нас нет детей, а теперь мы бегаем, как два идиота, собираясь лететь в Сан-Франциско, чтобы заполучить ребенка. — Потом она снова испугалась: — А что, если они нам не понравятся?.. Или мы им? Что тогда?

— Тогда мы вернемся домой, и я напомню тебе те слова, которые ты говорила вчера вечером. О том, как здорово жить без детей.

— Боже, зачем мы в это ввязываемся? — причитала она, надевая серые широкие брюки и легкие черные туфли. Ее жизнь опять понеслась, как тележка на «американских горках», и она не была уверена, что ей это по душе. И все же Диана знала, что хочет этого, что бы там она ни говорила накануне. Она чувствовала, как ее душа начала медленно приоткрываться, и это было одновременно страшно и больно. Но этой боли избежать было невозможно. Если она действительно хочет полюбить этого ребенка, она должна заставить себя быть откровенной до конца.

— Посмотри на это с другой стороны, — произнес Энди, засовывая бритву в чемодан и целуя жену, — мы теперь можем послать подальше всех Ванд со всеми их кармами и высокими гонорарами за услуги.

— Я люблю тебя, ты знаешь об этом? — Диана, улыбаясь, смотрела, как он застегивает чемоданы.

— Отлично, тогда застегни «молнию» на брюках и надень блузку.

— Не смей мною командовать, я уже без пяти минут

мама. — Она надела розовую кофточку и схватила старый темно-синий свитер.

Это был самый прекрасный момент их жизни, и они не хотели забывать его. Домчавшись до аэропорта в рекордный срок, они заняли места в самолете и в одиннадцать тридцать утра уже были в Сан-Франциско.

Эрик объяснил им, как доехать до больницы. Роженицу поместили в клинику на Калифорния-стрит, Эрик, как и обещал, ждал Диану и Энди в вестибюле.

— Все идет отлично, — заверил он, проводил их наверх в приемный покой родильного отделения и куда-то исчез.

Энди шагал взад-вперед по комнате, а Диана сидела, неотрывно глядя на дверь и ожидая сама не зная чего. Через несколько минут Эрик возвратился с молодым человеком и представил его как Эдварда, отца ребенка. Этот симпатичный рослый парень, как ни смешно, был здорово похож на Энди.

Он был светловолосый, атлетически сложенный, с правильными чертами лица и открытой улыбкой. Он объяснил супругам, что Эрик почти все рассказал ему о них, и им с Джейн по душе то, что Дугласы усыновят их малыша.

— Вы уверены, что не захотите забрать его? — напрямик спросила его Диана. — Я не хочу, чтобы мое сердце разорвалось на части, — произнесла она, и они все трое поняли, что она имеет в виду.

— Мы не сделаем этого, миссис Дуглас... Диана... Я клянусь вам. Джейн никак не может оставить этого ребенка. Она хотела бы сделать это, но Джейн мечтает получить диплом, да и мне еще учиться и учиться. Нас содержат родители, и они бы ни в коем случае не одобрили затею с ребенком. Я даже запретил ей говорить им об этом. Мы не хотим сейчас заводить ребенка, и это правда, поверьте. Нам нечего ему дать ни в эмоциональном отношении и ни в каком другом. Сейчас совсем неподходящее время, а потом у нас наверняка еще будет куча детей.

Это было похоже на браваду, что очень обеспокоило Диану; она всегда удивлялась, как люди могли быть так уверены в своем будущем. Как он мог знать, что в будущем все будет хорошо? Как они могут так запросто отдать ребенка, надеясь на то, что они смогут в любой момент родить еще одного? Взять хотя бы, к примеру, ее, Диану.

— Мы уверены в этом, — снова пообещал Эдвард.

— Надеемся, что это так, — серьезно сказал Энди.

Потом они задали ему несколько вопросов о его здоровье, о вредных привычках, об их семьях. И Эдвард спросил их о том, как они живут, во что верят, об их семейных отношениях, об их отношении к детям. И в конце концов они согласились, что Эрик прав — они отлично подходили друг другу.

Вдруг Эдвард удивил их:

— Мне кажется, что Джейн будет приятно увидеть вас.

— Мы тоже хотим этого, — сказал Энди. Он думал, что увидит ее после родов, но Эдвард пригласил их следовать за ним в дверь, на которой было написано: «Родильное отделение. Не входить».

— Вы имеете в виду, прямо сейчас? — испуганно спросила Диана. Она представила себя на месте Джейн: если бы во время ее обследований присутствовал кто-нибудь посторонний, хотя, конечно, это был совсем другой случай.

— Не думаю, что она будет против.

К этому времени схватки продолжались уже шесть часов, но роды продвигались медленно, как объяснил Эдвард, и врачи уже хотели дать ей стимулирующие препараты, чтобы ускорить процесс.

Он предъявил свой пропуск и провел их по длинному коридору к родильной палате, где лежала Джейн. Они зашли туда втроем, оставив за дверью Эрика.

Джейн, симпатичная темноволосая девушка, протяжно застонала, и медсестра сказала несколько ободряющих слов. Когда схватки прекратились, Джейн замолчала и посмотрела на них. Она знала, кто они. Эдвард сказал ей, что приемные родители уже приехали, и она пожелала с ними встретиться.

— Привет, — сказала она, казалось, их присутствие нисколько не смутило ее.

Эдвард познакомил их, и супруги заметили, что он относится к своей подруге очень заботливо. Она выглядела моложе своих лет, в ее облике было что-то мягкое, почти детское. Цвет волос у нее был немного темнее, чем у Дианы, а глаза обеих женщин были так похожи, что это даже поразило Энди.

Они не успели обменяться и несколькими фразами, как схватки возобновились, и Диана решила, что им лучше уйти, однако Джейн знаком попросила их остаться. Энди выглядел совершенно растерянным, но не стал противиться пожеланию роженицы.

— Эти были сильнее, чем предыдущие, — проговорила Джейн, когда боль отпустила. Эдвард посмотрел на монитор с изображением плода и согласно кивнул.

— Они усиливаются, может быть, ты обойдешься без всяких стимуляторов.

— Я очень надеюсь на это, — сказала она и улыбнулась Диане.

Между ними сразу же возникло своего рода взаимопонимание, и, когда у Джейн снова начались боли, она потянулась и взяла Диану за руку. Это продолжалось почти до четырех часов, и Диана с Энди все время были рядом, пока в конце концов не стало заметно, что Джейн совершенно измучена. Постоянная боль совершенно вымотала ее и притупила другие чувства.

— Это никогда не кончится, — жаловалась Джейн, и Диана, стараясь подбодрить ее, нежно гладила ее лоб и предлагала охлажденное питье.

У нее не было времени подумать о том, как все это необычно — еще вчера вечером она даже не знала о существовании этой девушки, а сегодня Джейн рожала для нее ребенка. Эдвард уже поговорил со своей подругой и после этого заявил Эрику, что они хотят, чтобы Дугласы усыновили их малыша. Эрик пообещал оформить все надлежащие документы как можно скорее, и теперь они ждали появления ребенка на свет.

В пять часов зашел врач, чтобы еще раз осмотреть роженицу, и Энди вышел в коридор поболтать с Эдвардом, а Диану Джейн попросила остаться. Диана почувствовала себя старшей подругой и опорой этой молодой женщины.

— Крепись, — нежно говорила Диана, — крепись, Джейн... скоро все кончится. — Ее удивляло то, что врачи не дали ей болеутоляющего, но медсестра объяснила, что схватки еще не сильные.

— Вы будете хорошо заботиться о моем ребенке, правда? — вдруг взволнованно спросила Джейн, когда новая волна боли охватила ее.

— Клянусь тебе. Я буду любить его как своего собственного. — Диана хотела предложить, чтобы та приходила навещать малыша, когда захочет, ведь это так жестоко — лишить ее этого, но прекрасно знала, что ни она, ни Энди не захотят больше встречаться с подлинными родителями ребенка. — Ты нравишься мне, Джейн, — прошептала она, когда снова начались схватки. Ее слова были совершенно искренними. — И я обожаю твоего малыша.

Джейн только кивнула в ответ на ее слова и резко вскрикнула — боли сделались невыносимыми.

В шесть часов у нее отошли воды, и после этого боль

стала по-настоящему страшной. На Джейн было страшно смотреть, она металась на койке и стонала, и Диана не была уверена, что она понимает, кто находится рядом с ней. К тому времени силы Дианы тоже были на исходе, но, когда она попыталась выйти хотя бы ненадолго, Джейн неистово вцепилась в нее, как будто ее успокаивало ее присутствие.

— Не уходи... Не уходи... — Это было все, что она могла выговорить в те моменты, когда боль становилась чуть слабее, в то время как Эдвард стоял с одной стороны койки, а Диана — с другой.

И вот наконец медсестра сказала, что она может начать тужиться. Появился доктор. Кто-то принес три зеленых больничных костюма — Эдварду, Энди и Диане.

— Зачем это? — шепотом спросил Энди у медсестры.

— Джейн хочет, чтобы вы оба присутствовали при родах, — объяснил Эдвард.

Они по очереди переоделись в маленькой ванной комнате и на негнущихся ногах последовали за каталкой, на которой Джейн повезли через палату в родильную палату. Там ее быстро переложили на стол, накрыли простыней, а ноги поместили в специальные скобы и привязали. Внезапно все вокруг пришло в движение. Джейн пронзительно кричала, но ни врачи, ни медсестры не обращали на это внимания. Диане показалось, что случилось что-то ужасное, но все вокруг выглядели спокойными и деловыми. Диана шептала какие-то ободряющие слова, не зная, слышит ли ее Джейн, а Эдвард придерживал роженицу за плечи и по сигналу доктора давал ей команду, когда надо было тужиться. Вдруг Диана увидела, что в палату внесли люльку, и она с трудом осознала, что это происходит на самом деле. Ей казалось, что прошло совсем немного времени, но когда она посмотрела на часы, то очень удивилась, что уже почти полночь.

— Мы почти достигли цели, Джейн, — произнес доктор, — давай, давай, так держать, еще пару раз поднатужиться.

Говоря это, он кивнул Диане, чтобы она подошла к нему, и Диана увидела появляющегося ребенка. Маленькая головка с темными волосиками медленно, толчок за толчком, пробивала себе путь... Вот еще один толчок... и еще... Джейн старалась изо всех сил, и вот наконец все услышали детский крик, и малышка, покинув лоно матери, вступила в этот мир. Диане казалось, что она смотрела прямо на нее. Джейн облегченно перевела дух, а доктор обернул ребенка в пеленку, очень осторожно, и передал сверток Диане. Пуповина все еще связывала мать и дитя, и Диана испытала трепет, держа этот крошечный кусочек плоти. Слезы застилали ее глаза. И когда она наконец смахнула их, увидела рядом Энди.

Как только врач перерезал пуповину, Диана бережно протянула малышку Джейн. Она столько натерпелась, рожая ее, так что теперь имела полное право взять дочь на руки. Но Джейн подержала ее всего мгновение. Она прижала ее к груди, поцеловала и тут же отдала Эдварду. Она тоже плакала и выглядела совершенно измученной. Эдвард долго и пристально смотрел на свою дочь, но его лицо ничего не выражало, потом он передал сверток медсестре. Та взвесила и осмотрела ребенка, все данные оказались отличными. Девочка весила семь фунтов четырнадцать унций, ее рост был двадцать один дюйм. Наконец-то, после почти двух лет мучительных страданий, у Дианы был малыш. Она стояла и смотрела на девочку, лежащую в люльке. У нее были огромные, широко посаженные глаза. Казалось, она с удивлением смотрит на своих новоиспеченных родителей. И они тоже внимательно разглядывали ее, держась за руки, замерев в благоговении перед этим вечным чудом жизни и преисполненные несказанной благодарности Джейн и Эдварду.

Глава 16

На следующий день Энди с Дианой носились как сумасшедшие, покупая пеленки, распашонки, а также малюсенькие носочки и пинетки, теплые шапочки и одеяльца и еще целую кучу всяких мелочей, записанных в огромном списке. Надо было успеть к понедельнику. Утром в понедельник они должны забирать малышку из роддома. И в тот же день после обеда они снова встретились с Эдвардом и Джейн и подписали документы.

Джейн выглядела лучше, чем прошлой ночью, но она все еще была под впечатлением того, что произошло, и очень разволновалась, увидев Диану. Она хотела поблагодарить Диану за все, что та для нее сделала, и попросить, чтобы они с любовью относились к ее малышке, но в конце концов только расплакалась. Эдвард обнимал ее и успокаивал.

— Мне так жаль. — Диана тоже плакала. Глядя на эту молодую пару, она чувствовала себя так, словно украла у них ребенка, и вся ее решительность куда-то пропала. — Я обещаю вам, мы будем хорошо заботиться о ней... клянусь, она будет счастлива.

Она снова крепко обняла Джейн, и, когда Энди наконец удалось вывести ее из комнаты, все были необычно взволнованы. Зайдя в детскую, чтобы взглянуть на малышку, они еще раз убедились, что поступают правильно. Она спала и была такой хорошенькой и беззащитной. Перед тем как уйти, они поговорили с педиатром, и он рассказал про режим кормления и назвал молочные смеси, объяснил, как надо ухаживать за пуповиной, и взял с них слово, что они через неделю покажут ее педиатру по месту жительства; Диана выразительно посмотрела на Энди, а потом вдруг подумала о своих сестрах.

— Я позвоню Сэмми, — вдруг произнесла она. Она не разговаривала с сестрой уже несколько недель. В основном из-за того, что Диана не желала ничего слушать о ребенке сестры. — Боже мой, вот она обалдеет!

Они пошли в кафе, расположенное неподалеку от клиники, чтобы перекусить. Это были тяжелые, но замечательные два дня. Завтра утром они смогут забрать малышку. Джейн тоже выписывалась. Но она приняла решение больше не встречаться с ребенком. Для нее это было бы слишком тяжело.

— Как ты думаешь, она не изменит своего решения? — обеспокоенно спросила Диана Энди в ту ночь, и он ответил не сразу:

— Не мучай себя ненужными сомнениями, дорогая. Конечно, они в конце концов могут передумать, но мне кажется, что их решение окончательно. Во всяком случае, для Эдварда. Да и она в принципе тоже не станет менять его, просто она сейчас очень нервничает, и это надо понять.

Диана даже представить себе не могла, что может чувствовать женщина, отдающая в чужие руки своего ребенка, и она была счастлива оттого, что ей никогда не придется столкнуться с такой проблемой, но инстинктивно понимала, что никогда бы не пошла на такое. Потом они заговорили о других вещах, например, как назвать девочку. Они все еще не пришли к соглашению по этому поводу, но, похоже, имя Хилари устраивало их обоих.

Диана и Энди позвонили каждый к себе на работу и сказали, что будут отсутствовать из-за болезни. Энди хотел остаться дома еще на один день, а Диана вообще собиралась взять длительный отпуск или уволиться, но пока еще ничего не решила конкретно.

Эрик Джонс на следующий день встретил их в больнице и заставил подписывать целый ворох бумаг. Он уже проделал все необходимые формальности с Эдвардом и Джейн и сказал Дугласам, что те уехали, что для супругов было невероятным облегчением. И теперь они хотели только одного — поскорее забрать девочку и покинуть Сан-Франциско.

Диана очень волновалась, когда они поднимались в лифте с плетеной, украшенной белыми нежными кружевами корзиной; они принесли с собой специальную подставку, на которой должны были укрепить корзину в лимузине по пути в аэропорт. Для супругов это был незабываемый день. Наконец-то у них появился свой ребенок. И у нее даже было имя. В конце концов они сошлись на том, что Хилари Диана Дуглас — самое подходящее.

Когда медсестра принесла девочку, та крепко спала. Диане с Энди помогли сменить больничные пеленки малышки на те красивые вещи, которые они принесли с собой. Медсестра показала Диане, как пеленать ребенка и как менять ей пеленки, и объяснила, в какое время давать ей молочную смесь или глюкозу с водой. Клиника снабдила их дюжиной бутылочек для того и другого.

Когда крошку переодевали, она вдруг открыла глазки и сладко зевнула, а потом, сонно взглянув на Диану с Энди, снова уснула. Когда Диана прикасалась к малышке, она почувствовала что-то такое, чего не испытывала никогда в жизни, даже по отношению к Энди. Это было потрясающее чувство любви и радости, которое полностью захватило ее. Слезы набежали на глаза, когда она возилась с девочкой. Одев дочку во все розовое, она взяла ее на руки. Энди, глядя на жену, подумал, что он никогда не видел ее такой красивой.

— Пошли, мамочка, — тихо проговорил он.

Диана с малышкой на руках в сопровождении Энди спустились в вестибюль, где должны были встретиться с Эриком.

Они поблагодарили и обнялись с ним на прощание. Эрик проводил их и смотрел, как они садились в заказанный лимузин, а Диана суетилась вокруг корзины, утопающей в кружевах. В багажнике лежали три чемодана с вещами для малышки и огромный плюшевый мишка, которого купил Энди.

— Спасибо за все, — бросила она на прощание, когда лимузин тронулся, и Эрик помахал им вслед, улыбаясь. Он был очень тронут событиями последних трех дней.

Диана откинулась на сиденье и посмотрела на Энди. Она с трудом верила в то, что произошло с ними за это время, когда события развивались столь стремительно.

— Ты веришь в чудеса? — спросила она с улыбкой, все еще боясь поверить, что это произошло на самом деле. Но маленькие пальчики, цепко обхватившие ее палец, заставляли поверить в то, что это правда. От одного взгляда на малышку Хилари душу переполняло счастье.

— Я все еще не могу в это поверить, — шепотом заверил ее Энди, он боялся, что может разбудить ребенка. И пока они ехали в аэропорт, он посмотрел на жену и усмехнулся: — А как же твоя работа?

— Я думаю, что мне придется взять декретный отпуск. Но я еще ничего не решила.

— У тебя на работе от этого все будут просто в восторге, — поддразнил он жену. Сам Энди планировал взять хотя бы недельный отпуск у себя на работе, чтобы помочь Диане и наладить дома новую жизнь. Теперь у них есть ребенок...

Их дочь... их малышка... Эти слова, когда они их произносили, все еще казались им такими необычными. И когда Диана начинала думать об этом, она опять и опять сознавала, какая это потеря для Джейн и какое приобретение для них с Энди. Это казалось ей совершенно невозможным — столько вытерпеть ради появления на свет ребенка и позволить кому-то забрать его. Но, впрочем, это было личное дело Джейн.

Хилари проснулась, как только они вошли в самолет. Диана сменила пеленки и дала ей немного попить. Малышка почти тотчас уснула. Пока они летели домой, Диана не выпускала ее из рук, чувствуя тепло, исходящее от девочки, держа ее у своей груди. Та спала крепко, тихонько посапывая. Такого она никогда не испытывала — ее захватило теплое чувство, чувство любви и умиротворения, которое исходило от спящей у нее на руках малышки.

— Не знаю, кто из вас выглядит счастливее — ты или мисс Хилари, — произнес Энди, отхлебывая виски, которое подавали в самолете. Он считал, что вполне заслужил выпивку.

К середине дня они уже добрались до дома, и Диана огляделась с таким чувством, как будто она не была здесь целую вечность. Так много событий произошло, и очень многое изменилось в их жизни с тех пор, как в пятницу вечером зазвонил телефон. Неужели прошло всего три дня? Они оба никак не могли поверить в это.

— В какую комнату ее отнести? — шепотом спросил Энди у Дианы, держа корзину с девочкой.

— Я думаю, в нашу. Я не хочу, чтобы она была так далеко от нас. Да и в любом случае мне надо будет вставать ночью и кормить ее.

— Да, да, конечно, я понимаю, — поддразнил он, — ты просто не желаешь расстаться с ней ни на минуту. — Энди и сам понимал, что девочка должна быть недалеко от них.

В тот же вечер Диана позвонила Сэмми и попросила порекомендовать ей опытного педиатра «для подруги». Саманта не могла видеть счастливую улыбку на лице старшей сестры, когда она это говорила. Она назвала ей фамилию врача, а Диана, поинтересовавшись здоровьем ее ребенка, пригласила зайти на следующий день.

Но Сэмми уже знала, как чувствительна Диана, и осторожно ответила:

— Мне не с кем оставить ребенка, Ди. Сеймус работает над новой картиной. Я могу прийти, пока мои старшие занимаются в подготовительном классе, но мне придется взять малыша с собой. — А она знала, что Диана не хочет этого. С тех пор как он родился, сестра видела его только раз, да и то мельком.

— Все в порядке. Я не против, — легко ответила Диана, и Саманта насторожилась.

— Ты уверена?

— Абсолютно. — Голос у нее был твердый, казалось, она полностью отдает себе отчет в том, что говорит.

— Ты уже легче к этому относишься? — осторожно спросила Сэмми. Она все еще была под впечатлением той ужасной сцены в День Благодарения, прошедшей в родительском доме. С тех пор прошли месяцы, и Саманта начала понимать, сколь велика была боль сестры и как глупо было с их стороны так невнимательно относиться к ее проблемам.

— Гораздо легче, Сэмми, — произнесла Диана. — Мы поговорим об этом завтра.

Потом она позвонила матери. Отца не было в городе, и это слегка разочаровало Диану. Но тем не менее она пригласила мать к себе на чашечку кофе как раз на то время, когда у нее будет Саманта. И еще она позвонила Гейл. Сестра с некоторым замешательством приняла ее приглашение. Диана никому не сказала, зачем она их собирает. Но когда она после разговора с Гейл повесила трубку, ее лицо расплылось в широкой улыбке. Наконец-то она стала одной из них. Она тоже смогла сделать это. И теперь она — член этого женского сообщества. У нее теперь есть ребенок.

— Я так рад, что ты счастлива, любимая, — прошептал ей Энди в ту ночь.

Он еще никогда не видел ее такой и теперь по-настоящему понял, как сильно она хотела ребенка. Он удивлялся, что для него не имело никакого значения, что девочка не его дочь в биологическом смысле. Это его волновало меньше всего. Он думал только о том, какая она славная. И когда она проснулась в эту ночь в первый раз, они оба подскочили и схватились за бутылочку. Им пришлось вскакивать еще не один раз, и утром Энди посмотрел на Диану, измученный, но абсолютно счастливый.

— Ты забыла позвонить еще кое-кому вчера вечером, — сонно проговорил он, возвращаясь в постель. Он только что позвонил к себе на работу и сказал, что сегодня тоже не придет. И может быть, еще завтра. Пока он сообщил, что «болен», а все остальное пообещал объяснить потом.

— Кому это я забыла позвонить? — Диана казалась расстроенной, пытаясь вспомнить. Она позвонила обеим сестрам и матери. Отец тоже обо всем узнает, как только вернется из поездки. — Не знаю, кого ты имеешь в виду. — Может быть, Элайза, но они сейчас уже не были близки, как раньше.

— Я имел в виду Ванду... ну ты же помнишь... Ванда Вильямс.

— Ах ты дурачок! — рассмеялась Диана, и тут малышка заплакала, прервав их разговор.

Диана накормила Хилари и искупала, а потом, в ожидании, когда соберутся родственники, одела ее в один из новых нарядов. И вдруг, глядя на девочку и ожидая, когда придут гости, Диана подумала, что это совсем не важно: ни вся ее семья, ни то, как они отнесутся к девочке, ни то, что они теперь подумают о Диане. Важно другое — важна была эта малышка, важно, каким человеком она станет, когда вырастет, и важно все то, что она будет значить и что она уже сейчас значит для Энди и Дианы. Они молились за нее, боролись за ее появление и чуть не погубили себя и свой брак, когда думали, что не найдут ее. Она значила для них гораздо больше, чем они когда-нибудь смогут объяснить ей, а уж что подумает о ней кто-то еще — совершенно неважно. Диана надеялась, что вся ее родня полюбит Хилари, она была уверена в этом, ну как они могут не полюбить ее? Но если все-таки этого не случится... то это и неважно. Теперь Диана чувствовала себя победительницей в своих попытках завести ребенка. Она просто пошла иным путем. Она столкнулась с непреодолимой проблемой, познала в себе дьявола и смогла избавиться от него. Теперь все позади. Жизнь продолжается. И в ней не существует ни побед, ни поражений. Это просто жизнь: разная — веселая и грустная, жизнь, где есть место отчаянию и бесконечным необыкновенным сюрпризам. И Хилари — один из таких сюрпризов, наверное, самый лучший, который только могла получить Диана. И теперь она знала, что появление Хилари в ее жизни вовсе не означает для нее какую-то победу, для нее это проявление божьей благодати.

И пока она в задумчивости смотрела на спящую малышку, в дверь позвонили. Это пришла мать.

— Как ты, дорогая? — заботливо спросила она, и Диана заметила в ее глазах беспокойство.

— Прекрасно.

— Почему ты не на работе? — Мать села на кушетку. На ней был новый темно-синий костюм от Адольфо, прическа — как всегда, безупречна, обеими руками она крепко держала маленькую сумочку.

— Не волнуйся так, мам. Все в порядке. Я просто в отпуске.

— В отпуске? Но ты не говорила мне, что собираешься взять отпуск. Вы что, с Энди уезжаете? — Она знала, что они расходились на какое-то время, но потом сошлись, и Диана сразу сказала ей об этом. Она, как правило, относилась к таким вещам довольно спокойно, никогда ни в чем их не обвиняла и не имела привычки беспокоиться понапрасну. Ей было только очень больно узнать о бесплодии дочери. Но и это ее несчастье мать никогда с ней не обсуждала. Она не хотела вмешиваться и смущать Диану своими вопросами, но Саманта сказала ей, что вряд ли ее сестра сможет когда-нибудь иметь ребенка, и Джек, ее зять, подтвердил это.

Диана уже собралась сказать матери, что они с Энди никуда не собираются уезжать, а наоборот, теперь прикованы к месту, когда дверной звонок вновь ожил и появилась Сэмми со своим ребенком. Двухмесячный малыш крепко спал в багажной люльке и выглядел просто очаровательно. Глядя на него, Диана подумала, что еще несколько дней назад один только его вид причинил бы ей невероятную боль. Теперь же он был для нее всего лишь очаровательным племянником.

— Что-то случилось? — с порога спросила Сэмми.

Диана рассмеялась, помогая ей поставить ребенка, и Саманта в ужасе уставилась на сестру. С ней явно что-то произошло: она уже не выглядела такой испуганной, как раньше, казалось, она вполне в себе уверена и ничуть не нервничает, глядя на ребенка. Сэмми даже подумала, что сестра беременна, но она никогда бы не осмелилась спросить ее об этом.

— Ничего страшного. Мама спросила у меня то же самое. Она думает, раз я дома, значит, у меня неприятности. — Сэмми уже заметила мать и, удивившись еще больше, последовала за Дианой в гостиную. — Я взяла на этой неделе отпуск и подумала, как было бы здорово собраться всем вместе. Очень рада видеть тебя, Сэмми! — Диана улыбнулась ей, и сестры обменялись теплыми взглядами, порадовав материнское сердце. Она была очень рада за них.

Гейл явилась через десять минут и тут же начала жаловаться на ужасное движение на магистрали, на свою машину и на то, что она никак не могла найти место для парковки.

— По какому случаю все собрались? — Она подозрительно оглядела гостиную, заметив мать и сестру. — Это похоже на семейное совещание.

— Нет, не совсем так, — улыбнулась Диана, — просто есть кое-кто, с кем я хочу вас всех познакомить, — спокойно проговорила она. — Сейчас я ее принесу. Садись, Гейл. — Сэмми уже сидела на кушетке рядом с матерью, качая своего малыша.

Диана покинула родных, зашла в спальню и, стараясь не разбудить малышку, осторожно вытащила ее из корзинки и поднесла к груди. Хилари была такая теплая и уютная, и Диана, возвращаясь в гостиную, прижимала ее к себе и нежно целовала ее головку. Она вошла в комнату и остановилась. Три женщины изумленно уставились на нее. Сэмми просто смотрела и улыбалась, мать заплакала, а Гейл не могла вымолвить ни слова от удивления.

— О боже... У тебя ребенок.

— Да, ты совершенно права. Это Хилари, — сказала Диана и села напротив Сэмми, опуская малышку на колени, чтобы все могли получше рассмотреть ее. Это была очень красивая девочка с великолепной кожей, правильными чертами лица и крошечными ручками с длинными красивыми пальчиками.

— Она прелестна! — воскликнула мать и наклонилась, чтобы поцеловать дочь. — Дорогая, я так за тебя рада!

— Я тоже рада, мамочка, — ответила Диана, целуя мать.

Тут Сэмми крепко обняла ее, и две сестры смеялись

и плакали одновременно, в то время как Гейл наклонилась, чтобы получше рассмотреть девочку.

— Да она просто великолепна, — заявила Гейл. Потом посмотрела на Диану. — Ну что ж, сестричка, тебе опять повезло, ты нашла очень легкий путь — никаких тебе родов, тридцати фунтов лишнего веса, обвисших сисек. Так просто получить великолепного малыша, не приложив для этого никаких усилий. Если бы я не была за тебя так рада, я бы тебя возненавидела. Может быть, мы теперь снова сможем стать друзьями. Для нас все твои беды тоже не были легким испытанием, и ты это знаешь. — Казалось, она говорила за всех троих, но, как и всегда, самые натянутые отношения были между старшей и средней сестрами. Сэмми всегда оставалась в стороне от их ссор, с самого детства. Они всегда считали ее ребенком.

— Простите меня, — произнесла Диана, глядя на свою дочурку. — Это было ужасное время, но теперь все кончилось.

— И откуда же она взялась? — с любопытством спросила Сэмми, рассматривая девочку.

— Из Сан-Франциско. Она появилась на свет утром в воскресенье.

— Это просто чудо, — проговорила бабушка. Она уже с нетерпением ждала момента, когда можно будет сказать об этом мужу, и ей хотелось скорее пойти и купить малышке какой-нибудь подарок. Она даже представить себе не могла, что подумает отец Дианы, она лишь была уверена, что он будет ужасно рад и почувствует невероятное облегчение после всего того, что пришлось вынести его дочери.

Женщины просидели почти два часа и в конце концов неохотно ушли, поцеловав по нескольку раз Диану и малышку. Энди пришел домой почти сразу же после того, как ушла Сэмми. Он ходил на работу, чтобы собрать кое-какие документы, и объяснил там, что ему понадобится отпуск до конца недели. На службе были обрадованы его хорошими новостями и с удовольствием дали ему отпуск, посоветовав взять вторую неделю, если он почувствует, что это необходимо. Конечно, он еще зашел к Биллу Беннингтону и рассказал ему о ребенке.

— Значит ли это, что мы опять сможем играть в теннис? — поддразнил Билли.

Теперь он прекрасно понимал состояние Дианы, потому что у них с Денизой возникли проблемы с ее беременностью. Ее положили на сохранение, так как у нее не все шло гладко. Врачи боялись, что ребенок может родиться раньше времени или она вообще вообще его потеряет. Но сейчас опасность уже миновала. До родов осталось всего восемь недель, и ее обещали выписать в следующем месяце.

— Когда мы сможем ее увидеть? — в волнении спросил Билли. Он уже знал, что у них с женой тоже будет девочка, и ему понравилась мысль о том, что они с Энди могли бы прогуливаться со своими дочками.

— Может быть, через несколько лет мы уже сможем играть семейными командами, — предположил Билл, и Энди рассмеялся. Потом он пообещал другу, что они обязательно навестят Денизу, как только та будет в состоянии принять их.

— Мы позвоним, — обещал Энди и помчался домой к Диане и малышке. Жена дала ему длинный список покупок, и кое-что ему надо было приобрести для себя. Когда он пришел домой, то сразу понял, что Диана большую часть времени провела с матерью и сестрами.

— Ну как, миссия была успешной? — заговорщически спросил он, и она усмехнулась. — Как вела себя наша принцесса? — В данный момент она крепко спала в своей корзинке.

— Безупречно. И всем очень понравилась.

— Еще бы! — Он посмотрел на девочку, очарованный каждым ее движением, каждым дюймом ее крошечного тела. Энди просто обожал ее. Потом он вспомнил кое-что еще. — Ты позвонила в свой офис?

— Я пыталась, но не смогла застать нужных мне людей. Может, мне стоит сходить туда и все объяснить?

Придя в офис после обеда, она была просто поражена тем, с каким пониманием к ней отнеслись. Ей оформили полный декретный отпуск на пять месяцев. А когда он закончится, она сможет снова вернуться к своей работе. Она была совершенно уверена в том, что именно так и поступит, хотя раньше, когда мечтала о ребенке, ее разбирали сомнения. С самого начала она предполагала бросить работу, потом думала, что все-таки вернется к ней, но будет работать неполный рабочий день. Диана бы не смогла в этом случае оставаться старшим редактором, но продолжала бы делать для журнала много полезного и интересного. А сейчас она так и не смогла прийти ни к какому определенному решению. Но у нее теперь были пять месяцев, которые она проведет с Хилари и все обдумает. К концу этого срока она уже наверняка будет знать, чего хочет.

Диана поблагодарила главного редактора и пошла к себе в офис собрать вещи. Пока ее не будет, сюда посадят кого-нибудь другого. За этим занятием она провела почти час. Сторож понес вещи вниз, к машине, а Диана по дороге заскочила повидать Элайзу.

— Боже мой, выглядишь потрясающе, — увидев подругу, приветливо улыбнулась Диана.

— Так же, как и ты. Сто лет тебя не видела. У тебя найдется время выпить чашечку кофе?

— Только быстро.

— Сейчас ты ее получишь.

Диана села за стойку, и через секунду Элайза протянула ей дымящуюся чашку и тарелочку с пирожным.

— Я еще не знаю, что это за рецепт. Попробуй и выскажи свое мнение.

Диана откусила маленький кусочек и зажмурилась от удовольствия.

— Это настоящее искушение.

— Отлично. — Элайза была удовлетворена. — Ну а что у тебя новенького? — Она знала, что в прошлом году подруга пережила не лучшие времена. Они иногда встречались, и Диана держала ее в курсе своих дел. Но по большей части она в последнее время была угрюма и порвала отношения почти со всеми своими знакомыми. С Элайзой они тоже разошлись, и она очень сожалела об этом. — Ты хорошо выглядишь, — похвалила Элайза.

Диана похорошела, когда они вновь сошлись с Энди. Казалось, она пересмотрела свою жизнь, и было похоже, что ее счастье больше не зависело от того, будет у нее ребенок или нет. Но теперь она выглядела серьезней, чем раньше. Несомненно, то, что она пережила, наложило на нее отпечаток.

— Спасибо. — Диана с озорной улыбкой взглянула на Элайзу. — В прошлое воскресенье у нас появился ребенок. — Диана хмыкнула, когда увидела, что у подруги отвисла челюсть.

— У вас... Я тебя правильно поняла?

— Правильно. — Диана лучезарно улыбалась. — Маленькая девочка, и зовут ее Хилари. Она родилась в воскресенье, и мы удочерили ее.

Элайза была очень рада за Диану. Дугласам невероятно повезло, и она прекрасно представляла, как они будут любить малышку.

— Мне только что оформили пятимесячный декретный отпуск. Но я обязательно вернусь на работу, как только Хилари подрастет. Ты можешь прийти нас проведать и посмотреть на нашу дочурку. Только не бросай свою кулинарию, мне так нравится быть у тебя дегустатором.

— Да я и не собираюсь. — Элайза грустно посмотрела на Диану. — Но я теперь буду готовить не здесь. Мне предложили работу в Нью-Йорке. Я только сегодня утром получила приглашение. Уезжаю через две недели. Я собиралась сказать тебе об этом при первой же возможности.

— Я буду скучать по тебе, — призналась Диана. Она очень уважала Элайзу и сожалела, что не узнала ее ближе, но в ее собственной жизни произошло так много событий за последний год. У нее не оставалось времени для дружбы, и Элайза прекрасно это понимала.

— Мне тоже будет не хватать тебя. Надеюсь, ты как-нибудь навестишь меня в Нью-Йорке. Но твою крошку я хочу повидать перед отъездом. Позвоню тебе на этой неделе.

— Договорились. — Диана допила кофе, и подруги обнялись. Элайза пообещала зайти в ближайший уик-энд.

По дороге домой Диана все еще думала о ней и о том, как она будет скучать по работе в эти месяцы. Но к тому времени, как она подъехала к дому, ее мысли были заняты только малышкой, и заботы о журнале, которые когда-то не давали ей спать по ночам, отодвинулись на дальний план.

* * *

В мае исполнилось уже три месяца, как Чарли и Бесс были знакомы, а ему казалось, что они были добрыми друзьями всю жизнь. Они могли разговаривать на любые темы, и он много рассказывал ей о своем детстве, о том, как оно определило всю его жизнь, и поэтому он так серьезно относится к семье, детям и дому. Он пожаловался на свою неудачу с Барбарой и на то зло, которое она причинила ему своим уходом. Но теперь Чарли уже спокойно относился к их разводу, все больше склоняясь к мысли, что они действительно просто не подходили друг другу.

И все-таки была одна вещь, которую он пока не мог сказать Бесс и, наверное, не скажет никогда. Он понимал, что не имеет права жениться, но так как об этом не было и речи, ему не следовало затрагивать эту тему. Ни к чему ей знать, что он бесплоден.

Бесс ему очень нравилась, и он страшился потерять ее. Он и без того очень многое потерял в своей жизни, очень многих людей, которые были ему небезразличны, чтобы потерять еще и Бесс с Энни.

Они втроем провели День матери, и Чарли повел их завтракать в «Марина Дел Рей». Но сперва они с Энни купили цветы для Бесс, и девочка вложила в букет рисунок, который сделала в школе. После обеда они отправились на пляж и прекрасно провели время. Чарли был очарован девчушкой, и, когда Энни играла с другими детьми, Бесс посмотрела на него и задала тот самый... самый страшный вопрос:

— Почему ты решил никогда не иметь детей, Чарли?

Они лежали на песке, ее голова покоилась у него на груди, и Бесс почувствовала, как он напрягся, когда она задала вопрос.

— Не знаю. У меня нет времени, нет денег.

Это было так не похоже на него. Чарли уже говорил ей раньше, что одним из самых главных разногласий у них с женой было то, что она не хотела рожать ребенка. Потом, правда, как он объяснил, она забеременела от кого-то другого, что окончательно разрушило их брак. Он не вдавался в подробности, сказал только, что был готов принять ребенка за своего, но к тому времени, когда сообщил ей об этом, она уже сделала аборт.

— Не думаю, что когда-нибудь я снова женюсь, — медленно произнес он. — Мне нельзя этого делать...

Бесс перевернулась и смущенно посмотрела на него, застенчиво улыбаясь. Она вовсе не преследовала никакой цели, задавая этот вполне невинный вопрос. Просто интересовалась его прошлым и вообще всем, что касалось его.

— Но я же спрашиваю совсем не об этом. Не нервничай так. Я вовсе не собираюсь тебе навязываться. Я просто спросила тебя, почему у тебя никогда не будет детей.

Она была совершенно спокойной, чего никак нельзя было сказать о Чарли. Бесс предположила, что сказала что-то не так, но он вдруг медленно поднялся, и она тоже встала и уставилась на него. Не было смысла обманывать ее. Она ему слишком нравилась. И было бы несправедливо встречаться с ней, а потом в один прекрасный день исчезнуть. Чарли решил, что должен сказать ей о своем несчастье сейчас. Она имеет право знать, с кем проводит время.

— Я не могу иметь детей, Бесс. Я узнал об этом полгода назад, как раз перед Рождеством. Меня обследовали, и, короче говоря, выяснилось, что я бесплоден. Для меня это было страшным ударом, — сказал он и сам испугался своего признания. Его ужаснула мысль о том, что теперь он потеряет ее. Бесс бросит его, зачем ей связывать свою жизнь с неполноценным мужчиной. Наверное, это делали почти все в его жизни. Но то, что он ей это сказал, было правильно, Чарли не сомневался в этом.

— О, Чарли... — сочувственно сказала Бесс, жалея, что завела этот разговор. Она протянула руку и дотронулась до его руки, но он никак не отреагировал на этот жест. Он вдруг сделался каким-то чужим и далеким.

— Конечно, мне надо было сказать тебе об этом раньше, но, согласись, о таких вещах не станешь откровенничать при первом свидании. «А может, вообще никогда не станешь».

— Конечно, нет. — Бесс мягко улыбнулась и решила слегка поддразнить его: — Вообще-то ты мог хотя бы намекнуть, и нам обоим не надо бы было так тщательно предохраняться. — Они пользовались презервативами, что, как они оба считали, было вполне надежно при новом знакомстве. Но она еще пользовалась диафрагмой, и теперь это казалось ей смешным, но Чарли, однако, было не до веселья. — Не расстраивайся, — сказала она тихо, а потом вдруг нахмурилась. — А что это за ерунду ты нагородил насчет того, что никогда больше не женишься? Что все это значит?

— Мне кажется, что я просто не имею права жениться, Бесс. Вот взять, к примеру, тебя, у тебя прекрасная дочурка, тебе надо рожать еще детей.

— Кто тебе сказал, что я хочу еще детей? И могу ли я иметь их? — Она вопросительно посмотрела на него.

— Ты не хочешь? Не можешь? — Он очень удивился. Ведь она так любила Энни, он даже представить себе не мог, что Бесс больше не хочет детей.

— Нет, конечно, я могу рожать, — ответила она честно, — я полагаю, это будет зависеть от того человека, за которого я выйду замуж, если я вообще сделаю это. Но, сказать по правде, я совсем не уверена, что мне нужен еще один ребенок. Мне вполне хватает Энни. Мне и в голову не приходило иметь много детей. Я даже рада, что у меня только она одна. Я тоже была единственным ребенком в семье и нисколько не страдала от этого. К тому же я просто не могу позволить себе родить еще, во всяком случае, сейчас. Мне порой тяжело прокормить себя и дочку.

Чарли знал об этом и старался как мог деликатнее помочь ей: он приносил небольшие подарки, покупал продукты и водил их обедать.

— Но если ты выйдешь замуж, ты скорее всего захочешь родить еще. Этого бы хотел каждый... вот я, например... — говорил он с грустью. — Когда-нибудь я обязательно усыновлю хотя бы одного ребенка. Я поднакоплю немного денег за этот год и тогда смогу усыновить мальчика. Сейчас отцам-одиночкам разрешили брать детей, и я хочу найти малыша, такого же, каким был я сам, изнывающего в каком-нибудь бедном детском доме и не имеющего в целом мире никого, кто бы любил его. Я хочу изменить его безрадостную жизнь и, может быть, жизни еще нескольких ребятишек, если, конечно, потяну.

— И скольких ты думаешь усыновить? — растерянно спросила она.

— Двоих... троих... я не знаю. Это моя мечта. Я думал об этом, даже когда еще не знал, что у меня не будет своих детей.

— А ты точно уверен, что у тебя не будет своих? — серьезно спросила она.

— Абсолютно. Я ходил к одному очень надежному специалисту в Беверли-Хиллз, и он сказал, что у меня нет никаких шансов. И я думаю, что он прав. У меня в жизни было много возможностей, особенно когда я был моложе, но этого ни разу не произошло.

— Ты знаешь, это не самое страшное в жизни, — успокаивала она его. Конечно, ей было его очень жаль, но Бесс вовсе не считала, что это конец света. И эта его тайна вовсе не изменила ее к нему отношения. Она по-прежнему считала его добрым и мужественным, и именно эти качества подкупали ее.

— Это на какое-то время совершенно выбило меня из колеи, — продолжал объяснять Чарли, — ведь я всегда так хотел иметь своего собственного ребенка и так старался, чтобы Барби забеременела. Я надеялся, что это спасет наш брак. — Потом он вдруг горько рассмеялся: — В конце концов кто-то сделал это вместо меня.

Хотя теперь это его нисколько не волновало. Ему было немного грустно от того, что у него ничего не получилось с Барби, но за последние несколько месяцев Чарли научился более трезво смотреть на все это, особенно после того, как встретил Бесс и Энни. Единственное, что его сейчас беспокоило, это то, что его привязанность к Бесс может перерасти в сильное чувство. Он все еще думал, что не имеет права жениться на ней и лишать Бесс возможности иметь детей. Сейчас ей, может, и рано думать об этом, но она наверняка захочет этого потом.

— Мне кажется, что тебе не следует так переживать, — мягко сказала она. — Пойми, что та женщина, которая по-настоящему полюбит тебя, прекрасно все поймет, и ей будет безразлично, могут у тебя быть дети или нет.

— Ты так думаешь? — Чарли посмотрел на нее удивленно, и они снова легли на песок, ее голова опять покоилась на его плече. — Мне кажется, что ты не права, — сказал он после минутного размышления.

— Нет, права. Вот мне, например, было бы все равно.

— Ты говоришь это, чтобы меня утешить, — возразил Чарли.

Бесс села и посмотрела на него сверху вниз.

— Не указывайте, что мне делать, Чарли Винвуд. Я могу делать все, что мне, черт возьми, захочется, и могу заявить тебе прямо сейчас, что мне абсолютно наплевать на то, что ты бесплоден. — Она произнесла это неожиданно громко, и он вздрогнул и огляделся, но, казалось, никто не обращает на них никакого внимания, да и Энни не было рядом.

— Почему бы нам не написать об этом большое объявление?

— Извини. — Казалось, она успокоилась и снова улеглась рядом с Чарли. — Но я говорю искренне.

Он перевернулся на живот и, положив подбородок на руки, пристально посмотрел на нее.

— Ты говоришь искренне, Бесс?

— Да.

Это многое меняло для него и заставило серьезно задуматься об их будущем. Но все равно, Чарли считал нечестным жениться на такой молодой женщине и не иметь возможности подарить ей ребенка. Он помнил о том, что существует донорская сперма, ведь именно это предлагал доктор Патенгилл, но он знал, что никогда не пойдет на это. Но если она искренне говорила и если у них будет Энни... или... они смогут усыновить несколько детишек.

Чарли лежал на песке и улыбался Бесс, а потом, не говоря ни слова, подвинулся ближе и поцеловал ее.

Глава 17

Годовщину своей свадьбы, свою вторую годовщину, Энди с Дианой праздновали дома. Они не хотели доверить свою малышку никому даже на непродолжительное время. Диана заверила му-жа, что ей никуда не хочется идти.

— Ты не обманываешь? — Энди чувствовал себя слегка виноватым оттого, что не может ее никуда повести, но ему самому нравилась перспектива просидеть этот день дома с женой и девочкой.

Диана даже не вспоминала о работе, она все свое время проводила с Хилари и много думала о том, что делать, когда отпуск закончится. Ей нравилось исполнять материнские обязанности и хлопотать по дому, но она уже начала задумываться о том, что в конце концов ей надо будет снова начать работать, может быть, неполный день. Ей даже пришла идея найти себе другое место, где бы она могла сама планировать свое рабочее время. Но у нее в запасе было еще целых три месяца, чтобы принять окончательное решение.

Энди был занят в офисе, как никогда. У него были новые сериалы, новые звезды, новые контракты.

Билл Беннингтон взял длительный отпуск, чтобы помочь жене в уходе за ребенком. Дениза родила раньше времени, не обошлось без осложнений, но сейчас малыш был уже дома.

Диана как-то навестила Денизу и предложила свою помощь. После двух месяцев забот о ребенке она чувствовала себя опытной мамашей. Она не пренебрегала всеми советами, которые давали ей Сэмми с Гейл, а также помощью педиатра. А в некоторых случаях полностью доверяла своей интуиции. Казалось, она очень разумно обращается с Хилари. Об этом сказал ей ее отец, когда в первый раз пришел взглянуть на внучку. Увидев ее, он не мог сдержать слез. Для него было невероятным облегчением сознавать, что его любимая дочь теперь спокойна и счастлива. Он заключил Диану в объятия, а потом улыбнулся, глядя на малышку.

— Ты сделала большое дело, — сказал он. Диана с беспокойством взглянула на отца: может, он забыл, что она не рожала дочь. Провалы в памяти могли быть первым признаком того, что он начал сдавать. Такого за ним раньше не замечалось.

— Папочка, но это не я родила ее, — осторожно напомнила она, вызвав своим замечанием у отца ироническую усмешку.

— Я знаю об этом, глупышка. Но ты решилась на такой смелый шаг — стать матерью этой малютки. И она — дар божий для всех нас, а не только для вас с Энди. — Он долго стоял и смотрел на девочку, а потом наклонился над кроваткой и поцеловал внучку. Перед уходом он заверил родителей Хилари, что их дочь — самый прелестный ребенок, какого он когда-либо видел. Можно было не сомневаться, что отец Дианы говорит от чистого сердца.

.В начале июня они крестили девочку и отпраздновали это событие в доме родителей Дианы, в Пасадене. В те дни, казалось, они были полностью поглощены ребенком. Диана целиком отдавала себя уходу за дочерью и казалась совершенно измученной. Несомненно, сказывался недостаток сна: каждую ночь она вставала по три-четыре раза, и в первый месяц у Хилари были сильные колики. Но теперь девочка спала намного спокойнее и не доставляла таких хлопот, но это мало отразилось на Диане. Вечером, в годовщину своей свадьбы, когда они остались дома, Энди обратил внимание на то, что жена даже не наложила косметику. Ее бледность и утомленность заставили его пожалеть о том, что они отказались от летнего пляжного домика, который снимала Диана, когда они жили отдельно. Они очень полюбили его, но теперь, когда у них была Хилари, не могли себе позволить продолжать арендовать пляжный домик.

— Ты хорошо себя чувствуешь? — Он с беспокойством смотрел на нее, но все-таки она выглядела счастливой.

— Да, отлично. Просто я устала. Хилари прошлой ночью просыпалась каждые два часа.

— Может, тебе следует нанять себе помощницу, знаешь, какую-нибудь приличную няню с рекомендациями.

— Даже не заикайся об этом. — Диана притворилась разозленной. Она никому не позволит заботиться о ее ребенке. Слишком долго она ждала это счастье и отдала за него слишком дорогую цену — часть своей души, чтобы позволить чужой женщине прикоснуться к девочке. Единственный, кому она позволяла помогать ей, — муж.

— Эту ночь я буду дежурным, — решил Энди. — Ты должна хорошенько выспаться.

В тот вечер он приготовил обед, пока жена укладывала малышку. А потом они долго сидели и разговаривали о том, как изменилась их жизнь и как многого они достигли за эти два года. Они с трудом могли вообразить себе, что было время, когда они жили без Хилари.

Спать они пошли рано, и Энди хотел заняться любовью с женой, но Диана уснула прежде, чем он вышел из ванной. Он постоял несколько секунд, улыбаясь, глядя на нее, а потом придвинул кроватку на колесиках к своей стороне кровати, так, чтобы услышать, когда малышка проснется для следующего кормления.

Но на следующее утро, крепко проспав всю ночь, Диана выглядела еще хуже, чем накануне. И наливая ей кофе, Энди с тревогой вглядывался в осунувшееся лицо жены.

— Мне кажется, я подцепила грипп, — пожаловалась она, а потом забеспокоилась, что может заразить малышку. — Может быть, мне лучше надеть повязку, — сказала Диана, и Энди рассмеялся.

— Послушай, она у нас закаленная. И потом, если у тебя действительно грипп, то она уже в любом случае заразилась.

Была суббота, и Энди вызвался ухаживать за дочкой весь день. Диана же проспала с полудня до вечера, и потом, когда она готовила обед, ее пошатывало от слабости. Энди с беспокойством заметил, что жена ничего не ест, сославшись на отсутствие аппетита.

К понедельнику ничего не изменилось. У Дианы не было температуры, но она была похожа на тень. Уходя на работу, он посоветовал ей вызвать врача.

— И не рассчитывай на это, — сказала она. Вид у нее был измученный, он не видел, чтобы она ела в эти выходные. — Я до конца жизни больше не желаю видеть ни одного доктора.

— Я же не сказал, что тебе надо позвонить гинекологу, я сказал — просто врачу. — Но Диана категорически отказалась.

Бывали дни, когда она выглядела немного лучше, но это случалось редко. Он уже начал серьезно опасаться за ее здоровье, но Диана абсолютно ничего не желала слушать.

— Послушай, глупышка, — сказал ей Энди как-то в начале июля, как раз накануне их семейного праздника в Пасадене. — Ты нужна и Хилари, и мне. Ты уже целый месяц чувствуешь себя отвратительно, в конце концов, сделай с этим что-то! Может, ты заработала себе анемию, потому что не спишь ночами и ничего не ешь.

— А как же другие матери? Мне кажется, они отлично со всем справляются. Вот Сэмми ухаживает за тремя детьми, и ничего. — Но ее действительно беспокоило, что она теперь постоянно пребывала в таком подавленном состоянии. Диана вынуждена была признать, что почти все время чувствует себя совершенно разбитой. И на следующий день, когда вся ее семья собралась на праздник, Энди поговорил со своим свояком Джеком и попросил его заставить Диану сходить к врачу.

Джеку удалось на несколько минут остаться с ней наедине сразу после завтрака, когда она кормила Хилари.

— Энди очень беспокоится за тебя, — прямо сказал он.

— Напрасно. Со мной все хорошо. — Диана попыталась отделаться от него, но это было не так-то просто, тем более что он перед этим поговорил с Энди и тот попросил Джека быть понастойчивей.

— Если учесть, что ты молодая красивая женщина и у тебя есть прекрасная дочурка, то выглядишь ты совсем неважно, — настаивал он.

Джек был искренне рад за них и вздохнул с облегчением, когда Гейл сказала ему, что они удочерили ребенка. Он знал, в каком плачевном состоянии пребывала Диана, и ужасно жалел их обоих.

— Почему бы тебе не сделать анализ крови? — предложил он, хотя сомневался, что ему удастся уговорить Диану, зная ее упрямый характер.

— Что мне это даст, Джек? Мне скажут, что я ослабела? Я и так это знаю. Я сделала в своей жизни столько анализов, что теперь сыта ими по горло.

— Но это же совсем другое, Диана, и ты знаешь это. Я говорю о том, чтобы просто провериться. Это же ерунда.

— Для тебя это, может быть, и ерунда, но я считаю иначе.

— Тогда почему бы тебе не прийти ко мне? Я бы мог сделать тебе анализ крови, чтобы узнать, не подцепила ли ты какую-нибудь инфекцию, из-за которой ты так утомляешься, а если у тебя действительно анемия, я выпишу тебе какие-нибудь витамины. Ничего страшного.

— Ну посмотрим, — поколебавшись, произнесла она. Когда они прощались, Джек снова попытался убедить ее:

— Я надеюсь увидеть тебя завтра утром в своем кабинете.

Ей все еще казалось, что в этом нет никакого смысла, но на следующее утро, когда Энди ушел на работу, Диане стало так плохо, что она упала прямо на полу в ванной и пролежала так, в полуобморочном состоянии, целый час, в то время как Хилари неистово кричала в спальне.

— Сейчас, дорогая... — шептала она, пытаясь собраться с силами, — я иду... иду...

И уже через час после этого она с Хилари входила в кабинет Джека.

Она неохотно рассказала ему о том, что произошло сегодня утром, и сказала, что такое случалось и раньше. У нее было смутное подозрение, что в результате всех прошлогодних событий она заработала себе язву.

Джек присматривался к ней, пока она ему все объясняла, а потом начал задавать вопросы, в частности, не рвало ли ее, и если рвало, то какого цвета была рвота: была ли она похожа на кофейную гущу, или, может быть, ее вообще рвало кровью.

Диана ответила отрицательно, и он кивнул.

— Что все это значит? — взволнованно спросила она. — У меня что-то серьезное?

— Я просто хочу проверить твои подозрения насчет язвы, и мне надо точно знать твои ощущения. — Джек был гинекологом и не очень хорошо разбирался в других болезнях. — Если действительно будут основания считать, что у тебя язва, тебе придется сдать еще кое-какие анализы. Но давай пока не будем заострять на этом внимание.

Он взял у нее кровь, сделал какие-то записи в истории болезни. Потом стал осматривать ее. И вдруг удивленно посмотрел на Диану поверх очков.

— Что это? — спросил он, заметив припухлость в нижней части ее живота. — Это было раньше?

— Я не знаю. — Диана выглядела испуганной, когда потрогала живот. Да, она заметила это недавно, но не могла вспомнить, когда. Может быть, прошло уже несколько недель, или дней, или месяцев. Она так уставала, что ей некогда было думать об этом. — Думаю, не так уж давно. Примерно тогда, когда мы взяли ребенка.

Джек, нахмурившись, посмотрел на нее, потом исчез ненадолго и, вернувшись, сел на стул напротив нее со странным выражением на лице.

— Когда у тебя в последний раз была менструация? — спросил он, и она задумалась.

Диана попыталась ответить на его вопрос, но так и не смогла вспомнить.

— Не знаю, — напрягла она память, — может быть, еще до того, как появилась Хилари. Да, где-то два месяца назад. Но, ради бога, что-то действительно не в порядке? — Может быть, ко всем тем неприятностям с пищеварительной системой у нее еще и опухоль? — Ты что думаешь, это какая-то опухоль? — Боже, только этого не хватало! А вдруг у нее рак? И что же она скажет Энди? «Дорогой... мне действительно очень жаль... но я, наверное, скоро умру, и ты останешься один с нашей девочкой...»

Глаза у нее наполнились слезами, и зять похлопал ее по руке.

— Ну зачем делать такие скоропалительные выводы? Я полагаю, тут нечто другое. Как считаешь, может, ты беременна?

— Ну ты фантазер, Джек. — Она засмеялась и села. — Знаешь, что сказал доктор? У меня есть один шанс из десяти тысяч или нет, кажется, из десяти миллионов. Я не помню, да это и неважно.

— Я думаю, что это вполне возможно. И если бы ты не была моей свояченицей, я бы тебя осмотрел. Послушай, я сейчас приведу одного из моих коллег, он осмотрит тебя, мы быстро сделаем анализ мочи и постараемся все выяснить. Я не хочу делать преждевременные выводы, но налицо все симптомы.

— Ну да, конечно, — подозрительно посмотрела на него Диана, — и окажется, что это рак.

— Кончай болтать чепуху! — сказал Джек и вышел, а она вся кипела от злости. Он привел ее в бешенство тем, что коснулся этой темы. Диана достаточно натерпелась в жизни по этому поводу и теперь даже думать об этом не желала. Беременна... Чушь собачья! Она разозлилась, но тут в кабинет вошел Джек в сопровождении молодой миловидной женщины. Он представил ее Диане, которая еле удержалась, чтобы не нагрубить ей.

— Нам нужно подтвердить беременность, — объяснил он. — Дело в том, что после нескольких тщетных попыток забеременеть врачи сказали ей, что вероятность этого очень мала, ее почти не существует. Но некоторые симптомы, которые я обнаружил, подтверждают обратное.

— А вы сделали анализ? — спросила врач, и Джек отрицательно покачал головой, а потом попросил Диану снова лечь. Доктор прощупала Диану, нажала на живот.

— Вам так больно?

— Да, — ответила она, отрешенно глядя на стену. Они не имели права так поступать с ней. Это похоже на страшный сон, от которого Диана хотела как можно скорее проснуться.

— Проверь, пожалуйста, хорошо, Луиза?

— Конечно.

Джек поблагодарил ее и вышел из комнаты, а Луиза помогла Диане устроиться в гинекологическом кресле. Диану била дрожь, но Луиза, притворившись, что ничего не замечает, надела перчатки и начала обследование.

— А кто сделал заключение, что вы бездетны? — спросила она, тщательно осматривая Диану.

— Александр Джонстон.

— О, он один из самых лучших специалистов. И что он сказал?

— Что я бесплодна почти на сто процентов.

— А он объяснил почему?

— Из-за спирали, которой я пользовалась, будучи еще в колледже, во всяком случае, так он предположил.

Обследование продолжалось, и Диану удивило, как долго оно тянется.

— Я думаю, что в этом случае применяют искусственное оплодотворение, — сказала Луиза, и Диана кивнула. — Он предлагал использовать донорскую яйцеклетку? — спросила врач, но Диана вздрогнула и покачала головой, это была реакция и на ее вопрос, и на ее действия. Ни то, ни другое не вызывало у Дианы приятных ощущений.

— Да, предлагал. Но это мне не понравилось. Мы удочерили в апреле новорожденную девочку.

— Да, я видела ее в приемной. Она просто красавица. — С этими словами Луиза закончила обследование. Она улыбнулась Диане, но прежде, чем успела что-либо сказать, вошел Джек.

— Ну, что? — с нетерпением спросил он.

Луиза посмотрела на своего коллегу.

— Мне бы очень не хотелось опровергать доводы специалиста, — застенчиво произнесла она, и Диана замерла, ожидая приговора — рак, — но, по-моему, доктор Джонстон ошибся. Кажется, у нее матка, как при десяти неделях. Если бы вы мне не сказали, я бы не сомневалась, но мне никогда не приходилось решать такие вопросы вот так сразу. Поэтому я думаю, что срок даже немного больше. Когда был последний менструальный период? — Диана прекрасно знала все эти термины, и ее приводило в ярость одно только упоминание о них. У нее закружилась голова, и она закрыла глаза.

— В конце марта — в начале апреля. Я не могу вспомнить.

— Значит, у нее приблизительно три месяца беременности.

— Что?! — Диана уставилась на них в изумлении. — Вы что, шутите? Джек, не смей так издеваться надо мной.

— Клянусь, Диана, я не шучу. Это действительно так. — Луиза попрощалась и ушла, а Джек попросил Диану пойти в ванную и собрать немного мочи, чтобы он мог сделать анализ.

Анализ подтвердил диагноз — не было никаких сомнений в том, что Диана беременна.

— Нет, я не могу... Такого не может быть... — снова и снова повторяла она, но это было так. Когда Диана уходила, она взяла с него слово не говорить об этом никому, пока она сама не сделает этого. Вид у нее был совершенно ошеломленный.

Из клиники Диана сразу поехала на радиостанцию, ей не терпелось увидеть мужа. Когда она ворвалась к нему в офис с Хилари, мирно спящей в багажной люльке, Энди был на совещании.

— Мне необходимо срочно его видеть, — объяснила она секретарше, — прямо сейчас! — И что-то в выражении ее лица подсказало девушке, что Диана не шутит. Секретарша вошла в кабинет, где шло совещание, и вскоре оттуда появился взволнованный Энди.

— Что случилось? С малышкой все в порядке? — Он был напуган ее смертельной бледностью.

— С ней все отлично. Мне нужно поговорить с тобой. Наедине.

— Пошли в мой кабинет. — Он забрал у нее Хилари, и она пошла за ним в его кабинет. — Что случилось, Ди? — Произошло действительно что-то ужасное. Он даже боялся предположить что.

Она не стала тянуть, только посмотрела на него в полном замешательстве:

— Я беременна.

— Ты серьезно? — Он уставился на нее и вдруг усмехнулся: — Ты что, смеешься надо мной? — Энди никак не ожидал услышать именно это, но Диана подтвердила:

— Три месяца... ты можешь в это поверить?

— Нет... То есть да... то есть, малыш, я так рад за тебя... и за себя... и за Хилари... Боже, три месяца! Это произошло скорее всего в тот день, когда мы как раз привезли ее из Сан-Франциско. Вот так удача!

Диана села, вид у нее был счастливый и немного застенчивый:

— Я тогда была такой взволнованной и счастливой, что даже не помню, чтобы мы занимались любовью в те дни.

— Надеюсь, что это все-таки был я, — поддразнил он, — а то кто знает? Может, произошло непорочное зачатие?

— Конечно, нет.

— Боже мой! Я не могу в это поверить. И когда ты родишь?

— Не знаю. Кажется, в январе. Я была в шоке и не слышала, что там говорил Джек. Кажется, в середине января.

— Не могу в это поверить. Мы должны позвонить доктору Джонстону и сказать ему об этом.

— К черту Джонстона, — сказала она сердито и встала, чтобы поцеловать мужа. И он в волнении подхватил ее и закружил по комнате.

— Да здравствуем мы... да здравствуешь ты! Ура, мы беременны! — Потом Энди вдруг посерьезнел: — Как ты себя чувствуешь? О господи, теперь понятно, почему тебе было так плохо.

— Да, но Джек сказал, что самое худшее уже позади. Он заверил, что я буду себя чувствовать лучше уже через неделю-две.

— Отлично. Давай сегодня вечером пообедаем в честь такого события. В «Л'Оранжери». Если понадобится, мы сможем оставить Хилари в гардеробе. — Он снова поцеловал ее и помчался на свое собрание.

А Диана долго стояла, глядя в окно, и с удивлением думала о том, что произошло.

* * *

Летом Пилар чувствовала себя хорошо. В июне ей сделали амниоскопию — врачу пришлось взять околоплодную жидкость из обоих зародышей двумя огромными иглами. Они уже получили результат анализов, и суп-

руги знали, что у них будут девочка и мальчик и что оба
плода развиваются нормально.

И узнав результаты анализа, Пилар решила, что
пора позвонить матери. Она набрала ее номер в субботу
после обеда, от души надеясь, что мать уже ушла с работы. Но оказалось, она сидела около телефона и после
первого же звонка сняла трубку. В этот уик-энд она
должна была принять двух очень больных детей.

— А, это ты, — сказала она удивленно, — я думала, это
из больницы. Как ты там? — Пилар вдруг вспомнила,
как, будучи ребенком, она всегда чувствовала себя поме-
хой, ничтожной мелочью среди всех важных дел матери. Но сейчас она должна была сказать ей нечто важное,
и ей было интересно, как мать это воспримет.

— Отлично, мам. А ты?

— Хорошо, только очень много работы. А как Брэд?

— У него все в порядке. — Пилар вдруг занервнича-
ла. — Мама, мне нужно тебе кое-что сказать.

— Ты что, заболела? — озабоченно спросила мать, и
Пилар тронуло ее беспокойство.

— Нет, со мной все в порядке... Я... Мама, я беременна, — тихо произнесла она, улыбаясь и вдруг подумав,
что ее мать воспримет это известие как чудо.

На другом конце провода последовало долгое молча-
ние, а потом Элизабет Грэхем произнесла ледяным голосом:

— Какая глупость! Я же говорила тебе об этом, когда
ты выходила замуж за Брэда. Вы оба слишком стары для
того, чтобы даже думать о детях.

— Но врачи так не считают. Мы с ними все обсудили,
прежде чем зачать ребенка.

— Так вы сделали это специально?

— Да.

— Совершеннейшая глупость! — Ей было уже шестьдесят девять, и некоторые ее взгляды на жизнь были далеко не современными.

Ответ матери прозвучал как пощечина, и разговаривать с ней дальше, как всегда, не имело смысла. Это была все та же старая игра по ее правилам. Пилар тщетно ожидала от матери, что в ней хоть на мгновение проснутся добрые чувства к дочери, но она напрасно надеялась на это.

— Даже еще бо́льшая, чем ты думаешь. — Если уж поражать мать, то до конца. Это даже начинало ей нравиться. — У меня будет двойня.

— О господи! Ты принимала таблетки?

— Да, — ответила Пилар вызывающе.

Брэд вошел в комнату, прислушался к разговору и погрозил ей пальцем. Она просто издевалась над матерью и наслаждалась этим подобно тому, как испорченный ребенок от души наслаждается какой-нибудь глупой шалостью.

— Ради всего святого, Пилар, кто этот кретин, который посоветовал вам сделать это?

— Мама, мы сами этого захотели. Но мы ездили к специалисту в Лос-Анджелес. Она — гений в своей области, и нам ее очень рекомендовали.

— Как ее имя? У меня не очень много знакомств в том кругу, но я могу узнать.

— Хелен Вард. Но тебе не стоит ничего узнавать. Мы уже делали это и не услышали ничего, кроме самых лучших отзывов.

— Не такая уж она гениальная, если поддержала нелепую затею сорокачетырехлетней женщины забеременеть. Я лично всегда стараюсь отговорить таких мамаш. Я постоянно сталкиваюсь с результатами поздних беременностей, и, поверь мне, они очень плачевны.

— Но, согласись, не у всех твоих пациентов сорокалетние матери. Наверняка среди них есть и молодые.

— Да, это так, но с природой нельзя шутить, Пилар. Ты можешь жестоко поплатиться за это.

— Но пока все нормально, и оба малыша в порядке. Во всяком случае, в генетическом плане.

— Они предупредили тебя о том, что при этом анализе существует риск попадания инфекции, которая может погубить плод? — Холодный голос разума из Нью-Йорка. И ни единого слова поздравлений. Но теперь Пилар уже не ждала от нее ничего. Она просто сообщила матери новости. И ее не интересовало, как она к ним отнесется.

— Да, они обо всем этом предупредили, но все прошло очень гладко.

— Рада это услышать. — Последовала долгая пауза, но наконец Элизабет Грэхем, вздохнув, нарушила ее: — Я действительно не знаю, что сказать тебе, Пилар. Я бы хотела, чтобы ты не делала этого. Я считаю, что для тебя это слишком поздно и кто-то дал тебе плохой совет. То, что ты сделала, — глупо и рискованно. Вообрази, что с тобой будет, если ты потеряешь этих малышей? Зачем обрекать себя на это?

Пилар закрыла глаза, вспомнив о выкидыше. Новая беременность излечила ее душу, но в ней всегда останется уголок, в котором будет вечно храниться память о страшной потере.

— Пожалуйста, не говори так, — спокойно ответила дочь, — у нас все должно быть нормально.

— Надеюсь, что ты права. — Тут она добавила последнюю каплю, которая переполнила чашу: — Брэд, должно быть, сильно постарел. —.Но Пилар в ответ только рассмеялась и, повесив трубку, передала мужу все «пророчества» матери. Как и ее, его это здорово позабавило.

— Надеюсь, ты не будешь обращать внимания.

— Но моя мамочка раскусила вас, сэр! Богиню Грэхем не обманешь!

— Ну и заставила ты ее понервничать, причем сама наслаждалась каждой минутой своего действа. Бедная женщина думает, что она свободна и независима, как вдруг ты преподносишь ей сюрприз в виде сразу двух внуков. Для такой, как она, это серьезное испытание.

— О, ради бога, не пытайся оправдать ее, — вздохнула Пилар. — Эта женщина просто бесчеловечна.

— Да нет же, — неожиданно встал он на ее защиту, — и я уверен, что она прекрасный врач. Просто в нашем понимании, и в твоем, и в моем, она — плохая мать. Это не ее профиль. Но в ее жизни существуют другие сферы деятельности, где она является просто незаменимым человеком.

— Ты говоришь, как моя совесть, — недовольно проговорила Пилар и поцеловала его.

Наконец-то она сказала обо всем матери. Теперь она может полностью посвятить себя мужу и своим будущим малышам.

* * *

В июле они все праздновали день рождения Адама. У Пилар было пять месяцев, но выглядела она так, как будто уже все восемь. К счастью, ее беременность протекала нормально. Правда, большую часть времени она теперь проводила в постели. В случае с близнецами врачи не хотели рисковать, иначе у нее могли быть преждевременные роды.

— Как ты себя чувствуешь? — спросила Марина, забежав как-то проведать ее, и Пилар рассмеялась, пытаясь сесть на кровати.

— Как будто у меня внутри стадион, на котором идет бейсбольный матч между командами высшей лиги. Я не уверена, что эти ребята собираются стать друзьями, они только и делают, что пинают друг друга ногами и пытаются выбить из меня дух. — Даже пройтись по комнате для нее теперь было занятием не из легких. Она чувствовала огромную тяжесть и не переставала удивляться размерам своего живота.

— Да, когда ты что-то делаешь, никогда не останавливаешься на полпути, — как-то, улыбаясь, сказал Брэд, наблюдая, как она пытается приступом взять ванну.

Пилар действительно выглядела неправдоподобно огромной. И, наблюдая за ней какое-то время, можно было заметить, как двигаются и толкаются маленькие коленки, ручки, локти и ножки. Сначала это очень нравилось Пилар, но к середине лета она стала чувствовать себя довольно неуютно.

А к сентябрю ее состояние стало просто невыносимым. Ее постоянно мучила изжога, живот, казалось, вот-вот взорвется, кожа натянулась как на барабане, спина была смешно изогнута, а лодыжки стали в два раза толще, чем обычно, и, если она продвигалась по дому дальше террасы, силы совершенно оставляли ее. Пилар просто не осмелилась бы выйти из дому. Она боялась каким-нибудь неосторожным действием спровоцировать преждевременные роды. Коллеги присылали ей работу на дом, но она никак не могла приспособиться работать, лежа в кровати. И к концу месяца стала подумывать о том, как долго она сможет это вынести.

До родов оставалось еще шесть недель, и они казались ей целой вечностью, но, даже когда она жаловалась, что ей совсем невмоготу, всем своим существом Пилар сознавала, что все ее мучения окупятся.

— Никогда больше не буду с тобой смотреть порнографические фильмы, — проворчала она как-то ночью, когда почувствовала себя особенно плохо, и Брэд засмеялся, массируя ее затекшие лодыжки.

— Но ведь благодаря им у тебя такие большие ребята.

— Прекрати хвастаться.

— Я не хвастаюсь. — Он улыбнулся и наклонился, чтобы осторожно погладить ее живот. Он тут же почувствовал сильный толчок и увидел, как дрогнул живот Пилар. — Они, наверно, не успокаиваются ни на минуту?

— Да уж, особенно если им потакать. Они засыпают, только когда я хожу, но, видит бог, я просто не в состоянии это делать. — Брэд засмеялся, пытаясь своим бодрым видом внушить ей хоть немного оптимизма. У него сердце сжималось от жалости, когда он смотрел на нее. Пилар так страдала, а он почти ничем не мог ей помочь.

И хотя Брэд ничего не говорил жене, но тоже был очень обеспокоен предстоящими родами. Он уже несколько раз советовался с доктором Паркером, как им действовать в этот важный момент. Доктор Паркер считал, что ей не понадобится делать кесарево сечение, но допускал вероятность операции в случае, если вдруг кто-то из близнецов перевернется или возникнут непредвиденные осложнения.

В октябре к ним в дом начала приходить медсестра, которая занималась с Пилар психологической подготовкой к родам. Глядя на жену, Брэд с тревогой думал о том, как она будет рожать. У нее уже было тридцать четыре недели, и доктор Паркер надеялся, что самое позднее в тридцать шесть у нее начнутся роды.

Глава 18

Октябрь оказался не очень спокойным месяцем для Энди с Дианой. Она была на шестом месяце, и Джейн с Эдвардом должны были вот-вот подписать заключительное соглашение об удочерении Хилари Дугласами. Эрик незадолго до этого разговаривал с ними и заверил Диану, что проблем никаких не возникнет. Родители определенно собирались подписать документы.

Собирались до того момента, пока однажды в среду

утром не позвонил Эрик и не попросил к телефону Энди. Энди долго молча слушал, что ему говорил собеседник, и по тому, что он ни разу не взглянул на нее, Диана поняла, что случилось что-то ужасное. Она прижала к себе весело лопочущую пятимесячную малышку, и девочка, уловив ее напряжение, заплакала, как будто тоже почувствовав что-то неладное. И когда Энди повесил трубку, Диана была в этом абсолютно уверена, хотя он еще ничего ей не сказал.

— Что случилось? Они что, не подписали документы, да?

Когда Энди поднял голову и посмотрел на нее, у него в глазах застыла боль.

— Нет. Они хотят все обдумать еще несколько дней. И скорей всего им захочется прийти и повидать ребенка.

Ему очень не хотелось говорить ей это и расстраивать ее, особенно сейчас, но Диане следовало знать все и быть готовой к любому повороту событий. Джейн накануне подписания окончательного отказа от ребенка засомневалась. Она уже не была так уверена, что ей необходимо закончить колледж и что она поступила правильно, отдав дочь приемным родителям; это были вполне разумные доводы, но только не для Дианы с Энди.

— Эдвард готов все подписать хоть сейчас, но Джейн хочет подумать несколько дней. И она заявила Эрику, что прежде должна увидеть девочку.

— Она не имеет права, — воскликнула Диана, в волнении вскакивая на ноги, — они отдали ее... и теперь не могут ее забрать! — Она не выдержала и горько заплакала.

— Малыш, — попытался успокоить ее Энди так ласково, как только мог, — пойми, они имеют на это право, пока не подписали окончательное соглашение.

— Ты не можешь позволить им так поступить с нами. — Она плакала, держа на руках малышку, и он осторожно забрал у нее Хилари и прижал к себе.

— Пожалуйста, успокойся. — Он не хотел, чтобы из-за одного ребенка она потеряла другого. — Наберись терпения и подожди. Надо посмотреть, что будет дальше.

— Как ты можешь так говорить? — закричала Диана.

Она любила Хилари как свою дочь и прекрасно понимала, что, как ни хорош будет их собственный малыш, она никогда не полюбит его больше, чем ее. Потому что она была ее первым ребенком, первым существом, которому Диана отдала всю свою материнскую любовь.

— Я не хочу, чтобы Джейн ее увидела.

Энди не стал объяснять жене, что так поступать неразумно, боясь еще больше разволновать ее.

Вскоре снова позвонил Эрик и сказал, что Джейн с Эдвардом собираются приехать. Он объяснил, что Джейн казалась очень расстроенной, когда говорила с ним по телефону, и посоветовал Энди с Дианой сохранять спокойствие и дать ей возможность увидеть ребенка.

— Я все понимаю, — сказал Энди своему другу, — но я очень волнуюсь за Диану. Она просто в панике из-за всего этого. — Он уже говорил Эрику, что жена беременна. Это-то как раз и беспокоило Джейн. Она боялась, что если Диана родит своего ребенка, то они не будут должным образом заботиться о ее малышке.

— О господи! — воскликнул Энди, выслушав своего друга. — Почему в жизни все так непросто?

— Потому что жизнь — это не сплошной праздник, — ответил Эрик, и Энди вздохнул. Этот разговор окончательно лишил Диану покоя.

Эдвард и Джейн приехали в Лос-Анджелес на два дня. Они остановились в дешевом мотеле, расположенном на окраине города, и сразу же пришли в дом к Диане с Энди. Джейн сразу же выразила желание взять дочку на руки. Диана была просто в отчаянии. Она боялась, что Джейн схватит девочку и скроется, но, конечно, та не сделала этого. Джейн только сидела и плакала, а Эдвард молча сидел рядом, даже не пытаясь утешить ее. Их отношения, несомненно, стали более натянутыми, чем в те дни, когда Дугласы познакомились с ними, и Джейн выглядела какой-то жалкой и несчастной. И только на следующий день Диана узнала почему. Джейн призналась ей, что недавно сделала аборт. Она не хотела еще раз проходить через роды, но это событие заставило поменять ее отношение к удочерению малышки. Она вдруг задумалась над тем, правильно ли она поступила пять с половиной месяцев назад, когда отдала девочку. И она призналась, что в том, что она еще раз забеременела, не было ничего удивительного: она просто хотела иметь ребенка, но в последний момент испугалась вновь переживать родовые муки.

— И ты решила отобрать моего! — наконец, не выдержав, взорвалась Диана. — Но пойми, что она теперь наша. Мы ухаживали за ней, когда она болела, мы вставали к ее колыбельке по пять раз за ночь, мы приняли ее, и она теперь наша, и мы любим ее.

— Но я же носила ее девять месяцев, — упрямо сказала Джейн, в то время как двое мужчин наблюдали за ними, чувствуя себя глупо и беспомощно.

— Да, я это знаю, — произнесла Диана, изо всех сил стараясь взять себя в руки, — и я всегда буду тебе благодарна за нее. Но ты просто не можешь отнимать ее у нас. Ты же не можешь сначала сказать: «Вот возьмите и любите ее до конца жизни», а потом: «Нет, ну-ка, извините, я передумала, потому что сделала аборт». А ты подумала, что станет с ней? Во что теперь превратится ее жизнь? Что вы сможете ей предложить? Что изменилось за эти пять месяцев? Почему ты решила, что ей будет лучше с вами, а не с нами?

— Может быть, потому что я все-таки ее мать, — мягко проговорила Джейн. Она чувствовала себя виноватой перед ними, но ей действительно было необходимо понять, хочет ли она вернуть себе дочь. — Я не хочу потом жалеть об этом всю свою жизнь, — честно призналась Джейн.

Но Диана не собиралась сдаваться так легко:

— Ты будешь жалеть, Джейн. Всегда будешь. Отдать ребенка — это очень серьезный шаг для женщины. Но пять месяцев назад тебе казалось, что это для тебя единственный правильный выход.

— Мы оба так считали, — спокойно вставил Эдвард. — Я и не изменил свою точку зрения. Но у Джейн появились сомнения на этот счет.

Он советовал ей сразу же сделать аборт, но она испугалась, за что потом мучилась еще столько времени. Эдвард считал, что идея возвращения дочери — женская блажь, минутный каприз Джейн, которому нельзя потакать. Появление у них этой малышки, к которой он не испытывал отеческих чувств, сильно бы осложнило их жизнь.

— Я еще ничего не решила, — проговорила Джейн, когда они уходили от них после второго визита, а Диане хотелось кричать и умолять Джейн, чтобы она больше не приходила и не терзала их. Она просто не сможет этого вынести.

Весь остаток дня ее мучили боли, что ужасно беспокоило Энди.

Супругов охватила паника, когда в полночь из мотеля позвонил Эдвард и спросил, не могут ли они с Джейн зайти к ним прямо сейчас, так как она хочет сказать Дугласам что-то очень важное.

— Сейчас? — Энди был сильно встревожен, а Диане стало дурно, когда он сказал ей, в чем дело.

— Она забирает ребенка, да? Она... она... Что он тебе сказал?

— Диана, возьми себя в руки. Он мне ничего не объяснил. Он только сказал, что Джейн должна сообщить нам что-то очень важное.

— Но почему она с нами так поступает?

— Потому что для нее это тоже не простое решение.

Они оба сознавали, насколько расставание с Хилари будет ужасно. Они даже представить себе не могли, что с ними будет, если они лишатся девочки. Хилари прочно вошла в их жизнь, наполнила ее новым смыслом, и им придется все начинать заново...

Казалось, они прождали целую вечность, когда наконец в полпервого ночи раздался звонок в дверь. Джейн была расстроена и очень бледна, глаза ее припухли от недавних слез. Эдвард не скрывал своего раздражения. За последние два дня его терпение подверглось сильному испытанию, и он очень хотел как можно скорее покончить со всем этим и вернуться в Сан-Франциско.

Диана пригласила их в дом, но Джейн осталась стоять на пороге и только покачала головой. Слезы хлынули у нее из глаз.

— Простите меня, — прошептала она.

Диана уже приготовилась услышать самое худшее и положила руки на живот, как будто стараясь защитить этого ребенка.

— Простите, — снова повторила Джейн, — я знаю, как это тяжело для вас обоих, — она пыталась подобрать нужные слова, — но теперь я уверена. Я знаю, что не могла... что не могу... Я не смогу стать ей хорошей матерью, если один раз уже предала ее...

Диане показалось, что она сейчас потеряет сознание, и Энди пришлось поддержать ее за плечи, чтобы она не упала.

— Мы улетаем в Сан-Франциско прямо сейчас. — Джейн протянула Диане конверт. — Я подписала все документы.

Диана не выдержала напряжения и заплакала. Джейн

с сочувствием посмотрела на нее и попросила разрешения войти в дом.

— Можно, я взгляну на нее еще только раз? Клянусь, я больше никогда не буду пытаться увидеть девочку. Теперь она ваша. — Она была так трогательна, что Диана не смогла ей возразить и молча провела ее наверх, в спальню. Хилари крепко спала в детской кроватке, стоявшей в углу их спальни. По соседству у нее уже была своя комната, полная плюшевых зверушек, кукол и других подарков, но им нравилось, когда она была рядом с ними. И Энди с Дианой никак не решались «выселить» ее из своей спальни.

И теперь Джейн стояла, глядя на малышку, и ее сердце сжималось, а глаза были полны слез. Она коснулась щеки девочки тонкими пальцами, как бы благословляя ее.

— Спи, моя дорогая, — прошептала она, — я всегда буду любить тебя. — Джейн постояла так еще минуту, а потом нагнулась и поцеловала девочку.

Диана почувствовала, как к горлу подкатил комок. Джейн помедлила еще мгновение, глядя с порога спальни на спящую девочку, а потом начала спускаться по лестнице. Она оставила своего ребенка, и ей нечего было больше делать в этом доме. На прощание она стиснула руку Дианы и медленно побрела к машине за своим мужем. Когда дверь за ними закрылась, Диана продолжала горько плакать и никак не могла остановиться. Она чувствовала вину, и печаль, и сожаление, и... невероятное облегчение оттого, что Хилари осталась с ними. Это было целое море чувств, и, боясь исчезнуть в нем, она судорожно обняла Энди.

— Пошли. — Энди медленно повел жену наверх, обняв за плечи, вздрагивающие от рыданий. Было уже почти два часа ночи, они были ужасно взволнованы событиями последних двух дней, и Энди считал, что им просто повезло, что у Дианы не начались преждевременные роды.

На следующий день он велел жене оставаться в постели и взял на себя все заботы о малышке. Эрик Джонс прилетел лично, чтобы забрать документы. Все было оформлено надлежащим образом. Хилари Диана Дуглас теперь навсегда принадлежит только им.

— Мне не верится, что все кончилось, — тихо сказала Диана после того, как ушел Эрик. Теперь уже никто не мог забрать у них девочку. Никто не придет и не скажет, что передумал. Никто не сможет разлучить их.

Глава 19

Близнецы Брэда и Пилар должны были появиться на свет в начале ноября, и в течение последнего месяца она почти совсем не вставала с кровати, поднимаясь только в ванную и туалет. Ей уже до смерти надоело все время лежать и думать о том, что может случиться. Например, один из близнецов запутается в пуповине и задохнется или во время родов один помешает другому.

Брэд почти не отходил от жены, делал вместе с ней дыхательные упражнения, чтобы во время родов Пилар делала это автоматически. Она так растолстела, что была похожа на карикатурное изображение женщины, проглотившей дом. Иногда, разглядывая себя в зеркале, Пилар от души смеялась над своим неузнаваемо изменившимся телом. Иногда ей казалось, что уже никогда больше у нее не будет стройной фигуры и плоского живота.

— Это уже достижение, — как-то вечером поддразнил Брэд, помогая ей выбраться из ванны. Она сама не могла делать практически ничего. Не могла искупаться без его помощи, не могла надеть даже тапочки.

Марина заходила к ним так часто, как только могла,

и, когда Брэд уходил на работу, в доме почти всегда была Нэнси. Она сочувствовала мачехе и говорила, что не поменялась бы с ней местами ни за что на свете. Как-то раз, придя домой, Нэнси заявила мужу, что, пока все вокруг ходят на приемы, развлекаются и наслаждаются жизнью, бедняжка Пилар лежит целыми днями как живая гора, готовая вот-вот разродиться.

Часто звонила мать, она, казалось, смирилась с мыслью, что Пилар беременна. Она даже несколько раз порывалась прилететь, но дочь не хотела этого.

Пилар жаловалась, что уже шесть месяцев не была у парикмахера, и, когда ей становилось уж совсем невмоготу, Брэд снова и снова напоминал ей, чем увенчаются все ее страдания. Конечно, она и сама это прекрасно знала. Просто для нее это было невыносимо — лежать и ждать, когда начнутся роды.

Оба младенца развивались нормально, и, судя по тому, что один плод выглядел чуть крупнее, доктор во время последнего осмотра предположил, что это скорее всего мальчик. В его практике такое случалось. Он также сказал ей, что они пригласят самых опытных специалистов принимать у нее роды. И из-за ее возраста, и из-за того, что она будет рожать двойню, врач хотел, чтобы присутствовал еще один акушер и два педиатра для обоих детей.

— О, это будет похоже на торжественный прием, — проговорил Брэд, пытаясь разрядить обстановку.

Он заметил, как напряглась Пилар, когда доктор заговорил об опытных специалистах и о том, что может произойти, если ей понадобится делать кесарево сечение. Не хотелось думать о подобной операции, но надо было быть готовыми ко всему. И Брэд заметил, что чем меньше дней оставалось до родов, тем больше нервничала Пилар.

Доктор попросил ее соблюдать максимальную осторожность и сразу же звонить ему, если ее будет что-то беспокоить. За неделю до назначенного срока Пилар рано утром почувствовала острую боль внизу живота и сразу поняла, что у нее начались схватки. Когда боль отпустила, она позвонила врачу, и тот посоветовал ей немного походить, чтобы ускорить роды. Сделав это, Пилар была страшно удивлена тем, как сильно ослабла. Ноги у нее тряслись и подгибались. Она страшно расстроилась оттого, что не смогла долго ходить, у нее не хватало сил, она задыхалась и боялась потерять равновесие.

В тот же день после полудня у нее начались регулярные боли, но, когда Брэд предложил поехать в больницу, они прекратились.

— Боже, как я хочу скорее избавиться от этого, — сказала она Брэду.

Но в тот день до вечера ничего так и не произошло, и только после ужина у нее отошли воды. И хотя регулярные схватки еще не начались, доктор все равно попросил, чтобы она приехала в больницу. Он хотел оставить ее там, чтобы можно было наблюдать за ней.

— Чего тут наблюдать, — простонала она, с трудом разместившись на заднем сиденье машины, — ничего же не происходит. Зачем мы туда едем? Это же глупо.

Брэд не стал возражать ей, но он чувствовал значительное облегчение от того, что может наконец передать ее в руки врачам. Он боялся, что у Пилар в любой момент начнутся роды, а у него не было никакого желания стать «повивальной бабкой» при рождении близнецов. Он считал достаточным то, что согласился присутствовать при родах. При мысли об этом ему становилось не по себе, но он знал, что будет нужен жене в трудный момент, и поэтому ответил утвердительно, когда она попросила его об этом.

Как только они появились в приемном покое, врач

провел ее в палату и осмотрел. У Пилар продолжались слабые схватки. Доктор объяснил ей, что те боли, которые она чувствовала утром, были вызваны тем, что шейка матки начала расширяться, и обрадовал пациентку известием, что очень скоро она сможет нянчить своих малышей.

— Пока все в норме, время еще есть, — заверил он их и ушел домой, пообещав приехать, как только его вызовут.

Супруги немного посмотрели телевизор, и ей даже удалось ненадолго задремать, но она вдруг проснулась от странного ощущения. Пилар казалось, что она испытывает сильное давление.

Она позвала Брэда, и он, совершенно растерянный, привел медсестру и попросил жену объяснить все ей.

— Я думаю, что у вас начались роды, миссис Колеман, — улыбнулась медсестра и побежала за доктором, и уже через минуту пришел дежурный врач, чтобы осмотреть ее.

У Пилар вдруг начались сильные схватки. Ей показалось, что ее живот зажали в огромные тиски и сжимали, сжимали, не давая ей даже перевести дыхание, и она думала, что не вынесет этого. Она вцепилась в руку Брэда, хватая ртом воздух, и кто-то, она не видела кто, приподнял ее кровать.

— О господи... это ужасно, — проговорила она тихо, когда боль отпустила.

Волосы у нее слиплись от пота, во рту все пересохло, но это было только начало. Схватки следовали одна за другой, доставляя ей невероятные мучения. Медсестра выбежала из палаты, чтобы позвонить врачу и сообщить, что Пилар Колеман начала рожать.

В палате появились еще двое врачей. Две медсестры крепили провода от монитора на ее животе, который будет показывать сердцебиение плодов и сокращение матки. Пилар казалось, что эти провода легли ей на живот ужасной тяжестью и делают схватки еще более болезненными.

Это было ужасно, она чувствовала себя подопытным кроликом, которого связали, пристегнули и лишили возможности двигаться. В ее жизни происходило такое важное событие, а ей казалось, что ее лишили всяческого участия в нем.

— Брэд... я не могу... не могу... — Она пыталась освободиться, но все эти ремни и ужасная боль не давали ей двигаться. — Брэд, останови их. — Пилар так хотелось, чтобы все ушли и оставили ее в покое, сняли с нее эти дурацкие ремни и провода, которые так мешали ей. Но они уже не могли оставить ее, теперь от них зависело, чтобы роды прошли нормально, и Брэд мог только беспомощно наблюдать за происходящим.

Правда, он попытался сделать хоть что-нибудь, обращаясь сначала к медсестре, а потом и к врачу, который только что приехал.

— Можно сделать что-нибудь, чтобы облегчить ее страдания? — с надеждой спросил он. — Ремни от монитора причиняют ей неудобство, а ей и так приходится туго.

— Я все это знаю, — сочувственно ответил доктор, — но она рожает двоих, и раз мы обошлись без кесарева сечения, нам необходимо видеть, что там происходит. Поймите, это необходимо. С такими вещами не шутят. — И доктор обратил все внимание на пациентку. — Ну, как мы себя чувствуем? — спросил он Пилар с ободряющей улыбкой.

— Дерьмово, — ответила она вдруг и почувствовала приступ тошноты. «Только этого не хватало, — подумала Пилар. — Когда же все это кончится?» Новый приступ боли заставил ее вскрикнуть. Казалось, внутренности ее сейчас разорвутся, не выдержав напряжения. «Может быть, — подумала она с надеждой, — уже пора тужиться, может быть, сейчас наконец-то это произойдет и для меня все закончится?» Но, когда она спросила медсестру, та сказала ей, что до конца еще далеко. Это было только начало.

— Больно, — прохрипела Пилар, когда доктор приблизился к изголовью ее кровати. Она еле ворочала языком от боли. — Сделайте мне обезболивающий укол.

— Мы поговорим об этом позже. — Врач попытался отойти, но она схватила его за рукав и заплакала.

— Нет, сделайте его сейчас, — проговорила она, пытаясь сесть, но и ремни от монитора удержали ее на кровати, и Пилар только схватила за руку Брэда. — О господи... послушайте... кто-нибудь слышит меня?..

— Да, я слушаю тебя, дорогая, — произнес Брэд. Он с жалостью смотрел на искаженное болью лицо жены и клял себя за собственную беспомощность. В палате деловито сновали врачи и медсестры, спокойно занимались своим делом, словно появление на свет новых жителей Земли было чем-то совершенно ординарным. Пилар плакала от боли и отчаяния. И почему никто не хочет ее выслушать? Все, что она могла, — это лежать и всхлипывать в перерывах между схватками, когда уже не в силах была закричать.

— Скажи им, пусть они сделают что-нибудь... — молила она, — пожалуйста... ну пожалуйста... только бы эта боль прошла...

— Я все понимаю, дорогая... Я все понимаю... — Но он уже ничего не мог понять. Мало того, он уже начал жалеть обо всем: и о том, что она принимала гормоны и все другие лекарства, и вообще о том, что они обратились к доктору Вард, и о том, к чему в конце концов это привело. Брэд был в ужасе, видя, как ей больно, и ничего не мог для нее сделать. Никогда в жизни он еще не чувствовал себя таким беспомощным.

— Я думаю, ее необходимо перевести в родильную палату, — сказал ассистент доктору Паркеру, — на случай, если придется делать кесарево сечение. Мы должны быть готовы ко всему.

— Да, это вполне разумно, — согласился доктор, и тут же началась суматоха, зашли еще какие-то люди, появилась еще какая-то аппаратура, ее снова начали осматривать, между тем как схватки становились все сильней.

Пилар перевезли на каталке из палаты в родильное отделение, и она все продолжала просить их оставить ее в покое и уйти, но никто не обращал внимания на ее слова. Судя по всему, события развивались слишком стремительно, и они должны быть готовы ко всему. Был только час ночи, но Брэду казалось, что прошла целая вечность.

В родильной палате Пилар переложили с каталки на специальный стол, ноги привязали, а руки вытянули вдоль тела, подключив электроды, и она начала тут же жаловаться на то, как ей неудобно, в то время как схватки все продолжались. Она говорила, что ее спина и шея вот-вот сломаются, но ее никто не слушал. Все были заняты другим. В палате уже находились два педиатра, несколько медсестер и оба доктора.

— Боже, — хрипло сказала она Брэду, когда боль немного отпустила, — мы что, продавали билеты на представление? — Монитор был уже подключен, и каждый ее вздох, казалось, расширяет шейку матки.

Как сказала медсестра, матка расширилась уже на десять сантиметров, и теперь ей можно начинать тужиться.

— Да, давайте, — подтвердил доктор Паркер, но Пилар это нисколько не волновало. Единственная мысль, которая ее заботила, была о том, что ей не собираются сейчас делать обезболивающий укол.

— Почему мне ничего не вколют? — захныкала она.

— Потому что это может повредить вашим малышам, — коротко ответила одна из медсестер.

Но уже через минуту Пилар вообще не смогла бы ничего сказать, потому что у нее начались потуги и боль сделалась адской.

Для стоявшего в стороне Брэда все это выглядело сплошным кошмаром. Все что-то громко говорили, а Пилар тужилась и кричала, потом боль, казалось, отпускала ее, но тут же начиналась снова, и все опять начинали говорить, а она — кричать. Он никак не мог понять, почему они не сделают ей что-нибудь, чтобы унять боль, пока врач не объяснил ему, что укол может отрицательно сказаться на малышах.

Казалось, она тужится уже несколько часов, но ничего так и не произошло. Посмотрев на часы, Брэд был очень удивлен тем, что уже четыре часа утра. Он прикинул, сколько времени прошло с того момента, когда Пилар абсолютно перестала понимать, что происходит вокруг.

И вдруг все снова заволновались. В комнате появились два новых человека, а лица в масках склонились над Пилар еще ниже. Крик жены звучал у него в ушах не переставая, казалось, это был долгий, бесконечный вой, но вот все вдруг зашумели, и Брэд наконец увидел головку первого ребенка, прокладывающего себе путь в этот мир, и услышал его протяжный крик, смешавшийся с криком Пилар.

— Мальчик, — сказал доктор. Но Брэд был обеспокоен, что ребенок оказался какого-то синеватого цвета, но медсестра объяснила, что в этом нет ничего страшного, и уже через минуту малыш выглядел гораздо лучше.

Его поднесли к лицу роженицы, чтобы дать ей возможность получше его рассмотреть, но Пилар была слишком измучена, чтобы как-то реагировать на это. Схватки не сделались слабее, и доктор при помощи щипцов пытался помочь второму ребенку появиться на свет. Брэду было страшно смотреть на то, что они делают с его женой, и он только молился про себя, до боли стискивая ее руки в своих.

— Потерпи еще немного, дорогая... скоро все кончится. — Он от всей души надеялся, что его слова вскоре подтвердятся. Брэд не представлял, как это может выносить Пилар, сам он держался из последних сил. Она же только плакала, прижимаясь к нему.

— О, Брэд... это так ужасно...

— Я знаю... знаю... но все вот-вот закончится.

Но этот ребенок оказался еще упрямее, чем первый, и в пять часов оба акушера, посовещавшись, обратились к Брэду.

— Если девочка не появится в ближайшие несколько минут, мы будем вынуждены сделать кесарево сечение, — объяснил врач. — Сама Пилар справиться с этим не может.

— Это облегчит ее страдания? — с надеждой спросил он, надеясь, что жена не может его услышать. Но Пилар мучили ужасные боли, к тому же она изо всех сил тужилась и не прислушивалась к тому, о чем говорят вокруг.

— Скорее всего да. Разумеется, мы сделаем ей общий наркоз, тогда как сейчас мы не можем ввести ей даже обезболивающее. Но для нее вдвое увеличится опасность — предстоит делать кесарево сечение. Она долго не сможет оправиться. Но пока все зависит от того, как ребенок поведет себя в следующие несколько минут.

Первого младенца уже тщательно осмотрели, взвесили, обмыли и поместили в специальный изолятор. Он все время подавал голос, напоминая о себе.

— Меня не волнует, что вы собираетесь делать! — в смятении воскликнул Брэд. — Делайте то, что считаете нужным и что может облегчить ее страдания.

— Попытаемся все же обойтись без кесарева сечения, — проговорил врач и снова приблизился к роженице. Он старался изо всех сил, надавливая и подталкивая плод, и наконец, когда они уже совсем отчаялись, ребенок зашевелился и стал медленно продвигаться вперед, показавшись между ног матери.

Было уже пять часов утра, Пилар была так измучена, что с трудом понимала, что происходит, и вдруг она увидела ее — сначала маленькое сморщенное личико, а потом и всю крошку. Девочка была почти в два раза меньше, чем ее братик, и она вертела головой, как будто искала свою мать. И, словно почувствовав это, Пилар приподнялась немного и тоже посмотрела на нее.

— О, какая она хорошенькая! — воскликнула она и снова откинулась на подушку, улыбаясь Брэду сквозь слезы. Пилар была совершенно без сил, но зато знала, что все ее муки были не напрасны. Теперь у нее было двое прекрасных малышей, и она с облегчением посмотрела в глаза мужа, пока врачи обрезали пуповину, а медсестра принимала малышку, укладывая ее во второй изолятор, чтобы педиатр смог осмотреть ее. Но на этот раз почему-то не последовало громкого крика, и в палате вдруг воцарилась гробовая тишина.

— С ней все в порядке? — с беспокойством обратилась Пилар к доктору Паркеру.

Но все молчали, только сделались вдруг очень серьезными. Брэд прекрасно видел, как его сын ворочается в своем изоляторе в углу палаты. Две медсестры хлопотали вокруг него, а он отчаянно размахивал ножками и ручками. Но Брэд не видел девочку с того места, где он стоял, и, чтобы рассмотреть, что происходит, ему пришлось шагнуть в сторону от изголовья стола, на котором лежала Пилар. И он увидел, как врач склонился над малышкой, пытаясь вдохнуть в нее воздух и заставить ее дышать. Он сделал ей искусственное дыхание, а потом начал массировать крошечную грудную клетку, но все было напрасно, девочка лежала абсолютно неподвижно. Она умирала, и они ничего не могли сделать, чтобы вдохнуть в нее жизнь.

Брэд в ужасе уставился на врача, а Пилар, лежавшая позади него на столе, все продолжала задавать вопросы, на которые у присутствующих не было ответов. У него оборвалось сердце. Господи, что же он теперь ей скажет?

— С ними все в порядке?.. Брэд?.. Почему я не слышу, как они кричат?

— С ними все отлично, — проговорил он деревянным голосом, и тут кто-то сделал его жене укол. Почти в ту же минуту она почувствовала головокружение и начала засыпать, и Брэд взглянул на стоявшего перед ним доктора.

— Что произошло? — спросил он. Это было настолько ужасно, что его даже не утешала мысль о том, что у него родился сын.

— Трудно сказать точно. Она родилась слишком маленькой. Мы полагаем, что она получила гораздо меньше крови, чем ее брат. В медицине это называется близнецовым переливанием крови. В результате ее организм значительно ослаб, и она не смогла самостоятельно сделать вдох. Полагаю, у нее недоразвиты легкие, поэтому она и не смогла задышать. Если вы настаиваете, я сделаю вскрытие, — с горечью произнес он.

Брэд повернулся и посмотрел на жену, крепко спящую на столе в родильной палате. Наконец-то ей сделали укол, и она уснула как раз в тот момент, когда произошло это ужасное событие. И Брэд даже представить себе не мог, как он сообщит ей о том, что произошло. Большая радость за несколько минут обернулась для них ужасной трагедией.

Педиатры были полностью согласны с акушерами — что-то было явно не в порядке с легкими ребенка, и об этом до родов никто ничего даже не подозревал. Да и во время родов у нее было нормальное сердцебиение, просто из-за того, что почти вся кровь досталась ее брату, она была очень слаба и не смогла выжить вне лона своей матери. Несомненно, врачи сделали все, чтобы вдохнуть в нее жизнь.

Брэду все это объяснили, и похоже было, что он все понял. Но он никак не хотел поверить в то, что произошло. И, в то время как Пилар увезли из родильной палаты, Брэд все стоял, глядя на свою малышку, и по его щекам катились слезы. Она казалась ему такой хорошенькой и спокойной. Казалось, что она просто спит.

Ее братишка громко плакал, как будто понимал, что произошло. Ну конечно, он так привык быть все время с ней рядом, чувствовать ее присутствие, а теперь она вдруг исчезла, так же, впрочем, как и их мать.

Непроизвольно Брэд протянул руку и дотронулся до нее. Она все еще была тепленькая, и он смотрел на дочь, борясь с желанием взять ее на руки. Что он скажет Пилар? Что он сможет ей сказать? Как он объяснит ей, что один ребенок умер? Она проснется в ожидании свершившегося чуда и в тот же момент будет ошарашена свалившейся на нее ужасной трагедией. Природа сыграла с ними невероятно злую шутку, и он все стоял и смотрел на своего, казалось, мирно спящего ребенка.

— Мистер Колеман, — мягко произнесла медсестра, — если вы хотите видеть жену, то она уже проснулась.

— Спасибо, — мрачно ответил он. Он снова дотронулся до крошечной ручки и ушел, оставив девочку в опустевшей палате, чувствуя почему-то, что ему нельзя этого делать, что он все еще нужен ей, но, конечно, это было не так. — Как моя жена? — с отсутствующим видом спросил он у медсестры, следуя за ней в палату.

— Она чувствует себя гораздо лучше, — улыбнулась медсестра.

«Это ненадолго», — мрачно подумал Брэд и поста-

рался собрать все свои силы для предстоящего объяснения.

— Где малыши? — спросила Пилар слабым голосом,
как только увидела мужа. Она потеряла много крови, и
ей пришлось перенести ужасную боль. Нет, он не может
сказать ей сейчас всей правды. И когда Брэд посмотрел
на нее, глаза его были полны слез.

— Я так люблю тебя, и ты была таким молодцом. —
Он тщетно старался скрыть слезы.

— Где дети? — снова спросила она.

— Они все еще в родильной палате, — ответил Брэд,
солгав ей первый раз в жизни, понимая, что это необходимо. Пусть пока она ничего не знает, для нее это
было бы так жестоко, после того как она видела маленькое личико, узнать, что девочка сразу умерла. Ее брат-
близнец выглядел таким крепышом, казалось, он пришел в этот мир прекрасно подготовленным к жизни,
чего нельзя было сказать о его сестренке. — Их скоро
принесут, — снова солгал он, и она опять задремала.

На следующее утро уже не было никакого смысла
скрывать от Пилар правду. Брэд вместе с доктором
зашли к ней, чтобы сообщить ей все, и Брэду показалось, что эта новость убьет ее. Она смертельно побле-
днела и обмякла, а Брэду пришлось поддержать ее и уложить на подушку.

— Нет!.. Нет, скажи мне, что это неправда! — закричала она. — Скажите, что вы решили обмануть меня! —
набросилась она на них с доктором.

Врач произносил какие-то слова, стараясь как
можно проще объяснить ей причину смерти девочки. Ее
дочь, как он сказал, умерла почти сразу же после рождения, потому что не смогла сделать первый вдох. Она
была очень слаба, к тому же у нее были недоразвитые
легкие. Она просто не смогла бы выжить, объяснил он
Пилар.

— Но это неправда! — в бешенстве воскликнула она. — Вы, вы убили ее! Я видела ее, она была жива... и она... она посмотрела на меня!

— Мне очень жаль, миссис Колеман, — сочувственно произнес врач. — Она не сделала первый вдох и не издала первый крик. И поверьте, мы сделали все, что могли, чтобы спасти ее.

— Я хочу ее увидеть, — сказала Пилар, всхлипывая, и попыталась встать с кровати, но вдруг обнаружила, что она слишком слаба и не может этого сделать. — Я хочу ее видеть прямо сейчас. Где она?

Мужчины переглянулись, и доктор ничего не имел против того, чтобы показать Пилар ее мертвую девочку. Они всегда раньше это делали. Почти все супруги желали попрощаться со своими мертворожденными или умершими при родах детьми. Девочка была в больничном морге... и не было никаких оснований в том, чтобы отказать матери в ее просьбе.

— Отведите меня к ней.

— Чуть позже ее смогут принести прямо сюда, — успокаивающе произнес врач, а Пилар опять повернулась к мужу.

Она всхлипывала, до нее никак не могло дойти, что это случилось на самом деле. Ведь вчера ночью она была так счастлива! Пусть это длилось только мгновение, но она знала, что девочка у нее есть. А теперь ей пришлось узнать, что ее, оказывается, нет. И она даже ни разу не взяла ее на руки.

— А сейчас не хотели бы вы увидеть вашего сына?

Она хотела ответить отрицательно, но, посмотрев на мужа, кивнула. Он был такой расстроенный и так переживал из-за того, что случилось, что Пилар решила не делать ему еще больнее, но все, о чем она в тот момент мечтала, — это умереть и последовать за своей крошкой.

— Сейчас его принесут, — выходя, сказал доктор, и уже через минуту он снова появился, неся в руках спеленутого младенца. Он весил девять фунтов, и для близнеца это было очень много. Но его малютка-сестра весила меньше четырех. Она отдала все, что ей было необходимо для жизни, своему двойняшке и не оставила себе ничего. Это был классический случай, когда выживает сильнейший.

— Он просто красавец, правда? — грустно произнесла Пилар. Создавалось впечатление, что она где-то далеко, она даже не протянула руки, чтобы взять своего сына, только сидела и пристально смотрела на него, думая, почему же все-таки он выжил, а его сестра — нет. Брэд держал сына на руках, и они оба смотрели на младенца, потом осторожно протянул малыша и вложил его в руки матери. Целуя его, Пилар горько заплакала.

И когда медсестра забирала его, Пилар снова попросила, чтобы ей показали дочь.

Ее отвезли вниз на кресле и оставили посреди пустой комнаты, в которой было очень холодно, а стены, пол и потолок сверкали чистотой. И через минуту внесли ее дочь. Она лежала, туго запеленутая в одеяльце, и ее крошечное личико было таким чистым и невинным... И Брэду снова показалось, что она просто спит.

— Я хочу взять ее на руки, — сказала Пилар, и муж осторожно вытащил ее и передал в руки матери, где она ни разу так и не побывала. Пилар некоторое время сидела неподвижно, потом вдруг начала касаться губами крошечных глаз, ротика, щечек, как будто хотела вдохнуть в нее жизнь. Как будто хотела изменить то, что случилось прошлой ночью, потому что никак не могла с этим смириться.

— Я люблю тебя, — тихо шептала она, — я всегда буду любить тебя... ведь я любила тебя и тогда, когда ты еще не родилась, и сейчас, малышка, я тебя тоже люблю.

Она подняла глаза на мужа и увидела, что он тоже плачет, не в силах справиться с собой. И, глядя на нее, Брэд только горестно качал головой.

— Мне так жаль, — повторял он, — мне так жаль...

— Я хочу назвать ее Грейс, — спокойно произнесла Пилар. — Грейс Элизабет Колеман. — Элизабет — это в честь матери. Почему-то ей казалось это правильным.

Брэд только кивнул в ответ. Он не мог вынести мысли о том, что посреди веселого праздника на них вдруг обрушились похороны этой малышки.

Пилар долго сидела, держа дочь на руках и вглядываясь ей в лицо, как бы желая навсегда запомнить его черты... навсегда быть уверенной в том, что не забудет его никогда... никогда, до того дня, когда они, может быть, встретятся на небесах... Потом наконец опять вошла медсестра, и они передали малышку ей.

— Прощай, милый ангелочек, — произнесла Пилар, снова целуя ее и чувствуя, как ее душа отрывается от сердца и наполняется такой печалью, какую ей вряд ли удастся еще когда-нибудь изведать в жизни. Частица ее самой будет похоронена вместе с ее ребенком.

Когда они вернулись наверх в палату, их ждала вторая медсестра. Мальчика уже перенесли в палату Пилар, и он крепко спал в своей кроватке. Медсестра, знавшая об их трагедии, с сочувственным видом помогла Пилар улечься на кровать и протянула ей спящего малыша.

— Нет... только не... — покачала головой Пилар и попыталась отстранить ребенка, но медсестра, проявляя настойчивость, положила малыша в руки матери и отступила от кровати.

— Вы необходимы ему, миссис Колеман... и он вам необходим... — С этими словами она покинула палату и оставила мальчика наедине со своими родителями.

Они так долго и тяжело боролись за него, и теперь он вошел в их жизнь, принеся с собой и радость и горе. В том, что его сестренка умерла, его вины не было. И, держа его в руках, Пилар вдруг почувствовала, что на сердце у нее потеплело. Он был такой теплый и тяжеленький и так не походил на Грейс. Он был таким земным малышом... а она была похожа на крошечного ангела, на тень малышки... слабую тень, промелькнувшую и призванную Богом обратно на небеса...

Для них это был странный день — день радости и скорби, горя и восторга, смешанного с печалью и разочарованием, они познали целое море чувств, и это сблизило их еще больше. Приходила Нэнси и рыдала в объятиях мачехи, не будучи в состоянии выразить словами своих чувств. Томми тоже не удержался от слез, принося им свои соболезнования.

Оставшись одна, Пилар позвонила матери. И в первый раз в жизни мать несказанно удивила ее. Она перестала быть Блистательным Доктором Грэхем, она превратилась в бабушку малышки, которая так мало побыла в этом мире, и в мать женщины, терзаемой глубокой скорбью, и они почти целый час проговорили и проплакали. И у Пилар сердце сжалось от боли, когда мать рассказала ей о том, что у нее был сын, умерший в грудном возрасте задолго до того, как родилась Пилар.

— Ему было всего пять месяцев, когда его не стало. И я после этого сильно изменилась. Я постоянно проклинала себя, мне казалось, что я во всем виновата, что я была слишком увлечена работой, когда он родился, и не уделяла ему достаточного внимания... А потом я снова забеременела, и это была ты, и я никогда уже не могла осмелиться сблизиться с тобой. Я ужасно боялась, что ты тоже можешь умереть. Я просто не могла себе позволить заботиться еще хотя бы об одном существе... Пилар... дорогая... мне так жаль... — Мать всхлипывала, а Пилар не могла сдержать рыданий. — Я надеюсь, ты понимаешь, как сильно я тебя всегда любила... — Слезы мешали ей говорить, и Пилар, слушая ее, была просто в шоке, потому что в первый раз за все эти годы она слышала, как мать выражает свои чувства.

— О, мамочка... я тоже люблю тебя... но почему ты никогда мне ничего не говорила?

— Мы с твоим отцом никогда не заговаривали об этом. У нас не принято было рассуждать о чувствах. Мы не говорили о том, что причиняло боль. Нам казалось, что это неудобно. Теперь, спустя годы, все выглядит совсем иначе. Но тогда я молча несла свою боль, никому об этом не рассказывала, и в конце концов я сумела смириться со своим горем. Мне это очень помогло, когда родилась ты, и я обрадовалась, что ты — девочка. Все-таки ты отличалась от него... Мы дали ему имя Эндрю, — тихо проговорила она, — и звали Энди... — Голос у матери был такой грустный, что Пилар казалось, будто она говорит с незнакомой женщиной — ранимой и глубоко несчастной. Ее мать прожила наедине со своим горем почти пятьдесят лет, а Пилар никогда об этом даже не подозревала. Это признание объясняло многое, и хотя оно слишком запоздало, но Пилар испытала облегчение, выслушав эти грустные слова из уст матери.

— Это невозможно быстро забыть, — продолжала мать свою исповедь. — Для этого должно пройти слишком много времени... гораздо больше, чем ты можешь себе представить. И все равно все такие потери не проходят бесследно. Ты будешь помнить об этом каждый день, Пилар, может быть, конечно, забудешь ненадолго, но потом какое-нибудь событие, слово или вещь обязательно напомнят тебе об этом. Но ты снова и снова должна будешь продолжать жить с этим, день за днем, минуту за минутой... ради Брэда, ради самой себя... ради твоего сынишки... Ты должна продолжать жить, и в конце концов боль ослабеет. Но рубец от нее не заживет в твоем сердце никогда.

Нежно попрощавшись с матерью, Пилар положила трубку, и в первый раз за всю жизнь она чувствовала, что смогла понять свою мать. Элизабет предложила даже приехать на похороны малышки, но Пилар попросила ее не делать этого. Теперь она понимала, как это будет тяжело для матери, сколько вызовет горестных воспоминаний, и решила, что ей незачем снова переживать подобное. И впервые Элизабет Грэхем не стала спорить с дочерью.

— Но если я тебе понадоблюсь, я буду у тебя через шесть часов. Пожалуйста, помни об этом. Тебе стоит только набрать мой номер. Я люблю тебя, — опять повторила она перед тем, как повесить трубку. Пилар показалось, что она получила от матери дорогой подарок. Ей было лишь немного обидно за то, что для этого должно было произойти такое большое несчастье.

Между тем их сын то просыпался, то засыпал снова, иногда начинал плакать, и тогда кто-нибудь, Пилар или Брэд, брали его на руки. Он тут же успокаивался, замолкал и вел себя так, как будто уже знал, кто они.

— Как же мы назовем его? — спросил Брэд в тот вечер. Они дали имя дочери, но еще никак не назвали ее братика.

— Мне нравится имя Кристиан Эндрю. Как ты на это смотришь? — грустно произнесла Пилар. Второе имя она хотела дать своему ребенку в честь брата, о существовании которого узнала только сегодня. И она пересказала Брэду разговор с матерью.

— Мне тоже нравится это имя, — кивнул Брэд, удивленный и тронутый рассказом жены.

— Радости и печали всегда переплетаются в жизни, правда? — спокойно сказала Пилар сидящему рядом Брэду. Он не хотел этой ночью оставлять ее одну, хотя она и настаивала, что ему следует ехать домой. Вид у него был хуже некуда. Но Брэд убедил ее, что ему лучше остаться, и медсестра на всякий случай принесла складную кровать.

— Так всегда бывает... Ты ожидаешь одного, а получаешь другое. За все в жизни надо платить, мне кажется... что хорошее и плохое, мечты и кошмары... в конце концов так переплетаются... Иногда их трудно отделить друг от друга, и это очень тяжело.

Кристиан был их радостью, а Грейс — печалью, и они прошли через это испытание рука об руку. Пилар так хотела иметь детей, уже привыкла к мысли, что их будет двое, но судьба распорядилась иначе. Со смертью малышки ей самой хотелось умереть, но, глядя на мирно спящего Кристиана, Пилар понимала, что жизнь прекрасна и жить стоит. И, взглянув на жену, Брэд еще раз с нежностью подумал, сколько всего ей пришлось пережить. Она прошла через такие муки, которых он не ведал, и в конце концов потеряла ребенка.

— Жизнь полна неожиданностей, — философски ответил Брэд. — Я, например, думал, что после смерти Натали никогда не смогу оправиться, — это была мать Нэнси и Тэдди, — а потом вдруг появилась ты через пять лет... и я так счастлив с тобой. Один раз жизнь уже наградила нас, когда свела друг с другом. Я думаю, что Кристиан — тоже своего рода милость. Правда, она досталась нам так тяжело... но, может быть, он станет той самой нашей радостью, которую мы разделим с тобой в конце жизни.

— Надеюсь на это, — тихо проговорила Пилар, взглянув на мальчика и стараясь отогнать видение маленького личика, которое ей не увидеть больше никогда, но которое она всегда будет помнить.

Глава 20

Кристиан отчаянно кричал в тот день, когда они покидали больницу и забирали его домой. Пилар одела его в заранее купленный голубой вязаный костюмчик и завернула в голубое же одеяльце. И пока медсестра везла их вниз на коляске, она все время прижимала его к себе. Санитарка везла тележку с присланными в больницу цветами и подарками. Все знали, что Пилар ожидает двойню. И мало кто знал, что один из младенцев умер. Поэтому все подарки прислали в двух экземплярах, завернутые в голубое и розовое, с маленькими куклами и игрушечными медвежатами.

Брэд привез их домой, и они с ним осторожно положили Кристиана в плетеную колыбельку в детской комнате. Вторую Брэд уже отнес в гараж. Он не хотел, чтобы жена видела ее. Но Пилар знала, что она здесь была, и, когда стала открывать ящики комода, чтобы достать для малыша ночную рубашечку, она наткнулась на еще одну — розовую. Закрыв ящик, она почувствовала, как у нее сжалось сердце. Это было невыносимо. Так много печали и так много радости одновременно. Невозможно забыть, что у нее было двое детей, а теперь остался только один. Разве сможет она когда-нибудь забыть Грейс?

Кристиан был спокойным мальчиком и не доставлял особых хлопот. Молока у Пилар было так много, как будто ее тело еще не знало, что у нее нет второго ребенка. Брэд наблюдал, как жена, сидя в кресле-качалке в детской комнате, кормит грудью Кристиана.

— Тебе лучше? — тихо спросил он. Состояние Пилар его очень беспокоило. После родов и смерти Грейс жена очень изменилась. И он даже иногда жалел, что они вообще решились на подобное. Слишком это оказалось болезненно.

— Не знаю, — честно ответила она, держа на руках спящего ребенка. Пилар опустила на него глаза: он казался ей таким беззащитным и таким крошечным и все же таким здоровым и крепеньким. В нем было все, чего не было в Грейс с ее тонкими чертами и миниатюрным личиком. — Я все время пытаюсь понять, почему это случилось. Была ли в этом моя вина? Что я делала не так?

Или я неправильно ела, или лежала все время на одном боку?.. Почему?

Ее глаза снова наполнились слезами, когда она взглянула на мужа. Он стоял рядом, и оба смотрели на Кристиана.

— Мы должны вести себя осторожно, — сказал Брэд, — чтобы не дать ему почувствовать позже, что его самого нам недостаточно и мы хотели кого-то еще. Я думаю, что это будет справедливо, — прибавил он, наклонившись, чтобы поцеловать ее, а затем и Кристиана. Этот чудесный ребенок имел право на радость в жизни, а не на груз, связанный с тем, что радость его появления на свет была отравлена.

— Я ни в чем не виню его, — печально произнесла Пилар, — я бы только хотела, чтобы и Грейс была здесь.

* * *

Пилар спала тревожно и утром проснулась с ощущением неимоверной тяжести в груди. И сразу же вспомнила, что им предстояло сделать в этот день.

Она оделась и покормила сына, как только он проснулся. Ее груди налились, в них было столько молока, что оно брызгало в лицо малышу. Когда он сосал грудь, то строил такие смешные рожицы, что Пилар, несмотря на плохое самочувствие, засмеялась, и Брэд услышал ее смех.

— Что здесь происходит? — спросил он, войдя в детскую. Она смеялась первый раз за эти дни, и ему было отрадно слышать ее смех.

Пилар кивком показала ему на Кристиана, и он тоже засмеялся.

— Он так чмокает, что у меня текут слюнки.

— Ты только посмотри, как он смешно хмурится. Интересно, на что он рассердился?

Брэд был удивлен тем, что младенец вызывал у него столько эмоций. Кристиан казался таким беспомощным и таким зависящим от них — Брэд не помнил, чтобы его остальные дети были настолько маленькими и настолько беззащитными. Он подумал: а заложена где-нибудь в глубинах сознания этого крошечного человечка информация о сестре? Понимает ли он, что ее нет? Он жил со своей сестричкой девять месяцев, и теперь ее не стало. Для него наверняка это тоже было травмой. Он переживал эту боль вместе с ними.

— Ты быстро соберешься? — мягко спросил Брэд, уже одетый в черный костюм.

Пилар кивнула, сев около заснувшего после еды малыша. Как было бы хорошо, если бы он был у нее один с самого начала, это могло быть таким безграничным счастьем! С рождением Кристиана были связаны радость и печаль, счастье и горе, горечь и сладость. Это было похоже на незаживающую рану, которая все время напоминает о себе. Но Пилар уже ничего не чувствовала, она долгое время стояла, глядя на сына, думая, как сильно она его любит. Но Грейс она любила тоже...

Она надела простое черное трикотажное платье без пояса, которое носила в офис во время своей первой беременности. К нему она добавила черные чулки, черные туфли, черный пиджак и, понурив голову, посмотрела на мужа.

— Что-то здесь не так, ты не находишь? Вместо того чтобы праздновать и радоваться, мы носим траур.

Брэд понес Кристиана в машину, и, пока он укладывал его в дорожную люльку, тот так и не проснулся. В полном молчании они поехали в часовню Всех святых при Морской епископальной церкви в Монтесито. Пилар и Брэд ничего не могли сказать друг другу, ничего, что могло бы унять их боль или облегчить их страдания. Поставив на стоянку машину, Брэд протянул жене руку, и они увидели, что на тротуаре их ждут Нэнси с Томми и Марина. Томми, как и Брэд, был в темном костюме. Его жена Нэнси с ребенком на руках выглядела какой-то потерянной. Она не смогла оставить сына дома, так что ей пришлось взять Адама с собой. И он радостно закричал в тот момент, когда увидел Пилар и Брэда. На мгновение это разрядило обстановку.

Священник уже ждал их у часовни, он пригласил их внутрь, и Пилар, собрав все свои силы, шагнула за порог. Она едва сдержала крик при виде маленького белого гробика, усыпанного ландышами. Это была ложь, страшная шутка, которую с ней сыграла природа, сначала пообещав так много, а затем отобрав половину того, что дала. Рыдания сдавили ее горло.

— Я не вынесу этого, — прошептала она Брэду, схватив голову руками.

Нэнси начала тихо плакать; глядя на мать, заплакал и Адам.

— Во всем воля Бога, — начал говорить священник, — давать и брать, мешать радость с печалью, заставлять нас смеяться и плакать.

Было безумно тяжело видеть, как он совершает обряд над крошкой, которая пробыла в этом мире всего мгновение.

Пилар все еще казалось, что это кошмарный сон, когда она вышла вместе с Брэдом на улицу и они последовали за катафалком на кладбище. Они стояли под дождем на краю могилы, молчаливые и несчастные, и тут у Пилар началась истерика.

— Я не могу оставлять ее здесь, — бормотала она, цепляясь за Брэда.

Томми стоял рядом с ними, и чуть поодаль — Марина. Нэнси сидела с малышами в машине, она сказала мужу, что не может больше этого выносить. Это было слишком ужасно, слишком тяжело — маленький гробик и опустошенные лица. Это было ужасно для всех, особенно для Пилар с Брэдом. Он выглядел постаревшим и совершенно сникшим, а она, казалось, держалась из последних сил, когда священник давал Грейс последнее благословение.

Пилар положила букет белых роз на гробик и долго стояла неподвижно. Слезы без остановки катились по ее щекам. Когда Брэд повел ее к машине, она, казалось, не понимала, где находится.

По дороге домой сидела совершенно безучастная ко всему, уставившись в одну точку. Ей нечего было сказать ни Брэду с Мариной, державшим ее за руки, ни кому бы то ни было во всем свете.

Брэд тоже не знал, что сказать ей, что сделать для того, чтобы утешить ее. Он тоже тяжело переживал утрату, но Грейс не была для него тем, кем была для Пилар.

— Я бы хотел, чтобы ты легла, — сказал он, когда они добрались до дома и все разошлись.

Кристиан заворочался, когда Брэд положил его в плетеную корзину.

Она кивнула, пошла в спальню и легла там прямо в платье, молча уставившись в потолок, удивляясь, почему нельзя сделать так, чтобы она умерла. Как она теперь будет жить? Почему самому человеку не дается выбор? Что бы она выбрала? Что бы она сделала?

Но когда Пилар попыталась высказать Брэду свои мысли, он пришел в ужас. Как ни велика была его скорбь из-за потери дочери, он изумился, услышав слова Пилар.

— Как ты можешь говорить подобные вещи? Неужели ты не понимаешь, как сильно ты нужна нам? — напряженно спрашивал он.

— Ты как-нибудь можешь обойтись без меня, — уныло сказала она.

— А он? — Брэд показал головой на соседнюю комнату. — Как ты не понимаешь, что малыш имеет право на материнскую любовь?

Пилар только пожала плечами, не зная, что ответить.

— Я понимаю, как тебе тяжело, но нельзя поддаваться отчаянию, хотя бы ради Кристиана, — взмолился он.

Но она была подавлена целый день, не хотела ни есть, ни пить, это тут же отразилось на молоке, сын почувствовал ее состояние и стал капризничать. Пилар хотелось остаться одной и рыдать во весь голос в надежде облегчить боль, сжимавшую ей сердце, но вместо этого она просто сидела и смотрела на плачущего Кристиана.

— Он нуждается в тебе так же, как я, — снова напомнил ей Брэд. — Ты должна взять себя в руки.

— Зачем?

Она сидела, неподвижно глядя в окно, но в конце концов он заставил ее выпить немного чаю и съесть тарелку супа. Вскоре у нее стало достаточно молока, чтобы накормить ребенка.

Пилар вставала к нему несколько раз за ночь, пока Брэд спал. Для него это был тоже тяжелый день, и он безумно волновался за Пилар. И когда взошло солнце, она все еще сидела в качалке, держа на руках Кристиана и думая о своих детях. Это были два разных существа, разных человека, две различных жизни, у каждого из них была своя судьба и свое будущее. У Кристиана была возможность выполнить свое предназначение, Грейс слишком быстро завершила свой жизненный путь. Возможно, ей было предназначено пробыть с ними всего лишь мгновение. И неожиданно Пилар поняла, что должна отпустить ее, что она будет помнить о малышке всегда, но Брэд прав, она необходима Кристиану. Она надеялась, что он-то останется с ними надолго, и она должна посвятить свою жизнь ему. И первый раз за пять дней она почувствовала умиротворение от того, что держала его. У них был сын, не двое детей, как они рассчитывали, а один Кристиан, и Пилар должна была жить ради него. Это был ее материнский долг.

— Ты встала?

Сонный Брэд стоял на пороге детской. Когда он проснулся и не обнаружил ее рядом с собой в кровати, его охватило беспокойство.

— Все нормально?

Она кивнула и улыбнулась ему, бросив на него мудрый и очень печальный взгляд.

— Я люблю тебя, — сказала она тихо, и Брэд почувствовал, что что-то изменилось в ней, что-то глубоко внутри сломалось и оборвалось и теперь Пилар постепенно начинает возвращаться к жизни.

— Я тоже люблю тебя.

Брэд хотел сказать ей, как он огорчен и как скорбит по умершей малютке, но не знал, как выразить это. Он не мог найти подходящих слов — слишком глубоки были его чувства.

Неожиданно Кристиан зашевелился. Он зевнул, открыл глаза и внимательно посмотрел на них.

— Он хороший парень, — с гордостью сказал Брэд.

— Весь в тебя, — ответила Пилар, и они поцеловались в свете восходящего солнца.

Глава 21

На День Благодарения к ним приехал Тэдди. Он хотел увидеть брата, которому уже исполнилось две с половиной недели. Понимая, какое тяжелое испытание выпало на долю отца и мачехи, он хотел быть рядом с ними.

Пилар уже чувствовала себя лучше, но она очень похудела и все еще никуда не выходила. Она была слишком слаба и не готова к встречам и разговорам с друзьями. Пока это было слишком мучительно.

Не зная, как держать себя в подобной ситуации, Тэдди начал с того, что выразил мачехе свои соболезнования.

— Как ужасно то, что с вами произошло. — Отец был очень расстроен, когда рассказывал ему о рождении Кристиана и смерти Грейс, но было совершенно очевидно, что Пилар гораздо тяжелее перенесла случившееся.

— Это было ужасно, — тихо проговорила она. Думая о Грейс, Пилар все еще испытывала невыносимую боль, но теперь находила большое утешение в обществе Кристиана. Она часто разговаривала по телефону с матерью. Мать поделилась тем, что помогало ей когда-то справляться с горем. Она посоветовала дочери общаться с человеком, прошедшим через подобное несчастье, но Пилар к этому все еще была не готова. Она не хотела пока видеть никого. Даже свою мать.

— В жизни все совсем не так просто, как кажется на первый взгляд, — спокойно произнесла она, вспомнив, как тяжело ей было забеременеть, потом перенести выкидыш, а теперь пережить смерть Грейс. — Ты что-нибудь планируешь и думаешь, что у тебя все будет хорошо, но в жизни все складывается совсем иначе. Мне понадобилось сорок четыре года на то, чтобы понять это, и, поверь, мне этот опыт достался дорогой ценой.

Родить ребенка оказалось далеко не просто. Сделать карьеру или выйти замуж за Брэда было гораздо легче. Но тем не менее в глубине души она знала, что это стоило того. Она ни за что не оставит Кристиана. И несмотря на цену, может быть, двойную цену, которую она заплатила, она знала, что ребенок этого заслуживает, и эта мысль придавала ей силы.

— Что вы тут делаете? Решаете жизненные проблемы? — спросил Брэд, усаживаясь рядом с ними.

— Я как раз собиралась сказать о том, как сильно люблю твоего сына.

Пилар улыбнулась пасынку, а затем мужу.

— Он хороший парень.

— Неплохая оценка для того, кого всегда считали испорченным ребенком.

Тэдди улыбнулся. Этот красивый юноша сильно похож на Брэда.

— Ты и раньше был неплохим мальчиком, — немного лукавя, ответил Брэд. — Да и сейчас ничего. Как в Чикаго?

— Нормально. Но я думаю возвращаться на Западное побережье. Возможно, поищу работу в Лос-Анджелесе или Сан-Франциско.

— Какой ужас, — пошутил отец, а Пилар широко улыбнулась.

— Мы будем рады, если ты вернешься.

— Я могу быть хорошей няней, когда вам понадобится куда-нибудь пойти.

— Не надейтесь, — насмешливо сказала Нэнси, присоединившись к ним. — Когда он остается у нас, он спит как убитый, даже когда орет Адам, разрешает ему играть с телефоном и дает попробовать ему пиво, считая, что настоящий мужчина должен знать его вкус.

— Но ему же это нравится, не так ли? Кто его любимый дядя?

— У него не такой большой выбор, не так ли? — съязвила сестра.

Немного позже проснулся Кристиан и громко закричал, призывая мать. Пилар пошла кормить его, и, когда вернулась, молодые люди уже собирались уходить. Тэдди обнял и горячо поцеловал мачеху.

— Ты прекрасно выглядишь, а мой братишка — просто молодчина.

— Ты тоже. Рада, что вы пришли к нам, — искренне сказала Пилар.

Тэдди сердечно простился с ними. Он тоже был рад повидать их. Супруги сильно изменились за последний год, особенно это касалось отца, который выглядел постаревшим, и было заметно, что он очень переживает за жену. Но все же они уже немного пришли в себя. Мачеха казалась расстроенной, но держала себя в руках.

— Как ты думаешь, они захотят еще детей? — спросил Тэдди сестру в машине, когда они ехали к ней.

— Сомневаюсь, — ответила Нэнси и добавила доверительно: — Моя подруга обращалась к специалисту по лечению бесплодия в Лос-Анджелесе и видела их у нее. Они мне, конечно, подробностей не рассказывали, но я думаю, что Пилар было не так-то легко забеременеть. В ее возрасте это может быть большой проблемой, скорее всего у них не сразу все получилось. Да к тому же они теперь так переживают из-за смерти ребенка.

Тэдди кивнул. Он жалел Пилар, она всегда ему нравилась.

— Мне кажется, — сказал он, немного помолчав, — они считают, что овчинка выделки стоила. — Произнеся это, он бросил взгляд на своего розовощекого племянника, сладко спящего в багажной люльке на заднем сиденье машины. — Может быть, так оно и есть?

И Нэнси, тоже оглянувшись на сына, кивнула в ответ.

* * *

Как и во многих других домах по всей стране в этот день, Бесс готовила индюшку. В тот момент, когда приехал Чарли, она как раз дожаривала ее. Он принес шоколадную индюшку для Энни, а для ее матери красивый букет цветов, который должен был стать центром праздничного стола в этот День Благодарения.

— Боже мой! Что это? — с радостным удивлением воскликнула она.

Чарли был всегда таким заботливым. Они были вместе уже девять месяцев, но Бесс никак не могла привыкнуть к его великодушию и чуткости. Он готовил, он приносил сладости и подарки, он всюду приглашал их, он мог часами читать Энни. Он был тем человеком, о котором Бесс всегда мечтала, но не могла найти. Он был воплощением идеала, и Энни очень его любила.

— Счастливого Дня Благодарения вам обеим!

Улыбаясь, он протянул Бесс цветы, а Энни тут же начала снимать с индюшки красивую фольгу.

— Можно мне съесть ее прямо сейчас? — нетерпеливо спросила она, и мать разрешила ей откусить маленький кусочек, а все остальное оставить на десерт. Но пока взрослые были заняты, она успела съесть большую часть шоколадной птицы.

— Чем-нибудь помочь? — предложил Чарли, но Бесс сказала, что уже все готово. Ей хотелось приготовить ему что-нибудь вкусное, и это была самая изысканная еда, которую она готовила за последние годы. Обычно в День Благодарения они с Энни обедали в ресторане или у друзей, потому что Бесс это угнетало — готовить праздничный обед для двоих. Но в этом году все было иначе. Теперь в их жизнь вошел Чарли, и все изменилось. Казалось, с его приходом все печали ушли в прошлое, и Бесс была абсолютно счастлива, зная, что кто-то заботится о ней и она не одинока.

Когда Аннабел болела, Чарли ухаживал за девочкой, когда у Бесс возникали неприятности с хозяином квартиры, она советовалась с Чарли, и во время забастовки в больнице он одолжил ей денег. Она вернула ему все до последнего пенни, потому что не хотела злоупотреблять его хорошим отношением к ней, но его доброта была поистине безграничной.

Она проявлялась и в том, что Чарли увлекся посещением одного из детских приютов и продолжал каждую субботу по утрам гонять мяч в компании мальчишек. Он рассказывал ей, как много они для него значат и как бы он хотел усыновить маленького мальчика, когда соберет для этого достаточно денег.

Бесс никогда никого так не любила в своей жизни, мечтала не расставаться с ним никогда, но Чарли никогда не говорил о будущем. Он все еще считал себя не вправе жениться, потому что не мог иметь детей. Но Бесс повторяла ему, что это не важно, она считает, что любая женщина почтет за счастье иметь такого мужа, как он, даже несмотря на его неспособность иметь детей.

— Какое это имеет значение? — спросила она его недавно, когда, отправив Аннабел спать, они занимались любовью. Оба испытали настоящее наслаждение от секса. Ей всегда с трудом верилось, что Чарли, такой замечательный, неутомимый любовник, не может иметь детей. — Я не знаю, почему ты делаешь такую большую проблему из этого, — нежно упрекала она его, — многие люди не могут иметь детей. Ну и что? А если бы это было со мной? Ты бы иначе относился ко мне?

Даже не раздумывая, Чарли ответил отрицательно.

— Мне было бы очень жаль, потому что ты к ним хорошо относишься... у тебя должны быть дети... Но я бы все равно любил тебя, — нежно сказал он, и они сменили тему разговора. Им было что сказать друг другу!

Во время обеда в День Благодарения все трое вели за столом оживленный разговор. Индюшка была просто великолепной, так же как и жареная картошка, и горох, и все остальное. Бесс расцвела от его похвал, хотя знала, что Чарли более опытный кулинар, ведь он частенько для них готовил. Она заметила, что у него индейка наверняка получилась бы лучше.

— Ничего подобного, — заверил он, — все было совершенно потрясающе!

Потом они долго гуляли, и Энни носилась как угорелая и, когда они вернулись домой, валилась с ног от усталости.

Они уложили ее спать в восемь часов, затем смотрели телевизор и ели попкорн, который приготовил Чарли. Но не прошло и четверти часа, как телевизор был забыт. Они оказались в объятиях друг друга и дали волю своим чувствам, совершенно забыв о том, что девочка может их увидеть. Энни что-то пробормотала во сне, и они перешли на цыпочках в комнату Бесс, тихо закрыли дверь и через минуту уже срывали с себя одежду, охваченные безумной страстью.

— Боже мой, Чарли... — проговорила Бесс, пытаясь отдышаться. — Как ты это делаешь?

У нее никогда ни с кем не было ничего подобного. Он тоже наслаждался близостью с Бесс. На этот раз Чарли был уверен, что нашел ту, единственную женщину, к которой всегда стремился. Яркая внешность Барби ослепила его три года назад, но со временем он разобрался, что скрывается под красивой оберткой. Теперь он знал это. Он многое понял теперь и видел вещи совсем в ином свете. Бесс изменила его жизнь и его взгляды на детей. И неожиданно Чарли понял, что он имеет право на полноценную жизнь, независимо от того, будет ли он отцом собственного ребенка. Это уже казалось не таким важным, как раньше, и он перестал чувствовать вину за то, чего не мог ей дать. Ведь была масса других вещей, которые Чарли мог ей предложить. Сейчас, как никогда, он хотел это сделать.

— Я хочу задать тебе один вопрос, — сказал он в эту

ночь, держа ее в объятиях, глядя в лицо Бесс. — Прежде всего я хочу сказать, что очень люблю тебя.

Бесси напряглась, понимая, что он собирается сделать важное признание. Зная, что он считает себя не вправе жениться ни на ней, ни на ком-нибудь другом, она опасалась услышать, что он хочет уйти от нее, что все было прекрасно, но теперь все закончилось. Она с замиранием сердца ждала его слов, боясь услышать то, что он собирался сказать ей.

— Пожалуйста, не говори ничего... — попыталась Бесси остановить его. — Ты знаешь, как я люблю тебя.

Она молила Бога, чтобы Чарли не сказал ей то, что она так страшилась услышать, и, наверное, тронула своими мольбами небеса.

— Я хочу спросить тебя кое о чем.

— О чем? — спросила Бесс, стараясь, чтобы голос не дрожал.

Ее и без того огромные голубые глаза теперь занимали, казалось, половину лица.

— О нашем будущем. Ты дорога мне, но я не имею права распоряжаться твоей жизнью, как своей собственной.

— Не говори глупостей... я... нам было так хорошо вместе. Мне с тобой лучше, чем с кем бы то ни было... Чарли, не...

— Что «не»?

Он выглядел испуганным.

— Не уходи.

Бесс обвила руками его за шею, прильнула всем телом и неожиданно заплакала. Чарли ничего не понимал.

— С чего ты взяла, что я собираюсь уйти? Как же я буду жить без тебя!

Он улыбнулся, тронутый ее слезами.

— Ты остаешься?

Бесси еще всхлипывала, слезы еще не высохли на ее щеках, но глаза светились радостным блеском.

— Я бы очень хотел этого. Я бы хотел, чтобы ты была со мной всегда. Я как раз собирался спросить тебя... — Чарли поколебался мгновение и затем решился: — Ты выйдешь за меня замуж, Бесси?

Она улыбнулась, и ее поцелуй говорил яснее всяких слов.

— Да, конечно, — сказала Бесс, и он, не выпуская ее из объятий, приподнялся, улыбаясь.

— Дорогая! Я так счастлив! Когда?.. — Но тут же радость уступила место сомнениям: — Ты уверена? Даже несмотря на то, что мы не можем иметь детей?

Он хотел быть уверенным, что между ними не останется недосказанного.

— Я думаю, нам надо усыновить кого-нибудь, — мягко сказала она.

— Нам? Когда мы об этом говорили?

— Ты же говорил, что хотел бы усыновить маленького мальчика, может быть, даже двух.

— Но это было тогда, когда я был один. Теперь у меня есть ты и Энни, захочешь ли ты кого-нибудь усыновлять, Бесс?

— Мне кажется, что захочу, — задумчиво кивнула она и посмотрела на него. — Дать дом тому, кто в нем нуждается, вместо того чтобы произвести на свет еще одного ребенка... Да, я бы действительно хотела этого.

— Давай сначала поговорим о свадьбе. Когда? — Чарли снова охватило лихорадочное нетерпение.

— Не знаю, — улыбнулась она. — Завтра... На следующей неделе... Перед Рождеством у меня будет недельный отпуск.

— Значит, на Рождество, — просиял он, — и нечего думать об отпуске. Ты должна уволиться из больницы, я не хочу, чтобы моя жена работала по ночам. Можешь подыскать себе работу на неполный день, пока Энни в школе, или продолжи учебу, чтобы наконец получить диплом медсестры. — Ей оставалось учиться всего год, а его денег хватило бы, чтобы обеспечить их. — Так, значит, на Рождество? — Чарли улыбнулся, с любовью глядя на нее, и через мгновение их тела снова слились, чтобы подтвердить сказанное.

Глава 22

Чарли и Бесс скромно поженились на Рождество в Объединенной методистской церкви в Вествуде. Они устроили небольшую вечеринку в уютном ресторанчике, куда пригласили самых близких друзей, среди которых был и Марк со своей новой подружкой. Именно это им и было нужно. Никакой помпы, как в «Бель Эр», никакой показухи, случайных гостей и джазовых музыкантов. На этот раз Чарли не хотел никакой шумихи. У него была любимая женщина и маленькая девочка, которая принадлежала теперь и ему. Они уже сообщили Энни о том, что Чарли хочет удочерить ее, и она заявила, что с радостью станет Энни Винвуд.

Молодожены решили провести медовый месяц все вместе в Сан-Диего. Они остановились в чудесном маленьком отеле, в котором Чарли уже когда-то бывал, ходили по зоопарку, совершали длинные прогулки по берегу. Это было именно то, о чем он мечтал и чего не мог достичь, пока встреча с Бесси не изменила всю его жизнь.

Она ушла со своей прежней работы и нашла новую в канцелярии школы, где училась Энни. Все шло прекрасно. В сентябре Бесс собиралась вернуться к занятиям, чтобы получить диплом медсестры.

— Скажи, ты так же счастлива, как и я? — спросил ее Чарли, когда они брели босиком по пляжу через день после Рождества. День был ясный, песок достаточно теплый для того, чтобы Энни тоже могла разуться. И она, как маленький щенок, бегала вокруг них, то убегая вперед, то возвращаясь обратно.

— Я думаю, что я еще счастливее, — с улыбкой сказала Бесс. — У меня никогда не было ничего подобного. Когда я была замужем, вся моя жизнь шла вверх дном. Я была молода и глупа, а муж оказался настоящим ублюдком. И я не видела выхода из этого тупика.

— Но ты нашла его, — улыбнувшись, сказал Чарли. — Ведь у тебя есть Энни.

— Да, это правда. Я думаю, что во всем можно найти радость. Только иногда требуется много времени, чтобы понять это.

Чарли не стал спорить с женой. Женитьба на Барби не принесла ему ни капли радости, он пережил только разочарование. Но наконец все это позади. Впереди у него была целая жизнь с Бесси. Эта жизнь давала ему все, чего он хотел: взаимопонимание, нежность, верность, любовь.

— Я надеюсь, что сумею сделать тебя такой счастливой, каким сделала меня ты, — сказал он, обняв ее за плечи, и она улыбалась. Бесс чувствовала себя так уверенно, когда он был рядом.

— Ты уже сделал, — нежно сказала она, когда они увидели, как Энни машет им издали руками.

— Идите сюда! — кричала она, и ее слова подхватывал ветер. — Смотрите, какие здесь красивые ракушки!

Они улыбнулись и побежали за ней, гоняясь друг за другом по пляжу и хохоча, и казалось, зимнее солнце радостно смотрит на них.

Рождество в семье Гуди на этот раз выдалось более веселым, чем обычно. Там были Гейл и Саманта со своими мужьями и детьми, а также Диана и Энди, которые вернулись в лоно семьи и пришли на этот семейный праздник с Хилари, разумеется. Диана была на девятом месяце и с трудом поворачивалась, пытаясь уследить за Хилари, которая лезла всюду и каждую минуту грозила опрокинуть на себя что-нибудь с кофейного столика.

— Ужасная проказница, вы не находите? — обращалась к родным Диана, не скрывая гордости.

Эта очаровательная малышка, эта улыбающаяся девочка была для Энди и Дианы источником бесконечной радости. Все помнили прошлое неудачное Рождество, когда в их семейной жизни возникла трещина, и они вынуждены были отправиться на Гавайи, чтобы попытаться сохранить семью. За этот год с ними случилось многое — знакомство с Вандой, после которого Диана с Энди расстались, как казалось, навсегда. Но разлука благотворно отразилась на них обоих. А потом неожиданно в их жизнь вошла Хилари, а теперь вот-вот появится их собственный малыш. Все эти события сменялись как в калейдоскопе. Диана никогда прежде не была так счастлива. Беременность протекала нормально, и она чувствовала себя прекрасно.

Она продлила декретный отпуск до июня.

— Ну, как дела? — спросил Джек, подсаживаясь к Диане и Гейл. Сэмми в это время пыталась разрешить жаркий спор между двумя старшими детьми.

— Прекрасно, — улыбнулась Диана, вспоминая тот день, когда Джек сказал ей, что она беременна, и она решила, что он сошел с ума.

— Мне кажется, ты можешь разродиться в любой момент.

— Впереди еще три недели, — сказала она, но Джек

профессиональным взглядом окинул ее живот и покачал головой.

— Ты не должна относиться к этому так легкомысленно. По-моему, это случится гораздо раньше, Ди. Смотри, как опустился у тебя живот. Ты давно показывалась своему врачу?

— О, Джек, хватит об этом, — заворчала на него жена, — забудь хотя бы на Рождество, что ты доктор.

— Я только говорю, что она вот-вот должна родить, можешь мне поверить, — серьезно сказал Джек.

— Да, то же самое ты говорил мне, однако это случилось через две с половиной недели.

— Хорошо, — сдаваясь, Джек развел руками. — Я всего лишь простой смертный. — И затем серьезно сказал Диане: — Я не шучу. Ты разродишься в ближайшие дни. Тебе необходимо сходить к врачу. Так низко живот опускается лишь перед родами.

— А может, я уже рожаю, но сама не знаю об этом? — засмеялась Диана и заверила его, что покажется врачу в понедельник.

— Иногда случаются странные вещи, — сказал Джек и направился к тестю, чтобы пропустить с ним по рюмке и поболтать наедине.

Сестры, как всегда, помогали матери, и, когда пицца была готова, мужчины разрезали ее, и в столовую понесли блюда с едой. Все пребывали в хорошем настроении, дети веселились, но не баловались, не было никаких семейных ссор, все давно уже простили Диану за ее вспышку на День Благодарения год назад. Узнав, что случилось с ней, они все поняли. Даже Гейл, казалось, стала мягче относиться к сестре.

— Ты ничего не ешь, — сказала старшая сестра, посмотрев через стол на Диану.

— Нет аппетита. — Она улыбнулась и затем посмотрела на Энди, который оживленно разговаривал с Сеймусом. Их зять-ирландец всегда рассказывал какие-нибудь удивительные истории. Обычно в них отражалась лишь малая часть правды, но зато они всегда были забавны.

Мать пошла за горячим, и Диана отправилась на кухню, чтобы помочь ей, сославшись на то, что у нее болит спина и она должна встать. Энди показалось, что она выглядит расстроенной, и перехватил пристальный взгляд Джека. Ноющая боль в спине не утихала, и стул показался жестким и неудобным. Саманта тихо шепнула Джеку:

— Посмотри, она не может найти себе места. — Он кивнул, но не последовал за Дианой, а снова включился в общий разговор за столом.

Через несколько минут Диана снова села на свое место и, казалось, выглядела хорошо. Она болтала и смеялась, но затем, неожиданно замолкнув, с беспокойством посмотрела на мужа, но Энди ничего не заметил, поглощенный беседой с Гейл. Затем она извинилась и вышла и через пять минут, ничего не говоря, снова вернулась обратно.

После десерта она сказала Саманте, что чувствует себя неважно и пойдет приляжет наверху. Она просила никому не говорить об этом, поскольку, по ее словам, у нее было просто расстройство желудка.

Когда Энди, оглянувшись вокруг, не нашел своей жены, он стал спрашивать, видел ли ее кто-нибудь.

— Ее рвет наверху, — сообщила старшая дочка Гейл, и он поспешил наверх, чтобы узнать, в чем дело.

— Не думаешь ли ты, что тебе тоже надо подняться? — спросила Гейл мужа, но он с иронией возразил:

— Я думал, ты мне скажешь, чтобы я не лез не в свое дело.

— Возможно, я не права.

— Скорее всего она просто много съела. Они позовут меня, если я понадоблюсь. И даже если у нее начинаются роды, надо учесть, что это ее первый ребенок. Мы успеем отправить ее в больницу, у нее еще масса времени.

— Очень смешно. Ты же помнишь, как это было у меня. — Первые два раза Гейл рожала в больнице, а свою третью дочь муж сам принимал у них на кухне.

— У всех это бывает по-своему, — напомнил он ей, и, конечно, случай Дианы, которую считали бесплодной и которой понадобилось два года, чтобы забеременеть, подтверждает это.

Но Энди, спустившись через пять минут, выглядел довольно обеспокоенным.

— Она говорит, что у нее очень болит живот, — тихо сказал он Джеку. — Ее рвало несколько раз, и теперь у нее начались судороги. Я предложил отвезти ее домой, но Диана не хочет никуда ехать. Она думает, что натрудила спину, помогая маме с обедом. — Джек слушал, поднимаясь вверх по ступеням, и зашел к Диане в сопровождении Энди.

— Ну, что, — бодро сказал он, — я слышал, тебе тяжело достался рождественский ужин?

— Я чувствую себя ужасно, — призналась Диана, морщась от боли.

— Где болит? — спросил Джек спокойно, но уже знал ответ и был поражен, когда пощупал ее живот. Он был твердый как камень, и у нее были страшные схватки.

— Меня тошнит, и у меня ужасные судороги... и моя спина... — Она отвернулась и, почувствовав новый приступ боли, вцепилась в постель. — Я думаю, что чем-то отравилась... но не говорите маме... — Диана повернулась к Джеку и увидела, что он улыбается.

— Я так не думаю. Я думаю, что у тебя родовые схватки.

— Сейчас? — Она выглядела удивленной и несколько испуганной. — Но еще не время.

— Поверь мне, что это так.

В эту минуту у нее начались новые схватки. Джек засек время — схватки были сильными, продолжительными, и он удивлялся, как часто они повторялись. Но через две минуты Джек нашел ответ. Он нахмурился, переведя взгляд с нее на Энди.

— Давно у тебя это?

— Я не знаю, — пожала плечами Диана, — какие-то неприятные ощущения почти весь день. Я думала, что что-то съела. — Она выглядела смущенной сейчас, поняв, что не догадывалась о том, что у нее начались роды.

— А у тебя случайно не отходили воды?

Оказывается, это продолжалось гораздо дольше, чем он думал, и ее надо было осмотреть, но Джек не знал, позволит ли она ему это сделать.

— Нет, — мрачно ответила Диана. — Только какая-то маленькая струйка вытекла вчера утром, но никакого настоящего потока воды, — сказала она, желая про себя, чтобы он ошибся. В ее памяти всплыло воспоминание о том, через что прошла Джейн, когда рожала Хилари, и Диана внутренне сжалась от страха.

Джек посмотрел на Энди, а потом на Ди и улыбнулся.

— Это были твои воды, дорогая моя. Они и не должны идти потоком. Я думаю, что лучше прямо сейчас доставить тебя в больницу.

Но, когда он сказал это, она схватила его руку:

— Нет!.. Нет! Это ничего... — Но схватка была такой сильной, что Диана не могла говорить из-за мучившей ее боли. Не успела она перевести дыхание, как меньше чем через минуту начался новый приступ, и, пытаясь сдержать стоны, она беспомощно повторяла:

— О боже... что это... Энди... Джек...

Джек поспешил в ванную мыть руки и вернулся обратно с кучей полотенец, которые он быстро подложил под нее и затем осторожно осмотрел ее. Она не обращала ни на что внимания, потому что кричала от боли, схватив Энди за руку. Она боролась со своей болью и не могла контролировать свои ощущения. Неожиданно Диана почувствовала страшную жгучую боль и чудовищный спазм, казалось, что кто-то пытается разорвать ее внутренности.

— О боже... началось... началось. — Она выглядела страшно испуганной, когда переводила взгляд с мужа на зятя, и Джек кивнул, стараясь ободрить ее взглядом.

— Да, началось, Ди. — Было совершенно ясно, что она рожает. Джек спокойно распорядился: — Энди, набери 911. Попроси «Скорую помощь», скажи им, что рожает женщина, и ее нужно госпитализировать. Она чувствует себя нормально, и все идет как нельзя лучше. Правда, возможно, что родовые схватки у нее начались со вчерашнего дня, но она не знала об этом.

— Не оставляй меня! — закричала Диана, когда Энди собрался уходить, но Джек решительно кивнул на дверь.

Как только Энди покинул комнату, она тут же снова почувствовала боль, как будто сквозь нее проехал скоростной поезд. Джек широко расставил ее ноги и уже смог увидеть макушку ребенка.

— Тужься, Ди... давай... выталкивай его.

— Я не могу... это слишком больно... О боже... это никогда не кончится... никогда не кончится. — Она хотела, чтобы все это уже было позади, но схватки продолжались с новой силой.

Вскоре Энди был снова рядом с ней и сказал Джеку, что «Скорая помощь» уже выехала.

— Тужься, Ди, — командовал Джек.

После минутного перерыва, когда она громко и протяжно застонала, Джек, который придерживал ее ноги, увидел, как появилась головка младенца. Это был крупный мальчик с белокурыми волосенками. Джек поднял его над кроватью, и Диана с изумлением посмотрела на сына, не в состоянии поверить, что все испытания позади. Энди смотрел на малыша со счастливым и гордым видом.

Диана снова откинулась на подушку и, улыбаясь мужу, сказала:

— Он такой хорошенький... и похож на тебя. — И затем с лукавой улыбкой посмотрела на Джека: — Я думаю, может быть, ты был прав насчет срока родов... — Все трое с облегчением засмеялись, а младенец закричал, словно вторя их смеху, на руках у своего дяди.

И тут они услышали звук сирены на улице.

— Тебе лучше пойти и объяснить всем родным, — сказал Джек Энди, который был еще в шоке от недавних событий.

Они пришли в гости на рождественский обед, а возвращались обратно с ребенком. Никогда ничего не получается так, как загадываешь.

Энди поспешил вниз и сообщил всем, что у них с Дианой только что появился сын, как раз в тот момент, когда его тесть открывал входную дверь врачам «Скорой помощи».

— Она здесь, наверху! — крикнул он, и все посмотрели на него с изумлением.

— Она нормально себя чувствует? — спросил отец, в то время как мать и сестры поспешили наверх.

Джек открыл коробку с инструментами, которую привезла машина «Скорой помощи», и через минуту Диану и ребенка, хорошо укутанных, вынесли на носилках из двери к машине «Скорой помощи», и все бежали за ними и желали им счастливого пути.

Энди поблагодарил Джека, а Диана махала рукой родным, все еще не успевшим прийти в себя после ощеломляющей новости. Все произошло совсем не так, как она представляла себе. Все произошло так стремительно, и она очень надеялась, что благополучно.

Саманта пообещала присмотреть за Хилари. Она сказала, что возьмет девочку к себе домой до тех пор, пока Диана вернется с ребенком из больницы.

— С вами не соскучишься, — проворчал отец, когда закрыл дверь после их ухода, и, открыв шампанское, разлил его по бокалам.

— За Энди, Диану и их детей! — торжественно произнес он, не стесняясь слез. Он знал, как тяжело им досталось все это, но зато теперь у них было двое очаровательных ребятишек.

— Он самый симпатичный младенец, которого я когда-либо видела, — прошептала Диана Энди, прижимая закутанного в одеяло ребенка к груди. Он смотрел на мир широко открытыми глазами с интересом и любопытством и, казалось, все понимал.

— Подожди, пока его увидит Хилари, — сказал Энди, и они улыбнулись друг другу. За девять месяцев у них появилось двое детей. И вправду говорят, если уж везет, так уж по-крупному.

Диана и ребенок провели в госпитале только ночь.

Все у них было благополучно, и уже на следующий день они оказались дома вместе с Хилари. Они назвали ребенка Уильям, в честь отца Дианы.

— Уилли и Хили, — пошутила Диана, глядя на сына, спящего в кроватке в углу их спальни.

— Ты восхитительна, — прошептал Энди, поцеловав ее.

— Ты знаешь, что мне приятно услышать. — Она поцеловала его в ответ, забыв страдание, горе и печаль. И все же она знала, что все пережитое сделало эту минуту еще более драгоценной.

Энди и Диана проводили третью годовщину своей свадьбы на Гавайях, на пляже Вайкики со своими детьми.

Хилари было уже четырнадцать месяцев, она расхаживала везде и болтала вовсю. Она любила песок, и океан, и своих родителей, и своего названого брата Уильяма. Пяти с половиной месяцев от роду, он был неугомонным, улыбающимся и дружелюбным. И оба они были большими проказниками. Диана была занята с утра до вечера, она должна была вернуться на работу в журнал через две недели, но собралась работать только часть дня. Ей не хотелось оставлять своих детей с приходящей няней, какой бы опытной она ни была, но ей хотелось помочь Энди. На содержание семьи уходило слишком много денег. Работая на полставки, Диана могла заработать не так уж много, но она готова была отказаться от излишеств, лишь бы не расставаться с детьми на целый день, и Энди полностью с ней согласился. Они слишком долго ждали появления детей, чтобы теперь не уделять им должного внимания. Диану страшила сама мысль о том, что несколько часов придется быть вдали от них, и она уже наняла няньку, которая будет заботиться о детях, пока родители на работе. Это была милая молоденькая немка, которая выглядела опрятной и аккуратной и уже имела необходимый опыт ухода за детьми. Диана, сидя на работе, часто мысленно переносилась домой, гадая, что там делают дети. Она сама хотела заботиться о своих детях, и Энди стремился помочь ей.

В этом году он продвинулся по служебной лестнице

и был буквально завален работой, но ему нравилось возвращаться домой и видеть радость на лице жены. Они были счастливы слышать детские голоса, их мечты превратились в действительность, даже в те дни, когда у них сломалась стиральная машина, и везде валялись пеленки, и Хилари снова разрисовала стены в их комнате губной помадой Дианы. Конечно, ближайшие годы будут заполнены детскими шалостями и проказами, но у них обоих было ощущение того, как прекрасно все это и как быстротечно.

— У вас прекрасные дети, — сказала как-то одна женщина, которую они встретили в парке накануне прогулки. — Сколько им?

— Пять и четырнадцать месяцев, — с улыбкой сказала Диана, а женщина посмотрела на нее с изумлением. Эти дети были даже ближе по возрасту, чем ее собственные, между которыми было всего четырнадцать месяцев разницы.

— Вы смелая женщина, раз решились завести второго ребенка сразу же после рождения первенца, — искренне сказала она. — У вас удивительная семья. Да хранит вас Бог.

— Спасибо, — с улыбкой поблагодарила Диана, посмотрев на своего мужа долгим, любящим взглядом.

* * *

Как-то в июле Чарли взял Бесси и Энни в Розмед. Он долго ждал этого дня и был молчалив и напряжен, ставя машину на стоянку у мрачного кирпичного здания. Бесси дотронулась до его руки, она понимала, что это важный момент в их жизни.

Они вошли в унылого вида приемную, где их и попросили подождать. Проверка документов началась шесть месяцев назад, и все должно было быть в порядке.

Чарли с Бесси приходили сюда уже несколько раз на предварительные собеседования. Учреждение управлялось монахами, которые придерживались строгих взглядов, и каждая минута пребывания здесь вызывала в Чарли страшные воспоминания. Он побывал в нескольких подобных заведениях. Он еще помнил холодные одинокие ночи на узкой постели, мучившие его кошмары и постоянный страх, что он умрет от приступа удушья. Этот затхлый воздух заставлял его задыхаться, и бессознательно он взял за руки Бесси и Энни, словно ища у них поддержки.

— Ты был здесь когда-нибудь раньше? — громким шепотом спросила его Энни, и он кивнул. — Мне здесь не нравится.

— Здесь никому не нравится, дорогая. Вот почему мы пришли сюда.

Они пришли спасти одну душу из этой тюрьмы.

Чарли уже видел этого мальчика и сразу привязался к нему. Ему было четыре года, он был очень маленьким, и, как монахи с прискорбием сообщили мистеру Винвуду, у него была астма. Если это не устраивает мистера Винвуда, то есть еще маленькая девочка, но монахи были очень удивлены, услышав, что он возьмет мальчика.

Работники социальной службы попросили Бесси и Чарли выйти, чтобы свободно поговорить наедине с Энни, и были удовлетворены тем, что мальчик попадет в хорошую семью. Конечно, он уже не малыш, все понимает, и им будет трудно пережить период привыкания.

— Мы все это знаем, — мягко сказал Чарли. Он действительно это все знал по себе — как отчаянно он старался понравиться приемным родителям, убирал за собой и как усердно молил их полюбить его. Но они всегда в конце концов возвращали его, и он снова оказывался на узкой железной кровати в продуваемой ледяным сквозняком спальне.

Открылась дверь, и вышли двое монахов. Чарли услышал звук четок, но когда он поднял на них глаза, то увидел, что у них добрые лица. За широкими складками их черных одеяний почти не видно было маленького мальчика. Это был тоненький, бледный малыш в вельветовых брючках, старом темно-голубом свитере и стоптанных башмаках. У него были ярко-рыжие волосы, и он испуганно озирался по сторонам. Все утро он с замиранием сердца просидел в углу комнаты, боясь, что они не придут. Он уже потерял веру в людей. Монахи сказали ему, что сегодня за ним придут Винвуды, но мальчик не поверил им. Даже если они его заберут к себе домой, это вовсе не значило, что они оставят его надолго.

— Винвуды пришли за тобой, — тихо сказал монах и взял его за руку. Берни кивнул. Они не обманули и действительно пришли за ним. Но он до сих пор не мог поверить в это.

Монах подтолкнул мальчика вперед. Он вопросительно смотрел на посетителей, как будто не мог поверить, что они пришли действительно за ним. Чарли медленно подошел к нему.

— Привет, Берни, — мягко сказал он. Мальчик прерывисто вздохнул. Несколько дней назад у него были приступы астмы, и он боялся до смерти, что они переменят свое решение, если узнают об этом.

Чарли наблюдал за ним со слезами на глазах и затем протянул руку, и мальчик медленно подошел к нему.

— Надеюсь, тебе понравится у нас, и ты захочешь остаться с нами. Я бы хотел быть твоим папой. А это теперь твоя мама... а вот твоя сестра Энни.

— Как в настоящей семье? Навсегда? — Мальчик посмотрел на них пристальным, полным недоверия взглядом. Хотя ему было всего четыре года, малыш уже привык не доверять взрослым.

— Это правда, — сказал Чарли, чувствуя, как от жалости сжимается его сердце.

— У меня нет семьи, я сирота.

— Теперь уже нет, Берни. Теперь мы твоя семья.

Монахи говорили, что он был удивительный мальчик, очень смышленый, добрый и отзывчивый. Брошенный при рождении, он переменил несколько воспитательных домов, и из-за его астмы никто не хотел усыновлять его. Слишком много забот приходилось на себя брать приемным родителям из-за его болезни.

— Могу я взять своего медведя? — осторожно спросил Берни, поглядывая на улыбающуюся Аннабел.

— Конечно. Ты можешь взять все свои вещи, — мягко сказал Чарли.

— У нас дома много игрушек, — заверила его Энни, и маленький рыжеволосый мальчик стал медленно двигаться к Чарли.

Это выглядело так, словно он потянулся к нему, как будто почувствовал, что у них много общего и ему будет хорошо у них.

— Можно я поеду с тобой? — спросил Берни, глядя на человека, который хотел быть его отцом.

— Конечно, — сказал Чарли и взял малыша на руки, желая сказать ему, как он любит его. Не успел Чарли поднять его, как Берни прильнул к нему всем тельцем и едва слышно прошептал слово, которого ждал Чарли.

— Папочка, — сказал он, спрятав лицо на груди у Чарли, а тот закрыл глаза и улыбнулся сквозь слезы.

* * *

Пилар и Брэд отметили годовщину свадьбы в семейном кругу. Было чему радоваться и было о чем подумать. Кристиан был замечательным ребенком. Ему исполнилось уже семь месяцев, и он был для них огромной радостью. Они обожали его.

Пилар наняла няню и вернулась на работу через четыре месяца, но все же она была занята только утром и спешила домой, чтобы провести с Кристианом лишнюю минутку. Первое время ей тяжело было показываться на людях с коляской, потому что все, кто знал об ожидаемой супругами двойне, с удивлением спрашивали, где же второй ребенок.

Это была давняя тяжелая ноша, стоившая им столько здоровья и сил. Брэд говорил, что они все-таки не зря решились на это, но больше ничего подобного он не сделает. А Пилар шутила, что скучает по порнографическим фильмам доктора Вард. В свое время они написали доктору, что один из двойняшек умер, и она ответила им очень теплым письмом. Пилар не забывала ее слов о том, что никогда ни в чем нельзя быть уверенным, что порой рождение ребенка вместо радости может причинить родителям большое горе. Так и произошло, но теперь все заслоняла радость, которую доставлял им сын. Кристиан был для них источником бесконечного счастья, и Пилар каждую минуту радовалась тому, что решилась пройти через все испытания.

Ее мать приезжала взглянуть на внука и пришла в полный восторг. За все эти годы у Пилар с матерью состоялась первая нормальная встреча, и они обе были этому рады.

Нэнси снова была беременна и теперь мечтала о дочери. В конце концов Пилар рассказала ей, как лечилась от бесплодия, и Нэнси не могла поверить, что они прошли через все это. Ведь подобное испытание потребовало силы духа, стойкости характера и упорства.

— И немного безумия. Это становится своего рода манией, подобно той, которую испытываешь, стоя за рулеточным столом, пока не проиграешь все или выиграешь.

— Ты должна выглядеть как победитель, — сказала Нэнси, но они обе знали, чего это ей стоило и как велико было ее горе из-за потери Грейс. Она поначалу даже совершенно не могла радоваться Кристиану, не думая о нем. Только сейчас, по прошествии времени, она могла действительно наслаждаться своим материнством.

— Иногда мне кажется, что я упустила первые несколько месяцев его жизни, — говорила она Брэду не один раз. — У меня в голове как будто стоял какой-то туман от этого несчастья, и я ничего не помню.

Она запаковала вещички, приготовленные для девочки, и оставила в комнате игрушки только для Кристиана. Пилар положила все в большую коробку с надписью «Грейс», и Брэд отнес ее на чердак, потому что она не хотела расстаться с этим, не хотела забыть, не была готова отпустить это вместе с ней.

Но к годовщине их свадьбы она почувствовала, что пришла в себя, и по ней это было заметно.

— Да, жизнь в этом году была бурной.

Она улыбнулась. Год назад она уже была беременна и они знали, что у них будут двойняшки.

Брэд предложил отпраздновать годовщину в каком-нибудь уютном ресторане, но ей не хотелось никуда выходить. Пилар любила оставаться с ним дома и была измучена за последние несколько недель судебным разбирательством, к которому готовилась. Когда она жаловалась мужу на усталость, он мягко упрекал ее:

— Ты должна скучать по мне, когда я в суде, а когда я прихожу — танцевать от радости.

— Это не для меня. — Пилар с усмешкой пожала плечами. — Мне, по-моему, две тысячи лет.

— Сколько же тогда мне? — нахмурил лоб Брэд, и она засмеялась.

Ей было сорок пять, а ему шестьдесят четыре, но тем не менее он выглядел моложе своих лет, был энергичен, подтянут и целиком поглощен работой. Она чувствовала, будто прожила за этот год целую жизнь, но Брэд утверждал, что это никак не отразилось на ней. В последнее время Пилар быстро уставала, но считала, что это из-за работы и кормления Кристиана.

Через две недели после годовщины их свадьбы она взялась за три новых дела, хотя чувствовала себя усталой и слабой. Одно из дел касалось запутанной истории с усыновлением, другие касались тяжбы из-за ресторана и крупной ссоры из-за дорогой недвижимости в Монтесито. Все три случая были интересны и разнообразны, а клиенты весьма требовательны.

Как-то поздно вечером она рассказывала Брэду о своих делах, ожидая от него совета. Вид жены вызывал у него беспокойство. Она выглядела измученной и в середине разговора встала, чтобы покормить Кристиана.

— Не кажется ли тебе, что ты истязаешь себя? — спросил он, входя в детскую и присаживаясь в кресло-качалку. — Тебе придется выбрать что-то одно: или прекратить кормить Кристиана, или оставить работу.

Пилар была бледной и уставшей.

— Когда я кормлю ребенка, я чувствую тесную связь с ним. — Она улыбнулась, с нежностью глядя на чмокающего малыша. К тому же Пилар считала, что от ее молока сын растет очень быстро и никакие искусственные смеси не заменят материнского молока.

— Я лучше брошу работу, чем его, — честно призналась она, когда Брэд посмотрел на нее.

— Может, тебе следует бросить работу, пока он не подрастет?

Пилар покачала головой.

— Я не могу этого сделать, Брэд. Это будет нехорошо по отношению к моим коллегам. Целый год я сидела дома и теперь работаю только по утрам.

Он не стал напоминать ей, что каждое утро она приносила из офиса досье и работала над ними дома.

— Поступай как знаешь, но ты выглядишь так, как будто работаешь сутки напролет. Может быть, тебе стоит показаться врачу?

И в конце концов в июне Пилар отправилась на прием и описала врачу причины беспокойства. Несмотря на то, что он был уже большой, она все еще кормила Кристиана грудью.

Со времени рождения Кристиана у нее еще не было месячных, что, как говорили врачи, было связано с кормлением. Пилар иногда удивлялась: неужели она успела родить перед самым началом климакса? Это было бы настоящим везением.

Доктор сделал несколько простых анализов и, дождавшись результатов, сообщил ей, что у нее анемия после родов. Он прописал ей таблетки, содержащие железо, но прием лекарств сказался на молоке, и Кристиан стал плохо есть. Пилар перестала принимать таблетки и забыла об этом. Врач не нашел больше ничего серьезного, и на следующей неделе она чувствовала себя лучше до тех пор, пока они не пошли на парусные гонки и с ней неожиданно не случился обморок.

Брэд был страшно испуган и заставил ее снова пойти к врачу. Опять последовали анализы, но, узнав их результаты, Пилар долго не могла вымолвить ни слова. Она никогда не думала, что это возможно. Она никогда не смела даже мечтать, что у нее может быть второй ребенок. Но тем не менее врач сказал, что она беременна. Он позвонил ей на работу, чтобы сообщить эту новость, когда Пилар уже собиралась идти кормить Кристиана. Но теперь, сказал врач, кормление грудью следовало прекратить, предупредил о возможности выкидыша в ее возрасте и обо всех других опасностях и неожиданностях, которые она слишком хорошо знала: синдром Дауна, хромосомные дефекты, рождение мертвого плода, настоящее минное поле, которое она должна пройти в своем возрасте, чтобы иметь здорового ребенка. И в конце концов это был случай выигрыша в лотерею... судьба... предназначено ей или нет иметь этого ребенка.

Она стояла в зале заседаний и наблюдала, как муж, восседавший на месте председательствующего, ударом молотка возвестил о перерыве на обед. Брэд слушал сложное уголовное дело, которое тянулось не первый день. Он очень удивился, когда, подняв глаза, увидел Пилар, стоявшую в дальнем конце зала заседаний.

— Вы можете занять место на скамье подсудимых, — громко сказал он, когда в зале остались лишь они вдвоем.

Она медленно двинулась к нему. Это напомнило ей то давнее время, когда они вместе работали в суде. Даже не верилось, что уже девятнадцать лет они шли по жизни рука об руку, деля радости и печали.

— Что вы можете сказать в свое оправдание? — строго сказал Брэд и посмотрел на жену со своего возвышения.

Она рассмеялась и снова почувствовала себя молодой. «Жизнь, — подумала она, — иногда преподносит забавные сюрпризы».

— У тебя такой строгий вид в этой мантии, — поддразнила она мужа, а он в ответ улыбнулся.

— Таким и должен быть судья, чтобы внушать всем трепет, — сказал Брэд, напустив на себя сердитый вид.

— Но только не пугай меня, — засмеялась Пилар. — Я должна тебе кое-что сообщить. — Если бы только он знал, какой сюрприз его ждет!

— Это что, чистосердечное раскаяние или кассационная жалоба?

— Скорее всего и то и другое. А может, просто шутка.

Или потрясающая новость. А в общем, я думаю, благодать божья.

— О боже! Ты сломала машину и хочешь сказать мне, что она все равно была старой развалиной и нам нужна новая.

— Нет, но это хорошая мысль. В следующий раз я учту, что она мне совершенно необходима.

Пилар вся светилась радостью, и Брэда охватило любопытство. Он даже не подозревал, что она хотела ему сказать.

— Что ты натворила? — мрачно спросил он, хотя ему больше всего хотелось прижать ее к себе и поцеловать, а не вести странный разговор.

— Я не совсем уверена, что я это натворила одна... Я думаю, не обошлось без твоего участия.

Нахмурившись, Брэд посмотрел на нее, не понимая, куда она клонит.

— Я думаю, ты опять смотрела похабные фильмы тайком...

Пилар лукаво погрозила ему пальцем.

Он удивленно посмотрел на нее.

— Что это значит?

— Это значит, ваша честь... что без героизма и гормонов, без чьей-либо помощи, кроме твоей... Я беременна.

— Ты что?!! — Ошеломленный, он смотрел на нее, не веря этой новости.

— Ты меня прекрасно слышал.

Брэд сошел с возвышения, приблизился к ней, глядя на жену с улыбкой, не вполне отдавая себе отчет в своих чувствах. Впрочем, неправда. Он был безумно счастлив.

— Никогда не думал, что нам опять придется пройти через все это, — сказал он, нежно глядя на нее.

— Я тоже так думала. Но кто-то, похоже, распорядился иначе.

— Это то, чего ты хотела? — мягко спросил Брэд.

Пилар посмотрела на него долгим, любящим взглядом. Она думала об этом с того самого момента, как узнала, что снова беременна.

— Я думаю, что все в жизни — это своего рода и радость, и печаль... Да... Я хочу этого.

Она закрыла глаза, и Брэд поцеловал ее и долго сжимал в объятиях, неожиданно подумав о том, что всегда хотел это сделать именно в зале суда. Для этого ему понадобилось девятнадцать лет, но в конечном итоге он все-таки сделал это.

Литературно-художественное издание

Даниэла Стил
БЛАГОСЛОВЕНИЕ

Редакторы *Н. Любимова, Г. Парцвания*
Художественный редактор *Е. Савченко*
Технический редактор *Н. Носова*
Компьютерная верстка *Г. Соболева*
Корректор *Г. Титова*

Налоговая льгота — общероссийский классификатор
продукции ОК-005-93, том 2; 953000 — книги, брошюры

Подписано в печать с готовых диапозитивов 08.02.2000.
Формат 84x108 $^1/_{32}$. Гарнитура «Таймс». Печать офсетная.
Усл. печ. л. 22,68. Уч.-изд.л. 19,3.
Тираж 10 000 экз. Заказ 4720.

ООО «Издательство «ЭКСМО-МАРКЕТ»
Изд. лиц. № 071591 от 10.02.98

ЗАО «Издательство «ЭКСМО-Пресс»
Изд. лиц. № 065377 от 22.08.97.
125190, Москва, Ленинградский проспект,
д. 80, корп. 16, подъезд 3.
Интернет/Home page — www.eksmo.ru
Электронная почта (E-mail) — info@ eksmo.ru

Отпечатано с готовых диапозитивов
в ГИПП «Нижполиграф».
603006, Нижний Новгород, ул. Варварская, 32.

Книга — почтой:
Книжный клуб «ЭКСМО»
101000, Москва, а/я 333
E-mail: bookclub@eksmo.ru

Оптовая торговля:
109472, Москва, ул. Академика Скрябина, д. 21, этаж 2
Тел./факс: (095) 378-84-74, 378-82-61, 745-89-16
E-mail: eksmo_sl@msk.sitek.net

Мелкооптовая торговля:
Магазин «Академкнига»
117192, Москва, Мичуринский пр-т, д. 12/1
Тел./факс: (095) 932-74-71

Всегда в ассортименте новинки
издательства «ЭКСМО-Пресс»:

ТД «Библио-Глобус», ТД «Москва», ТД «Молодая гвардия»,
«Московский дом книги», «Дом книги на ВДНХ»

ТОО «Дом книги в Медведково»
Москва, Заревый пр-д, д. 12 (рядом с м. «Медведково»)
Тел.: 476-16-90

ООО «Фирма «Книинком»
Москва, Волгоградский пр-т, д. 78/1 (рядом с м. «Кузьминки»)
Тел.: 177-19-86

ГУП ОЦ МДК «Дом книги в Коптево»
Москва, ул. Зои и Александра Космодемьянских, д. 31/1
Тел.: 450-08-84

Книжный клуб "ЭКСМО" - прекрасный выбор!

Приглашаем Вас вступить в Книжный клуб "ЭКСМО"! У Вас есть уникальный шанс стать членом нашего Клуба одним из первых! Именно в этом случае Вы получите дополнительные льготы и привилегии!

Став членом нашего Клуба, Вы четыре раза в год будете БЕСПЛАТНО получать иллюстрированный клубный каталог.

Мы предлагаем Вам сделать свою жизнь содержательнее и интереснее!

С помощью каталога у Вас появятся новые возможности! В уютной домашней обстановке Вы выберете нужные Вам книги и сделаете заказ. Книги будут высланы Вам наложенным платежом, то есть БЕЗ ПРЕДВАРИТЕЛЬНОЙ ОПЛАТЫ. Каждый член Вашей семьи найдет в клубном каталоге себе книгу по душе!

Мы гарантируем Вам:

- Книги на любой вкус, самые разнообразные жанры и направления в литературе!
- Самые доступные цены на книги: издательская цена + почтовые расходы!
- Уникальную возможность первыми получать новинки и супербестселлеры и не зависеть от недостатков работы ближайших книжных магазинов!
- Только качественную продукцию!
- Возможность получать книги с автографами писателей!
- Участвовать и побеждать в клубных конкурсах, лотереях и викторинах!

Ваши обязательства в качестве члена Клуба:

1. Не прерывать своего членства в Клубе без предварительного письменного уведомления.
2. Заказывать из каждого ежеквартального каталога Клуба не менее одной книги в установленные Клубом сроки, в случае отсутствия Вашего заказа Клуб имеет право выслать Вам автоматически книгу – "Выбор Клуба"
3. Своевременно выкупать заказанные книги, а в случае отсутствия заказа – книгу "Выбор Клуба".

Примите наше предложение стать членом Книжного клуба "ЭКСМО" и пришлите нам свое заявление о вступлении в Клуб в произвольной форме.

По адресу: 101000, Москва, Главпочтамт, а/я 333, "Книжный клуб "ЭКСМО"

В заявлении обязательно укажите полностью свои фамилию, имя, отчество, почтовый индекс и точный почтовый адрес. Пишите разборчиво, желательно печатными буквами.

Отправьте нам свое заявление сразу же, торопитесь! Первый клубный каталог уже сдан в печать!

ПОЭЗИЯ

Жизнь без поэзии бледна и уныла, как без пения птиц, благоухания цветов, без любви и красоты. Язык поэзии – язык возвышенного движения души, великой радости и светлой печали. Не все говорят на нем, но понять его может каждый. Для тех, кто хочет обогатить свою жизнь бесценными сокровищами поэтического слова, издательство «ЭКСМО» готовит серию книг, в которую войдут лучшие творения отечественных и зарубежных поэтов. Домашняя библиотека поэзии – это хлеб насущный для трепетных сердец и пытливых умов. Прислушайтесь к голосам Орфеев нашего века, и вы согласитесь, что жизнь без поэзии – просто не жизнь.

НОВИНКИ СЕРИИ:

М.Цветаева «Просто – сердце»,
А.Пушкин «Я вас любил...»,
В.Высоцкий «Кони привередливые»,
А.Ахматова «Ветер лебединый»,
Хафиз «Вино вечности»,
М.Петровых «Домолчаться до стихов»,
«Гори, гори, моя звезда» *(старинный русский романс)*,
У.Шекспир «Лирика»,
Л.Филатов, В.Гафт «Жизнь – Театр»,
Г.Шпаликов «Пароход белый-беленький»,
А.Пушкин «И божество, и вдохновенье...» *(подарочное издание)*,
А.Пушкин «Евгений Онегин».

В планах издательства:
Сборники стихотворений Б.Ахмадулиной, Э.По, Р.Киплинга, Камоэнса, К.Бальмонта, Ф.Сологуба, И.Северянина, М.Петровых и др.

*Все книги объемом 400-550 стр., золотое тиснение,
офсетная бумага, шитый блок.*